Na ponta dos pés

Coordenadora editorial: Tânia Lins
Coordenador de comunicação: Marcio Lipari
Capa, projeto gráfico e diagramação: Equipe Vida & Consciência
Preparação: Janaina Calaça
Revisão: Equipe Vida & Consciência

1ª edição — 1ª impressão
3.000 exemplares — fevereiro 2025
Tiragem total: 3.000 exemplares

CIP-BRASIL — CATALOGAÇÃO NA PUBLICAÇÃO
(SINDICATO NACIONAL DOS EDITORES DE LIVROS, RJ)

A64d

2. ed.

Antônio, José (Espírito)
Na ponta dos pés / pelo espírito José Antônio ; [psicografado por] Ana Cristina Vargas. - 2. ed., reimpr. - São Paulo : Vida & Consciência, 2024.
352 p. ; 23 cm.

ISBN 978-85-7722-678-8

1. Romance espírita. 2. Obras psicografadas. I. Título.

24-95346 CDD: 133.93
CDU: 133.9

Este livro adota as regras do novo acordo ortográfico (2009).

Vida & Consciência Editora e Distribuidora Ltda.
Rua das Oiticicas, 75 – Parque Jabaquara – São Paulo – SP – Brasil
CEP 04346-090
editora@vidaeconsciencia.com.br
www.vidaeconsciencia.com.br

Na ponta dos pés

ANA CRISTINA VARGAS

Romance pelo espírito José Antônio

Apresentação

Cada um dos meus personagens, ao me contar sua história, ensinou-me muito, e sou-lhes profundamente grato pela contribuição ao meu crescimento.

Gabriel Batista legou-me o entendimento da maior dor humana: a carência de amor. E é essa lição pungente e de estranha beleza — pois a ausência permite apreciar o valor melhor que a abundância — que lhe ofereço à leitura e reflexão.

Palavras da Médium

Em setembro de 2005, escrevi as últimas páginas de *Na ponta dos pés* e, nessa época, não fazia ideia do que esse trabalho representaria em minha vida.

Ao elaborar esta nova edição quase vinte anos depois, a vida me ofereceu uma oportunidade de olhar para trás e perceber que, mais do que um romance mediúnico, havia um planejamento minucioso, uma paciente preparação para algo que foi muito além de algumas centenas de páginas onde é narrada uma história cujo autor espiritual apresentou como "uma lição pungente e de estranha beleza".

Por isso, caro leitor, me permitirei tomar um pouco do seu tempo para compartilhar minha experiência de trabalhar há mais de duas décadas com o espírito José Antônio e, em especial, com a obra que você tem nas mãos.

Essa experiência iniciou entre 2002 e 2003, quando comecei a ver o rosto de um espírito que se apresentava como um menino de olhos negros, pele clara, cabelos escuros encaracolados e rebeldes, que espiava de fora para dentro. Ele não falava, apenas me olhava, contudo, parecia não me ver. Era Gabriel Batista, cuja história conheci nas reuniões mediúnicas e que foi contada por sua mãe, também desencarnada. Trabalhar com a mediunidade é a oportunidade de viver várias existências em uma, de realmente "sentir" por alguns momentos o que o outro sente, e isso é transformador!

Enquanto a família Batista seguia seu atendimento em nossas reuniões mediúnicas, outra família, encarnada, chegava à nossa instituição à procura de auxílio para um menino, então com cinco anos de idade e alguns meses. Eles nos procuraram por indicação de uma psicóloga que havia lido *Dramas da Paixão*, acreditava que o menino sofria uma ação obsessiva e pedia ajuda. Mas não. Embora o relato de uma infância destruída, de situações incompreensíveis e de sofrimento inegável pudessem nos levar a pensar em causas obsessivas, elas não existiam. Conforme nos disse o espírito Georges, tratava-se de um problema pessoal do pequeno: ele era autista (termo então utilizado). O mentor se propunha a tratá-lo, se isso fosse aceito pelos pais, pelo nosso grupo e por mim. Essa informação não era conhecida e foi confirmada anos depois por diagnóstico médico.

Naquele período, iniciei um estranho trabalho mediúnico com uma colaboradora de nossa instituição e com o mentor espiritual Georges. Quando recebíamos o menino, minha amiga lhe aplicava um passe magnético como Georges orientara, e eu buscava interagir com o garotinho seguindo as orientações que o mentor passava naqueles momentos. Nessa época, não havia nenhuma instituição especializada em nossa cidade para casos como o dele, e o diagnóstico médico em si era bastante difícil e demorado.

Confesso que meu conhecimento a respeito do assunto se resumia a um filme a que eu havia assistido nos idos dos anos 1980 e que era inútil, pois a realidade da criança à minha frente era totalmente diferente da retratada no filme. Em 2004, José Antônio iniciou o ditado de *Na ponta dos pés* e ampliou muitíssimo minha compreensão sobre a infância e o processo reencarnatório.

Aliás, informações sobre saúde mental infantil eram raríssimas e sobre autismo, ainda mais.

Nosso atendido encarnado começou a melhorar seis meses depois de iniciados os atendimentos, e, somente então, questionei-me sobre o que estava fazendo e busquei conhecimentos sobre o autismo, agora denominado Transtorno do Espectro Autista (TEA). Em 2007, em Natal, fiz a primeira palestra pública sobre o tema e não esquecerei o espanto e a emoção da plateia. E assim se estabeleceram em minha vida o trabalho de divulgação do TEA e os treinamentos para magnetizadores espíritas e espiritualistas voltados a atender essas crianças.

Em nossa instituição espírita, florescia um novo trabalho: o atendimento às crianças portadoras de TEA e aos seus familiares. Não era mais um "amiguinho muito especial"; tornaram-se dezenas de amiguinhos muito especiais e seus familiares. Cada um com sua história, sua personalidade, mas todos com um traço em comum: reencarnaram como portadores de TEA. Até o presente, minhas tardes de sábado são dedicadas a eles.

Em 2012, estimava-se que, a cada 10 mil crianças, cerca de quatro ou cinco apresentavam o transtorno. Estudos recentes apontam que são 30 a 60/10.000[1], portanto, a possibilidade de você conviver com um portador de TEA aumentou muitíssimo, e ele afeta indistintamente populações de países desenvolvidos e subdesenvolvidos, com prevalência de gênero masculino na proporção de quatro meninos para uma menina.

Os primeiros estudos sobre autismo remontam a 1943 quando o psiquiatra Leo Kanner descreveu os comportamentos apresentados por crianças autistas. Desde então, como é normal na ciência, muitas teorias foram criadas e descartadas e diversos conceitos passaram por uma reelaboração. Hoje, o Transtorno do Espectro Autista é compreendido como "uma síndrome comportamental com etiologias biológicas múltiplas e evolução de um distúrbio do desenvolvimento com prejuízo cognitivo caracterizado por déficit na interação social e no relacionamento com os outros, associado a alterações de linguagem e comportamento"[2].

A ciência tem avançado na observação e análise do transtorno, mas ainda não conseguiu estabelecer suas causas. Logo, não temos um medicamento específico para TEA. Enquanto esse passo no saber científico não acontece, precisamos avançar na compreensão humana, na aceitação, no acolhimento, no não julgar, para minimizar tanto quanto possível

---

1 SILVA, Antônio Geraldo da; AGUIAR, Cláudia; ASSUMPÇÃO JR., Francisco B. **Autismo**: Conceito, diagnóstico, intervenção e legislação. Porto Alegre: Artmed, 2024. p. 5.

2 Idem.

o sofrimento desses espíritos que retornam à matéria sob a condição de portadores de TEA.

É preciso também entender os sentimentos densos, possivelmente escondidos e envergonhados, que podem se apresentar e afetar algumas pessoas envolvidas nessas histórias, que são semelhantes à vivida pela mãe de Gabriel Batista.

Na ponta dos pés me ensinou que conhecimento, amor e alegria são substâncias utilizadas por curadores de almas. Sou grata a todas as lições que os espíritos têm me transmitido, mas sou especialmente grata a este livro pelo conhecimento, pela experiência que me trouxe, pela preparação para um trabalho cujas razões entendo agora e pelos muitos e queridos amigos que ele acrescentou à minha vida.

Sumário

Capítulo 1

GABRIEL BATISTA

O espírita sério não se limita a crer; ele crê porque compreende, e ele compreende porque nos dirigimos ao seu julgamento [...].[3]

Os latidos da cadela pastora estavam enlouquecendo Marisa, que não suportava mais ver o animal correr e farejar o pátio, a garagem e todos os cômodos da casa. Não podia mais ver os olhos castanhos encarando-a indagativos nem conseguia vê-la parada, farejando e latindo como se lhe cobrasse uma resposta. Simplesmente não aguentava mais. Queria sossego. Fim de perguntas, de qualquer ser vivo encarando-a, de olhares curiosos, cobradores ou censuradores. Ansiava por jogar-se na cama, cobrir o corpo completamente, pôr um travesseiro sobre a cabeça e deixar a escuridão invadir sua existência.

Ah! Maldito silêncio que reinava na casa. Cada latido de Laika enchia o vazio, ecoava, reverberava, ricocheteava em sua mente e em seu interior, também estranhamente vazios.

Não queria pensar nem sentir. O incômodo com os latidos e os lamentos da cadela era o único ponto de contato consigo mesma a que se permitia.

— Meu Deus, o que eu deveria estar sentindo, pensando, fazendo agora? — questionava-se, enquanto vagava pela ampla sala de estar

---

3 KARDEC, Allan. **O Céu e o Inferno**. Tradução Salvador Gentile. Araras: IDE.

totalmente desarrumada. Tropeçava em roupas, em restos de bolachinhas recheadas, em jogos quebrados. Espiou o avançar das horas pelas cortinas de renda branca, que encobriam uma grande janela basculante. A tênue luz solar a incomodou, e a visão do quintal piorou seu vazio interior.

Lá fora, o desespero de Laika prosseguia. Inconformado, o animal entrava e saía de sua casinha repetidas vezes. Na tentativa de fazê-la cessar as buscas dentro da residência, Cláudio a mantinha presa ao vaivém. A cadela, porém, não se calava; latira e ganira chorosa durante toda a tarde. Pela manhã, ficava mais calma, mas, após o meio-dia, tornava-se insuportável.

O sol lançava alongadas manchas negras sobre o gramado do pátio dos fundos, e a sombra da cesta de basquete projetava-se sobre a área de serviço. Eram quase 18 horas. Laika mal tocara no prato com ração e bebera pouca água, constatou Marisa detendo o olhar nos utensílios que serviam ao animal.

— Quanto tempo ela conseguirá viver assim? — perguntava-se ouvindo o som baixo e rouco da própria voz.

Deixou o cortinado voltar ao seu caimento habitual, encobrindo a imagem do pátio. Não aguentava nem mais um segundo contemplar o próprio quintal. Quando o tecido caiu por uma pequena fresta, seu olhar deteve-se na bola alaranjada com linhas pretas largada perto da casinha de Laika. Afastou-se e voltou a perambular a esmo pela sala de estar e de jantar. Lançou olhares à dependência onde ficavam a aparelhagem de som, a televisão, o vídeo e as velhas almofadas sujas, largadas displicentemente pelo chão. Não, não desejava entrar ali. Seria pior.

— Ah, se pudéssemos nos mudar! Como seria bom deixar para trás casa, móveis, vizinhos, tudo... e começar de novo. Quem sabe até esquecer esses últimos quatorze anos... — murmurava ela vagando pelo corredor. Passou pelo banheiro, por outras duas portas fechadas, e caminhou automaticamente em direção à suíte. Não se preocupou em fechar a porta nem retirar a roupa ou os sapatos. Jogou-se na cama como estava e cedeu à vontade que a perseguia desde quando a sogra, que a visitava diariamente, fora embora.

Enfim, o mundo à sua volta ficou escuro, imóvel e silencioso, e não ouvia mais os ganidos lamentosos de Laika.

A três quarteirões dali, Cleonice acionava o controle remoto para erguer o portão de acesso à garagem. Ouviu o ranger dos ferros e esperou, lutando para manter a atenção aos movimentos que realizava, mas sua mente insistia em voltar à nora. Ela parecia pior a cada dia. Tentava tudo o que lhe recomendavam, mas, aparentemente, eram tentativas vãs.

O estalido seco do choque dos ferros trouxe Cleonice de volta à sua tarefa imediata. Ela, então, engatou a marcha do carro, avançando até estacionar o veículo. Apressada, apanhou a bolsa, recolheu as compras e saiu do automóvel.

Andou alguns passos em direção à porta que ligava a garagem ao interior da residência, e, como de costume, sua mãe não conseguira esperar por sua chegada. Desde menina até agora, passados quase sessenta anos, isso fazia parte do seu dia. Ergueu o olhar do piso e lá estava a matriarca da família, Emerenciana Batista, pequena e firme, com suas pantufas, vestindo um surrado moletom marcado nos joelhos, cabelos grisalhos curtos e encaracolados com permanente, fitando-a com o olhar meigo e interessado refletido nos olhos escuros.

— Como está Marisa, Cléo? — indagou Emerenciana aproximando-se da filha para ajudá-la a carregar algumas sacolas.

— Do mesmo jeito: desanimada, abatida... A casa está igualzinha. Nem ao menos o lixo ela nos deixa recolher. Falei com Dora, que estava indo embora quando cheguei. Ela disse que Marisa não a deixou fazer nada, além de limpar o banheiro, a cozinha e lavar a roupa.

Emerenciana deu um longo suspiro, ergueu o olhar ao céu e balançou a cabeça resignada, enquanto falava com voz pausada e se dirigia para a copa-cozinha:

— Pobrezinha! Tenho muita pena dela. Era uma moça tão bonita, alegre e disposta quando a conhecemos, mas foi piorando ano após ano. A vida não tem sido fácil para ela nem para o Claudinho. Chegou a ver meu neto? Como ele está?

— Cláudio viajou, mamãe. — Lembrou Cleonice olhando com ternura e paciência para a mãe, que, nos últimos dias, estava mais esquecida que o habitual. — Voltará no fim de semana. Ligarei para ele mais tarde, pois à noite é mais barato.

— É mesmo! Tinha esquecido. Onde ele está mesmo?

— Foi para uma reunião na sede da empresa, um desses encontros motivacionais.

— Quem vai ficar com Marisa à noite? — questionou Emerenciana preocupada. — Não é bom que ela fique sozinha. Por que não vem aqui pra casa? Você a convidou, não?

— Convidei, mas ela não aceitou. Eu lhe contei... A filha mais velha da Dora tem ido pernoitar lá. Cláudio deixou tudo acertado. Ele conhece bem a mulher com quem se casou. Marisa sempre foi teimosa — respondeu Cleonice acomodando as compras na geladeira.

— É... — concordou. — Isso é verdade.

Cleonice pegou uma garrafa com chá gelado e o serviu em dois copos. Ofereceu um para Emerenciana e sentou-se à cabeceira da mesa retangular que ocupava o centro da copa. Com o olhar vago, começou a passear pela coleção de pratos decorativos que enfeitava a parede à sua frente, sem prestar a menor atenção neles.

— Foi tudo tão inesperado! — falou Cleonice com entonação de lamento. Seu rosto estampava uma tristeza resignada.

— Demais! — respondeu Emerenciana, que voltou a enfatizar: — Demais! Ninguém prevê uma vida assim. É tão estranho tudo o que aconteceu. Vou fazer oitenta e dois anos no mês que vem, tive dois maridos e quatro filhos. Graças a Deus, todos eles têm saúde! Nunca imaginei algo parecido. Sempre tive muita pena dela.

— Difícil. A vida é mais difícil para uns do que para outros. Claudinho e Marisa, infelizmente, são dos que passam mais trabalho. E justo agora que as coisas pareciam ter encontrado um rumo... Haviam tido tantos progressos, e foi acontecer aquela estupidez.

— É, filha, mas é assim mesmo. Quando algo tem que acontecer, não escolhe hora — consolou Emerenciana. — Deus sabe o que faz, e a gente não sabe o que pede. É duro dizer, mas é verdade. Foi melhor assim.

— Mamãe! Não diga isso.

— Digo, filha, pois é verdade. Não adianta negar; é assim que todos pensam.

Com o olhar espantado, Cleonice encarou a mãe. Não era a primeira vez que ouvia aquele discurso, mas ainda lhe soava mal. Não conseguia admitir que havia razão naquela forma de encarar os fatos.

— Que falta de sensibilidade! Não aceito nem nunca aceitarei uma explicação simplista e conformista como essa.

— Como quiser, minha filha — retrucou Emerenciana pacientemente. — Quando você tiver oitenta e dois anos, talvez deixe de ser uma romântica incurável.

Cleonice recolheu os copos vazios e depositou-os na pia enquanto pensava: "Mamãe está velha; não vou discutir com ela. Sempre foi uma mulher muito prática. Carinhosa com os filhos, mas muito prática. Não posso esperar que agora ela veja os fatos de outra forma. Ela apenas se resignou com a situação, contudo, não conseguiu amar".

Andando sorridente e passeando o olhar atento pelos rostos dos pacientes que encontrava no corredor da ala sob sua direção, meu bom amigo Georges parecia não ter a menor pressa de vir ao meu encontro. Aguardei que ele, com toda a calma que o caracteriza, atravessasse os últimos metros que o separavam da porta de sua sala.

— Olá, José! — saudou-me faceiro e, sem perder a oportunidade de fazer uma saudável brincadeira com meus hábitos, completou: — É sempre uma grande alegria vê-lo. Há épocas em que você se torna um desaparecido entre nós.

— Necessidades pessoais — retruquei fingidamente austero. — Não sei trabalhar com interrupções a todo momento, mas também fico feliz em voltar ao número dos encontrados.

Georges ingressou em sua sala e o segui. Acomodou-se em sua poltrona e fez um sinal convidando-me a sentar-me na poltrona ao lado.

Olhei a velha companheira e sorri. Ah! Se aquele móvel falasse! Por certo, contaria mais histórias do que eu seria capaz de escrever. Sentei-me, e a maciez do móvel envolveu-me em um prazeroso conforto.

— Além de deliciar-se aqui, o que mais posso fazer por você, amigo? — perguntou Georges diretamente.

— Gabriel Batista — respondi da mesma forma.

— Seu novo romance?

— Sim.

— Tema complexo. É tudo muito recente — comentou Georges. — Mas seja objetivo, o que deseja?

— Mais informações.

— Mas você acompanhou todo o meu trabalho com Gabriel. Anotou centenas e centenas de páginas e ainda quer mais? Não foi suficiente?

— Quero continuar. Como ele está?

— Ainda não posso responder a esta pergunta — declarou Georges olhando-me nos olhos. — Nem ao menos sei quando será possível retomar o trabalho ou em que condições isso se dará. Talvez tenhamos que prosseguir da mesma forma... sem mudar nada.

— Adorei trabalhar com Gabriel; ele é riquíssimo. Será um prazer prosseguir. Quero acompanhar cada passo. Tenho visitado o lar dos Batistas...

— Nosso orientador informou-me de suas atividades. Na verdade, nós também visitamos os Batistas. São almas ainda muito sofridas, cheias de complexos e com pouquíssima consciência das realidades da vida.

— Concorda comigo que são extremamente encaixadas no "padrão geral" do pensar e sentir da sociedade terrena? — indaguei. Sem esperar resposta, investi na oportunidade de expor minhas ideias e conseguir a autorização e a participação do amigo no trabalho que tinha em mente.

Creio que levei Georges à exaustão como ouvinte — o que é bastante difícil —, mas lhe falei sobre todos os meus planos. Mostrei-lhe algumas páginas rascunhadas e, especialmente, usei o que sabia para demonstrar-lhe a necessidade de abordar o assunto que envolvia a família sob sua assistência.

Georges balançou a cabeça condescendente. Em seus grandes olhos escuros cintilava um brilho cálido de afeto. Por fim, vi desenhar--se em seus lábios o sorriso de sempre e foi com gratidão e alegria que o ouvi concordar com meu pedido. De pronto, começamos a discutir os assuntos em torno de Gabriel e das visitas à família Batista.

Capítulo 2

ÁLBUM DE FOTOGRAFIA

Amar os inimigos não é, pois, ter para com eles uma afeição que não está na Natureza, porque o contato de um inimigo faz bater o coração de maneira bem diferente do de um amigo [...].[4]

A chave da porta dos fundos girou na fechadura. Uma jovem aparentando estar na casa dos vinte anos ingressou pé ante pé no silêncio do ambiente. A casa estava às escuras. Nenhuma luz, nenhum som. Somente a cadela Laika havia erguido a cabeça e latido ao avistar a jovem no pátio, mas, ouvindo-lhe voz, a reconheceu como amiga e se calou, voltando a deitar-se sobre o cobertor cinzento que forrava o assoalho de sua casinha.

Daniela acionou o interruptor da iluminação clareando a peça. Sobre a mesa ainda estavam o lanche da tarde, as xícaras e os copos sujos. A jovem largou sobre uma cadeira a pasta escolar, apanhou um pão doce e, comendo, arrumou a cozinha.

"Marisa continua no mesmo estado. Tem sido assim todas as noites. Ela mal toca na comida, não se alimenta direito em nenhuma refeição, pouco fala e está sempre vagando pela casa com o olhar perdido e a expressão concentrada, preocupada. Tomara que o Cláudio volte no

4 KARDEC, Allan. **O Evangelho Segundo o Espiritismo**. Tradução Salvador Gentile. Araras: IDE.

fim de semana e não haja nenhum contratempo. Vou dizer a ele para levar a Marisa a outro médico. Ela não está nada bem", pensava a jovem enquanto trabalhava tão silenciosamente quanto era possível para não acordar a dona da casa, julgando que ela estivesse adormecida.

Depois de tudo limpo, pegou a pasta, apagou a luz da cozinha e acendeu a iluminação indireta do corredor onde ficavam os dormitórios. No final da área de circulação, a porta do quarto de Marisa estava aberta. Daniela foi até lá certificar-se de que a patroa de sua mãe dormia. Silêncio e escuridão absolutos reinavam no local. Sobre a cama, que não fora desfeita, a mulher estava deitada com roupas e sapatos, absolutamente imóvel, e respirava serenamente.

"Está dormindo. Que bom! Ontem ela dormiu muito pouco. Duas, no máximo três horas; parecia uma alma penada vagando perdida pela sala", constatou Daniela em pensamento. "Hoje vou descansar melhor. Ufa!"

Saiu tomando cuidado para não fazer ruído. Durante a semana em que pernoitava com Marisa, ocupava uma bicama na sala dos aparelhos de música e vídeo. Eficiente, arrumou a cama ajeitando lençóis, travesseiros e cobertores. Após a higiene habitual, meteu-se sob os cobertores e adormeceu em seguida.

Horas depois, acordou num sobressalto com gritos desesperados, angustiantes, vindos do quarto principal. Ágil, jogou as cobertas para o lado e saiu em socorro da mulher, que era vítima de cruéis pesadelos.

— Que inferno! — resmungou Daniela. — Toda noite é essa gritaria, essa aflição. Nada acalma essa criatura. Só tem mesmo que se parecer com um zumbi.

No quarto principal, Marisa rolava entre os lençóis, pálida. De sua testa vertiam grossas gotas de suor, enquanto ela ora balbuciava, ora gritava palavras desconexas. Sua alma sofria dores atrozes.

Correndo até a cozinha, Daniela apanhou um copo com água e um frasco com calmantes. A experiência já lhe ensinara que não adiantava arrancar Marisa de seus pesadelos sem estar munida do arsenal necessário para fazê-la voltar a dormir.

"Não é para menos que o Cláudio adora viajar e tem, há tempos, vivido mais fora do que dentro de casa", pensava Daniela voltando ao dormitório.

Marisa remexia-se inquieta e dizia palavras sem sentido:

— Não... não... não... não posso. Ai, ai, não...

— Marisa, acorde! — chamou Daniela sentando-se na beira da cama. — Você está tendo um pesadelo. Acorde.

A mulher, inquieta, ainda se remexeu por mais alguns segundos até que, por fim, a insistência da voz da jovem acompanhante chamando-a penetrou em sua mente e a arrancou das garras de seu inconsciente, fazendo-a suspirar aliviada ao abrir os olhos.

Atordoada e emocionalmente exaurida, Marisa esforçou-se para sentar-se no leito e passou as mãos no rosto e no cabelo antes de, envergonhada, encarar Daniela.

"Não sei o que é pior... se durmo, esses sonhos horríveis me afligem; se acordo, até no meio da madrugada há alguém me olhando, me acudindo. Alguém que se penaliza de mim porque pensa que sofro. Que inferno!", pensou Marisa.

Solícita, Daniela ofereceu-lhe o copo com água e um comprimido. Não falou nada. Bocejando, viu Marisa ingerir o calmante e devolver-lhe o copo. Ficou observando-a acomodar-se novamente no leito, esfregar os pés um no outro para descalçar os sapatos e afofar os travesseiros, sem encarar a acompanhante.

— Estou bem, Daniela. Pode ir dormir.

A jovem levantou-se prontamente e, antes de apagar a luz do abajur, disse:

— Se precisar de algo, é só me chamar.

Marisa moveu a cabeça sinalizando que entendera o recado e voltou ao seu mundo silencioso, rezando para que o calmante entorpecesse seus sentidos e lhe trouxesse alívio.

"Como sofre essa infeliz", pensava Daniela retornando à própria cama, tentando conciliar o sono e fazendo uma prece para pedir ajuda à dona da casa.

Nas primeiras noites naquela casa, os episódios noturnos provocaram um grande susto em Daniela, mas agora estava acostumada.

Tentara conversar com Marisa, fazê-la desabafar, falar sobre a insônia, os pesadelos ou sobre os fatos estranhos que ocorriam na residência. Entretanto, não conseguira arrancar uma só palavra dela. Envolvia-se no silêncio e dizia não se lembrar dos sonhos ou que simplesmente perdia o sono e varava as noites caminhando da sala à cozinha e de volta à suíte.

Daniela buscou os conselhos da mãe, que conhecia a família Batista havia mais tempo e conhecia toda a história.

— É muito complicado, filha. É uma ferida muito grande na alma de qualquer mulher. Você precisa ter paciência. Se ela quiser falar, escute, mas não insista. Faça como dona Cléo mandou: dê o remédio a ela e fique observando — aconselhou Dora em um tom penalizado, recordando-se da patroa.

E assim Daniela fazia, mas sentia que aquela situação não tinha como se prolongar. Era tão tensa quanto as cordas do violão que tocava.

"Os nervos dela estão tão tensos... ela toda é uma rigidez só... Qualquer hora vai rebentar. Tomara que aconteça nas mãos do marido para que ninguém ponha a culpa em mim", refletia Daniela dispersando o pensamento de seu objetivo de orar por Marisa.

Daniela cobriu a cabeça, como se estivesse se escondendo e se protegendo de algo que a amedrontava, ao mesmo tempo que começava a contar carneirinhos para dormir — um velho hábito de infância que ela ressuscitara naqueles dias como acompanhante noturna de Marisa.

No silêncio das madrugadas, Marisa ouvia alguém caminhar dentro de sua casa. O som de uma pessoa andando, arrastando os pés, infundia-lhe medo. Centenas de vezes nos últimos anos, ela levantara-se e percorrera cada parte da residência. Não encontrando ninguém, retornava ao leito, e o barulho de pés arrastando-se tornava a incomodá-la.

O pior eram as sensações produzidas pelo medo: o estado de alerta mental; o corpo todo tencionado; os sentidos aguçados; o coração batendo rápido e as palmas das mãos suadas. Por mais que repetisse para si mesma que não havia ninguém, não conseguia vencer aquelas sensações. Elas não desapareciam, e sua mente não obedecia ao comando de ignorá-las. Marisa ouvia a criatura arrastando os pés dentro de sua casa e sempre na madrugada. Com o tempo, deixou de percorrer os cômodos e passou a ficar deitada lutando contra o medo. Sentia-se vigiada. Recorrera a tudo que lhe recomendavam, procurando incansavelmente a solução, sem envergonhar-se de fazer papéis ridículos, verdadeiramente de louca.

Pobre mulher. Fazia triste figura recostada em seus travesseiros, com os lençóis puxados até abaixo do nariz, como se esconder-se pudesse resolver aquela intrincada situação. Penalizado, aproximei-me e a envolvi em energias calmantes. Depois de alguns minutos, ela cedeu à minha influência magnética e relaxou. As drogas que ingerira tiveram efeito e logo a fizeram adormecer.

Dirigi-me à sala de música. Um grande móvel de madeira feito sob medida ocupava a parede ao fundo e nele havia muitos porta-retratos com os membros da família Batista. Lá estavam vários momentos de Gabriel registrados para a posteridade; uma televisão que ocupava o centro; um aparelho de vídeo; e, em um dos cantos, um aparelho de som e inúmeros CDs empilhados ao lado, em um compartimento específico. O forro, num tom marrom claro, apresentava muitas manchas, e por todos os lados havia velhas almofadas sujas jogadas pelo chão. Através de uma ampla janela sem cortina, o luar projetava uma tênue luminosidade no ambiente. Sentado no centro da sala, um espírito de forma masculina olhava as fotografias na estante e chorava.

Geraldo Fontes. Já éramos conhecidos. Por diferentes motivos, invadíamos aquele lar e convivíamos diariamente por alguns momentos. Era outra triste figura, que trazia no rosto a marca inconfundível da mágoa e da tristeza. Era pálido e arrastava os pés, dando a conhecer as características de uma personalidade rancorosa. Trajava roupas de um tempo passado, bem típico dos meados do século 19. Meu amigo vinha de longe, não havia dúvida. Todo o seu exterior era extremamente alinhado, e nenhum fio de cabelo estava fora do lugar. Mesmo chorando, ele era contido. Soluços sacudiam-lhe o corpo, grossas lágrimas escorriam por suas faces, mas morriam em seus lábios.

Com tato, aproximei-me dele. De antemão, sabia que não havia sido notado.

— Geraldo — chamei com cuidado —, posso ficar aqui com você?

Quando me olhou, tinha uma expressão distante, perdida no tempo e no espaço.

— Ponha-se à vontade, José. O que faz aqui?

— Vim ver como ela estava.

— Pensei que o Gabriel fosse a razão de sua presença nesta casa. Não o tinha visto desde... aquele último dia.

— Realmente era — concordei sentando-me ao lado dele —, mas a situação dos outros também me desperta piedade e interesse, por isso venho visitá-los eventualmente. E quanto a você? Julguei que não fosse mais encontrá-lo nesta casa. O que faz aqui?

— O mesmo de sempre — respondeu-me laconicamente, enquanto secava o rosto.

— Sendo assim, posso convidá-lo para dar um passeio comigo? Vamos até a praia? Lá, poderíamos nos sentar na areia, ouvir a música do mar e sentir seu perfume enquanto conversamos. Será mais agradável.

Surpreendendo-me, ele sorriu em meio às lágrimas e respondeu:

— Você é estranho, mas tenho aprendido a apreciar sua companhia. Não se intromete em meus assuntos e sei que é amigo do menino. Irei com você. Não sinto mais vontade de permanecer nesta sala.

Antes que ele mudasse de ideia, coloquei-me de pé, pronto a partir. Docilmente, Geraldo acompanhou-me. Em segundos, estávamos à beira-mar, sentindo a brisa noturna. A praia estava praticamente deserta; apenas uns poucos veículos trafegavam a distância e alguns bares ainda estavam em funcionamento. Ignorei aquilo e detive meu olhar no mar, no reflexo da lua sobre as ondas, e comecei a falar com meu companheiro.

— Silêncio. Até que enfim! — Constatou Marisa falando baixinho consigo mesma. — Ele não está chorando nem arrastando os pés aqui dentro; deve ter ido embora. Não sei por que, mas sei que essa assombração é de um homem. Sinto seu olhar me vigiando. Há raiva nele, mas desconheço a razão. Foi quando Gabriel piorou que comecei a ouvir essas coisas. Agora foi embora, graças a Deus. A casa está vazia.

Mais uns quinze ou vinte minutos, o remédio fará efeito, e conseguirei dormir pesado. Amanhã, acordarei com a boca seca, a língua grossa e a sensação de que um caminhão passou por cima do meu corpo, porém, por algumas horas, ficarei longe de tudo.

Imagens desencontradas do pesadelo recente lhe assomaram à mente, fazendo-a estremecer. Marisa viu-se novamente na sala de parto, entre a movimentação das enfermeiras e da parteira, e sentiu a toalha áspera e torcida que lhe colocaram na boca para que ela mordesse. A lembrança das contrações lhe provocou uma movimentação involuntária nos músculos e nervos do abdome, fazendo-a levar a mão à barriga. O som do choro do recém-nascido e a imagem de um bebê forte e sadio levavam-na a acordar em desespero, cansada, exaurida e aflita.

— Maldição! — exclamou socando um travesseiro. — Preciso esquecer! Preciso ir embora deste lugar. Cláudio tem que entender... Não aguento mais! Vou enlouquecer de verdade. Não me sinto humana, normal. Todos me cobram e esperam de mim atitudes que não sei tomar e sentimentos que não possuo. Não possuo mais... há muito tempo se foram de mim, deixando um imenso buraco escuro e vazio. É até hilário quando vou ao psiquiatra: eu chego, me sento, ou melhor, me deito, enquanto ele ajeita o relógio, arruma o paletó, cruza as pernas e segura os braços da cadeira — parece até um passageiro se aprontando para enfrentar algum tipo de trepidação. Depois, olha para mim com a expressão paciente de sempre e começa a fazer uma ou outra indagação para que eu comece a falar. Então ele se cala, toma alguns apontamentos e mexe naquele gravador irritante. De repente, depois que abri todas as feridas do meu coração, ele chama minha atenção para o clique do relógio — que sinaliza que a sessão acabou —, me diz duas ou três frases confortadoras — quase sempre as mesmas — e que me espera na próxima semana. Ridículo! A que ponto cheguei?! Preciso pagar alguém para me ouvir dizer tudo o que se passa em minha mente, contudo, o tempo dele é contado... e, na verdade, não consigo falar sobre o que me incomoda lá no fundo...

Profundos suspiros escaparam do peito de Marisa, que continuou:

— Sobre os pesadelos, por exemplo, eu digo que os tenho, mas minto afirmando que não me lembro deles e que somente acordo assustada. Sonho com meu passado, com aquela cena maldita, com aquele dia maldito, ah... Droga! Mil vezes droga de vida! Por que tinha de ser desse jeito... — Soluços irromperam sacudindo-lhe o corpo numa crise de choro.

Enquanto Marisa chorava, todas as cenas que emergiam de seu inconsciente durante os pesadelos desfilavam em sua memória vívidas, fortes, carregadas e temperadas com toda a carga emocional de que eram portadoras.

Soluçou por alguns minutos até que, cansada, procurou controlar-se respirando fundo repetidamente. Mais calma, lutou para esvaziar o pensamento das recordações, empurrando-as para o fundo da mente.

— É melhor sonhar que estou me afogando, que uma enorme onda me traga para o fundo do mar — murmurava Marisa de encontro ao travesseiro. Sentindo os conhecidos efeitos do calmante ingerido, dormiu pesadamente minutos depois, mas os sinais da tensão emocional e nervosa que a consumiam permaneceram aparentes.

Capítulo 3

VIVENDO A DISTÂNCIA

O dever íntimo do homem está entregue ao seu livre-arbítrio: o aguilhão da consciência, esse guardião da probidade interior, o adverte e o sustenta, mas permanece frequentemente impotente diante dos sofismas da paixão [...].[5]

O som da batida seca da porta do carro chamou a atenção de alguns jovens que perambulavam pelas calçadas da capital na madrugada.

Em seguida, o carro arrancou, e o motorista imprimiu considerável velocidade ao veículo, aproveitando-se do fato de que as ruas estavam praticamente desertas.

Parados à porta do bar noturno, alguns amigos de Cláudio, com quem ele estivera bebendo e se divertindo desde o encerramento da convenção da empresa, comentavam a noitada e a semana que passaram juntos, enquanto Catarina e Nádia andavam pela calçada em direção ao carro da primeira, estacionado nas proximidades.

— É uma pena que o Claudinho precise voltar para o interior justo hoje — declarou Catarina. — Ele é uma ótima companhia.

— Ah, sim? — comentou Nádia, lançando olhares maliciosos à amiga. — Boa companhia onde? Em qualquer lugar?

---

5 KARDEC, Allan. **O Evangelho Segundo o Espiritismo**. Tradução Salvador Gentile. Araras: IDE.

Não resistindo à expressão zombeteira de Nádia, Catarina balançou a cabeça e sorriu ao responder:

— Acredito que em qualquer um, mas, infelizmente, não posso afirmar. Quem sabe na próxima reunião eu possa lhe esclarecer...

— É, acho bom. O cara não desgrudou de você um minuto. Alguma coisa ele quer...

— Sim, notei — respondeu Catarina. — Mas, falando sério, o Claudinho é muito legal. É alegre, atencioso, muito gentil. Não é à toa que ganha todos os prêmios de vendas da empresa; ele é muito carismático.

— Hum... e, mesmo com toda essa empolgação, você deixou o cara escapar justo no fim de semana? — criticou Nádia. — Deveria ter amarrado o pé dele. Qual era a pressa?

A pergunta gerou um silêncio na animada conversa. Nádia olhou para a amiga, que ficara séria de repente. Pela expressão que viu em seu rosto, foi fácil descobrir a resposta.

— Ai, ai, ai... Não me diga que o cara ficou a semana toda te paparicando e é casado. Cat, você me conhece há anos e sabe que sou liberal, mas isso só dá rolo. Se envolver com cara casado é complicação na certa...

Nádia parou de falar e, contemplando Catarina, notou que os episódios da semana haviam mexido com os sentimentos da amiga. Inclinando a cabeça consternada, prosseguiu:

— Tá na cara que ele a deixou balançada, nem precisa falar. Tá tudo escrito, e eu não sou analfabeta, ainda mais quando se trata de Catarina Mendonça. Eu te conheço, garota. Mas, olhe, não entre nessa. Você não é mulher para esse tipo de relacionamento. Sei que vai querer me matar por tocar no assunto, mas se lembra do Serginho e no que deu?

Catarina meneou a cabeça, movimentando a pesada cascata de cabelos castanhos em aquiescência silenciosa às colocações da amiga.

"Nádia tem razão. Não quero viver outro inferno. Melhor ficar sozinha, livre e tranquila do que envolvida numa história enrolada. Claudinho é um amor, eu o adorei, mas Nádia tem razão. Melhor não passar desse ponto", concluiu.

Parou ao lado do pequeno carro compacto, remexeu a bolsa à procura das chaves, destrancou o veículo e, acomodando-se ao volante, aguardou a outra sentar-se no banco ao seu lado. Então, encarando-a, respondeu:

— Serginho acabou, terminou. Aprendi a lição e não vou matá-la por ter falado sobre isso. Você fez bem em jogar um balde de água fria nos meus sonhos. Chega de sofrer! Não vou entrar nessa, não. Pode ficar tranquila. Aliás, só fiquei sabendo que Cláudio é casado ontem à noite, quando saímos para jantar. Ele é bem diferente do Serginho; é mais maduro. O pobre tem uma vida de cão.

— Todos têm — respondeu Nádia sem dar trégua. — A mulher de todos é doente, vive em médico, e os pobrezinhos não encontram ninguém que os compreenda, são solitários... — Ela revirou os olhos castanho-escuros para o alto, buscando na memória um argumento esquecido. Por fim, declarou enfática: — E muito importante: antes de conhecer você, nunca havia se interessado por outra mulher depois da esposa, é claro. Não me venha com essa de vida de cão, Catarina! Essa desculpa é velha demais!

Catarina riu, dando a partida no veículo e ingressando na via pública em direção ao apartamento que dividia com a amiga e colega de trabalho.

— Sim, os homens estão usando menos essa cantada, pois já está totalmente fora de moda. Mas sabe que, no caso dele, senti que era verdadeiro, não uma hist...

— Ah, sim! — interrompeu Nádia descrente. — Qual é a diferença?

— É uma história de anos, muito longa e bastante triste, por isso senti que era verdadeira. Ele não me aplicou a cantada "em muitos anos, você foi a única mulher que me despertou a atenção" ou "faz tanto tempo que não me sinto atraído assim por ninguém". Pelo contrário, ele foi muito honesto e falou até das culpas que carrega pelos envolvimentos que teve com outras mulheres desde que se casou. E, apesar do que você viu, não me convidou para estender a noite nem insinuou um envolvimento sexual.

— Puxa! Isso que é inovação. Ponto pra ele! Vai ver o cara é carente mesmo... de amigos, quero dizer.

— Também acho. Pobrezinho! Tem uma vida pra lá de ruim...

Enquanto se deslocavam para o apartamento, Catarina narrou resumidamente alguns fatos da história de Cláudio, que podiam ser compartilhados sem que lhe traísse a confiança.

No quarto do hotel onde estava hospedado, Cláudio terminou de tomar banho. Enxugando o corpo, ergueu-se automaticamente e, sem querer, viu seu reflexo no espelho que dominava a parte superior de um balcão onde estavam a pia e seus produtos de higiene pessoal.

A imagem chamou-lhe a atenção, e ele pôs-se a examiná-la, olhando-a como se fosse um estranho. Tinha boa aparência, olhos e cabelos escuros, boca bem desenhada, proporcional ao rosto, nariz reto, olhos grandes e profundos, sobrancelhas definidas, algumas mechas de cabelos grisalhos nas têmporas e umas poucas rugas nos cantos dos olhos. Deu um passo para trás e examinou o corpo, dando-se por satisfeito com o que viu. Sempre foi um homem vaidoso, gostava de cuidar-se, vestir-se bem, e não tolerava desleixo.

— É, Cláudio, para um quarentão até que você está bem! — disse ele para a imagem refletida e depois riu mostrando os dentes brancos e bem cuidados. — Que bobagem! Quanta besteira se é capaz de pensar numa madrugada por causa de uma mulher atraente e interessante. Seria bom se a gente fosse apenas o que está por fora: só casca, corpo; sem cérebro, sem sentimentos, sem memória... vivendo apenas os instintos. Seria mais fácil. Gostou? Pega. Não quer mais? Larga. Seria ótimo, mas... não é assim. E cá estou eu em plena madrugada gastando minhas poucas horas de sono com bobagens. Não deu, não deu, meu velho! Conforme-se! Catarina é uma mulher muito interessante e sensível. Eu não conseguiria agir só por instinto. Seria muito fácil me envolver com ela, apaixonar-me como um garoto de vinte anos... — E voltou a rir. — Bons tempos aqueles.

Sem querer, começou a recordar vários fatos da juventude: os amigos da faculdade, o primeiro carro, os jogos de futebol nos fins de semana, o interesse pela política estudantil, algumas namoradas sem importância, e, por fim, seus olhos perderam o brilho e seu rosto tornou-se sério ao lembrar-se de Marisa.

Quando a conheceu, ela era muito bonita e alegre, e, rapidamente, a paixão tomou conta dos dois, tornando-os quase inseparáveis. Agora, passados dezesseis anos, a realidade era muito diversa. Ela não era mais a "garota mágica", nem ele era o mesmo. Em comum, tinham uma história muito difícil, que, paradoxalmente, os afastava e os unia com laços firmes e pesados. Sentia o relacionamento atual como se fosse uma âncora pesada que o fazia permanecer parado no mesmo local.

Uma expressão dolorida e resignada estampou-se em sua face, e Cláudio voltou a contemplar a imagem refletida no espelho. Em silêncio, fixou os próprios olhos e não questionou a tristeza e a resignação que via neles. Conhecia-lhes as causas sobejamente.

"Fim de intervalo. É preciso voltar à realidade", pensou ele afastando-se e atirando-se na cama disposto a adormecer.

Já passava das dez horas quando Cláudio deixou a capital em direção ao interior do estado. Calculava que chegaria a casa no meio da tarde. A viagem transcorria serena, dando-lhe a oportunidade de recordar alguns momentos da semana.

Fora um ótimo descanso, acima de tudo. O encontro profissional transcorrera de maneira agradável e útil, especialmente na apresentação dos novos produtos que passariam a fazer parte de seu catálogo de venda. Entretanto, o melhor, inegavelmente, fora a companhia alegre e descontraída de Catarina. Adorou estar com ela a trabalho ou divertindo-se. Era daquelas mulheres que conseguiam transformar um dia chuvoso em algo cheio de encanto e prazer. Os seis dias ao lado dela fizeram-lhe imenso bem.

Funcionária nova, Catarina fora contratada para trabalhar na área administrativa da matriz e fazia parte da equipe de organização do encontro. Cláudio sorriu ao lembrar-se do momento em que a viu. Estava com César, um colega que era vendedor da região vizinha à sua, e os dois subiam os degraus para a área do hotel destinada ao evento quando ela passou pelos dois apressadamente. Algo nela lhe chamou imediatamente a atenção: o tipo físico da moça o atraía; não gostava de mulheres grandes. Catarina era ideal. Tinha estatura média, corpo feminino e curvas que o agradaram imediatamente — não se parecia com um esqueleto vestido. Os cabelos presos num coque frouxo salientavam os traços do rosto, a pele perfeita, a boca generosa.

Analisando friamente, Catarina era uma beleza comum, uma mulher bonita na faixa dos trinta anos, mas havia algo especial nela, que vinha de dentro do seu ser. O uniforme usado pelas funcionárias — um terninho azul escuro e uma camisa de seda estampada com o nome da empresa — assentava-lhe com perfeição, portanto, não eram as roupas que lhe chamavam a atenção.

— Ei, não olhe muito — advertiu César em tom debochado. — A moça vai notar...

— É o que espero — respondeu determinado. — Você a conhece?

— É nova. Chama-se Catarina e trabalha na administração. Quer que lhe apresente?

— Claro.

Uma oportunidade logo surgiu. Catarina estava auxiliando na recepção, distribuindo o material do evento aos participantes, quando César, com intimidade, aproximou-se fazendo brincadeiras e apresentando o amigo. Ela olhou-o com simpatia, foi gentil, educada e sugeriu-lhes que aproveitassem para escolher um bom lugar, pois a sala deveria lotar.

Depois, Cláudio usou cada momento livre para aproximar-se dela. Nas atividades, buscava os grupos em que Catarina estivesse e, no horário das refeições, surgia ao lado da moça na fila do bufê ou pedia para sentar-se à mesma mesa. Acabou conhecendo Nádia, amiga e colega de apartamento de Catarina, pessoa responsável pela indicação da moça ao cargo que ela ocupava atualmente. Eram amigas havia muitos anos.

No segundo dia, o grupo estava formado, e, ao final dos trabalhos, saíam juntos para conversar e relaxar.

Nesses contatos, Cláudio reconheceu nela uma pessoa sensível. Trocaram confidências, aprofundando a amizade. Depois de saber das experiências de Catarina, um pouco de seu modo de ser e pensar, a chama de Don Juan, de conquistador, arrefeceu. Ela merecia mais do que ele podia lhe oferecer, e, de outro lado, tinha de confessar a si mesmo que se envolver com uma mulher como Catarina seria muito diferente dos casos passageiros que vivia havia um bom tempo. Era infiel à esposa, mas se justificava por serem casos inofensivos, meramente de caráter sensual. Se não amava mais Marisa, também não amava nenhuma das muitas mulheres com quem se relacionara. Elas eram "terapêuticas", uma válvula de escape para não enlouquecer. A seus olhos, isso não caracterizava uma vida dupla. Envolver-se com Catarina, contudo, seria construir uma vida paralela. Tivera sentimento semelhante antes e ainda guardava lembranças da mulher que o inspirara.

Perdido em seus pensamentos, não percebeu as horas e os quilômetros passarem. Somente quando avistou, na rodovia, o trevo de acesso à cidade onde residia é que se ocupou com a lembrança da esposa. Seu rosto adquiriu uma expressão grave e fechada, seu olhar perdeu o brilho, e, sem notar, segurou a direção do carro com mais força.

"Como estará Marisa?", pensava ele. As rápidas ligações telefônicas não lhe informaram muito; eram apenas para assegurar-se de que ela estava viva e em casa. As conversas com a mãe eram mais longas, mas naquela semana, propositadamente, Cláudio ligara nos horários que sabia que Cleonice não estaria para atendê-lo. Assim, deixou um recado curto com a avó, e a obrigação de filho estava cumprida.

— Lar... doce lar! — murmurou Cláudio resignado e sem emoção ao sair do carro em frente à sua casa. Olhou-a rapidamente, suspirou e, sacando um chaveiro que trazia preso ao cós da calça, encaminhou-se para a porta da frente.

— Marisa, cheguei — chamou ele em bom som, observando, incomodado, o interior da moradia. — Que bagunça! Parece um chiqueiro! Tem resto de comida por todo canto.

Enquanto caminhava pela sala, foi recolhendo embalagens plásticas que rolavam sobre os tapetes, roupas largadas sobre os sofás, revistas espalhadas, copos e latas de refrigerante.

"Nada mudou", constatou em pensamento. "Ela continua no mesmo estado. Até quando, meu Deus? Já não sei mais o que fazer."

Alcançou a cozinha, ouviu o barulho da máquina de lavar roupas, largou as embalagens vazias no lixo e afastou a cortina xadrez para espiar o pátio externo.

Suspirou novamente, agora aliviado. No fundo do pátio estava Dora e Marisa, que, sentada à sombra, mantinha o rosto inexpressivo, marcado por olheiras tão grandes que era possível vê-las a distância, conferindo-lhe um aspecto cansado e doentio. Os cabelos continuavam sem corte, necessitando de cuidados. O corpo ganhara, nesses anos, formas arredondadas; estava gorda. Comia compulsivamente, dominada pela ansiedade e pela depressão que não conseguia controlar. Vestia-se sem cuidado nem gosto, sem se importar se as roupas favoreciam ou não sua aparência, se as cores combinavam, ou se o corte das peças lhe assentava bem.

Forçando um sorriso, aproximou-se das mulheres e curvou-se para beijar o alto da cabeça da esposa.

— Olá, meu bem. Como passou a semana? Está melhor?

Marisa olhou-o, forçou igualmente um sorriso — que nem de longe alcançou o olhar — e respondeu:

— Estou... bem, quer dizer, tudo do mesmo jeito. Você já se alimentou? Quer comer algo? Dora fez o bolo de que você gosta, e há suco de maracujá na geladeira.

— É uma boa ideia. Enquanto vocês arrumam o lanche, vou tomar um banho rápido para tirar a poeira da estrada.

Marisa concordou, e Cláudio retornou ao interior da casa. E o banho, que seria rápido, foi bem demorado.

Durante a refeição servida na cozinha, trocaram mais algumas palavras num diálogo cheio de silêncios até que Cláudio se levantou dizendo:

— Estou morto de cansado. Foi uma semana muito puxada. Vou descansar até o jantar. Você sabe a programação de filmes da televisão de hoje à noite?

— A revista deste mês chegou na quarta-feira, mas ainda não olhei. Ficou lá na sala; deve estar junto com as outras — respondeu Marisa, servindo-se de mais um copo de suco.

— Vou olhar.

Decidido a não se irritar ou se preocupar com a mulher, limitou-se à mera aceitação de seu estado e trancou-se no quarto de hóspedes, que vinha usando havia meses para descansar, evitando o uso da suíte e o convívio com a esposa.

Sentada à mesa, remexendo com a faca as migalhas do bolo sobre a toalha, Marisa ocupou-se com suas cogitações. Ignorou a presença da empregada e entregou-se ao mundo dos pensamentos.

"Traiu-me de novo. Ele não fala, por isso pensa que não sei. Bobo. Cada gesto dele, o modo como fala, como olha para mim, como me toca, tudo conta em detalhes que esteve com outra mulher. Cansaço? Sei... Está morto, exaurido, dá para ver o sono em cada linha do rosto. Dormiu muito pouco nessa semana, mas as atividades da empresa não se estendem à noite. Que desgraça de vida! Que droga! Perdi tudo e há tanto tempo. Não há mais como recuperar... mas fazer o quê, meu Deus? O quê? Exerci minha profissão por tão pouco tempo que nem posso dizer mais que tenho uma... meu casamento...". Nesse ponto de suas reflexões, fixou o olhar na própria mão e na aliança de ouro de aro grosso, moda na época de seu casamento. "Larga, pesada, aperta meu dedo. Não consigo mais tirá-la, virou uma algema. É como meu dia a dia. Estou algemada, não tenho como sair desta vida. Só um caminho me resta, e nem nele tive sucesso. Não sei por que... Trinta comprimidos foram pouco; deveria ter tomado o dobro. Acordar para quê? Sou uma porcaria de mulher. Não sei ser esposa nem amante. Não tenho vida fora desta casa e como mãe... essa é a causa de tudo. Inferno!"

Imagens do passado recente lhe invadiram a memória. Sem se dar conta, começou a agitar-se nervosamente na cadeira. Apertava a pequena faca com força deixando os nós dos dedos brancos.

Preocupada, Dora a observava. Esse comportamento era bastante frequente na patroa, e sabia o que estava por vir. Abandonou o pano de secar a louça sobre o balcão, apanhou um copo de água, pingou nele algumas gotas de um calmante natural e algumas colheres de açúcar e, arrastando uma cadeira, sentou-se ao lado de Marisa, abraçando-a em silêncio. Não tinha mais palavras para confortar a dor da patroa.

Nem um segundo havia se passado, e as lágrimas jorravam sem controle pelas faces de Marisa. Delicada, mas firme, Dora puxou-a de encontro ao peito, embalando-a enquanto chorava. O estado da patroa a penalizava profundamente.

— Tome as gotinhas, dona Marisa. — Ofereceu Dora tão logo a crise de choro da patroa deu sinais de trégua. — A senhora já chorou tanto... Sei que alivia o coração, mas é preciso lutar. A vida continua. Pense que é uma mulher jovem, tem saúde, um bom marido. Tem tudo para ser feliz. Quem sabe daqui a um tempo até outra criança...

— Não, não quero. Chega de filhos. — Reagiu Marisa com a voz embargada depois de ingerir num só gole o líquido do copo. Sabia o que lhe davam e ansiava pelos medicamentos.

“Ao menos eles me trazem algum alívio, esquecimento. Dormir, apagar...”

— Venha, dona Marisa. Vamos nos sentar na sala. A senhora fica lá lendo suas revistas, e eu fico ao seu lado dobrando as roupas secas, está certo?

Marisa encarou a empregada, ofertou-lhe um de seus sorrisos tristes e balançou a cabeça concordando.

“Dora tem pena de mim... pensa que sofro muito, por isso me conforta e é atenciosa. Se ela soubesse o que penso, o que sinto e por que estou assim, teria horror de mim. Julgaria que sou um monstro, e é realmente o que sou. Uma mulher-monstro”, Marisa pensava.

Capítulo 4

UMA CONVERSA REVELADORA

Entretanto, em virtude do axioma de que todo efeito tem uma causa, essas misérias são efeitos que devem ter a sua causa, e desde que se admita a existência de um Deus justo, essa causa deve ser justa. Ora a causa sendo sempre anterior ao efeito, e desde que não se encontra na vida atual, é que pertence a uma existência precedente [...].[6]

O tempo é igual para todos; o uso que fazemos dele é o que o diferencia, dando-lhe contornos muito próprios e especiais. Também vi correr sobre os acontecimentos a ação inexorável das horas. Aquela madrugada, sentado com Geraldo Fontes na areia à beira-mar, fora decisiva e passara.

De volta ao meu estúdio de trabalho, entreguei-me a anotar e organizar tudo o que ouvira, enquanto ele, na condição de visitante, descansava temporariamente acolhido em nossa instituição.

Frequentemente, nós nos tornamos ansiosos e insatisfeitos, procurando algo que nem mesmo sabemos com exata clareza o que é. Por assim dizer, trata-se de algo instintivo. Ante a história de Gabriel, eu me sentia ansioso e insatisfeito com o que havia feito até então. Alguns

---

6 KARDEC, Allan. **O Evangelho Segundo o Espiritismo**. Tradução Salvador Gentile. Araras: IDE.

tipos de pássaros deixam rastros magnéticos que lhes possibilitam se deslocarem pelo planeta e cumprir seu destino; algumas histórias também possuem rastros. Pegadas quiçá longínquas, como a distância entre os polos terrestres, e, se resolvermos contá-las, será sempre incompleto dizer o que fazem os pássaros no Hemisfério Sul ou Norte, sem relatar como chegaram lá nem pelo que foram atraídos.

Geraldo Fontes era parte desse rastro magnético do passado da atual família Batista. Eu ansiava por conversar com ele, pois a necessidade de descobrir esse caminho "supostamente invisível" era o que me fazia insatisfeito com todas as anotações e com os planejamentos para relatar a existência de Gabriel Batista.

Nunca podemos ver apenas o hoje, o agora, embora seja ele o que devemos viver. É preciso ver o aspecto dinâmico do tempo e da vida. Todos nós viemos do ontem, do passado, que não é um lugar obscuro e nebuloso, muito menos um forno divino onde foram moldadas nossas almas. O passado pulsa em nós, da mesma forma que o coração, no centro do corpo, bombeia sangue para todas as nossas células, sem que precisemos pensar ou dar comandos para tal. Ele simplesmente está lá, e, quando levamos a mão ao peito, sentimos as pulsações. O passado é o coração de nossa mente; ele pulsa no fundo da consciência, e, todas as vezes que a tocamos, a questionamos, auscultamos nosso passado. Pode ser o passado recente ou o remoto, mas será sempre ele o consultado.

O hoje é o fruto desse tempo vivido e está preso a ele como um fruto ao galho. Não há cisões. Se analisarmos o que somos, pensamos e sentimos, quais são nossos interesses, nossas inclinações, nossos medos ou traumas, seguiremos esse rastro magnético "invisível" que nos conduz às ações do ontem. Portanto, ele é incompreendido, "supostamente invisível", apenas para aqueles que se negam a adquirir a consciência de viver, a operar em si a transformação de seres inconscientes para seres que se descobriram e descobriram o sentido da vida, que é buscar o aperfeiçoamento.

De nada adiantaria, caro leitor, levá-lo comigo a observar a rotina atual dos membros da família de Gabriel Batista; é preciso conhecê-los com maior profundidade, saber de onde vieram.

— Olá, José Antônio! — chamou Georges às minhas costas, quebrando totalmente a concentração com que eu escrevia, surpreendendo-me e assustando-me. Quando escrevo, perco absolutamente a noção de tempo e espaço; transporto-me para a história e a época, enfim, para o ambiente em que se desenrolaram os fatos que atraem minha atenção e me motivam a narrá-los. E meu bom amigo Georges desconhece maneiras sutis de comunicar sua chegada. Acredito que ele tenha alguma forma de diversão ao me ver sobressaltar-me, pois sorria quando o encarei e respondi ao seu cordial cumprimento.

— Desculpe — pediu-me com o sorriso alegre, que, desde que o conheci, sempre desarmou qualquer reação menos positiva que sua presença pudesse provocar e nos faz reagir prazerosamente ao seu contato. — Não quis assustá-lo, mas sempre me esqueço da forma como você se concentra em seu trabalho. Perdoe-me.

Poderia jurar que vislumbrava um brilho travesso no olhar de Georges, mas sorri e respondi:

— Depois de tantos anos juntos, um de nós dois tem que se acostumar com o outro. Que seja eu, então! Pularei na cadeira quantas vezes for necessário, mas continuarei sendo seu amigo. Está perdoado. O que deseja?

Georges, muito à vontade em suas rústicas roupas brancas de barras coloridas e franjadas, avançou em minha direção e sentou-se na beira da mesa, depois de afastar, ordenada e respeitosamente, o material que eu estivera usando.

— Gabriel acordou. Vou vê-lo e pensei que gostaria de estar presente.

"Como não me afeiçoar a ele?", questionei-me. Mesmo quando me contrariava interrompendo meu trabalho, demonstrava que tivera zelo e carinho pelos meus interesses. Como se lesse minha mente, prontamente retrucou:

— Vá com calma, sem santidade. Adoro importuná-lo de vez em quando, e não se esqueça de que também tenho minha mísera participação como coautor deste romance.

— Que eu saiba você não escreveu nenhuma página — respondi.

— De fato, mas sem mim você não teria uma centena delas.

— Hum... vou pensar nessa coautoria estranha depois da visita a Gabriel. Está indo vê-lo, não é?

— Exatamente.

Verifiquei rapidamente se deixara as anotações de maneira a prosseguir depois e, dando-me por satisfeito, o acompanhei.

Ao longo de anos seguindo a trajetória de Gabriel Batista, desenvolvi por ele um sentimento de profunda ternura e compaixão. Ele era alguém perdido no rastro magnético do tempo entre um polo e outro. Dolorido e fascinante, tornava visível a fruta e o galho da árvore da vida, ou seja, o passado e o presente, bem como a própria essência bruta do ser. E nós, primeiro, fomos sons que o chamavam, depois vultos em meio às luzes em que vivia, por fim, ganhamos contornos humanos e amigos, conquistando alguns momentos de sua confiança.

A caminho do encontro, indaguei de Georges:

— Teve alguma informação sobre o estado dele?

— Apenas que está desperto e sozinho.

— Soube que Geraldo Fontes está conosco?

— Sim, fui informado. Talvez venha a nos ser útil. Há um grande afeto entre os dois, e isso sempre ajuda. Embora Geraldo não apresente ainda as melhores condições, não podemos desprezar a possibilidade de os dois se ajudarem mutuamente, apoiando-se no amor que sentem e nas vivências compartilhadas. A questão é libertar Geraldo do rancor e prosseguir com a ajuda a Gabriel.

— Conversei bastante com Geraldo. Ele é muito sofrido e inconsciente; precisa estudar as leis da vida. Encaminhei-o para assistir a algumas palestras e participar dos grupos de discussão. Conviver, alterar a rotina, debater ideias deverão auxiliá-lo na mudança que ele precisa fazer, mas ainda não vê. Espero que desperte nele a necessidade de uma autoavaliação. Creio que no local onde vive esse processo tem sido lento.

— É preciso aguardar. Receber é bem diferente de dar. Tudo dependerá da forma como ele receberá o que nossa instituição oferece. Gabriel é um motivo forte para que Geraldo promova essas mudanças, mas tanto a situação do menino quanto a dele exigem perseverança e grandes doses de compreensão e afeto. Só o tempo nos dirá se eles conseguirão ou não. Peço a Deus que isso seja viável, que descubram o hoje, o presente, e o que podem e devem fazer com ele.

— É fundamental. Depois do que e de como viveram no passado, tanto na existência anterior quanto nesta, precisam reavaliar, libertar-se...

Georges concordou. Num gesto típico de balançar a cabeça, mergulhou no silêncio, traçando mentalmente abordagens a Gabriel. E eu não pude me furtar de meditar sobre a história passada de nosso amiguinho.

Capítulo 5

NO RASTRO DO INVISÍVEL

A justiça de Deus está inteiramente nestas palavras do Cristo: a cada um segundo as suas obras; mas é preciso entendê-lo como as obras boas ou más que realizaram livremente, voluntariamente, as únicas nas quais incorreram em responsabilidade [...].[7]

O som do chicote varava o ar, e seu estalido no lombo do cavalo castanho que puxava a charrete provocava gritos no escravizado que conduzia o veículo e um leve ar de incômodo na moça que, sentada entre fitas e sedas no interior do carro, se abanava com um grande leque de rendas brancas debruadas de vários tons suaves de cor-de-rosa.

A ama a acompanhava com o olhar; era a única a lamentar a triste sorte do animal que sofria repetidas chicotadas. Anastácia tinha ganas de tomar as rédeas das mãos do condutor. Um solavanco forte pôs fim à sua paciência, fazendo-a bater na lateral da charrete, tamanha a força com que o veículo a jogara para os lados.

— *Tenô*, *ocê* pare de *corrê cum* esse bicho! — gritou Anastácia, puxando a rústica camisa de algodão do companheiro. — A sinhá *num* tem tanta pressa para que *ocê pricise matá* o bicho a relho.

Antenor, o escravizado que conduzia a charrete, resmungou algumas palavras de desprezo ao pedido da ama e não modificou sua conduta.

7 KARDEC, Allan. **O Céu e o Inferno**. Tradução Salvador Gentile. Araras: IDE.

De pronto, ergueu o braço e açoitou o cavalo, balançando as rédeas e instigando-o a correr. O pó deixado para trás erguia-se como uma nuvem vermelha escondendo as plantações de café.

— *Tenô, ocê* pare, homem! Tá correndo muito, num *pricisa*. É cedo — insistiu Anastácia.

Incomodada com a discussão entre os escravizados, Isadora abaixou o leque e ordenou:

— Ande mais devagar, Antenor. Não pretendo ficar com o corpo dolorido pelo sacolejar dessas estradas horríveis. O senhor Geraldo e sua família podem esperar.

— *Ó*, agora é a sinhá que tá mandando! Pare *di corrê cum* essa charrete! — frisou a ama com ares de superioridade.

O escravizado calou-se. Havia recebido ordens de conduzir a sinhá Isadora e a ama até a fazenda dos Fontes, que ficava bastante afastada da vila. Deveriam chegar antes da hora do almoço; essa era sua desculpa para correr. A verdade é que adorava sentir o vento no rosto e ver as plantações passarem rápidas ante seus olhos. Por breves momentos, embriagava-se do poder e da liberdade que sentia ao fazer correr as rodas do veículo. Odiava aqueles passeios monótonos em que os cavalos iam a passos lentos. Resignou-se, afinal, era ordem da sinhá. Deveria obedecê-la, ou suas costas sentiriam a dor das chicotadas.

Seguiram lenta e calmamente. Atrás da charrete já não se erguia mais uma nuvem vermelha, e Anastácia sorriu satisfeita.

Isadora era uma jovem de feições encantadoras. Tinha os traços delicados e miúdos, os cabelos loiros arranjados num penteado simples e bem-feito, que deixava à mostra o rosto com seus belos olhos castanhos de longas pestanas, o nariz levemente arrebitado e a boca rosada. A tez clara tinha a suavidade de uma pétala de rosa branca. Era baixa e magra. Vestia-se muito bem; era educada e polida. Cativava as pessoas com seus modos graciosos e gentis, porém trazia no fundo do olhar uma expressão de tédio e insatisfação, embora nada lhe faltasse na pequena região agrícola onde vivia. Contava, na época, dezessete anos e estava noiva de Geraldo Fontes, único filho legítimo de um dos mais ricos produtores de café da região.

Enfim, a jovem tinha tudo que, teoricamente, deveria fazer a felicidade de uma moça nos idos de 1870, no interior do Brasil rural. Ela, contudo, estava longe de ser feliz.

Meia hora depois, entre solavancos, a charrete apontou no início de uma alameda arborizada que levava à sede da fazenda da família Fontes.

Um grande casarão em estilo colonial português dominava o centro do espaço repleto de construções funcionais que atendiam aos afazeres da plantação e aos cuidados com a produção. Um pouco afastados dali, ficavam as senzalas, os galinheiros, os chiqueiros e as cocheiras, bem como o espaço de uma horta. Ao redor da casa floresciam jasmins, açucenas e azaleias, em canteiros coloridos.

"Eis aí a Fazenda dos Fontes", constatou Isadora em pensamento. "É bonita, mas é tão singela! É igual aos seus proprietários."

E lá se foi seu pensamento em busca da imagem do noivo, por quem ainda não conseguia definir os sentimentos que abrigava. Ora julgava que o amava e se sentia apaixonada por ele, mas, logo depois, dúvidas e a velha insatisfação — companheira diária de Isadora desde que saíra da infância — a assaltavam, sugerindo que, na verdade, a moça se iludia, pois no âmago de seu ser havia um vazio, uma expectativa, uma ansiedade, por um sentimento forte, verdadeiramente eletrizante. Queria a paixão narrada pelos autores do Romantismo; queria ser capaz de deixar-se morrer de amor.

Geraldo, com seus modos tranquilos, honestos e simples não lhe despertava sensações além de simpatia. Fisicamente, era um homem jovem, saudável, que se vestia com apuro. Considerando que vivia no campo, era asseado. Os cabelos castanhos e lisos estavam bem cortados e penteados. Seus maiores encantos ficavam por conta dos olhos de um tom esverdeado e a conversa sempre fácil e agradável. Interessava-se por agricultura e mostrava-se um leitor voraz, o que fazia dele uma pessoa bem informada e com opiniões definidas. Continuaria o trabalho de seu pai na propriedade da família e adorava a atividade, mas não limitava sua vida e seus interesses às cercas da Fazenda Fontes.

Conhecia Isadora desde menina. Quando ela nasceu, ele tinha dez anos e lembrava-se de haver acompanhado a mãe no batizado de sua noiva. A amizade ganhou ares de paixão quando a jovem completou quinze anos. Desde então, passou a cortejá-la, e há seis meses estavam noivos com o casamento marcado.

Geraldo contava os dias e as horas para ter Isadora como esposa. Imaginava-se, depois de casado, apresentando-a aos seus amigos de fora — muitos da capital da província e alguns até mesmo da corte — e dizendo cheio de orgulho e satisfação: "Esta é a senhora Isadora Fontes, minha esposa".

Antecipava os olhares de admiração e surpresa dos amigos por vê-lo casado com uma jovem bela e delicada, nascida nos grotões onde vivia sua família. Lembrava-se dos tempos de estudante, em que os colegas debochavam de seu amor à terra natal e o provocavam dizendo que ele acabaria casando-se, na melhor das hipóteses, com uma cabocla, uma mestiça.

Nesses devaneios, via-se sempre como um marido feliz, plenamente realizado, tendo a seu lado a jovem mulher sorridente e igualmente feliz e satisfeita com a vida pacata, dedicada ao trabalho e à família. Sendo filho único, sonhava com uma família grande; queria muitas crianças correndo pela casa, estampando nas feições os traços dele e de Isadora.

A paixão pela jovem o deixava cego. Vítima das próprias ilusões, Geraldo via em Isadora apenas o que desejava, o que queria ver, o que reforçava seus sonhos. Nunca vislumbrara a insatisfação e a incerteza que ela carregava na alma nem cogitara as razões que a moviam para aquele casamento.

Dona Márcia, mãe de Geraldo, bordava sob a luz que entrava por uma ampla janela na sala de estar, quando ouviu o trotar dos cavalos e o ruído das rodas da charrete. Sorriu e largou o bordado no cesto ao lado. Andou depressa até a frente da casa e, ao passar pelo longo corredor, mirou-se em um espelho antigo. Viu seu reflexo: uma mulher de quarenta e sete anos, com olhos e cabelos castanhos, mesclados com fios brancos na fronte e nos lados do rosto. Tinha as formas ainda bem definidas, e o rosto guardava a mesma serenidade e alegria que anos atrás haviam encantado Jerônimo Fontes, seu marido.

Apressou-se a recepcionar a futura nora por quem tinha grande carinho. Mal pararam, e dona Márcia aproximou-se cumprimentando a recém-chegada.

— Querida, venha logo! Vamos sair desse sol escaldante. Venha. — E, tomando-a pela mão, fê-la andar depressa para dentro da casa onde era mais fresco. — Mandei prepararem seu suco preferido. — Tocou um pequeno sino de prata chamando uma das escravizadas domésticas.

— Geraldo chegará logo. Foi inspecionar as lavouras do lado norte; ficam mais distantes e são grandes. Você as conhece, não?

Isadora sorria para a futura sogra e balançava a cabeça concordando. Não era preciso muito mais do que isso para que dona Márcia prosseguisse falando.

— Ele saiu cedo, justo para estar aqui quando você chegasse. Ficará feliz quando já a encontrar aqui, entre nós. Não demorará a chegar. Foi com meu marido, e isso me diz que a inspeção deve ter sido rigorosa. E seus pais? Como estão? Dona Lucélia não pôde vir?

Sempre sorrindo e procurando ser simpática e atenciosa, Isadora respondia pacientemente às perguntas da mãe de Geraldo. Estava acostumada à tagarelice faceira de dona Márcia e até gostava de conviver com ela, embora sentisse em alguns momentos que um enorme cansaço e tédio a invadiam na companhia da futura sogra — sentimentos que disfarçava com maestria sob fingida timidez.

Ouvindo dona Márcia discorrer sobre os bordados que fazia para ajudar no enxoval da nora, Isadora observava o conforto da residência dos Fontes. O exterior era limpo e colonial clássico, de linhas retas e sem nenhum adorno, mas o interior da casa era confortável, belo e adornado com algumas preciosidades de prata e cristal, além dos móveis de madeira de primeira qualidade artisticamente torneados. Por toda parte viam-se expostos trabalhos manuais da dona da casa, muito bordado e crochê em toalhas, guardanapos, cortinas e almofadas. Praticamente em todos os tecidos havia detalhes atestando a habilidade da matriarca, e isso dava à casa um toque aconchegante, acolhedor e bastante pessoal ao ambiente.

"Será que, depois de casada, minha vida também será assim? Viverei entre agulhas e linhas, olhando o cafezal ao longe, admirando o vaivém dos trabalhadores escravizados?", indagava-se mentalmente Isadora. Sem conter a curiosidade, tentando de alguma forma antecipar o que seria seu futuro naquela fazenda, perguntou:

— Dona Márcia, quantas horas por dia a senhora faz trabalhos manuais? É o dia inteiro?

Ouviu-se de imediato a risada alegre e espontânea de dona Márcia, que, desta vez, largou sobre o colo a peça que estava bordando e, com os olhos brilhantes, encarou a jovem perscrutando em seu semblante as razões por trás da pergunta.

— Agora, minha querida, bordo às vezes pela manhã, mas não pense que a vida aqui seja preguiçosa ou entediante. Trabalhamos muito, de sol a sol, minha criança. E não fico sentada na sala como um bibelô; eu também trabalho. Fui criada pelos meus sogros — já falecidos, infelizmente. Que Deus os guarde, eram almas santas —, que me ensinaram a bênção que é trabalhar. Sou-lhes profundamente grata. Não tenho tempo para me sentir só ou entediada, como ouço tantas mulheres de minha idade reclamarem. Não, a vida renova suas bênçãos todos os dias, me dando a oportunidade de agir, movimentar minhas mãos, meu corpo, minha inteligência, meus conhecimentos para ser útil. Sabia que não sinto o tempo passar? E, frequentemente, quando alguém pergunta minha idade, preciso fazer conta de cabeça para dizer qual é, porque esqueci.

— O que a senhora faz? — indagou Isadora de pronto, sem omitir no tom da voz as notas de espanto, esquecendo-se dos bons costumes. Ao som das próprias palavras, apercebeu-se da indelicadeza que dava a entender sua descrença na afirmação da senhora da fazenda e pediu sinceramente: — Desculpe-me. É que, quando venho à fazenda, a encontro entretida com algum trabalho manual e... as salas da casa são tão bonitas, decoradas com tantos trabalhos seus que pensei...

— Que viver aqui fosse bordar e fazer crochê o dia inteiro enquanto houvesse luz — completou dona Márcia condescendente. — De modo algum. Não é assim, minha filha. São mais de cento e cinquenta pessoas morando nestas terras. Todos precisam se alimentar, cuidar da saúde, ter o que vestir e calçar, ter onde e como viver. Hoje, há aqui vinte e duas crianças entre sete e onze anos, e todas elas precisam de atenção.

— Está falando dos filhos de escravizados e empregados? A senhora dá atenção, se envolve com eles? — Isadora não conseguiu disfarçar a surpresa. A declaração da mãe de Geraldo soava-lhe como algo estranho, quase inconcebível para ninguém menos que a mulher do homem mais rico da região.

— Claro, adoro crianças. Quando me casei com Jerônimo, queria ter pelo menos meia dúzia. Mas... depois do Geraldo, não engravidei novamente. Ajudar a educar as crianças da fazenda me faz muito feliz.

— Os negrinhos?!

— Sim — retrucou dona Márcia, sorrindo do espanto da jovem. — São crianças negras. Não vejo diferença, salvo a cor da pele. Posso lhe garantir que se comportam como meu filho quando estava na infância. São barulhentas, curiosas, brincam, aprendem, ficam ranzinzas quando têm sono, sentem fome, adoram açúcar...

— Açúcar?

— Sim, elas comem balas e doces. Nunca notou que os escravizados da fazenda, tanto quanto possível, comem o mesmo que nós aqui em casa?

Isadora balançou a cabeça em negativa. Nunca lhe ocorrera saber como viviam os escravizados dos Fontes. Em sua casa, na vila, havia alguns escravizados, que eram tratados como todos os demais, sem nenhuma regalia. "Açúcar não é alimento para eles. Isso é um despropósito", pensou.

— Pois comem. À tarde, depois das 16 horas, eu os ensino a ler, escrever e fazer contas. São poucos os escravizados nascidos aqui que não sabem ler e escrever.

— E com que fim? A vida deles é a lavoura. Precisam saber mais do que obedecer?

Dona Márcia começava a ver o trabalho que teria pela frente quando aquela jovem de feições meigas fosse residir sob seu teto. "Ah! Casamento coisa bem difícil. Será que Geraldo está vendo bem essa moça? Ela, sem dúvida, é encantadora, mas é tão imatura!", pensava a senhora analisando as opiniões e expressões da jovem.

— Não acreditamos que eles serão escravizados a vida inteira. Ninguém gostaria de ser, e, quando se libertarem, certamente precisarão desses conhecimentos. Além do mais, só por serem tratados dessa forma, eles já são melhores, mais compreensivos e inteligentes. Entretanto, independentemente dos resultados com e para eles, eu seguiria fazendo esse trabalho porque me alegra. Aqueles negrinhos barulhentos enchem minha vida de carinho. É o que me basta.

— Desculpe se estranhei e custo a entender; é que eu não fazia ideia. Ninguém nunca disse nada aqui ou lá na vila.

— Não tem do que se desculpar, minha filha. Não falamos da forma como vivemos aqui; são poucas as pessoas que sabem como a Fazenda Fontes funciona. Você virá morar nestas terras em breve; era tempo de saber.

"Saber não significa participar ou concordar", pensou Isadora, baixando a cabeça e fingindo olhar detalhadamente um bordado de um ramo de rosas em ponto cheio, que adornava o centro de uma almofada onde apoiava o cotovelo.

Notando o interesse da futura nora pelo trabalho manual, dona Márcia principiou a falar sobre a maneira de executar o ponto e riscar o desenho.

A conversa amena descontraiu ambas, e, ao adentrar a sala, Geraldo enterneceu-se ao ver a integração amistosa entre as mulheres que amava.

— Mamãe! Isadora! — chamou ele, andando ao encontro delas. Rapidamente, beijou a testa da mãe e, enamorado, admirou o rosto suave e juvenil da noiva, enquanto lhe tomava as mãos para beijá-las. Depois, puxou-a gentilmente para sentar-se numa poltrona de dois lugares ao seu lado e em frente à dona Márcia. — As lavouras estavam realmente precisando de uma inspeção mais rigorosa. Papai tinha razão. As pragas têm invadido a plantação, e não são todos os escravizados que as identificam. Alguns só veem o problema quando a infestação já está grande. Você perdoa minha ausência em sua chegada?

Isadora sorriu convencida, segura de seu poder sobre o homem que, em breve, seria seu marido. Tímida diante da paixão escancarada no olhar de Geraldo, a jovem enrubesceu.

— É seu trabalho; não há o que perdoar. Hoje nem mesmo é domingo ou dia santo. Só vim à fazenda porque sua mãe insistiu, pois à tarde começará a reforma dos cômodos que serão nossos depois do casamento — respondeu Isadora delicadamente, sem conseguir esconder certo nervosismo no tom da voz e no movimento constante das mãos.

— Por mim, você viria aqui todos os dias e acompanharia cada pequena modificação a ser feita. Meus pais e eu queremos que você se sinta em seu lar desde agora — disse Geraldo. — Por falar nisso, quais são os planos?

— Você não ouviu, meu filho? — retrucou dona Márcia contemplando o bonito casal de namorados e recordando-se dos tempos da infância de seu primogênito. Tinha a sensação de que fazia tão pouco tempo, entretanto, ele já era um homem e logo, quem sabe no próximo ano, ela já seria avó.

— As reformas começarão à tarde. Aliás, vocês ainda não me disseram quais quartos pretendem usar — comentou dona Márcia, fugindo da nostalgia.

— Ficaremos com aqueles voltados para os canteiros de azaleias? Você não mudou de ideia? — inquiriu Geraldo dirigindo-se a Isadora.

A felicidade transparecia no rosto de semblante aberto e luminoso do rapaz.

— Não — disse Isadora. — Aqueles estão ótimos.

— Muito bem! — elogiou dona Márcia. — Começaram muito bem! Sou da opinião que um casamento é construído com muitas coisas, mas uma é fundamental: é preciso usar a língua. Falar, conversar sobre tudo o que envolva o marido ou a mulher, seja bom ou ruim, importante ou uma bobagem qualquer. Diálogo, troca de informações e opiniões. A esposa não pode ser uma estranha nos negócios do marido, e o marido não pode ser uma visita dentro de casa. É preciso dividir espaços. Não acredito em isolamento, em deveres específicos do marido ou da mulher. A natureza nos diz que as necessidades são mútuas e que as diferenças se completam.

— Falou a sabedoria de dona Márcia! — disse o senhor Jerônimo adentrando na sala sem ser percebido. Embora tivesse um corpo grande e pesado, ele movia-se silenciosamente.

O olhar de dona Márcia suavizou-se iluminado pelo sorriso amoroso com que acolheu o marido, e, em tom de troça, provocou:

— E não é assim que vivemos há quase trinta anos?

— Tanto tempo? A senhora tem certeza? Não pode ser... — retrucou Jerônimo Fontes, encarando a esposa com um largo sorriso.

A intimidade entre o casal era patente, e Isadora, pouco afeita à informalidade na relação conjugal — pois o exemplo dos pais era precisamente o oposto —, sentiu-se ainda mais encabulada.

A sogra era uma mulher muito diferente de sua mãe. Em público, dona Márcia portava-se muito bem; era distinta, mas ia muito pouco à vila. Não escondia de ninguém o quanto adorava o pedaço de chão onde se erguia seu lar, por isso Isadora não tinha uma ideia muito clara de como era o convívio doméstico da família do noivo. Inegavelmente, surpreendia-se e, sem saber como agir, apenas os observava.

A tarde escoou rápida. O sentimento de insatisfação recolheu-se bem fundo no íntimo da jovem, em meio aos carinhos e às atenções com que Geraldo a cobria. Escondeu-se tão fundo o dito sentimento que Isadora acreditava estar no paraíso, feliz, contente, satisfeita, não querendo nada na vida além de estar ao lado dele. Nesses momentos, a jovem não guardava dúvidas do amor que devotava ao futuro marido.

Após o lanche, despediram-se ternamente diante da casa.

Instalada na charrete, Isadora entregou-se às lembranças dos momentos vividos na fazenda e dos planos de arrumação dos aposentos, da festa de casamento e da vida conjugal. Nenhuma atenção deu às arengas entre os escravizados nem mesmo ouvia o que falavam. Não lhes dava atenção. Segundo seu modo de ver, sempre falavam demais e inconvenientemente.

Quando estavam chegando próximo à vila, o sol já se despedia tingindo o firmamento de um tom alaranjado. Uma brisa fresca anunciava a noite, e os pensamentos da moça não tinham mais o mesmo teor. Ao olhar para a vila e sua movimentação tão rotineira, a antiga insatisfação ressurgiu das profundezas de seu ser.

"Graças a Deus, falta pouco para o casamento. Logo estarei livre de ver sempre as mesmas pessoas fazendo as mesmas coisas. A vida na fazenda é mais ativa, emocionante. Aqui, sei tudo o que posso esperar: papai envolvido em suas compras e vendas, em suas contas a pagar e receber; mamãe com suas amigas roliças, falando da organização das festas da paróquia, de comidas... Não! Dezessete anos vivendo isso o dia inteiro é o bastante para qualquer cristão."

Os últimos três meses de noivado literalmente voaram, e raiou o dia das núpcias de Isadora e Geraldo. A pequena vila estava em festa havia dias, e muitas pessoas envolveram-se na organização das bodas.

Em seu quarto, Isadora estava sendo preparada e assessorada por várias mulheres, que se dedicavam a apertar o espartilho da noiva, fechar uma infinidade de pequenos botões, arrumar todos os enfeites do vestido de saia ampla e rodada em cetim cor de pérola, com cuidado para não estragar o penteado.

Após muita algazarra, o grupo de mulheres, enfim, afastou-se, deixando a noiva pronta em frente ao espelho de corpo inteiro que ficava em um canto do aposento.

Embevecida com a própria beleza, Isadora sorriu, ajeitando detalhes insignificantes.

— Linda! — declarou dona Lucélia às lágrimas.

— A mais bela que este lugar já viu passar pelo corredor da igreja — concordou dona Firmina, amiga da mãe da noiva.

— Não haverá hoje homem mais feliz que Geraldo Fontes! — falou dona Josefa.

— Nem mais invejado! — Lembrou dona Firmina e, aproximando-se da noiva, beijou-lhe o rosto desejando: — Que sua beleza hoje seja um prenúncio de uma bela vida ao lado do seu marido.

Lutando com as lágrimas, dona Lucélia aproximou-se da filha, tomou-lhe as mãos e, olhando-a nos olhos, disse:

— Minha filha, parece que foi há tão pouco tempo que você nasceu ali, no meu quarto. Minha única filha mulher. Seus irmãos já estão casados, vivem longe, foram embora. Quando você nasceu, me senti acompanhada. As filhas sempre são mais atenciosas com a família. — Um murmúrio de concordância acompanhou o discurso de dona Lucélia. — Agora você está indo embora, e estou triste e feliz. Até hoje, acreditava que isso não poderia acontecer, que ou se está feliz ou se está triste, mas agora sei que posso experimentar os dois sentimentos ao mesmo tempo. Que pode ocorrer alegria e vazio num mesmo dia.

— Mamãe, não exagere. Até parece que irei para muito longe! A fazenda fica a apenas duas horas daqui. Antenor irá levá-la quantas vezes a senhora desejar.

— Eu sei, filha. Eu sei. — Conformou-se dona Lucélia, entendendo que a filha não lhe compreendia as emoções, largando-lhe as mãos. — A vida me ensinou que devemos sempre cuidar primeiro de nossas obrigações como mães e depois como esposas. Lembre-se disso e cuide para que ninguém venha lembrá-la de um dever. Assim, seu casamento será feliz. Você deve estar nervosa, deve querer saber coisas sobre a vida entre uma esposa e seu marido... — Novo murmúrio acompanhou as expressões de dona Lucélia.

— Tolere, minha filha — murmurou dona Firmina em um conselho paralelo. — Lembre-se de que a alegria maior do casamento são os filhos e a vida em família.

— Ah, pois sim! Deixe de dizer bobagem para Isadora! — ralhou Josefa, acercando-se da noiva. Pousando a mão sobre o ombro da jovem, disse com firmeza: — Não creia nisso, Isadora. Os filhos crescem e vão embora. Esse é o caminho que todos nós já fizemos e que continuará a ser feito. Tenha-os, ame-os, mas não faça deles sua felicidade. Você está se casando hoje com um moço muito bom, honrado, que a adora. É fácil ver isso no modo como ele a olha. Ame-o de coração, seja sua mulher, sua companheira, sua amiga, e lembre-se: os filhos virão por vocês dois, mas só vocês dois permanecerão juntos até o fim da vida.

Ao ouvir as palavras de dona Josefa, um calafrio percorreu a coluna de Isadora. A jovem guardava certa ansiedade e temor pelas núpcias, mas sabia que era inevitável. Não conhecia praticamente nada a respeito de sexo, e o pouco que sabia fora ensinado pela ama. Mas a ideia de permanecer com Geraldo Fontes até o fim da vida lhe causava medo.

"Em poucos minutos e pelas palavras do padre, comprometerei toda a minha vida, meu futuro, que nem ao menos sei como será", pensava Isadora. "Daqui a poucos minutos, me tornarei Isadora Fontes e assim serei para o resto de meus dias. Que resto?! Se eu morrer com sessenta anos, ainda falta bem mais que o dobro do tempo que já vivi. Daqui a pouco, tudo o que sei é que serei a esposa do Geraldo até o fim de minha vida. Meu Deus, isso realmente será bom para mim? Faça com que seja, eu Lhe peço."

Mergulhada em suas reflexões e inseguranças, Isadora não prestou atenção no burburinho de conselhos e discussões entre as outras senhoras, que, na verdade, aproveitavam a ocasião e a desculpa de aconselhar a noiva para discutirem as próprias experiências e dúvidas, falando abertamente de um assunto que era tabu e só vinha à tona à guisa de dever.

Engolindo as incertezas e inseguranças que lhe davam vontade de fugir para bem longe da vila, da fazenda e de seus habitantes, Isadora voltou a mirar-se no espelho, perdendo-se na contemplação de sua imagem.

"Não sei se a vida realmente tem algum sentido. Se tem, ainda não o descobri. Vai ver é assim com todos, e cada um dá uma desculpa. Como diz padre Antônio quando me confesso, esses pensamentos talvez sejam mesmo obra do demônio e eu tenha, de fato, que tomar cuidado com isso, senão irei para o inferno. Ele sempre diz que não penso em coisas boas, mas as penitências são de pouco valor. Se é mesmo o demônio que me faz me sentir assim, estou perdida. Agora mesmo, se ele soubesse que, antes de ir para a igreja me casar, estou pensando em todas essas coisas, o velho padre me daria uma penitência que, de tão longa, eu só conseguiria me casar amanhã."

Outro sorriso desenhou-se nos lábios de Isadora, enquanto as senhoras, alheias à jovem que se mirava no espelho, continuavam a discutir sobre a vida conjugal.

Uma forte batida na porta sobressaltou a todas. Do outro lado, a voz potente do senhor Leonel trovejou irritada:

— Vocês estão abusando da minha paciência, da dos Fontes e dos convidados. Já se passaram quinze minutos do horário marcado para o casamento e nem ao menos saímos de casa. Vamos embora logo! Estou esperando lá fora.

Apavorada, dona Lucélia olhou para as amigas e a filha. Prontamente, as mulheres esqueceram o assunto que as entretinha e olharam rapidamente para a noiva, reafirmando que ela estava muito bela. Esquecidas dos nobres deveres daquele momento solene, empurraram Isadora para fora do quarto e, depois, em direção à charrete enfeitada de flores, onde o pai da noiva a aguardava com expressão irada e sombria. Reservado como sempre, o senhor Leonel não dirigiu à filha um sorriso, um olhar amigo, nada. Assim que a viu sentada ao seu lado, apenas deu ordem a Terêncio para ir rápido à igreja.

No alto da torre, o badalo bateu forte e sonoro, anunciando a chegada da noiva, que, enquanto se apressava para acompanhar o pai, não pensou nas fortes batidas do coração que a ensurdeciam para o exterior. Era um chamado que vinha de dentro, convidando-a a pensar, a tomar conhecimento do que se passava em sua alma, a reconhecer o medo, a insegurança, as poucas razões convincentes pelas quais estava, naquele momento, vestida de noiva em frente à igreja do vilarejo, ouvindo o sino anunciar a realização de um sacramento festivo.

A poucos metros dali, Isadora viu a mãe e o séquito de amigas avançarem em meio ao pó, descendo alvoroçadas das charretes que formavam o cortejo que a acompanhara. Tantas mãos mexeram em sua cabeça, alisaram seu vestido, tantas vozes juntas chegaram aos seus ouvidos que Isadora se sentiu anestesiada. O coração da jovem, por fim, acalmou-se, e ela acreditou firmemente nas palavras que ouviu, sem, contudo, saber de quem eram:

— Está linda. Que glória! Será muito feliz. É uma jovem de muita sorte e está se casando muito bem.

Em meio ao burburinho, sem saber como, Isadora se viu à porta da igreja. O coral entoou a ave-maria; e a pequena congregação, em seus melhores trajes, ergueu-se. De pé, em frente ao altar, Geraldo Fontes sorriu radiante ao ver a noiva. A adoração com que contemplava a jovem trouxe lágrimas aos olhos da sua mãe.

“Deus permita que Isadora saiba valorizar esse amor”, pediu dona Márcia em prece, conhecendo a natureza doce e apaixonada do filho.

Em Isadora sucediam-se estados mentais tão vertiginosamente rápidos que ela não conseguiria lembrar-se, ao longo da existência, do que pensara ou sentira enquanto, amparada pelo pai, atravessava o corredor da igreja. Lembraria dos olhares de admiração e inveja que recebera, de alguns rostos emocionados, dos murmúrios sobre o quanto estava bonita, do olhar ardente com que Geraldo a recebeu como sua esposa e da confusão que sentia.

Depois veio a festa, as danças, muita animação. Todos estavam alegres, e a felicidade do noivo era contagiante. Como sempre ao lado dele, como objeto de sua devoção e seu carinho, Isadora correspondia, julgando-se apaixonada. Vendo-os juntos, sorridentes, amorosos um com o outro, as pessoas simples que os cercavam tinham todas as razões para crer que nascia naquele dia um lar feliz.

Capítulo 6

A VIDA CONJUGAL

Entregai os vossos corações mas não ao cuidado um do outro. Pois só a mão da Vida pode conter os vossos corações. E ficai juntos mas não demasiado juntos: Pois os pilares do templo estão afastados, e o carvalho e o cipreste não crescem à sombra um do outro.[8]

Geraldo e Isadora, assim como todos os casais, sonhavam com uma vida de prazeres e alegrias, de ventura conjugal. Acreditavam que seriam dias de eterno namoro e que as poucas brigas acabariam em ternas reconciliações.

Essa ideia foi um sonho de alguns poucos dias, que facilmente se contariam em horas. Depois, ela foi renascendo em episódios cada vez mais esporádicos até que a ilusão se desvaneceu.

Os dias seguintes ao casamento não poderiam ter sido melhores. Os sogros, a pretexto de visitarem amigos na capital, partiram na tarde após a cerimônia, deixando a casa da fazenda inteiramente para os recém-casados.

— Minha sogra fez isso por mim quando me casei com Jerônimo. Jamais esqueci a delicadeza. É minha vez de demonstrar que aprendi

8 GIBRAN, Khalil. **O profeta**. Disponível em: https://www.recantodasletras.com.br/prosapoetica/3327098. Acesso em: 8 jan. 2025.

a lição — esclareceu dona Márcia ao ouvir, ainda na festa de casamento, as veementes rogativas de Isadora de que não era necessário que os sogros viajassem para deixá-los a sós.

— Dona Márcia morrerá contando ao mundo o que minha mãe fez — alegou senhor Jerônimo, cofiando a barba risonho. — Bons tempos aqueles. Agora é a vez de sabermos como foi a viagem dos meus pais. Eles voltaram muito contentes. Você se lembra?

— É claro que sim! — respondeu dona Márcia fitando o marido com o olhar brilhante.

— Deixe-os ir — pediu Geraldo falando baixinho ao ouvido da noiva, enquanto lhe acariciava o braço. — É o que eles querem, e será melhor assim. Não insista.

Com um de seus sorrisos tímidos, Isadora concordou e despediu-se dos sogros. Dona Lucélia observava-os à curta distância e corava de satisfação em ver sua filha como parte da família Fontes. Não poderia ter desejado melhor destino à jovem.

Transcorridas as primeiras semanas, poucas coisas ainda eram novidade para Isadora e lhe traziam satisfação. Instalou-se o período de adaptação e com ele veio uma tristeza que ela não imaginara sentir. Nunca pensara que sentiria falta de seus dias de moça solteira, da solidão de seu quarto, de ter seu corpo inteiramente para si. Dizia para si mesma que gostava do marido, mas muitas vezes, quando ele a abraçava, não era aquilo que desejava. Naquele momento, não queria ser tocada, sentia-se invadida e sem lugar para esconder-se, pois lhe ensinaram que a mulher não deveria negar-se ao marido. Então, sorria e tolerava uma companhia que apreciava, mas que, em certos momentos, era indesejada.

Sentia falta da família e até mesmo da vida entediante na vila e da qual desejara se livrar. Era paradoxal. Libertara-se de todas as coisas que antes julgava aborrecê-la, mas agora sentia um vazio deixado pela ausência delas. Na casa dos Fontes, considerava-se uma visita.

Feliz, Geraldo não notava nada no comportamento da esposa. Instalara Isadora na fazenda e, a cada momento que podia, corria para junto dela. Qualquer desculpa era válida para evitar sair dos arredores. Delegava suas atividades com muito mais facilidade do que antes, e os estudos a respeito de culturas e plantações não recebiam dele a mesma atenção. Os livros já não o atraíam tanto, e, quando se entregava a alguma leitura, a dificuldade de concentração logo se apresentava, dispersando seu pensamento para girar em torno de Isadora.

Com o passar dos dias, a sombra de uma nuvem cinzenta projetou-se no interior de Geraldo: a culpa. Viviam uma época de trabalho árduo na fazenda; avizinhava-se a colheita, e seus pais lhe deram o exemplo do trabalho. Não realizavam atividades pesadas todos os dias, mas, se fosse necessário, nenhuma seria considerada mais ou menos nobre; todas eram necessárias e dignas da participação de seus proprietários. Após o casamento, Geraldo notou que estava se tornando relapso com seus deveres na administração da fazenda, e isso começou a perturbá-lo. Não se sentia inteiro como antes. Quando estava trabalhando, seu pensamento voltava-se para Isadora e ansiava por vê-la; quando largava tudo e ia até ela, a culpa insinuava-se, lembrando-o de que havia muito trabalho a ser feito.

Não tardou para a tristeza e a culpa gerarem discussões, pois um lançava sobre o outro a responsabilidade pela situação. Após as pequenas brigas e horas em que permaneciam amuados, sobrevinha a conciliação e, com ela, uma relativa calmaria.

O pai de Geraldo sorria diante dos fatos, deixando que o filho aprendesse o caminho para construir uma relação feliz. Confiava que o principal ele tinha: amava a mulher. Por isso não se cansava de repetir:

— Filho, meu pai deixou-me escolher minha mulher, e eu deixei que você escolhesse a sua, conforme sua vontade, porque, vivendo neste fim de mundo, é preciso viver com quem se gosta e com quem se quer. Ter a mulher que desejamos como esposa é nossa maior felicidade. É bom trabalhar, produzir, ver a prosperidade, mas é preciso ter com quem partilhar tudo isso. Ter a alegria da companheira e dos filhos quando a noite chega, ter com quem se sentar e conversar, ver as coisas que elas fazem tão cheias de fitas e rendas, é bonito. Seu avô me ensinou que a saúde, o trabalho e o amor da família são o melhor que um homem pode possuir.

Dona Márcia, por sua vez, desdobrava-se na tentativa de atrair a nora para junto de si. Procurava dividir as obrigações da casa com

Isadora e a convidava sempre para participar dos outros trabalhos que realizava na fazenda.

— Querida, se o Geraldo vir que você está ocupada e contente, ele se sentirá melhor em deixá-la sozinha quando sair para cumprir suas obrigações. Além do mais, o dia passará rápido, e você terá muito em que pensar. Será muito bom!

Isadora sorria e, condescendente, acompanhava a sogra. Em algumas ocasiões, envolvia-se nos afazeres e confirmava a sabedoria do singelo conselho de dona Márcia; em outras, contudo, entristecia-se ainda mais. Não conseguia tolerar a intimidade e a camaradagem com que os sogros e o marido tratavam os escravizados.

Nos domingos à tarde, a ocupação dos moradores da vila era visitarem-se. A casa de dona Lucélia era um local concorrido. Depois das 14 horas, uma após outra, chegavam suas amigas. Naquele instante, ouvia-se novamente a criada receber outra visitante.

— Estão na saleta de dona Lucélia — informou a escravizada à dona Josefa.

A recém-chegada concordou e, com familiaridade, dirigiu-se ao local indicado.

— Que burburinho! Como as senhoras falam! — comentou ela apresentando-se à porta que estava aberta. — Garanto que estão reclamando dos maridos!

— Bem menos do que reclamaremos a partir de agora e o fazemos com justiça. Eles nos dão pouca atenção; foram os tempos de namoro e noivado. Agora, a realidade é outra — revidou prontamente dona Firmina em tom de brincadeira um tanto quanto crítica. E como se as próprias palavras a incomodassem, mexendo em suas insatisfações, tratou logo de dar outro rumo à conversa. — Seu vestido é novo? É aquele que você estava com dificuldade de fazer a Flor entender?

— Sim! Flor é muito habilidosa, mas está velha. É pena que nenhuma das minhas outras criadas tenha o mesmo dom. Costuram, mas não com o mesmo cuidado. Flor tem prazer no que faz; as outras, no entanto, fazem com raiva — lamentou dona Josefa. — Não é a mesma coisa.

— Dizem que dona Márcia conta com ótimas costureiras na fazenda. — Aventou dona Nicolina e, dirigindo o olhar inquiridor para dona Lucélia, mudou completamente o assunto enquanto ajeitava o coque com as mãos: — E sua filha ainda não engravidou? Já faz mais de ano que está casada.

Um rubor invadiu as faces de dona Lucélia. Fazia alguns meses que dona Nicolina tinha prazer em cobrar veladamente uma gravidez de Isadora.

"Ciumenta! Desgraçada! Ainda não se conformou que Geraldo preferiu minha filha em vez da dela. Não vejo a hora de ver Isadora com uma barriga enorme para socar na boca dessa infeliz e fazê-la calar-se! Parece uma ave agourenta rondando o casamento deles", pensava dona Lucélia. Exteriormente, porém, sorria paciente e informou com voz calma:

— Não posso dizer nada. Faz mais de um mês que não vejo minha filha.

— Isadora pouco sai da fazenda — concordou dona Josefa, acomodando-se em uma poltrona. — Estive lá essa semana e não quero ser fofoqueira, mas dona Márcia me confiou que tem achado nossa Isadora diferente nos últimos dias. Sabem como é... Anda se sentindo muito cansada, dorme fácil e diz que tem tido azia frequentemente.

O rosto de dona Lucélia resplandeceu com a notícia, e, intimamente, a matriarca regozijou-se: "Deus seja louvado! A justiça divina nunca falha. Essa agourenta há de se calar!".

As demais mulheres do grupo retomaram o burburinho falando da vida do jovem casal e o quanto seria bom se a notícia da chegada de um bebê se confirmasse.

— Vou visitar Isadora amanhã sem falta — anunciou dona Lucélia. — Ela é muito jovem. Sei que dona Márcia tem sido maravilhosa, mas mãe é insubstituível! E nessas horas, então, nem se fala.

Caía a tarde, e as sombras das casas alongavam-se sobre a rua de terra vermelha quando a última visitante partiu.

Na manhã seguinte, muito cedo para fugir do calor, dona Lucélia, ansiosa, animada e cheia de esperança de ver cessarem os acrimoniosos comentários sobre a demora da gravidez de Isadora, seguiu em direção à fazenda dos Fontes.

Apesar da surpresa provocada pela visita inesperada, dona Márcia recebeu a sogra do filho com carinho e atenção.

Levando-a à sala de refeições, onde o café da manhã ainda estava posto, convidou-a a sentar-se.

— Por favor, não faça cerimônia. Somos todos uma só família — pediu dona Márcia servindo uma xícara de café à dona Lucélia.

— Os homens mal terminaram o café e já seguiram para os galpões onde está armazenada a colheita. Amanhã, deve chegar um dos nossos grandes compradores, amigo de Jerônimo há muitos anos, e o produto precisa estar em perfeitas condições — explicou dona Márcia e, sorrindo maliciosamente, informou: — Nos últimos dias, nossa querida Isadora não tem passado muito bem pela manhã. Recomendei que ficasse deitada mais tempo; uma das empregadas leva uma refeição bem leve para ela na cama. Acredito que logo, logo, seremos vovós. Estou tão feliz!

Um sorriso radiante iluminou o semblante de dona Lucélia.

— Graças a Deus! Que notícia maravilhosa! Ontem, ouvi alguns comentários na vila. Uma amiga esteve em minha casa e insinuou a possibilidade de Isadora estar esperando um bebê. Não pude me conter! Tinha que vir saber se era mesmo verdade. Então é fato?

— Tudo leva a crer que sim. Isadora é muito discreta. Nunca falou comigo sobre sua vida pessoal, e eu não insisto. Acho que foi ótimo a senhora ter vindo, pois, como mãe, tem toda intimidade necessária para falar com ela. Para lhe ser franca, só me falta a confirmação do atraso das regras, pois, de resto, é barriga com certeza. Pobrezinha! Enjoa todas as manhãs, se cansa com muita facilidade e não tem suportado o cheiro de galinha. Faz duas semanas que pedi à cozinheira que não servisse nada com frango. Caldo de galinha, então, a faz vomitar só de ver — dizia dona Márcia cheia de satisfação e alegria.

— Isso passa. Sempre enjoava muito quando ficava de barriga. Até os três, quatro meses, mal podia ver comida. Depois, tudo voltava ao normal.

— Eu, infelizmente, só dei à luz um filho, mas passei muito bem. Nem parecia que estava esperando criança. Não tive enjoo, muito pelo contrário. Estava sempre faminta! Nunca tive tão bom apetite. Comia de tudo, nada me fazia mal. Estava sempre disposta. Foram meses maravilhosos — comentou dona Márcia com um brilho saudoso no olhar. — E meu menino nasceu lindo e forte. Peço a Deus que minha nora tenha a mesma felicidade e que esses mal-estares passem logo. Sabemos, contudo, que muitas mulheres sofrem durante meses, às vezes por toda a gestação.

— Ela ou o marido já tocou no assunto?

— Isadora não disse nada. Geraldo ficou aflito na semana passada quando ela começou a enjoar todas as manhãs, pois julgou que a esposa estivesse doente. Como tenho com ele toda liberdade, lhe falei que suspeitava de gravidez. Meu filho, contudo, não me falou mais sobre o assunto. Acalmou-se um pouco. Ele fica transtornado quando a vê mal; não sabe o que fazer para ajudá-la. Se bem o conheço, Isadora será daquelas mulheres que têm a felicidade de serem mimadas pelo marido.

— Geraldo é um encanto de rapaz. Não podia ser mais feliz do que entregando minha filha a ele. Como é bonito ver um casal que se gosta, não é mesmo?

Dona Márcia concordou, e a conversa transcorreu sobre amenidades e a possível gravidez de Isadora.

À hora do almoço, após conversar em particular com o marido, Isadora, apoiada por dona Lucélia e por dona Márcia, sentiu-se segura para anunciar que estava grávida.

— Meu Deus, vou ser avô! — gritou o senhor Jerônimo tomado de alegria. — Quero festa! Meu filho está me dando um neto! O sonho de termos uma grande família e muitas crianças correndo por esta fazenda começa a se tornar realidade. Nossa Senhora a abençoe, minha nora! Que ela não lhe falte em nenhum momento até a hora de dar à luz. A notícia que acabou de nos dar encheu esta casa de felicidade. Dona Márcia, vamos dar uma festa! Quero baile na fazenda. Dona

Lucélia, peço que a senhora convide toda a vila em nome da família Fontes. Precisamos celebrar esta nova vida.

Feliz, Isadora observava a reação do sogro, sentindo a mão do marido apertando a sua e envolvendo-a com seu carinho.

— Adoro festa — declarou timidamente a gestante, que concordou com a ideia.

Geraldo apenas balançou a cabeça. Tudo o que pudesse fazer para ver Isadora feliz ele faria. Não suportava vê-la pálida e arquejante todas as manhãs. Saía de seu lado apenas porque a obrigação o chamava, mas ia com o coração nas mãos e o pensamento sempre em prece pedindo a Deus que a protegesse. Nessas horas, nem ao menos pensava no filho que estava em gestação; sua única preocupação era o bem-estar da esposa.

Nove meses transcorreram, e, ao longo daquele período, Isadora recebeu atenção e cuidados como poucas vezes experimentara na vida. Todas as suas vontades eram atendidas; seus achaques e melindres vinham sendo tolerados com sorrisos e paciência. Dona Márcia, nos dois últimos meses, esmerava-se na preparação do enxoval e do quarto do bebê, fazendo nascer nos habitantes da fazenda um sentimento terno e delicado por aquele ser cuja chegada ela cercava de carinho.

Geraldo compartilhava do entusiasmo da mãe, porém se dividia em atendê-la e em rodear Isadora de conforto. Via com preocupação os pés inchados e o cansaço da esposa, a dificuldade para deitar-se e movimentar-se, e não conseguia deixar de pensar: "Deus permita que esse tempo chegue logo ao fim. Há nele delícias, mas muito sofrimento também. Não suporto mais ver Isadora nesse estado. Felizmente, falta pouco! O pior já passou".

Mal sabia ele que, poucos dias após alimentar tais pensamentos, veria mudar drasticamente seus conceitos sobre a gestação.

— Sinhozinho! Sinhozinho! Tá na hora da sinhá! — Vinha gritando um menino de aproximadamente doze anos, um escravizado que servia na casa da fazenda e era o preferido de dona Márcia.

A notícia que Pedro gritava a plenos pulmões chegou aos ouvidos de Geraldo em meio aos ruídos do trabalho na plantação e à cantoria dos negros, que faziam as enxadas baterem ritmadamente no solo.

A manhã estava quente e abafada, e nuvens escuras prenunciavam chuva. Geraldo tinha dificuldade de suportar aquele clima. Sentia-se oprimido e, quanto à notícia, custou-lhe compreender o sentido das palavras.

— Sinhozinho... *inté* que te achei! — disse o negrinho sorridente e apressado. — A sinhá dona Márcia *mandô* lhe *dizê* que tá na hora da dona Isadora!

— Está na hora?! — repetiu Geraldo assombrado e literalmente paralisado. Enfim, o dia pelo qual vinha ansiando no último mês chegara. Inúmeras vezes, ficara deitado ao lado da esposa sentindo a criança se mexer e imaginando o que sentiria quando, enfim, raiasse o dia de o bebê vir à luz. Em seus planos era só alegria, euforia. Sempre se via com o filho nos braços, envolto nos belos xales do enxoval e cercado pelos familiares felizes.

— *Vamo*, sinhozinho! — convidou Pedro, tomando a mão de Geraldo com familiaridade por estar acostumado à liberalidade da família no trato com os escravizados. — Minha sinhá tem pressa! *Mandô* eu *vim* lhe *buscá* e disse *prá vortá ligêro*.

Geraldo, porém, continuava estático, alheio a tudo. Por fim, compreendeu a mensagem e, com a alegria estampada no semblante, gritou para os demais:

— Pessoal, meu filho vai nascer!

Os escravizados mais próximos ergueram as enxadas e gritaram vivas, e a notícia foi passando de eito em eito na plantação. Geraldo caminhou apressado até o cavalo amarrado na estrada que cortava a plantação de norte a sul, à curta distância de onde se encontrava. Montou no animal, pôs Pedro na garupa e, logo depois, apeou em frente à casa, entrando rápido em direção aos aposentos que compartilhava com a esposa.

Ao longo do caminho, a euforia dividiu espaço com o medo. O filho que estava por vir lhe traria alegria, mas o medo do que a esposa teria de passar assaltou Geraldo em seguida e, a cada metro cavalgado, foi se aprofundando a ponto de deixá-lo aflito e oprimido. Em sua mente, o único anseio era ver Isadora e saber se ela estava bem. Mas mal deu alguns passos no longo corredor, ouviu gritos e vozes alteradas de mulheres dando instruções.

— Calma, dona Isadora. Não adianta gritar; é preciso fazer força. Quando a dor vier de novo, faça força, empurre a criança para fora.

— Aiii... — gemia Isadora.

Sem perceber, Geraldo pôs-se a correr. Sem cuidado, invadiu o quarto onde estavam a esposa, dona Márcia, a parteira e mais duas criadas experientes em trazer bebês ao mundo. O quadro que presenciou o fez empalidecer. Isadora estava vermelha e tinha o rosto inchado. A camisola erguida expunha-lhe o corpo, e o lençol que deveria cobri-la estava completamente enredado; era um pano emaranhado. A moça agarrava-se aos braços da negra Flor com verdadeira fúria, enquanto seus cabelos desalinhados grudavam no suor do rosto e do pescoço. Ocupadas, nenhuma das mulheres notou a chegada brusca de Geraldo.

Uma nova onda de dor fez Isadora gritar ainda mais, e as mulheres repetiram as instruções como se fosse uma cantilena. Assustado, Geraldo entendeu que não seria útil ali e, como não havia sido notado, abriu a porta, saindo sem fazer barulho. No corredor, ele encostou-se pálido e trêmulo à parede e deixou-se escorregar até se sentar no chão, enterrando a cabeça entre as mãos. Estava apavorado com os gritos da esposa.

Aflição, medo e culpa davam a tônica dos sentimentos que, depois, ele diria não saber definir. Não era com aquilo que ele sonhara viver no dia em que seu filho chegasse ao mundo.

E as horas arrastavam-se. Senhor Jerônimo convidou-o a esperar na sala. Conseguiu fazê-lo erguer-se e andar alguns passos, mas novos gritos de Isadora fizeram Geraldo retornar à porta dos aposentos.

— Não posso sair daqui. Pai, até quando vai isso? Ela já está rouca — disse Geraldo aflito.

— É assim mesmo, filho. Tenha paciência; a natureza sabe o que faz. Você mesmo já viu muitos animais nascerem, é a mesma coisa.

— Não! Faz horas que Isadora está vivendo esse desespero! Não suporto imaginar a pobrezinha... ela é tão frágil, tão delicada...

— Ela é mulher, filho! Dar à luz é parte da natureza dela.

— Mas não poderia ser assim... Ninguém me disse que seria assim...

— O que poderíamos dizer? É o primeiro filho de vocês. Como iríamos saber se ela daria à luz rápido ou não? Depois de hoje, já saberemos o que esperar para os próximos. Acalme-se. Venha, vamos tomar um conhaque; vai nos fazer bem.

A custo, Geraldo afastou-se da porta. Lá fora, a tempestade aproximava-se rapidamente; ouvia-se o ribombar dos trovões e a luz dos raios cortando o horizonte. A escuridão invadiu o dia, uma brisa fresca começou a balançar as cortinas das janelas, e ouviram-se grossos pingos de chuva caindo no telhado.

— Graças a Deus! — agradeceu o senhor Jerônimo, contemplando a chuva que caía. — Agora, o tempo vai melhorar.

Irritado, Geraldo não conseguia entender como o pai estava falando do tempo enquanto ecoavam pela casa os gemidos e gritos roucos de Isadora. Sem opção para desaguar o nervosismo, ingeriu várias doses de conhaque, enquanto andava de um lado a outro da sala. Parecia que as horas se arrastavam.

A aflição apoderara-se da alma de Geraldo, que pedia a Deus misericórdia para que aquele dia chegasse logo ao fim e, principalmente, acabasse o drama que se desenrolava no quarto. Não suportava mais sofrer; consumia-se de remorso e culpa, julgando-se o responsável pelo padecimento da esposa.

Nem as várias doses do forte conhaque conseguiram acalmá-lo; tiveram apenas um efeito entorpecente, fazendo-o desabar em uma das poltronas da sala. A alma de Geraldo, entretanto, revolvia-se em pesadelos.

De repente, um silêncio preocupante instalou-se na casa. Os gemidos exaustos de Isadora não mais se faziam ouvir; ela contorcia-se de dor sobre o leito e perdia as forças.

Florinda olhava preocupada para dona Márcia e, abandonando a parturiente, aproximou-se da sinhá sussurrando ao seu ouvido:

— Tá difícil, sinhá. *As mulher* não têm mais força, e a dona Isadora *tamém* não. Eu já *tô véia*, me falta *as força*. Se fosse a sinhá, *mandava* chamar o Clarêncio.

Preocupada, dona Márcia avaliava a situação preocupada, sem ignorar a gravidade do momento. O trabalho de parto alongara-se demais;

foram horas terríveis. O que começara com muita alegria e expectativa agora ganhava tons dramáticos.

Florinda, vendo a expressão pensativa da sinhá, retornou para junto do leito, grudou o ouvido na barriga de Isadora e depois a examinou para verificar a dilatação e a posição da criança.

— O nenê tá sentado, dona Márcia. Assim, ele não vai *nascê*. Tem de *desvirá* o bichinho. O danadinho é grande — anunciou encarando a sinhá. — E a dona Isadora já tá *delirano* de febre; não tem mais força.

— Arrependo-me de não haver mandado chamar o médico — declarou dona Márcia. — Mas tudo estava indo tão bem com ela... Não esperava essas complicações, e mandar buscar o médico agora vai demorar horas...

— O tempo é escasso, sinhá — lembrou a escravizada lavando as mãos numa bacia de louça sobre a cômoda. — Escute esta *nêga véia*. Já trouxe ao mundo mais negrinhos do que posso contar. Chame o Clarêncio. Ele é jovem, tem força, sabe como *lidá* com *essas situação*. Já pedi a ajuda dele *muitas vez*. O que faz com *as vaca* e *as égua* faz *tamém* com *as mulher*.

Márcia acercou-se do leito da nora e contemplou-a penalizada.

— Isadora — chamou com carinho —, você concorda em chamarmos o Clarêncio para nos ajudar? O bebê está sentado, e nenhuma das mulheres tem força para colocá-lo na posição certa.

Um olhar de repulsa e indignação brilhou na face de Isadora.

— O que estão pensando... Ai... — Uma dor lancinante partiu das costas de Isadora até o baixo ventre fazendo-a contorcer-se de dor. O rosto da moça tornou-se ainda mais vermelho, e sua garganta ardia. Ela não gritava mais.

"Vou morrer por causa dessa criança", pensava ela desesperada, aflita, tomada pelo medo. "Não bastou tudo o que passei ao longo desses meses. Não bastou ter ficado parecida com um sapo..." Novas dores tiravam-lhe a capacidade de raciocinar. "O negro Clarêncio ajuda as vacas a parir! Não posso nem imaginá-lo colocando as mãos em mim." Porém, mais uma vez, uma forte dor a fez retorcer-se e ser agarrada pelas criadas, que, exaustas, apenas trocavam olhares preocupados.

Não suportando mais, Isadora respondeu:

— Chame o negro! É feiticeiro, todos sabem.

Florinda balançou a cabeça contrariada com a declaração e a atitude da parturiente.

“Mulher burra”, pensou a escravizada. “Não enxerga que ela e a criança *tão à bêra* da morte e, mesmo assim, tem de *mostrá* o lado ruim. Aqui na fazenda ninguém age desse modo com *os negro*. E o Clarêncio é tão *feiticêro* quanto eu. Não fosse neto da sinhá dona Márcia, era de *dexá* essa daí se *torcê* de dor por mais um dia, mas o nenê pode *morrê*. O bichinho já tá sofrendo muito e nem *chegô* ao mundo.”

— Mande chamar o Clarêncio — ordenou dona Márcia, relevando o comportamento da nora e atribuindo-o às horas de sofrimento que vinha experimentando.

Minutos depois, a criada regressou acompanhada de um negro alto e forte, na casa dos vinte e cinco anos, que, apesar do físico avantajado, tinha uma delicadeza de espírito que se manifestava em seu toque, sua voz e seu olhar. Era um contraste digno de nota. Trajado com roupas simples de algodão rústico, tendo os pés descalços, ele acercou-se do leito de Isadora e ficou contemplando-a em silêncio.

Respeitoso, Clarêncio pôs-se de cócoras ao lado do leito da parturiente e, com carinho, encostou a grande mão marcada de calos sobre a testa da moça. Em seguida, começou a cantar baixinho uma música muito apreciada pelas crianças da fazenda.

Isadora olhou-o estupefata, mas dominada, presa por um encantamento, não emitiu nenhum som; simplesmente se deixou acarinhar no minuto em que o escravizado cantarolava baixinho.

— Tenha calma, sinhá — pediu Clarêncio encarando-a. — Não se deve pôr um ser no mundo com raiva. O menino na sua barriga tem medo, eu sinto. Acalme-se, e ele também se acalmará. Confie em mim; quero salvá-la e ao menino.

— Não posso... mais. Vou morrer com essas dores malditas... não tenho força para lutar — murmurou Isadora entredentes e com expressão aflita.

— Não lute — pediu o homem com doçura. — Ceda à natureza; ela faz seu trabalho há milênios com todos os seus seres. Ceda a ela.

Sou apenas um auxiliar. Seu filho está com medo e assustado. Assim, ele não conseguirá ajudar. Acalme-se.

Com um olhar imperioso, impôs silêncio à tentativa de Isadora de responder. Não era apenas a constatação de que, naquele momento, ela não era a senhora e ele não era o escravizado, mas algo que ia além. O comportamento de Clarêncio foi tão seguro e ele falou com tamanha autoridade e doçura que não foi possível contestá-lo. Aquela autoridade infundiu confiança em Isadora, que se entregou às práticas e às mãos do negro que chamara de feiticeiro.

Percebendo a rendição da sinhá, o escravizado sorriu satisfeito, acariciou-lhe a fronte por mais alguns minutos e depois se afastou, passando as mãos gentilmente sobre o ventre protuberante de Isadora. Pôs-se, então, a falar com a criança que estava por nascer:

— A vida no corpo é feita de muitas jornadas, meu irmão. Você está prestes a chegar, então, venha em paz. Não se deixe influenciar pelos sentimentos alheios. Sabe que nós mudamos rapidamente o estado de nossos sentimentos e pensamentos. A mulher que o acolhe e o ajuda na formação desse corpo não é diferente. Ela reage às dores e aos sofrimentos que a matéria lhe impõe. Todos nós ainda somos pequeninos demais aqui onde vivemos; somos criaturas brutas e vivemos brutalidades, mas depende de nós mudar e precisamos fazer isso. Nascer aqui é belo e ao mesmo tempo violento; a natureza nos oprime e nos expulsa. Aceite-a. Não tenha medo de enfrentar esse momento. Assuma seu corpo e ajude-nos.

Exortando a criança a colaborar, Clarêncio continuou a narrar passo a passo o que pretendia fazer. Isadora ouvia a tudo como se estivesse hipnotizada. No ventre voltou a sentir leves movimentos da criança e murmurou com alívio:

— O bebê está vivo; voltou a se mexer.

— Ele está assustado e sofrendo tanto quanto a sinhá. Agora tudo vai ser mais fácil. Sem lutas, vamos cooperar com a natureza.

Com movimentos hábeis e incrivelmente gentis para um homem tão grande e acostumado a um trabalho rude, Clarêncio, sempre falando calmamente com a criança e a mãe, empurrou o bebê, fazendo-o mover-se e auxiliando-o a tomar a posição correta.

Enquanto Florinda mantinha os olhos fechados, evocando mentalmente os protetores daquele ser que vinha ao mundo, as demais mulheres assistiam à cena embasbacadas.

Cercando o leito, ela percebeu entidades espirituais que transmitiam energia à mãe, ao bebê e ao escravizado, cujas mãos estavam envoltas numa luz azul radiante. As dores recomeçaram, e Clarêncio auxiliou Isadora a expulsar a criança de dentro de si dizendo:

— É tempo de vir à luz, menino. Venha. Estamos te ajudando.

Na quarta tentativa, dona Márcia aparou nas mãos um bebê assustado e cansado, no qual aplicou uma forte palmada, fazendo-o emitir alguns vagidos que soavam com certa raiva. Depois, com o rosto banhado em lágrimas, que caíam sobre o recém-nascido, ela enrolou-o em uma toalha e levou-o para junto da mãe.

— Eis seu filho, Isadora. É um menino saudável e perfeito.

Exausta, Isadora olhou para o filho. Não sabia o que dizer, além do alívio que sentia naquela hora. Nada fora como o esperado, mas acolheu o filho de encontro ao peito, contemplou seu rostinho sujo e vermelho e sorriu.

— Não conseguia imaginar como seria seu rosto nem seus cabelos. Pensei que se pareceria comigo, mas não tem um só fio de cabelo. Pobrezinho...

As mulheres riram das palavras de Isadora, e dona Márcia, notando o cansaço da nora e sabendo que ainda havia muitas providências a tomar, pegou novamente o bebê e disse com carinho:

— Todos os recém-nascidos são assim, minha filha. Espere para vê-lo depois de banhado e vestido e verá que lindo menino trouxe ao mundo. Muito obrigada por ter me feito avó desse anjo. Deus a abençoe. — E, abaixando-se, beijou-lhe a testa suada.

Depois de concluídos os procedimentos necessários, Clarêncio retornou à beira do leito e encarou Isadora respeitosamente.

— A sinhá é uma mulher corajosa — disse o escravizado. — Deus lhe dê felicidade com seu filho.

Mal Clarêncio acabou de pronunciar as palavras e começou a se afastar em direção à porta, Isadora o chamou:

— Espere, Clarêncio.

— Sinhá?

— Volte aqui — murmurou fraca.

— Sim, sinhá. — E parou novamente ao lado do leito.

Isadora estendeu-lhe a mão e sorriu cansada.

— Obrigada. Peça o que desejar como recompensa pelo que fez hoje.

Clarêncio sorriu, aceitou a mão estendida e balançou a cabeça ao responder:

— Paz e saúde, sinhá. É tudo de que preciso. Descanse.

Isadora ouviu-lhe as palavras e julgou-as sem sentido; pensou que, por força da exaustão, não compreendera corretamente o escravizado. O cansaço cobrava seu preço, e, após as horas de sofrimento, sentia necessidade de dormir.

— Não durma ainda, sinhá — pediu Florinda. — *Nóis vamo* te *trocá* e *trocá as rôpa* da cama. Depois, a sinhá vai *durmi* bem.

Clarêncio chegou à porta da sala e, conforme orientação de dona Márcia, deu a notícia de que o menino havia nascido e que tanto a criança como a mãe estavam bem, porém cansadas.

Um suspiro escapou do fundo do peito de Geraldo, como uma válvula de pressão esvaziando um interior convulsionado. Conforme lhe escapava o ar, os nervos e músculos iam relaxando, até que, finalmente, ele se jogou na poltrona inclinando a cabeça para trás.

— Graças a Deus, acabou! — Foi tudo o que Geraldo disse ao saber do nascimento de seu filho.

Algum tempo depois, quando a noite já ia alta, Geraldo, pé ante pé, adentrou no quarto onde a esposa ressonava. Sentou-se na cadeira ao lado do leito, ficou velando o sono de Isadora e pensando em tudo o que vivera naquele dia e na criança que tivera nos braços havia pouco, tão frágil. Ainda não sabia dizer com clareza o que sentia pelo filho. Surpresa? Alegria? Certo vazio depois do caos emocional do parto e algo repentinamente forte demais para ser definido, quando aquela criaturinha se mexeu em seus braços e ele viu suas mãos pequenas se agitarem nervosas. Pensou: "Será que ele sente alguma coisa? Parece agitado, nervoso. O que será que o aflige? É tão pequeno. O que pode ele contra o mundo? Será que sabe onde está?".

Sentia necessidade de proteger aquele ser, confortá-lo, falar com ele, mas não sabia o que dizer. Apesar de tudo, o bebê ainda era um estranho em sua casa. Um ser do qual todos falavam como se não estivesse presente, como se fosse um animal qualquer, que precisasse apenas de comida, higiene e abrigo. Olhava para a criada que sua mãe designara para cuidar do recém-nascido e, sentindo-se o mais incompetente entre os homens, entregou o filho aos cuidados dela.

"Enlouqueci. Como posso proteger o menino, se nem ao menos sei o que fazer com ele quando se remexe nervoso neste xale?", pensou Geraldo entregando a criança à escrava.

— Tome conta dele, Benvinda.

A jovem apanhou o bebê, aconchegou-o junto ao peito e disse:

— Ele tem fome. — Sem esperar resposta, ofereceu o seio negro de onde jorrava leite farto ao bebê, que emitia grunhidos débeis.

Geraldo observava a cena com estranheza. Não lhe parecia natural que o filho fosse amamentado por uma escravizada. Deveria ser Isadora a dar-lhe de mamar.

— Não sabia que você era ama de leite — comentou Geraldo.

— A sinhá dona Márcia me escolheu pra *cuidá* do pequeno, e dona Isadora, quando soube que dou de *mamá* pra Belinha, me *mandô amamentá* o nenê. Tá estranhando um pouco, pois não tenho o cheiro da mãe dele, mas a fome vai *ganhá* esse jogo.

Vendo a expressão de espanto no rosto de Geraldo, a escravizada aproximou-se e mostrou-lhe que o bebê ora abocanhava o bico do seio ora o largava com gestos vigorosos de cabeça.

— É o meu cheiro. O menino sabe que não sou a mãe dele. — Embalando-o gentilmente, Benvinda passou a incentivá-lo baixinho: — Mame, pequeno. O leite da negra é bom, é forte. Você precisa *mamá*, *chupá*. É bom. Vamos, só um pouquinho. Logo, logo você vai se *acostumá* com o cheiro e o gosto e vai *chorá* pra *mamá*. Pensa que não sei...

Geraldo observava o embate em silêncio e, por fim, viu a capitulação do bebê, que, erguendo a mãozinha, a apoiou no seio generoso de Benvinda e se rendeu à mamada, enquanto a escravizada contemplava o pequeno feliz e serena.

— Você gosta de amamentar, Benvinda? — questionou Geraldo. — Não dói?

A negra olhou-o com ar de espanto e riu ao responder:

— Que é isso, *sinhô* Geraldo? Nunca viu uma mulher dar de mamar? Nunca conversou sobre isso com sua mãe ou com dona Isadora?

Geraldo balançou a cabeça em negativa e respondeu:

— Nunca perguntei essas coisas à minha mãe, muito menos à minha esposa. Vejo as escravizadas da fazenda amamentando os filhos, mas nunca perguntei a nenhuma delas antes. Nunca me ocorreu. Jerônimo Neto é o primeiro bebê nesta casa em quase trinta anos.

— É muito bom dar de mamar, *sinhô* — respondeu Benvinda compreensiva. — Não dói nada. Eu adoro. Tenho três negrinhos com o Clarêncio, e todos eles mamaram só em mim. A mais nova é a Belinha. Já tem quase dois anos e ainda mamava antes de dormir. Agora, vou desmamar a pequena, pois seu filho precisa mais do leite. Criança recém-nascida precisa *mamá*; e *as mãe preta sabe* que é alimento do corpo e da alma delas, por isso a gente não nega o seio.

Acostumado ao convívio com os escravizados da fazenda e à liberdade que seu pai lhes dava de preservarem seus hábitos e costumes e de estruturarem suas famílias sem separá-los, não era novidade para Geraldo o que a mulher estava dizendo. Sabia dos filhos dela e que vivia em uma das casas com Clarêncio havia alguns anos. Via as escravizadas grávidas e depois com seus rebentos; via os bebês mamarem em suas mães. A seus olhos, isso era o natural. Então por que Isadora não desejava amamentar o próprio filho? Sabia que na vila e nas fazendas vizinhas muitas mulheres brancas tinham amas de leite para seus filhos, mas, intimamente, o fato de que, na sua casa, houvesse uma ama de leite para seu filho o incomodava.

— Amanhã, vou falar com minha mulher sobre esse assunto — declarou Geraldo em voz alta falando consigo. — A pobrezinha precisa descansar hoje. É justo que durma em paz. Ela sofreu muito. — Completou compadecido.

Agora, velando o sono da mulher, ele recordava-se das emoções do dia. Estava cansado e excitado ao mesmo tempo; não conseguia dormir. A mente parecia um turbilhão, ora lançando imagens do dia, ora fazendo emergir questionamentos que ele nunca se fizera até então.

A novidade do nascimento de Jerônimo Neto espalhou-se rapidamente, e a fazenda foi invadida por visitas frequentes da aldeia. Geraldo, por sua vez, irritava-se com o movimento. O pequeno contava sete dias, e ele ainda não conseguira conversar com a esposa a respeito da ama de leite. Aliás, estranhava o comportamento da mulher. Nunca a vira no quarto do filho e encontrou apenas duas vezes o bebê no quarto da mãe, ainda assim no colo de Benvinda a ser apresentado às senhoras da vila que visitavam a criança.

Sem conseguir sufocar os próprios questionamentos, Geraldo andava inquieto, perambulando no cair da tarde por entre as árvores da alameda que levava à casa. Sentada no banco rústico sob uma frondosa árvore florida, dona Márcia o observava e, vendo-o próximo, convidou-o a sentar-se com ela e tomar uma limonada.

— O que você tem, meu filho? — indagou ela com um cuidado carinhoso.

— Nada, mãe — respondeu Geraldo tomando longos goles do refresco.

— Coração de mãe não se engana, filho. Vejo seu olhar preocupado. Você anda calado e inquieto. O que o está preocupando?

Suspirando e sorrindo ao mesmo tempo, Geraldo encarou a mãe e balançou a cabeça ao responder:

— A senhora é terrível. Parece que tem mais de dois olhos; enxerga tudo.

— Meu filho, você cresceu dentro de mim; foi tão unido a mim por tanto tempo que eu adivinhava suas necessidades. Acredita que esse vínculo se rompe? Eu não. Sei que se transforma, mas entre mãe e filhos há sempre uma forma de comunicação invisível, uma espécie de canal que liga sentimentos. Sinto que você está preocupado e algo o aflige. Fale. Quem sabe juntos não encontremos a resposta?

Erguendo os olhos ao céu, Geraldo contemplou os resquícios de luminosidade do entardecer que tornavam alaranjado o firmamento, porém seus olhos não enxergavam as belezas do espetáculo natural.

— A senhora já respondeu algumas questões sem que eu lhe perguntasse — comentou ele após alguns minutos de meditação, nos quais pretendia organizar a mente para expor suas incertezas com alguma coerência, pois ele próprio se sentia tão inseguro que temia enlouquecer devido às dúvidas.

— É mesmo? — E, perscrutando o rosto do filho, confirmou suas suposições a respeito da causa daquele estado de espírito. — Está preocupado com o pequeno Jerônimo? Com sua mulher?

Em silêncio, Geraldo balançou a cabeça afirmativamente. Ainda não encontrara palavras para se expressar.

— Tenha calma, filho. As pessoas não são iguais. Elas são fruto do meio em que vivem, das crenças que têm, das ideias que cultivam, da educação que receberam da família, das experiências que a vida lhes ofertou e da forma como as aceitaram. Sabe, meu querido... seu pai costuma dizer que às vezes...

— Prefere os cavalos às pessoas, pois eles sempre têm as mesmas reações; em contrapartida, nunca sabemos o que esperar das pessoas. — Interrompeu Geraldo completando a frase da mãe.

Dona Márcia riu baixinho com os olhos iluminados à lembrança do marido e de seus estranhos ditos.

— É verdade, meu filho. Talvez seja muito duro ouvir isso, mas quem disse que a verdade é doce ou macia? Ela simplesmente é; nós que façamos o melhor com ela. Justo é reconhecê-la e aceitá-la.

— Não entendo o comportamento de Isadora — declarou Geraldo repentinamente e prosseguiu de chofre: — Ela não dá o peito ao menino. Todas as mães aqui da fazenda amamentam seus filhos, mas Isadora quase não olha para a criança. Parece que minha esposa não tem nenhuma preocupação com o filho e não se importa com o fato de que uma das escravizadas está amamentando-o, embora o leite vaze do peito dela cada vez que o pequeno chora de fome. Isso me incomoda. Ainda não a vi pegar o bebê nos braços ou falar dele. Quando vou vê-la, sempre há alguma visita, e o que ouço é aquela cantilena sobre o sofrimento do parto, as dores, os incômodos que passou desde a gravidez. Será que Isadora não tem nenhum motivo para esquecer esses mal-estares? A beleza, a saúde e a perfeição do pequeno parecem não a compensar em nada. É tão estranho.

Dona Márcia temia que a angústia do filho estivesse na estranha relação que ela via se estabelecer entre a nora e o neto e reconhecia que lhe faltavam palavras para confortá-lo.

— Geraldo — começou ela delicadamente, considerando a importância do assunto —, você sempre soube que vivíamos aqui na fazenda de uma forma bem diferente da maneira como as famílias da vila e os outros fazendeiros da região vivem. Desde os tempos dos seus avós que os valores de amor ao trabalho e à família são os pilares de nossa comunidade. Nossos escravizados têm um tratamento muito diferente. Fui educada por sua avó, que foi minha sogra e minha mãe; ela ensinou-me muito, principalmente a conhecer e respeitar a ação da natureza, a não menosprezar nenhum ser e aprender o que todos têm a nos ensinar. Vivemos nesta comunidade fechada há muitos anos, meu filho. Visitamos a vila; você estudou fora; recebemos compradores, vendedores e, ocasionalmente, visitas, mas nunca permitimos muita familiaridade com as outras pessoas. Sempre mantivemos certo distanciamento. Não é um comportamento premeditado; é simples consequência do nosso modo de pensar e do reconhecimento que ele difere da maioria. Isadora é a primeira pessoa de fora a viver nesta fazenda nos últimos quarenta anos. É natural que haja dificuldades de convivência, ou você crê que ela não estranhe nosso comportamento?

A pergunta invertendo a ordem de raciocínio o surpreendeu. Geraldo nunca pensara em como a esposa estava vendo a vida na fazenda. Acreditava que Isadora estivesse feliz, fazia o melhor e o máximo ao seu alcance para ser um bom marido e construir com ela um relacionamento semelhante ao de seus pais.

— Não acredito que haja do que se queixar aqui na fazenda ou de quem — retrucou ele depois de uma rápida reflexão.

— Não somos perfeitos, filho; ninguém é. Certa vez, quando eu era menina, o preto Miro me mostrou as pétalas de uma linda rosa vermelha e me perguntou se eu a achava perfeita. Olhei de relance para a flor e não tive dúvidas. Afirmei que era perfeita, que as pétalas eram iguais umas às outras e se colocavam em harmonia, e, por fim, disse que eram todas da mesma cor. Ele riu de mim, me pediu que olhasse com mais cuidado para a rosa e não fosse tão afobada para responder. Boba que era, olhei para a flor, porém, não pensei novamente e repeti minha convicção. Miro, então, colheu a rosa, sentou-se ali na beira em frente à porta e, despetalando-a, me fez olhar uma por uma as pétalas e compará-las. Não havia duas iguais; todas eram diferentes. Podiam ser detalhes, mas eram diferentes. Até mesmo a cor apresentava nuances distintas. Com isso, ele ensinou-me que Deus não faz as coisas iguais e que a harmonia coexiste com as diferenças na criação.

Dona Márcia fez uma pausa e voltou a contemplar o filho. Tomando-lhe a mão entre as suas, prosseguiu:

— Casamento e família são construções belas, que exigem de nós maturidade para conhecer as diferenças e desenvolver a harmonia. Leva algum tempo para construir esse entendimento. Você e Isadora ainda vão se estranhar em alguns aspectos; é natural que isso aconteça.

— A senhora acredita que ela mudará em relação a Jerônimo?

— É preciso dar mais alguns dias ou até semanas a ela, filho. Gestação, parto, bebê recém-nascido são experiências que mexem muito com as mulheres e...

— Nem todas reagem da mesma forma. — Adivinhou Geraldo, concluindo o pensamento da mãe, agora com uma expressão mais serena e confortada.

"É... esperemos que Isadora modifique sua conduta, que tome contato com o instinto maternal e não o renegue tanto", pensou dona Márcia, mas não disse nada no afã de preservar o filho de seus temores e resguardar o relacionamento do casal.

Entretanto, os dias se passaram, e a esperada mudança não ocorreu.

Capítulo 7

A INFÂNCIA DE JERÔNIMO

A ingratidão é um dos frutos mais imediatos do egoísmo.[9]

Um menino lindo de faces rosadas e cabelos escuros brincava apoiando-se nas pernas de Benvinda e depois, agarrando-se às cadeiras, ia até a avó mexer em seu cesto de costura apenas para vê-la fingir que ralhava com ele.

Jerônimo Neto, a despeito da desatenção da mãe, crescia cercado pelo carinho de dona Márcia e da ama de leite, que lhe proporcionavam as condições afetivas necessárias ao seu desenvolvimento.

— Está quase caminhando. — Constatou Benvinda, observando a criança locomover-se cada dia com mais segurança.

— É tempo. — Concordou dona Márcia também atenta ao pequeno. — E aonde minha nora foi?

— À vila, segundo a ouvi dizer ao cocheiro. A sinhá sabe que ela não fala aonde vai.

Dona Márcia suspirou preocupada com o casamento do filho. Geraldo estava triste, trabalhava com mais afinco, passando dias inteiros longe da sede da fazenda. À noite, sua atenção voltava-se ao filho e a conversar com os pais. O clima tenso entre o jovem casal era palpável.

---

9 KARDEC, Allan. **O Evangelho Segundo o Espiritismo**. Tradução de Salvador Gentile. Araras: IDE.

— A sinhá me desculpa *falá*, mas dona Isadora precisava de *uns puxão* de orelha bem *dado*. Parece que tá sempre de mal com a vida; nunca a vi sorrir de verdade quando olha pro filho. Parece que nem gosta muito do pequeno. Onde já se viu isso? É mulher nova, bonita, tem saúde, um marido bom, um filho que é um doce, mas tá sempre insatisfeita. Não sei o que falta pra ela.

Dona Márcia deu um sorriso triste e pousou o olhar terno sobre o neto, que continuava seu vaivém, aparentemente alheio ao assunto. Porém, quando ouvia o nome da mãe, o menino as olhava como se entendesse do que e sobre o que falavam.

— Falta amor à vida — respondeu dona Márcia. — Isadora é uma jovem tola, tem a mente cheia de ilusões que ela mesma não reconhece, pois nem sabe quais são. Minha nora desconhece o que quer, por isso está sempre insatisfeita e não valoriza o que recebe de Deus. Tem tudo e não tem nada. Às vezes, me compadeço dela; em outras, no entanto, sinto raiva porque sei que essa moça faz meu filho sofrer.

"Não sei como isso vai terminar, mas tenho tanto medo. Meu peito fica oprimido quando penso no futuro. Não gosto dessa sensação, pois sempre olhei para frente com confiança e esperança. Parecia que tinha diante de mim um dia de céu claro, mas agora sinto esse futuro escuro e abafado, pesado como um dia de tempestade", pensava dona Márcia guardando para si suas aflições.

Lembrava a figura da sogra, dona Adelaide, que costumava dizer que ela tinha o dom de saber o futuro e as coisas antecipadamente, razão pela qual era sempre ouvida. Desde muito jovem, quando, após a morte da mãe, foi morar na fazenda acompanhando o pai — um mestiço livre que trabalhava para prover o próprio sustento e o da filha —, ela opinava nas decisões da família.

Dona Adelaide logo se afeiçoou à menina e, tomando-a como afilhada, a educou, lhe ensinou todas as habilidades de uma moça bem-nascida e fez dela sua amiga e companheira. Em pouco tempo, a sogra notou a característica altamente intuitiva no comportamento da protegida, que defendia as próprias opiniões com uma segurança incomum — e a experiência mostrava que, na maioria dos casos, ela estava com a razão.

Recordando-se de fatos passados, um sorriso brincou no semblante preocupado de dona Márcia. A bem da verdade, ela nunca enxergara nada do além ou do futuro nem vira nenhuma alma do outro mundo; apenas captava uma espécie de sentimento que lhe dava a certeza de que algo era bom ou ruim. Costumava dizer que isso era intuição, e agora essa capacidade lhe apontava problemas no caminho: o futuro não tinha um sorriso aberto e olhar brilhante, apesar da criança que crescia brincando ao redor de suas saias.

Sensível, Benvinda deixou o assunto morrer no silêncio. Percebia que o tema aborrecia sua sinhá.

Uma nuvem de pó na entrada da alameda chamou a atenção da escravizada, que, com cuidado para não assustar a criança que se agarrava às suas pernas, se ergueu no banco tosco para ter uma visão melhor.

— Sinhá, aconteceu alguma coisa. Uma carreta e um bando de gente que deveria *tá* na lavoura a essa hora *tão* vindo correndo pra cá.

Dona Márcia, que ainda conservava a sensação de aflição e opressão no peito, levantou-se focando o olhar na direção apontada por Benvinda.

Tomando o neto nos braços, dona Márcia apressou-se em ir em direção ao fim da alameda que desembocava num pequeno jardim em frente à casa.

— Geraldo vem esbaforido. O pobre cavalo está espumando pela boca — comentou dona Márcia ao reconhecer o filho à meia distância, ultrapassando a carroça e apressando-se em direção à sede.

Alguns minutos depois, ele apeou do cavalo e foi ao encontro da mãe. Falou nervoso:

— Mãe, mande arrumar o quarto para pôr o pai na cama. Ele se sentiu mal na plantação.

— O que houve? Como isso aconteceu? Ele está bem? — indagou dona Márcia, contaminada de imediato pelo nervosismo do filho. — Seu pai nunca adoeceu; quando muito fica indisposto.

— Sim, mas ele não está bem. Já mandei o Clarêncio ir até a vila buscar o doutor Afonso.

Ao ouvir o nome do médico, dona Márcia empalideceu, compreendendo que o filho havia presenciado algo grave.

Sentiu-se como se estivesse colada no chão, e, subitamente, sua mente estava vazia de decisão e repleta de imagens de velhas recordações. Recusava-se a acreditar na notícia da doença do marido.

Notando a apatia da mãe, Geraldo a sacudiu e repetiu a informação sobre o mal súbito que acometera o pai até vê-la piscar e encará-lo, demonstrando no olhar todo o medo que sentia. No fundo da consciência, dona Márcia ouviu a estranha voz confirmando que o filho não estava exagerando e que o marido realmente passava mal. Bastou esse contato para que ela enxergasse a verdade e superasse a crise.

Dona Márcia entregou o menino aos cuidados de Benvinda e correu ao interior da casa. Gritando por Florinda, ordenou-lhe que providenciasse água limpa e toalhas para seus aposentos.

Jerônimo Fontes mal respirava, sufocava. Queria falar, mas não conseguia fôlego suficiente para pronunciar as palavras. Aflita, dona Márcia esmerava-se no atendimento ao marido. Abanava-o cuidadosamente e o erguia no leito para aumentar o número de travesseiros em que ele se recostava, na tentativa de minorar a falta de ar que o acometia.

Mais de três horas transcorreram até a chegada do médico, que fora à fazenda apenas para constatar o óbvio: o quadro era grave, e a possibilidade de recuperação, mínima. O desenlace fatal era questão de tempo, talvez horas, talvez dias.

Geraldo e dona Márcia negavam-se a encarar as evidências da situação, persistindo na crença de uma melhora inexplicável e de todo improvável.

— Somente um milagre, senhor Geraldo, será capaz de curar seu pai — afirmou o médico, enquanto conversava com os familiares do patriarca na sala da fazenda. — Lamento profundamente dizer tais palavras, mas, infelizmente, é meu dever preveni-los.

Dona Márcia torcia as mãos nervosamente, fitando o infinito com o olhar que estampava sua perplexidade. Aparentemente, não registrara a informação prestada pelo médico, pois disse:

— Com sua licença, preciso dar algumas ordens na cozinha. O senhor ficará para jantar conosco?

Habituado àquela reação de fuga — que ele presenciara infinitas vezes em sua longa carreira —, o médico, apesar de desconhecer as explicações para o fato, reconhecia o quadro criado pelo desespero e pela perplexidade — e os Fontes não eram exceção. Havia muito aprendera que só a paciência valia em situações como aquela. Todos os conhecimentos e todas as palavras que empregasse para esclarecer a gravidade do momento seriam ignoradas, e seus interlocutores se negariam a compreender o que ele tinha a comunicar. Por isso, informava-os, mas resguardava-se na paciência quando eles fugiam à assunção dos fatos.

Caía a tarde quando Isadora regressou ao lar, fingindo surpresa e desconhecimento da ocorrência que tirara o velho médico da vila e fora causa de reboliço entre os moradores, tão logo se propagou a notícia a respeito de uma emergência na fazenda.

Vendo a aflição que reinava na face dos escravizados, Isadora preocupou-se levemente. "Será realmente grave o acontecido?", pensou enquanto a charrete parava em frente à porta principal, que se abriu revelando Geraldo com fisionomia nervosa, roupas empoeiradas e descompostas.

— Geraldo, o que está havendo? Vejo todos com expressões aflitas. Jerônimo está bem?

— Ele está com Benvinda. Meu pai é que está mal.

A expressão de pesar no rosto de Isadora teve o dom de desencadear os sentimentos que ele vinha represando. Ao vê-la, Geraldo tornou-se consciente da fragilidade que a doença e a morte expunham os seres humanos, rasgando as ilusões com que as pessoas se cercam no cotidiano, obrigando-as a uma reflexão além dos limites da existência do corpo. Causa desespero pensar que todo o amor que se tem por uma pessoa se transforme, de uma hora para hora, em nada, em um vazio perene, em uma dor, na ausência sem esperança de um novo encontro. A perplexidade escondia o medo da perda e de todos os sentimentos que o acompanham.

Era também a súbita consciência da própria fragilidade que o sensibilizava, levando-o a buscar consolo nos braços da mulher que amava acima de todas as críticas e de todos os desencantos que a vida conjugal lhe trouxera. Abraçado a ela, deixou que as lágrimas aliviassem a perturbação emocional que carregava.

— Calma, Geraldo — pediu Isadora, sentindo-se também desequilibrada ante o rompante do marido e não sabendo lidar com a dor e os sentimentos que ele lhe comunicava. Negando-se a entrar em contato com a consciência que eles evocavam, insistia em fazer o marido retornar à ilusão: — Não chore, tudo vai ficar bem. É só um susto, um mal-estar. Fique calmo. Amanhã tudo estará bem.

Isadora repetiu tanto a ladainha que logrou desfazer o contato que Geraldo estava tomando com as realidades do íntimo e convencê-lo, porque ele apreciava ser iludido e queria apegar-se à quimera e não à verdade. Ao cabo de alguns momentos, ele secou o rosto com as costas das mãos, apagando o caminho das lágrimas, e sorriu. Depois, apertando levemente a esposa nos braços, murmurou em seu ouvido:

— Desculpe-me, meu amor. Por um instante, me desesperei. Você tem razão! Daqui a pouco, tudo estará bem. Obrigado por me chamar à razão.

Isadora apenas retribuiu o sorriso e, afastando-se do marido, foi cumprimentar o médico e indagar sobre a saúde do sogro.

— O quadro é muito grave — limitou-se a responder o médico após presenciar o encontro do casal.

Em meio à madrugada, enquanto segurava a mão de dona Márcia e a olhava com carinho, Jerônimo Fontes exalou seu último suspiro.

A morte vinha encerrar um ciclo na história que se escrevia sobre aquele pedaço de chão, redigida e protagonizada pelos espíritos que viviam entre os limites daquela propriedade.

Dois anos depois, Jerônimo Neto era um menino de compleição delicada, magro e franzino. Tinha o olhar pacato e apagado e vivia puxando seus brinquedos de madeira ao redor da cadeira da avó. Literalmente, crescia ao pé de dona Márcia.

Isadora, agora na condição de senhora da fazenda, administrava a casa e, apesar da presença da sogra, impunha algumas regras. Os escravizados não tinham mais livre acesso à sede e os que trabalhavam na casa e nos arredores não tinham mais a liberdade plena de buscar a presença de seus senhores à hora e no momento em que fosse necessário. A fazenda já se ressentia da anterior unidade, da comunidade alegre e trabalhadora que fora um dia, para, lentamente, ir assimilando valores que a tornavam igual a qualquer outra, que a jogavam na vala comum da sociedade da época.

Passados dois anos da morte do marido, dona Márcia ainda não se recuperara. Vivia da tristeza da separação e das recordações da felicidade de seu casamento. Seu peito mantinha-se constantemente oprimido, e a angústia a rondava. Cada vez que emergia das lembranças do passado, o presente a incomodava. O estado do filho, sua relação com a nora e a forma como o netinho vinha sendo tratado a afligiam.

Geraldo enterrara-se no trabalho e fechava os olhos às decisões da esposa. As mudanças que ela vinha implantando o desagradavam, e muitas vezes o casal discutia por essa razão. Tudo em vão. Isadora exercia sobre o marido o poderoso fascínio do objeto de paixão e o conduzia a seu bel-prazer. A louca paixão levava-o a um sofrimento mental atroz, a questionamentos em cima de questionamentos, todos sem solução, que o faziam sentir-se na condição de um cão que busca morder o próprio rabo e dá voltas em torno de si mesmo, sem sair do lugar.

Desistiu de expor seus conflitos, de dialogar com a esposa e até mesmo com a mãe, que sempre fora sua amiga e o entendia. Não suportava a tristeza de dona Márcia e, ao mesmo tempo, a admirava profundamente, vendo sua melancolia como testemunho de um amor imenso àquele que fora seu pai. Dado o próprio conflito com a paixão, julgava que o estado emocional da mãe fosse o mesmo que o seu e, assim, calava suas dores.

O trabalho tornou-se o narcótico, o calmante para as aflições de Geraldo. O cansaço físico apaziguava sua consciência e o levava a viver em um mundo em círculos, no qual ele se cansava e não pensava, correndo atrás das estações e da rotina, plantando, colhendo, expandindo as lavouras e os limites territoriais da fazenda, acumulando o dinheiro que toda essa azáfama produzia. Com isso, cavava ainda mais profundamente o buraco, o vazio, o distanciamento na relação conjugal, inconsciente de que abria em torno de si um fosso no qual ambos se isolavam como se fossem os únicos habitantes de um castelo medieval.

Tratava-se de uma forma perigosa de ler e interpretar os fatos, pois a força das leis naturais da vida se encarrega de fazê-las ruir, chamando o ser humano a trilhar a estrada que o leva da inconsciência à consciência, usando, frequentemente, a dor como guia.

Com a família Fontes não seria diferente. A infância de Jerônimo Neto se ressentiria — e muito — dos fatos que dali em diante agitariam a pacata existência de seus integrantes.

Capítulo 8

THIAGO

Em todos os tempos, o homem acreditou, por intuição, que a vida futura deveria ser feliz ou infeliz, em razão do bem ou do mal que se fez neste mundo; apenas a ideia que disso faz está em relação com o desenvolvimento do senso moral, e as noções, mais ou menos justas, que tem do bem e do mal; as penas e as recompensas são o reflexo de seus instintos predominantes.[10]

A conversa desenrolava-se muito tensa. Manuel da Porciúncula mantinha-se empertigado em sua cadeira, com as mãos espalmadas sobre a grande mesa de trabalho, onde estavam empilhados livros e documentos referentes às suas transações de compra e venda de grãos de café.

O barulho habitual das ruas da capital alcançava o segundo piso do prédio, entrando pelas janelas abertas do escritório da empresa comercial Marques & Porciúncula, onde o jovem Thiago contemplava, no olhar paterno, a determinação férrea cujo brilho ele conhecia desde a infância.

— Papai, essa ideia é absurda. Não entendo nada de plantações de café, de qualidade de grãos, de boa ou má safra. Estou me acostumando aos poucos ao trabalho na empresa...

---

10 KARDEC, Allan. **O Céu e o Inferno**. Tradução de Salvador Gentile. Araras: IDE.

— Você viajará para visitar nossos produtores, e não se fala mais nesse assunto! — repetiu o empresário empertigado.

— O senhor está se fazendo de desentendido — insistiu o filho. — Sei muito bem as razões que o estão levando a querer meu afastamento da capital. Juro ao senhor que atenderei aos seus pedidos. Não precisa me castigar como se eu fosse uma criança malcriada, mandando-me ficar longe de meus brinquedos.

O senhor Manuel cravou o olhar determinado no filho e retrucou com amargor:

— Infelizmente, devo reconhecer que o senhor é exatamente o que disse e lamento profundamente os erros que cometi em sua educação, porém a vida me fez seu pai até a morte de um de nós dois. Portanto, ainda há tempo de corrigir alguns enganos e refazer caminhos! Tudo até hoje lhe chegou às mãos sem esforço. Nunca exigimos que realmente trabalhasse e toleramos demasiadamente sua juventude tresloucada. Agora basta! O dever o chama, e eu serei seu arauto; não perdoarei um só minuto de seu dia jogado aos vícios e à ociosidade.

Petulante, Thiago sustentou o olhar do pai com um sorriso irônico e um brilho de desdém no olhar. Sem conter-se, alfinetou o ponto fraco e conhecido de todos que se envolviam com Manuel da Porciúncula:

— O senhor está preparado para arcar com os prejuízos? Más escolhas, erros na avaliação de lavouras... Negócios imprudentes têm seu preço, que pode ser alto.

As palavras pronunciadas com deleite e em um certo tom de alerta provocaram a ira do comerciante, que esmurrou o tampo da mesa com a mão direita fechada, enquanto lutava com a vontade íntima de esmurrar ou esganar o próprio filho, por pressentir, em suas palavras, a sutil ameaça de que ele lhe causaria prejuízos deliberadamente só para espezinhá-lo.

— Inútil! — esbravejou o senhor Manuel. — Quem você pensa que é para me ameaçar? Saiba que não mudarei minhas decisões. Arrume suas coisas e esteja pronto para partir em viagem ao interior da província em dez dias. E volte ao seu trabalho! Nossa conversa está encerrada.

O jovem respondeu, ampliando o irônico sorriso. Intimamente, acreditava que, desta vez, vencera a vontade paterna. Displicentemente, ajeitou as mangas da casaca que trajava, espanando-as com a mão. Apanhou o chapéu de feltro que descansava no cabide próximo à porta e, antes de abri-la, voltou-se para o pai dizendo:

— Como sempre, foi um prazer ouvir sua opinião e suas ordens. Passar bem, senhor meu pai. — E saiu estampando o mesmo ar de alegria, irreverência e petulância que a alguns encantava e a muitos irritava. Distribuiu meia dúzia de palavras gentis e animadas entre os funcionários que encontrou no trajeto até a porta principal e, somente quando se viu na calçada, afastado mais de cem metros da construção que abrigava a Marques & Porciúncula, deu vazão à sua raiva e frustração, colocando em palavras agressivas todo o seu descontentamento com as obrigações que estavam lhe impondo.

— Maldito, miserável! Que lástima eu não possuir um irmão; nestas horas, ele seria muito útil. — Ruminava Thiago Marques da Porciúncula, parado em frente ao prédio da empresa e totalmente alheio ao movimento dos transeuntes na calçada. — Faria esses trabalhos desagradáveis.

Do outro lado da rua enfileiravam-se algumas carruagens e charretes de aluguel, e um escravizado alforriado que organizava a fila, ao vê-lo, gritou:

— Ei, senhor Thiago! — E repetiu o chamado mais três vezes até receber a atenção do homem. Então o lembrou: — Ei, senhor, está quase na hora de sua visita à senhorita Paola.

— Paola... — murmurou Thiago, ruminando a ira com a atitude paterna a qual tentava vencer trazendo à mente a figura sensual da cortesã. Recordou as delícias da exaltação dos sentidos que experimentava ao lado dela, a alegria e a conversa descomprometida e, ao cabo de poucos segundos, decidiu: — Joça, você está coberto de razão. Sim, Paola é uma boa opção a qualquer hora do dia ou da noite.

Decidido, atravessou a rua. Aos menos por algumas horas, esqueceria os planos paternos para sua vida.

— Não pode ser — resmungava dona Augusta, abanando-se nervosamente. — Há de existir outro caminho. Enviá-lo para longe, para o interior... é selvagem!

— Isso fará dele um homem e lhe ensinará o que precisa saber sobre plantações e compra de grãos. Terá duplo efeito: o tiraremos das ruas e noitadas da capital, o que o ajudará na saúde recém-recuperada, e ainda será muito benéfico à sua preparação para lidar com os negócios da família.

— Ora, Manuel, mas é tão triste pensar em quanto tempo ele ficará longe de casa — objetava dona Augusta, sentando-se em frente ao marido na bem decorada sala de estar da residência da família.

— Basta, Augusta! Thiago ficará longe de nós e das perniciosas companhias que ele tanto aprecia.

Mais de duas décadas de casamento eram suficientes para Augusta conhecer o marido e o que significava quando ele impunha suas vontades e decisões. Silenciou e, sofrendo por antecipação, guardou no coração apreensão e saudade do filho.

Reconhecendo no semblante da esposa a expressão resignada que indicava o acatamento e a conformidade com sua decisão, Manuel ajeitou o colete. Erguendo-se, contemplou o relógio que decorava um dos cantos da sala.

— Veja só! — falou indignado apontando o relógio. — É tarde da noite, e seu filho não está em casa. Diga-se de passagem, saiu muito cedo da empresa hoje. Mal passava das 14 horas, e não o vi mais. Não há fortuna nem saúde que resistam à tamanha indisciplina.

Dona Augusta manteve-se calada. Apenas os gestos de recolher o leque e apertá-lo de encontro ao peito e os olhos baixos revelaram a preocupação que sentia.

Ouviu os passos pesados do marido afastarem-se. As batidas dos sapatos nos degraus da escada ecoavam pela sala.

— Tomara que deite a cabeça e durma, senão amanhã teremos de ouvir toda essa ladainha. Ah! Thiago, quando você vai se tornar ajuizado? É hora, meu filho! — murmurou dona Augusta, voltando a abanar-se com o leque rendado. — Tenho envelhecido bem antes do tempo por sua causa.

Solitária, entregou-se a reflexões sobre sua vida. Ao fim, julgou-a extremamente comum e desinteressante. Seguira todos os passos traçados por seus pais para sua vida; correspondera a todas as expectativas, casando-se conforme os desejos de seu pai; tivera um filho; era esposa dedicada e refinada dama de primorosa educação; jamais envergonhara a quem quer que fosse. Estava em paz com a vida. Era também piedosa, cumpridora de seus deveres religiosos. Tudo estava como deveria ser, então, por que sentia aquele vazio, uma espécie de fastio, de tédio, que parecia fazer o dia ter bem mais do que vinte e quatro horas arrastadas? Por quê?

A mente recusava-se a lhe dar respostas, assim como, ultimamente, o corpo lhe recusava o sono.

— Thiago é minha única alegria; seu sorriso, sua voz e seu entusiasmo me aquecem — murmurava ela. — Como há de ser longo esse tempo que ele ficará longe. Pobre menino!

Dez dias depois, um veículo forte e seguro, puxado por excelentes animais, aguardava o jovem Thiago em frente à residência da família Marques.

— Oh! Oh! Calma! Já vamos partir — pedia o cocheiro segurando firmemente as rédeas dos cavalos. Enquanto lançava olhares à casa do patrão, murmurava para si: — *Inda* não posso acreditar que o moço Thiago vai mesmo se embrenhar nas lavouras do interior nesse serviço que o senhor Manuel mandou o rapaz fazer. Esse moço é cabeça leviana; só quer viver e gozar do dinheiro do pai. Nem a tal doença que deu nele não faz muito foi capaz de tirá-lo da vida da noite. Vai ser bonito de *vê* ele ter que escutar o pio *das coruja* e olhar pra lua e *pras* estrelas... — Uma risadinha abafada e maliciosa revelava que o homem se divertia com o procedimento do patrão diante dos problemas causados pelo filho e que os empregados e escravizados conheciam detalhadamente o que se passava no seio da família, embora aparentassem ignorar.

O tempo ia passando lentamente; as estrelas da madrugada começaram a desaparecer, ocultas pela luz alaranjada do amanhecer, e nem sinal do jovem Thiago. No interior do sobrado senhorial, o brilho dos candelabros e das salas iluminadas permitiam ver a movimentação de pessoas.

A atividade da rua prenunciava a proximidade da hora em que a cidade estaria em pleno funcionamento. O sol já se mostrava em todo o seu esplendor quando a atenção do cocheiro foi despertada pelos ruídos vindos da porta principal da casa.

— Aleluia! — exclamou o cocheiro alegre, fitando os três escravizados que carregavam a pesada bagagem de Thiago. — *Tava* pensando que nem ia viajar mais. Olhem o céu! O sol está alto e cada vez mais quente; nada bom pra comer poeira nessas estradas que vão para o interior.

— *Num* reclama, Benedito — resmungou um dos criados vergados sob o peso do baú que carregava sobre a cabeça. — Se não tá gostando do serviço que tem, venha aqui pro nosso lugar e *despois* a gente conversa.

Os outros dois carregavam fardos tão pesados que somente puderam encará-lo com um olhar maroto, divertido, mas que não escondia a seriedade da proposta. Benedito sabia o quanto era duro trabalhar sob a chefia de dona Augusta. Seria o senhor Marques ainda pior?

Com a bagagem acomodada no veículo, Thiago apresentou-se a Benedito, informando-lhe que estava pronto para partir. Acomodado no confortável compartimento, ele olhou demoradamente para a casa onde vivia desde que se descobrira como gente. Nem seu pai nem sua mãe foram se despedir dele naquela madrugada.

— Você já recebeu as instruções a respeito do caminho, Benedito? Restou alguma dúvida?

— Não, senhor. E, quanto à primeira questão, lhe digo que acompanho o senhor Manuel desde que ele chegou aqui há uma boa quantidade de anos. Ando nesse interior, de fazenda em fazenda, até cego.

— Que seja! Vamos logo — ordenou Thiago entediado. Resignando-se à própria sorte, intimamente murmurava: "Melhor começar logo e terminar de uma vez. Tudo passa. Este verão não será o último da minha vida".

Alimentando esse pensamento, o jovem venceu a longa e exaustiva viagem.

Vinha sentado na boleia junto ao cocheiro. Era mais fresco, e também teria com quem conversar. À frente, viu surgir um pequeno vilarejo perdido literalmente entre a poeira da terra vermelha e as infindáveis plantações de café entremeadas por alguns trechos de mata nativa. Suspirou aliviado.

"Depois de dias e dias sacolejando nessas estradas horrorosas, ver um início de civilização é melhor do que nada", pensou Thiago.

Curioso, pôs-se a observar as construções sólidas e simples das casas que ladeavam a rua principal; observou seus pátios amplos e o ruído dos animais domésticos. De resto, era silêncio.

"Parece que não há gente, nenhuma animação, ninguém nas ruas ou janelas."

— Que lugar é esse, Benedito? Um vilarejo mal-assombrado?

— Não, senhor — retrucou o cocheiro, agora acostumado ao jovem patrão e até mesmo apreciando a maneira resignada e alegre com que o moço encarava a viagem e o trabalho a que fora obrigado.

— É meio-dia, patrão — esclareceu Benedito depois de alguns segundos. — *Tão armoçando*. E aqui o povo é pacato mesmo. Só nos domingos que se vê gente na rua.

Um leve erguer de sobrancelhas demonstrou a incredulidade de Thiago. Julgava inconcebível alguém sair de casa somente aos domingos.

— Absurdo — resmungou.

— É assim mesmo, patrão. A vida dessa gente é muito diferente. Aposto com o senhor que nós não estamos vendo ninguém, mas, atrás das cortinas de cada janela, deve haver gente nos espiando com cara de espanto. Espere pra ver.

Thiago balançava a cabeça incrédulo e divertido.

— Quer dizer que somos atração?

— E das grandes. A maioria conhece o carro do senhor Manuel e me conhece, mas nunca o viram. Devem estar especulando quem é o senhor e o que pode ter acontecido com seu pai. É mais de um falatório — respondeu Benedito divertido com a situação.

— Ainda estamos muito longe?

— Não, é logo ali — respondeu o cocheiro, apontando para uma grande casa comercial, cuja fachada abrigava várias portas.

— Mas está fechada.

— É hora do almoço, já lhe disse. Mas é só bater que o senhor Vicente virá nos atender.

Tão logo pararam em frente à casa comercial, uma das portas se abriu e dela surgiu um homem forte e alto, bem asseado, usando trajes simples. Retirando o chapéu, cumprimentou:

— Sejam bem-vindos, amigos. Já estava esperando-os desde cedo.

— Bom dia e obrigado — respondeu Thiago, sorrindo com simpatia para seu anfitrião e, estendendo-lhe a mão, se apresentou: — Thiago da Porciúncula.

— Prazer — respondeu o homem com simplicidade. — Vicente dos Anjos. Vamos entrando. A comida tá na mesa. Como está o amigo Manuel?

Estranhando a si mesmo, Thiago viu-se genuinamente gostando da companhia de Vicente e de sua família cheia de crianças. Não pôde deixar de sorrir ao ser apresentado à dona Margarida, a esposa do anfitrião, uma simpática e roliça senhora cercada por oito crianças, sendo que o mais velho possivelmente tinha dez anos.

"Até que esse trabalho pode ser bom", concedeu Thiago em pensamento. "Há uma ingenuidade nessa gente que me retempera a alma. Que estranho! Não percebia como algumas pessoas e lugares me cansavam nem como eu estava exausto."

Alimentando tais pensamentos e boa disposição de espírito, o filho do comerciante da capital granjeou facilmente muitos amigos em suas andanças pelos vilarejos do interior. Por algum tempo, tudo lhe foi novidade; depois, contudo, a vala comum do tédio e da mesmice tragou todas as suas experiências, fazendo brotar as arraigadas inclinações de sua personalidade: a preguiça, os vícios e a sensualidade descomprometida.

Benvinda caminhava pela estreita e poeirenta estrada que ligava a sede da fazenda ao pequeno agrupado das casas dos escravizados, carregando um de seus filhos amarrado às costas por largas tiras de algodão rústico. Ia pensativa. Ela, sempre tão falante, não estimulava o pequeno a balbuciar nenhuma palavra. A situação da família Fontes a preocupava.

"As coisas tão mudando, e não sei se gosto disso. Não tem nada de agradável, pelo contrário. Dia após dia, tem se acabado um costume bom. Antes, parecia que até o ar era feliz e alegre na fazenda. Perto do que se sabe que acontece *nas redondeza*, era um verdadeiro paraíso, porém já não é mais. Dona Márcia, pobrezinha, é um poço de tristeza. Dá dó de *vê* como tem vivido depois que *enviuvô*. O *sinhô* Geraldo quase nunca tá lá. De vez em quando, vai *olhá* o Jerônimo, mas não se demora. Só quem parece estar gostando é a dona Isadora, que agora faz o que bem entende na casa. Já mudou tudo: mexeu no lugar das mobílias, dos enfeites, no nosso jeito de trabalhar. Todos têm medo dela. É bonita por fora, mas, por dentro, é dura e fria feito pedra que fica no riacho. Não tem um gesto de carinho nem de atenção pro filho, pra família. Dá medo do futuro..."

Passos lentos e pesados davam a conhecer o estado mental de Benvinda naquele instante. Nossos passos não só revelam o caminho que fazemos, mas como estamos interiormente. A alegria dá agilidade, leveza, graciosidade ao andar. A tristeza, o pesar e a melancolia nos fazem caminhar devagar e pesadamente. O medo nos faz ser lentos; o amor nos dá energia. A sabedoria oriental estuda há milênios o modo de caminhar dos indivíduos, pois é uma fonte reveladora dos estados mentais do ser humano. Uma espécie de leitura instintiva, se assim podemos dizer, nos faz também comungar desse saber. Com frequência, apenas olhando para o caminhar de alguém, conseguimos identificar alguns sentimentos que ele abriga. Por meio desse tipo de leitura, Clarêncio, que a esperava sentado no degrau da porta, reconheceu que a companheira, abatida, se aproximava do lar trazendo preocupações e tristeza.

Decidido, ergueu-se e foi encontrá-la. Ao aproximar-se, recebeu um sorriso que não alcançava o olhar e as usuais palavras de saudação.

— O que aconteceu, Benvinda? — questionou sem rodeios.

— Não foi nada.

— Como nada? Tô vendo que tá abatida, jururu...

Cabisbaixa, Benvinda o interrompeu dando vazão aos pensamentos e sentimentos que a torturavam:

— Há dias que tenho sentido muito medo. Um medo que vem do nada e me faz ver só coisa ruim. Hoje foi um dia desses. A casa da fazenda parecia um lugar estranho. Não tinha conversa nem cantoria na cozinha; as negras estavam trabalhando quietas. Agora não comemos mais na cozinha. Dona Isadora *mandô* arrumar um galpão, fazer mesas, bancos e colocar um fogão. Os negros têm que *cozinhá* e *comê* lá. Ela xinga e grita por qualquer bobagem, coisa até que, Deus me livre, parece que é inventada, não existe. Tudo isso pra *destratá* nossa gente. Nos tempos do *sinhô* Jerônimo aqui na fazenda, a gente não era tratado como escravizados, agora... não vai *sê* surpresa se ela *mandá açoitá* um de nós.

Desolado, Clarêncio ouviu as colocações da companheira. Não era a primeira vez que Benvinda se queixava das mudanças na sede.

— Vamos manter a confiança, mulher — exortou ele. — O dono é o *sinhô* Geraldo, e ele não mudou. O trabalho nas lavouras e com os animais continua como sempre foi. É preciso ter fé que dona Márcia vai sair daquele estado de tristeza e retomar o controle...

— Não se iluda, Clarêncio — advertiu Benvinda. — São outros tempos. A sinhá é dona Isadora, e o pobre do *sinhô* Geraldo não passa de um bichinho nas mãos dela. É só ela deixar o marido se deitar na cama dela e pronto! O pobre-diabo faz o que a mulher mandar. Chego a ter pena dele; é cego de paixão. É um casamento que sobrevive de migalha, que nem *os passarinho* que *come* os restos das toalhas que a gente sacode no pátio. Não tem calor, não tem amor. Quem ama quer ser feliz e ver o outro feliz. Acho que nem o *sinhô* ama a mulher; é só paixão pela beleza dela. Eles não são felizes.

Clarêncio passou o braço sobre os ombros da mulher e beijou-lhe o alto da cabeça. Reconhecia a verdade no que ela dizia.

— Procure esquecer. Amanhã e depois serão dias melhores. É preciso ter esperança.

— Eu sei, mas não posso *fazê* de conta que não enxergo o que se passa na frente dos meus olhos. — Um suspiro cansado escapou de seus lábios e, com esforço, ela sorriu para o companheiro. — Não se preocupe. Não falo nada disso em casa, perto das outras crianças.

Acariciando a cabeça e as costas do filho adormecido, Clarêncio explicou:

— Ele também entende. As crianças sabem e sentem tudo o que se passa com suas mães e à volta delas, já lhe disse. Tomé está dormindo, pode não ter ouvido nossa conversa, mas, de algum modo, ele sabe que você está preocupada.

— É, você tem razão, mas hoje não consegui vencer o medo.

Benvinda sacudiu a cabeça vigorosamente como se tal ato tivesse poder de varrer para bem longe os medos que ela abrigava e que lhe despertavam pensamentos sombrios sobre o futuro na Fazenda Fontes.

— Tenho é pena do pequeno. Quero-o como se fosse meu; dei meu leite pra ele. Jerônimo é irmão de leite dos nossos... mas, pobrezinho, é tão triste. Não se pode falar alto perto dele, pois se assusta, chora, e não é dengo. Quando o vejo brincando com o Tomé, fico tão feliz. Jerônimo é tão sozinho, fica ali sentado no tapete perto da dona Márcia com *os brinquedo*. Nem sempre a sinhá se dá conta de que ele precisa de alguém... Ela fica lá remoendo *as lembrança* do *sinhô*, enquanto o menino fica só. Tão pertinho, mas, ao mesmo tempo, tão longe um do outro.

— Dona Isadora se arrependerá algum dia — vaticinou Clarêncio, chutando um pedregulho na estrada. — Mãe e filho têm uma ligação forte que às vezes é difícil de entender e explicar. É coisa da natureza, é coisa de Deus, Benvinda. Eles sabem o que acontece um com o outro. Existe alguma coisa invisível que liga a mulher e a criança até depois do nascimento. Não é só a coisa do leite que vaza do seio da mãe quando a criança tem fome, é mais... Os filhos pressentem os pensamentos e os sentimentos da mãe. Se ela tá agitada, o filhote também fica; se tá triste, se tá alegre, seja o que for, eles sentem e ficam do mesmo jeito. Como ela aceita a presença, a proximidade, o toque deles, também notamos a diferença no crescimento dos bichinhos. Se a mãe é carinhosa, o filhote é alegre, saudável, e se desenvolve ligeiro; se a mãe não dá atenção aos bichinhos, eles perambulam de um lado para o outro, têm um ar perdido e custam mais a crescer; uns até morrem. Tem mulher que me diz que criança não é bezerro nem potrinho, mas observo as crianças e as mães e vejo que as reações não são muito diferentes.

Benvinda riu ao ouvir as colocações do companheiro. Não era nenhuma novidade para ela, ao contrário, podia considerá-las velhas conhecidas.

— É verdade, meu nego. Pois é justo isso que vejo todos os dias lá na casa da fazenda.

— Dona Isadora é inquieta e insatisfeita. Não consigo entender como o senhor Geraldo apaixonou-se por ela. São tão diferentes...

— Não acho que sejam muito diferentes, não. Podem até ter sido, mas agora...

Clarêncio calou-se; a mulher tinha razão. Sentimentos são contagiosos, e um grande número de pessoas ignora essa realidade que se patenteia aos olhos de qualquer observador. É preciso ter uma individualidade bastante definida, autocrítica e um senso de observação pessoal e coletivo apurados para se precaver de contaminações indesejadas. Geraldo, perdido nos próprios sentimentos e anseios, estava longe de caracterizar uma personalidade bem definida, distante das conquistas elementares na área da individualidade. Em meio a toda confusão interior, a insatisfação e a agitação ganhavam seu espaço e agiam encobertas pelo espesso manto da inconsciência.

Ao chegarem ao vilarejo formado pelas casas dos escravizados, os pensamentos ruins se foram. Havia trabalho e um ideal a ser mantido; as crianças precisavam receber instrução com vistas a garantir um futuro livre. Clarêncio, diante da melancolia e prostração de dona Márcia, chamou a si a responsabilidade de orientar a educação e o preparo das novas gerações. Antes, as crianças estudavam no horário da tarde; agora estudavam sob as luzes suaves do anoitecer e prosseguiam sob a luz bruxuleante das tochas e das grossas velas de cera.

Na casa da fazenda, o ambiente não sofria modificação. Dona Márcia balançava-se na cadeira, perdida em suas memórias. Naqueles poucos anos de viuvez, envelhecera tudo o que a vida até então a poupara e talvez um pouco mais. Geraldo fumava o cachimbo enquanto vistoriava as contas da safra que se avizinhava, enquanto Isadora se entretinha lendo poesias.

Sozinho no quarto, cercado por sombras que se erguiam disformes pelas paredes e balançavam de acordo com a chama das velas, o pequeno Jerônimo amargava uma profunda solidão. Uma sentida tristeza o fazia soluçar; ele encolhia-se na cama, voltando à posição fetal, e no desamparo de sua infância chupava o dedo polegar. Não conseguia definir nem expressar em palavras as emoções que lhe varriam o ser, mas ansiava por carinho, proteção, companhia. Faltava-lhe algo que doía profundamente.

Seus sonhos eram sempre marcados pelo medo, pela solidão. Frequentemente, sonhava que estava sozinho no grande pátio da fazenda. Escurecia, a casa estava fechada, e ele fora esquecido na rua. Inutilmente, gritava pela mãe. Acabava acordando com os chamados da criada que dormia em seu quarto. Apavorado, pedia colo, mas ela colocava-lhe na boca uma mamadeira com água doce e ficava sentada ao lado da cama ninando-o com ar enfadonho e cansado até vê-lo adormecer com as longas pestanas castanhas molhadas de lágrimas e exalando suspiros doridos.

Se os dias de infância de Jerônimo Neto eram tristes e sem calor humano, bem piores eram as noites que deixavam descobertas a solidão e a falta de afeto. Não era de surpreender que o menino fosse calado, retraído e franzino. Ele era o que se definiria atualmente como uma criança deprimida e carente.

Capítulo 9

INSENSATEZ

> *A paixão, propriamente dita, é a exageração de uma necessidade ou de um sentimento* [...].[11]

Isadora observava entediada a movimentação nas plantações além do jardim. Amanhecera irritada, incomodada. Como dizia sua mãe, provavelmente tinha dormido com os pés destapados para acordar com tamanho mau humor. Não havendo como quebrar a monotonia da rotina doméstica, pôs-se a ralhar com as escravizadas, reclamando que o leite estava frio, o café forte demais e que o pão ficara salgado.

A sogra suspirou ruidosamente — deixando claro com o gesto que a nora lhe exigia paciência além do limite —, mas não fez nada. Geraldo habituara-se ao estado emocional da esposa; inicialmente, procurava fazer-lhe as mínimas vontades para não a desagradar e manter o clima de harmonia na família, porém, com o passar do tempo, cansou-se e decidiu ignorar tais atitudes.

Quando Isadora acordava com esse ânimo, Benvinda levava o pequeno Jerônimo para perto da mãe somente nos momentos indispensáveis e, ainda assim, ela cumpria maquinalmente as obrigações maternas.

Ao pedido gracioso da criança para abençoá-lo, Isadora respondia secamente:

---

11 KARDEC, Allan. **O Livro dos Espíritos**. Tradução de Salvador Gentile. Araras: IDE.

— Deus o abençoe. Vá dormir. — Mal dispensando um ligeiro olhar ao filho.

"Há dias que não suporto minha própria companhia", pensava Isadora, enquanto olhava através das vidraças da janela, totalmente absorta em suas reflexões doentias. "Que vida! Nada tem sentido! Não consigo entender para que trabalhar, pôr filhos no mundo, adoecer e morrer. Tudo isso não leva a nada. É uma sequência desconhecida de dias e noites, que não sabemos quando vai terminar, mas é certo que, um dia, não amanheceremos mais. Morreremos, e tudo se acabará. Grande porcaria! Quisera ter a coragem de pendurar-me em uma corda no galpão ou cortar meus pulsos, antecipar esse fim de alguma forma. É torturante viver essa espera, aguentar esses dias enfadonhos. Nada do que vivo me dá alegria ou prazer. Julguei que Geraldo me faria feliz. Que engano! Ele não se preocupa comigo nem me tem amor; apenas me usa para satisfazer seus instintos da mesma forma que os cavalos usam as éguas nos estábulos. Talvez os animais tenham mais respeito por suas fêmeas. Ele é insuportável. É um castigo viver nesta fazenda. Na vila, todas as mulheres da minha idade invejam-me, mas não sabem o que é viver neste lugar, dia após dia, sempre com as mesmas pessoas, as mesmas conversas. É horrível!"

Alimentando tais pensamentos, Isadora consumia-se na insatisfação. Relegara aos outros o dever de fazê-la feliz, pois acreditava que felicidade e realização vinham de fora para dentro, dependiam do exterior. Em sua cegueira e inconsciência, não concebia o grande erro em que vivia. A felicidade depende de cada um de nós. É preciso se encontrar, descobrir o que se é, o que se deseja ser, e usar todos os dias e todas as oportunidades de nossa existência para caminhar nessa direção. Ser feliz não é um destino; é um modo de viver. Não é uma condição estática, ao contrário; é ser capaz de experimentar a dinâmica da vida com entusiasmo e coragem, enfrentando bons e maus dias com a mesma disposição de aprendiz que nos fará encontrar em cada momento sua beleza e sabedoria. É curvar-se e erguer-se às forças da vida com a graça de quem possui uma confiança inabalável em Deus e em seu próprio destino como ser livre e em evolução.

Isadora não entendia esses conceitos; aliás os desconhecia por completo e, se alguém houvesse tentado explicá-los, ainda assim teria sido inútil. Faltava-lhe maturidade emocional para compreendê-los, e só conquistamos isso à custa de nossas experiências.

Somos tentados a lamentar o sofrimento de algumas almas que nos cruzam o caminho e até desejamos aliviá-las, tomar-lhes os pesados fardos e protegê-las, julgando que somos pessoas piedosas. Ledo engano. Estamos iludidos a nosso respeito e ignoramos as verdades maiores da vida ao alimentarmos essa visão.

O sofrimento ensina, e há quem escolha aprender por esse método. Ainda que se tente mostrar outras formas de recolher a mesma lição, a criatura simplesmente não vê, pois dentro de suas possibilidades não há outro caminho, então é preciso que ela o percorra até o final.

Por mais amargo que seja, precisamos respeitar o direito da pessoa de escolher seu caminho, seja ele árido e espinhoso ou mais suave. Só aprendemos e amadurecemos à custa de nossas reflexões. Esse caminho se repetirá em nossas inúmeras existências? É possível, e o faremos tantas vezes quantas forem necessárias ao integral aprendizado. As leis e a pedagogia divinas autorizam, e nós precisamos aprender que educação e auxílio não existem para criar indivíduos dependentes, mas, sim, para fazê-los livres e responsáveis, capazes de andar com os próprios pés, cientes de que a responsabilidade do que se é e como se vive, bem como de seus atos, lhes cabe integralmente.

A educação é formadora de caracteres, não "enformadora", não reprodutora. Enquanto a entendermos como tal, é sinal de que não assimilamos a plenitude do que significa ser alguém, um ser único, criado por Deus, para desenvolver potencialidades divinas. O que leva o ser bruto, o espírito primitivo à condição de angelitude é o processo educativo da pedagogia divina, que oferece liberdade e responsabilidade, não põe formas, aguarda e aceita as manifestações da individualidade, reconhecendo-as de essencial importância para o seu avançar, pois fará desabrochar e desenvolver a consciência de si, do universo, da vida e de Deus.

Como todos nós, Isadora estava em processo de educação; vivia mergulhada nas brumas da inconsciência natural ao seu estado evolutivo. Todos os sinais em torno dela indicavam um clima propício a atos extremados, apaixonados, irrefletidos.

Sua alma estava tão perdida em si e de si mesma, vagando a esmo como seu olhar, que contemplava o pátio através das vidraças. Estava tão absorta em suas emoções e seus pensamentos em desalinho que não notou que o marido entrava na sala com passos apressados.

— Isadora — chamou ele, arrancando-a de seus devaneios —, teremos visita para o almoço e hóspedes por algum tempo.

Um franzir de cenho foi a única demonstração de compreensão e desagrado que ela emitiu. Contemplando o marido, notou que Geraldo tinha o olhar animado e a expressão do rosto afoita, o que lhe despertou a curiosidade.

— Toda essa agitação é por causa da visita? — indagou ela contrafeita. — Quem virá para cá? Um vendedor de escravizados, um caixeiro viajante...

A atitude de desdém da esposa irritou Geraldo, pois lhe soou como menosprezo a seus amigos. Acontecia com ele a velha história de coar o mosquito e engolir o camelo. Ele não percebeu que o menosprezo da mulher não era só por aquela visita em especial, mas pela vida na fazenda como um todo, que Isadora julgava entediante e à qual se julgava superior.

— Há dias em que você é insuportável, mulher; mais azeda que limão! Nem lhe disse quem é a visita, e você já se prepara para recebê-los como qualquer criatura que perambula pelas estradas à procura de dinheiro. Desde quando trouxe para dentro de nossa casa, para o convívio de minha família, um vendedor de escravizados? Aprendi com meu pai e tenho muito orgulho disso. Essa gente nunca pisou nas tábuas desta sala nem pisará enquanto eu for o dono desta fazenda. Para seu conhecimento — e guarde bem, pois não vou repetir —, receberemos visitantes vindos da capital, um grande amigo de minha família que você ainda não conhece. O senhor Porciúncula, dono da empresa que compra grande parte de nossa produção de café. É uma grande deferência ele se hospedar conosco. O senhor Porciúncula faz isso há anos e sempre foi muito bem tratado. Espero que a opinião dele sobre a hospitalidade desta casa não se modifique. Fui claro?

Isadora baixou o olhar, escondendo a própria raiva ante a admoestação do marido. Sob o manto de aparente timidez e com voz baixa, respondeu:

— Sim, Geraldo. Sou uma mulher bem educada e sei como receber uma visita de fino trato. Vou tomar as providências para o almoço, com licença.

Arrebanhando as saias com as mãos, deu as costas a Geraldo e, com passos ágeis, desapareceu pelo corredor demandando a cozinha. Enquanto caminhava, ia pensando: "Agradar um velho rico e esnobe da capital era tudo o que faltava para tornar este lugar um real suplício. Posso vê-lo sentado na sala após se fartar nas refeições, comendo como não deve fazer nas mesas das casas finas com as quais convive, fumando charuto fedido e bebendo xícaras e xícaras de café recém-coado. E eu, com um sorriso no rosto, fingirei grande interesse pelos casos que ele contar, envolvendo lugares e pessoas que nunca verei. Isso será torturante".

Na sala, Geraldo ainda resmungava irritado com a reação da mulher.

— Há dias que tenho ganas de dar uns tapas em Isadora, como se faz com crianças malcriadas. Que gênio do cão! Quando acorda mal-humorada, só Cristo para aguentar. Parece que não tem juízo... — E seguiu murmurando para si a revolta com o comportamento da esposa, sem se dar conta de que estava se contaminando com as emoções de Isadora e sem atinar para as causas mais profundas dessas atitudes, que um olhar atento e uma reflexão teriam posto a nu.

Rusgas e pequenas desavenças eram comuns entre o casal. Isto, aliado ao sentimento de insatisfação e enfado de Isadora, era suficiente para que ela se entendesse como uma mulher infeliz. Sua mente desequilibrada transformava pequenas mágoas em grandes, engolidas em silêncio, alimentando sua revolta e insatisfação. Acomodadas nas profundezas de sua intimidade, elas transformavam-se lentamente em rancor e lhe minavam as escassas forças que poderia ter para reagir aos sentimentos e pensamentos torturantes aos quais, por prazer, dava guarida.

Alheio ao que o aguardava no seio da família Fontes, o jovem Thiago prosseguia sua viagem sacolejando de fazenda em fazenda, de um vilarejo a outro. Irresponsável e extrovertido, vinha lutando nos últimos dias contra o tédio. Mesmo com seu comportamento levemente irônico e debochado e fazendo chacota de si mesmo, não estava encontrando mais disposição para rir. Vinha calado, secando o suor e a poeira vermelha do rosto com um lenço de linho que contemplava enojado.

— Por Deus, que lugarzinho para alguém viver! Insuportável é o mínimo a dizer. Terrinha dos diabos! Cobre a gente de uma poeira fina avermelhada que se entranha na pele. Falta muito para chegarmos à Fazenda Fontes?

— Estamos quase chegando, patrãozinho — respondeu o cocheiro sorrindo. — Concordo com o senhor. Este lugar aqui é dos infernos.

— Felizmente, é o fim dessa viagem. Mal posso acreditar! Somente mais alguns dias, e seguiremos de volta à capital. Que calor! O sol parece fogo bem próximo. Coisa horrorosa! Você já esteve nessa fazenda? É civilizada? Posso esperar que irão nos oferecer uma banheira com água?

O cocheiro riu com gosto das reclamações de Thiago, porém, vendo-lhe o rosto com ar de sofrimento, controlou-se e o acalmou:

— Pode sim. A fazenda tem do bom e do melhor. Agora quem está comandando os negócios é o senhor Geraldo, filho do falecido senhor Jerônimo, que era amigo de seu pai. Mas não deve ter feito grandes mudanças. É um lugar como poucos nesse interior agreste. Os escravizados são bem tratados. Lá não tem castigo nem senzala; os negros têm direito a ter família e vivem em casas. Simples, é verdade, mas todos têm o necessário. É bom visitar a fazenda dos Fontes. É um lugar muito alegre, com boa comida, boa conversa, de muito capricho, gente honesta e trabalhadora, que ganha bastante dinheiro com o cafezal. É a maior fazenda da região. Tomara que não tenha mudado.

— Hum, já estou vendo mais uma daquelas mesas enormes que comportam uma família do mesmo tamanho. Deve haver pirralhos por todos os cantos. Não estou mais com paciência! Perdi minha mala de sorrisos insossos que trouxe para agradar a filharada desses fazendeiros. Não suporto crianças.

— Ué, e essa agora? Então, o senhor não vai dar netos ao patrão? Não quer ter filhos? — Atreveu-se a indagar o cocheiro com a intimidade que lhe franqueara o jovem ao longo daquele verão.

— Ainda tem muito tempo. Não quero nem pensar em casamento pelos próximos três ou quatro anos. Além do mais, cuidar das crianças é serviço das mulheres; o nosso é fazê-las, não concorda? — retrucou Thiago malicioso.

O empregado tornou a rir meneando a cabeça. Aprendera a gostar do moço mimado e de seu humor jocoso. E, naquele clima descontraído, tentando esquecer o desconforto da estrada, Thiago continuou a conversa inútil e maliciosa, falando sobre as várias moças e senhoras que conhecera na peregrinação pelo interior.

Uma hora depois, eles dobraram a última curva da estrada que terminava no jardim em frente à residência da família Fontes. Do relevo, avistaram pouco abaixo as construções da fazenda e, margeando a estrada, os cafezais bem cuidados. Em meio ao verde da vegetação e ao vermelho da terra, às cores fortes e contrastantes da natureza, a casa branca despontava como um oásis de suavidade e frescor, com suas janelas e portas abertas de onde se via o balançar suave de cortinas de crochê.

— Pitoresca — comentou Thiago, referindo-se à visão da fazenda a distância. — Não sei se influenciado por suas palavras ou se porque, de fato, existe algo, essa fazenda me transmite uma ideia de frescor. Será que isso tem a ver com meu quase insano desejo de banhar-me? E a possibilidade de existir banheira e água entre aquelas paredes é respeitável?

— Dois contra um nessa última possibilidade. — Apostou Benedito forçando uma expressão séria.

— Não vou jogar com você, pois não tem dinheiro para honrar suas dívidas! — Rebateu Thiago gozador. — Adoro jogar; é uma ótima maneira de passar a noite. Quando a sorte nos acompanha, ela sempre anda com dinheiro e este no bolso de bons parceiros, o que não é seu caso. Na capital, passarei belas noites jogando na casa de Paola, e você poderá se divertir com os outros cocheiros. Pensa que não sabemos que ficam todos em volta do carteado em cima de caixotes de madeira? Aposte lá com eles.

Benedito balançou a cabeça em concordância e concentrou-se em fazer os animais diminuírem a marcha, pois já se aproximavam dos jardins. Diante da porta onde Isadora e dona Márcia aguardavam o visitante para recepcioná-lo, o veículo, acompanhado pelo rastro de pó, estancou na fazenda.

A constante atividade e o clima de tranquilidade reinante no local logo foram percebidos pelo olhar interessado de Thiago, entretanto, o desconforto da viagem cobrava seu preço e dava ao jovem uma pressa mal-educada de encerrar rapidamente as apresentações de praxe e mergulhar em uma refrescante banheira cheia de água.

Tamanha era sua pressa que Thiago não notou a jovem senhora que aguardava para recepcioná-lo e, esquecido de todo e qualquer cuidado com a aparência, saltou da boleia, andando ligeiro em direção à casa. Somente quando subiu o último degrau, ergueu o olhar e deparou-se com Isadora.

Uma agitação nervosa o percorreu. O velho Don Juan da capital ressurgiu em meio ao descaso e à poeira vermelha do interior, tal qual a gloriosa Fênix ressurgiu das cinzas. Bastou contemplar o belo rosto da senhora da fazenda e correr o olhar por seu corpo, reparando no vestido de corte simples, mas de bom gosto, para sentir-se um trapalhão, desajeitado e sujo. Porém, se algo não pode faltar a um conquistador é a capacidade de fazer sobressair seu encanto nas mais imprevistas circunstâncias — e Thiago era um rematado conquistador.

— Bom Deus, o sol afetou-me a visão ou de fato encontro um oásis de encantamento e belezas nestas terras? — comentou ele de forma dúbia por desconhecer, ainda, o papel da mulher à sua frente naquela fazenda. Os olhos de Thiago, contudo, clareavam suas intenções, expondo sem receio o apreço pela jovem.

Isadora sorriu, simpatizando imediatamente com o bonito e empoeirado comerciante. O olhar de vivo interesse com que ele a fitava a encheu de contentamento, fazendo subir um leve rubor às faces da senhora da fazenda.

— Espero que o calor não tenha lhe tirado a saúde, senhor — retrucou Isadora sorridente, estendendo a mão ao visitante. — Seja bem-vindo à Fazenda Fontes. Geraldo avisou-me de sua visita.

— Thiago Marques da Porciúncula, encantado em conhecê-la, senhorita...

— Isadora Fontes, esposa de Geraldo Fontes — disse a moça com um leve tremor na voz, como se lamentasse esclarecer que era a senhora daquela grande fazenda.

— Sem dúvida, um homem de muita sorte e felicidade — prosseguiu Thiago galanteador, sem dar importância ao fato de a mulher, que se tornara objeto de sua atenção, ser casada.

Surpresa com o comportamento audacioso do jovem comerciante, Isadora, vítima do magnetismo do olhar alegre e cheio de admiração do recém-chegado, limitou-se a sorrir e a contemplá-lo.

— Por favor, vamos entrar. Está muito quente aqui fora. Geraldo deve demorar ainda um pouco, mas chegará para o almoço.

Com comentários elogiosos à beleza e ao frescor da casa, Thiago, sempre atento aos mínimos detalhes e movimentos, acompanhou sua anfitriã.

Notando a preocupação tardia do comerciante de espanar as vestes e enxugar o suor do rosto com um lenço tão empoeirado quanto o restante das roupas, Isadora propôs:

— Mandei preparar um dos quartos de hóspedes para o senhor e, julgando por minhas necessidades, que deixassem água para um banho. Vejo sua aflição, por isso deixo o senhor à vontade para, se desejar, refrescar-se primeiro e depois conversarmos, afinal, teremos muitos dias pela frente.

— A senhora é verdadeiramente um lindo anjo. Agradeço sua gentileza e atenção. De fato, estou incomodado com o calor e o pó. Por certo, após o banho, serei um homem mais digno de usufruir sua companhia. Seria uma indelicadeza impingir-lhe minha presença nas atuais condições. Por favor, diga-me onde estou hospedado.

Avançando até um balcão, Isadora apanhou um belo sino de prata e badalou-o várias vezes até notar sob o batente da porta um dos escravizados domésticos.

Delicada, sorriu para Thiago, pedindo que acompanhasse o criado que o conduziria aos aposentos.

Pouco depois, limpo e asseado, Thiago derramou-se em atenções à sua anfitriã. Sentados na sala de estar, conversavam amistosamente. Quando Geraldo foi encontrá-los, o som da animada conversa e o riso de sua mulher chegaram até ele antes de ingressar no ambiente.

"Entender o gênio de Isadora está além de minha compreensão. Pela manhã, mais azeda e amarga que fel, irritou-se quando falei do visitante e, agora, o encanta na sala, como a impecável senhora desta fazenda deveria fazer", pensava ele alegrando-se intimamente, pois, no fundo, estava temeroso de tornar conhecidos a terceiros seus desprazeres conjugais.

Aliviado e confiante, adentrou a sala manifestando sua alegria com a presença do visitante.

— O prazer tem sido inteiramente meu, senhor Geraldo! — retrucou Thiago cortês. — Meus cumprimentos por sua fazenda. Meu pai sempre a elogiou muitíssimo, mas, sinceramente, não conseguia imaginar o lugar e seus encantos.

Geraldo sorriu embevecido. Simpatizara de imediato com o rapaz falante e bem-disposto.

— Agradeço seu apreço. Verá que este lugar tem um encanto muito próprio, que entra em nós como o ar que respiramos. Eu o herdei assim de meu finado pai e espero legá-lo a meu filho com esse mesmo encanto que vem do amor à família e ao trabalho.

— Filho? — indagou Thiago surpreso. — A senhora tem filhos?

Isadora esquecera-se por completo do pequeno Jerônimo, que, àquela hora, estava sendo alimentado e cuidado por Benvinda. Não era preciso muito para fazê-la esquecer-se dos cuidados maternos, mas, naquela manhã, envolvida na agradável conversa com o jovem, esquecera-se tanto do marido quanto do filho. Muda, ouviu Geraldo responder:

— Por enquanto, temos apenas um menino: Jerônimo Neto. Ele está com três anos e alguns meses. É um garoto lindo e muito educado. Onde ele está? — indagou Geraldo, dirigindo o olhar à esposa.

— Com Benvinda — informou ela e, voltando-se para Thiago, explicou: — É a ama. A esta hora, já deve estar alimentado e repousando. Mais tarde, conhecerá o menino.

Thiago sorriu, fria e educadamente. Não tinha interesse em crianças, e tudo nas atitudes dele revelou suas intenções.

— Claro! Teremos alguns dias para nos conhecermos, eu e o pequeno. Se não se importa, senhor Geraldo, poderíamos antecipar alguns assuntos que me trazem à sua fazenda.

— Certamente. Aprecio pessoas diretas e objetivas; são sempre mais confiáveis. Acompanhe-me, por favor. Isadora nos avisará quando a refeição for servida.

Aquele foi apenas o primeiro dia da estada de Thiago da Porciúncula na Fazenda Fontes, que acabou se prolongando além do necessário. Cansado e sem disposição para enfrentar o desconforto do retorno, o jovem comerciante foi postergando o dia de regressar à capital.

Isadora mal cabia em si de satisfação com a permanência do visitante. Adorava ouvi-lo falar sobre a vida na cidade, as festas, as lojas e as muitas experiências que eram totalmente desconhecidas à jovem senhora. Excitava-se, sentia-se viva e animada, desdobrava-se em descobrir os gostos de Thiago e satisfazê-los. Adorava suas maneiras delicadas e gentis, e um frêmito estranho a percorria inteira com os galanteios que ele lhe prodigalizava sempre que estavam sozinhos, bem como os olhares de admiração e as sutis e disfarçadas carícias de que era alvo.

Geraldo, dia a dia mais ocupado, passava maior parte do tempo nas lavouras, preparando a fazenda para a colheita, e não suspeitou nem percebeu o evidente encantamento da esposa pelo visitante.

Dona Márcia também fora tomada de simpatia pelo atencioso filho do senhor Manuel, que, pacientemente, ouvia as histórias da época em que seu pai ia à fazenda negociar o café. Porém, com o passar dos dias, o comportamento da nora chamou-lhe a atenção, e ela leu nas atitudes de Isadora a florescente paixão dedicada ao visitante.

Atenta, dona Márcia observava os frequentes passeios da dupla e notara o estudado comportamento do jovem, que ora se esquivava das ousadias da anfitriã numa atitude polida de falso desentendido, ora a cortejava descaradamente, dando a conhecer a faceta de conquistador.

Convencida de que a situação não deveria se prolongar, dona Márcia, certa noite, procurou o filho, que, como de costume, prolongava as horas de trabalho.

Levava nas mãos uma bandeja com uma pequena ceia para compartilharem, sob desculpas de saudades e cuidados maternos, coisa que ainda realizava esporadicamente. Apresentou-se à porta do escritório do filho, que, sorridente e surpreso, apanhou a bandeja, afastando os livros que examinava para dar atenção à mãe. Conversaram amenidades sobre a rotina da fazenda até que, de supetão, dona Márcia questionou:

— Filho, quando nosso visitante regressará à capital?

— Não sei. Ele se diz cansado da estrada e encantado com a fazenda. Por certo, tem prolongado a visita para descansar.

— Estranho que esse jovem tenha tanto tempo desocupado. Na época do pai dele, não era assim. Diga-me: o senhor Manuel entregou os negócios ao filho? Não virá mais à fazenda?

Geraldo abriu um largo sorriso ante a pergunta materna e, divertido, respondeu:

— Não. É impensável ver o senhor Manuel entregar o comando de seus negócios, mesmo que seja para o filho. Não, mamãe, parece que ele apenas quer forçar o rapaz a assumir compromissos com a empresa da família. Pelo que entendi, o senhor Manuel estava insatisfeito com o comportamento de Thiago na capital.

— Mulheres em demasia... — sugeriu dona Márcia, erguendo a sobrancelha e encarando o filho com olhar compenetrado.

Geraldo riu e, lembrando-se de fragmentos de conversas com o visitante — que não seria de bom tom repetir diante da mãe —, concluiu quais foram as razões educativas do senhor Manuel para lançar o jovem àquela viagem pelo interior. Vendo que dona Márcia aguardava uma posição sua, com ar maroto, há tempos desaparecido de sua fisionomia, completou:

— E também jogos, festas e nenhum envolvimento com o trabalho e a família.

— Bem se vê — resmungou dona Márcia séria, balançando a cabeça. — Era exatamente o que eu temia.

— Por quê? Nada temos com a vida dele. Como pai, faria o mesmo se um filho adotasse tal conduta...

— Não estou discutindo a atitude do senhor Manuel, meu filho, mas as do filho dele. — Atalhou dona Márcia com inconfundível tom de ira contida. — Longe de mim semear ventos, mas tenho observado esse rapaz e acho que está na hora de ele partir.

— Que é isso, mamãe?! Logo a senhora, sempre tão hospitaleira, querendo que um hóspede vá embora? Não gosta mais do moço? Achei que apreciava a conversa dele. Thiago a ofendeu, foi grosseiro com a senhora?

— Não se trata disso, Geraldo. E antes que esta conversa se prolongue, vou direto ao assunto: sua mulher tem estado muito diferente desde que esse moço chegou aqui. Não tenho gostado nada do que vejo. É melhor que ele volte à capital o quanto antes! Enquanto não houver nenhum motivo para desgraça e arrependimento.

Surpreso, Geraldo jogou-se contra o espaldar da cadeira. Sentindo a boca seca repentinamente, apanhou o copo de leite da bandeja e ingeriu o líquido em longos goles, enquanto encarava a expressão séria e o olhar com laivos de ira de dona Márcia.

— Estranho a senhora... — disse por fim. — Sei que Isadora está longe de ser a mulher ideal e que é muito diferente da senhora, mas nunca tive razões para duvidar de sua honestidade. A senhora a surpreendeu em algum ato comprometedor?

— Ainda não, meu filho, por isso lhe peço que apresse a conclusão das negociações com esse moço e lhe dê a entender que é hora de partir. Antes que algo comprometedor de fato aconteça, está me entendendo?

Geraldo deixou o pensamento revisar aqueles dias, analisando a conduta de Isadora antes e depois da chegada de Thiago à fazenda. Constatou mudanças positivas na esposa; estava mais alegre, não tivera crises de mau humor nem provocava discussões. Estava sendo atenciosa e educada com todos e comportava-se com maior tolerância na presença do filho. As relações conjugais permaneciam inalteradas.

— É a novidade — murmurou Geraldo, trocando um olhar de entendimento com a mãe. — É apenas isso... novidade. Isadora tem curiosidade sobre a vida na cidade, nunca saiu desta região e...

— Pode ser, mas sua mulher é cabeça de vento, Geraldo. Desculpe-me, mas é a verdade. Isadora é tola e sonhadora, e não preciso muito para ver escrito no rosto dela que está insatisfeita com a vida que leva. Pessoas assim são perigosas para elas mesmas, filho. Sua mulher não seria a primeira a tornar-se cega para a realidade vendo apenas a própria "necessidade" de forma exagerada e crer-se tomada de amores por um conquistador. Evite isso. Dispense o quanto antes esse rapaz. Mande-o de volta para a capital onde é o lugar dele.

Dito isso, dona Márcia ergueu-se e saiu com a autoridade e a altivez que sua posição na família concedia, deixando o filho matutar sobre suas palavras. Depois de algum tempo, ele, porém, preferiu aceitar e acreditar nas próprias explicações e versões para justificar as mudanças na mulher, afastando as advertências maternas para um local profundo e escuro da mente. Quase duas horas depois, Geraldo, cansado, levantou-se da cadeira e, enquanto se dirigia ao próprio quarto, ruminava os pensamentos. Como sempre, certo conformismo se imiscuía, levando-o a murmurar baixinho:

— Ele deverá partir de qualquer forma esta semana. Não há mais nada a fazer aqui na fazenda; é só esperar a entrega da safra lá na capital. Já ajustamos todo o negócio. É, ele vai partir de qualquer jeito... Não há razão para o vexame de sugerir que uma visita vá embora por falta de decoro com a minha família. Mamãe não terá como saber se eu o mandei ou não e, ao vê-lo partir, ficará tranquila.

Naquela mesma hora, Thiago descansava no quarto, confortavelmente estendido em uma poltrona, usando trajes íntimos. O calor do dia o exaurira, mas a brisa fresca da noite lhe trouxe alívio, convidando-o ao prazer de um momento de divagação.

"Isadora mexe com meus sentidos", pensava ele avaliando intimamente a relação que estabelecera com a anfitriã. "É bonita e diferente das mulheres da capital. Há uma inocência nela que me encanta. Vejo uma mulher diferente, muito diferente. Há algo que brilha nos olhos dela e parece vir de um local muito profundo, quase como se ela fosse uma outra mulher; uma mulher ignorada... É como se fosse uma jovem inexperiente, não esposa e mãe. É, talvez seja isso... ela ainda guarda uma inexperiência muito grande. É possível que nem tenha se descoberto como mulher realmente. Vivendo neste fim de mundo, é bem provável..."

Uma expressão de riso zombeteiro desenhou-se no rosto atraente de Thiago, enquanto o rapaz deixava a mente vagar numa avaliação muito pessoal e masculina do seu anfitrião. Como lhe interessava a mulher ignorada, cuja existência ele antevia no olhar de Isadora, menosprezava todas as qualidades de Geraldo.

Permitiu-se ficar um bom tempo nesse uso improdutivo das horas até que se deitou preguiçosamente. A mente excitada pelas divagações, contudo, não lhe dava descanso, fazendo-o recordar-se de detalhes que, obviamente, o agradavam na mulher de Geraldo Fontes.

O hóspede não tinha nem sentia qualquer disposição de retornar à capital, ao contrário. Motivava-se a permanecer na fazenda, entregando-se à arte da conquista. Não distinguia Isadora das mulheres com as quais vivia envolvendo-se em romances descomprometidos e fáceis. Ela o atraía. Thiago pressentia uma paixão intensa e prazerosa na companhia dela e não via nenhuma razão que o impedisse de usufruir esse relacionamento. Filho, marido, família, enfim, pessoas com sentimentos envolvidos em seu propósito eram simplesmente ignorados.

O dito interesse pessoal é um fenômeno muito típico da imperfeição humana. As pessoas somente entendem e enxergam os fatos — e até mesmo informações e conhecimentos que buscam — segundo seu entendimento, que, regra geral, obedecem a interesses particulares, ainda que em muitos casos inconscientes e até inconfessados. Assim é que veem, ouvem e interpretam todas as coisas sob um prisma muito pessoal e frequentemente divorciado da realidade intrínseca da coisa em si. Essa é a razão por que as desavenças e incompreensões são tão frequentes. Faltam clareza e consciência de si ante a vida e os outros e há muitos interesses pessoais governando atitudes e fundamentando ações, sem que o indivíduo tenha consciência das implicações que possam conduzir. Quanto mais inconsciente de si, ou seja, quanto menos o ser desvenda seu íntimo, mais é conduzido pelos interesses pessoais imediatos e pelas ilusões da matéria.

Nesse estado de ânimo, transcorreu o dia seguinte na Fazenda Fontes. Dona Márcia demonstrava impaciência e, mais de uma vez, indagou, sutilmente, quando Thiago retornaria à capital; Isadora mostrava-se incomodada com a presença da sogra, que, nos últimos dias, parecia uma sombra vagando sempre por onde ela estava e perturbando suas tão agradáveis e calorosas conversas com o hóspede; Geraldo empurrara todas as evidências levantadas por dona Márcia para o fundo da mente e não refletia sobre elas, entregando-se de corpo e alma ao trabalho. Thiago, por sua vez, enxergava somente o interesse que tinha em uma paixão avassaladora e inconsequente, que dominava e dirigia seu ser, superando as dúvidas anteriores.

Em meio a isso, circulava e crescia o pequeno Jerônimo, então esquecido por todos, cuidado somente por Benvinda, que, dadas as mudanças, não era mais tão atenciosa nem tão satisfeita com o menino como quando ele era bebê. Preocupações com os próprios interesses a dominavam, fazendo-a ser apenas a escravizada da fazenda que cuidava do filho do senhor, providenciando-lhe higiene, alimentação e descanso, com muito pouco afeto e paciência. Todos ali apresentavam ao pequeno Jerônimo um mundo triste e solitário, onde ninguém se abria para ele, obrigando-o a isolar-se em suas fantasias e carências infantis.

Ninguém enxergava no silêncio do menino uma causa de preocupação. Como não incomodava os interesses pessoais de nenhum deles, interpretavam as atitudes de Jerônimo como sendo as de um menino extremamente dócil e bem-educado.

Passaram-se três dias além da previsão de Geraldo para a partida de Thiago, que não dava sinais de encerrar a longa permanência na fazenda, à qual fora com objetivos estritamente comerciais e mais parecia que se deleitava em férias. Foi Benedito que, observando a situação, percebeu claramente como cada um se movia naquele jogo insensato e insano, que girava em torno de uma paixão caprichosa de seu jovem patrão e das insatisfações da bela e simplória fazendeira.

"É mais que tempo de voltar pra cidade. O patrãozinho não tem juízo e vai fazer uma bobagem das grandes, e essa dona Isadora não sabe nem o que quer comer no almoço de logo mais, que dirá da própria vida. Não vai *dá* boa coisa..."

Com tal disposição, Benedito lembrou a Thiago que era tempo de voltar e, com a franqueza dos homens rudes, referiu-se ao interesse nítido do jovem pela anfitriã nestes termos:

— Não tenho nada com sua vida, mas sou bem mais velho que o patrãozinho e, com todo o respeito, sei como é esse fogo de palha na vida da gente. A mulher é bonita e lhe dá ousadia, mas só vou lhe dizer uma coisa: já vi muita desgraceira acontecer por coisa boba, que um moço jovem e rico como o *sinhô* encontra com mais facilidade e sem *incomodação* na cidade. Vamos embora e deixar essa família vivendo quieta no canto dela. Vai *sê* melhor pra todos. Mulheres como a dona Isadora são *diferente* das que se vê lá na capital. Esqueça a moça, e vamos embora amanhã cedo. Sei que a viagem é ruim, mas o *sinhô* não vai querer morar neste fim de mundo a vida toda, vai?

Thiago olhou surpreso para o empregado, porém, vendo a sinceridade estampada no rosto queimado de sol e marcado pelas rugas e pelos rigores da vida, acabou refletindo sobre o convite.

— Está certo... — disse ele sorrindo matreiro ao empregado após uma breve reflexão. — Você tem razão... toda razão. Na cidade, tudo é mais fácil. Partiremos amanhã logo cedo.

Retornando aos seus aposentos, iniciou a arrumação da bagagem para a viagem na manhã seguinte. Poucas horas depois, durante um jantar tenso, Thiago anunciou sua necessidade de retornar à capital e, em um discurso recheado de elogios, agradeceu a calorosa hospitalidade, reafirmando o bom entendimento comercial entre a empresa de sua família e seus anfitriões.

Geraldo recebeu a notícia com indiferença; dona Márcia, com indisfarçável alívio e prazer; e a inconsequente Isadora encheu-se de tristeza e, tomada de surpresa pela notícia, não poupou protestos a que Thiago permanecesse na fazenda por mais algum tempo, atraindo com tal atitude a ira da sogra e despertando desconfianças no marido.

Constrangido, Thiago levou o guardanapo de linho branco à boca, escondendo o rosto e baixando a cabeça. Ocultando o olhar, pigarreou e, recuperado, comentou:

— Agradeço a preocupação, dona Isadora, porém esses inconvenientes de viagem, estrada, clima e cansaço fazem parte de nossa rotina de comerciantes. Não posso abusar mais da hospitalidade desta família. Além disso, há compromissos à minha espera na capital. — Voltando-se para Geraldo e evitando o olhar perscrutante de dona Márcia, pediu: — Geraldo, será que podemos assinar os documentos da nossa transação assim que terminarmos a refeição?

Amuada com a atitude fria e cortês do hóspede, antes tão galanteador e visivelmente enamorado, Isadora calou-se e, tão logo terminado o jantar, despediu-se caminhando com passos duros e pesados em direção ao próprio dormitório.

“Maldição!”, esbravejava ela intimamente, contendo com esforço a vontade de derrubar os móveis e jogar os bibelôs nas paredes. Porém, ao entrar nos aposentos, Isadora dispensou a criada que a servia e, com fúria, arrancou as próprias roupas, sem dar importância aos botões que saltavam do vestido nem ao som de tecido esgaçado rasgando-se.

Dona Márcia, que ficara sozinha na sala após a saída do filho e do comerciante, apoiou os cotovelos na mesa e uniu as mãos. Com o rosto cansado e envelhecido, murmurou para si mesma:

— Obrigada, meu Deus. Permita que esse moço faça uma boa viagem de retorno e não volte mais à nossa casa. Obrigada por atender aos meus pedidos. Ilumine a alma do meu amado Jerônimo.

Na manhã seguinte, mal raiara o sol, Benedito já cantarolava na boleia da carruagem, enquanto Thiago se despedia de Geraldo e dona Márcia.

Assentado ao lado de Benedito, deu um último aceno aos anfitriões e teve seu olhar atraído por um movimento das cortinas do quarto de dormir de Isadora. Thiago, então, vislumbrou o belo vulto da caprichosa mulher.

Atento, o cocheiro acompanhou o olhar do jovem e pilheriou:

— A dona não gostou da partida.

— É... mas que posso fazer? Vamos embora logo.

Capítulo 10

O TEMPO NÃO É REMÉDIO

A suspeita muitas vezes dana mais que a convicção.[12]

O tempo lançou sua pesada cortina sobre a visita de Thiago da Porciúncula à Fazenda Fontes. As atividades não sofreram solução de continuidade; todos trabalhavam com empenho, beirando à exaustão.

Geraldo, infeliz no matrimônio e recusando-se a tomar consciência das razões de sua constante inquietação, passou a exigir dos escravizados e trabalhadores empenho igual ao seu, levando todos ao limite de suas forças, fomentando um clima de tensão e profunda insatisfação. Os negros perambulavam pelas plantações carregando enxadas nas costas trôpegos e tristes, e há muito não se ouviam mais os cânticos ritmando uma atividade temperada de alegria.

Na sede, a conduta de Isadora igualmente não dava margem a relações amenas e fraternas. A moça despejava sobre qualquer um seu interior repleto de insatisfação e, de sua parte, absolutamente nada merecia atenção, incentivo, quanto mais um sincero elogio. Deixava-se consumir, tragar-se por um mundo particular, sombrio, onde andava como alguém que vaga em terra estranha na escuridão da noite, sempre lançando olhares para fora em busca de alguém que lhe iluminasse a estrada e enchesse a vida de prazer e felicidade. Pobre criatura!

---

12 SHAKESPEARE, William. **Livro das citações**: Shakespeare de A a Z. Porto Alegre: L&PM Editores, 2001. p. 129.

Nem ao menos despertara para as verdades elementares da existência: todas as coisas são descobertas pessoais e somente o próprio indivíduo é capaz de realizar uma vida feliz e prazerosa, bastando para tal que se conheça e que, nessa busca, encontre o deus interior que o fará transformar seu universo caótico em equilíbrio, beleza e harmonia, dando, assim, condições às leis da vida para que exerçam sua força, impulsionando o crescimento consciente.

Essa relação sem bases abrigava o pequeno Jerônimo como quem oferece uma frágil tábua, à qual ele se agarrava com máximo esforço, como sustentação em um mar revolto. Tamanho desgaste, contudo, tinha como resultado apenas manter-se vivo; o menino era um sobrevivente na fazenda.

Com frequência, as "coisas de criança" são relegadas ao descaso e ao desprezo. Os pais julgam que, proporcionando alimento, vestuário, abrigo e uma educação formal aos filhos, já estão cumprindo sua função. Na melhor das hipóteses, cumprem um papel esperado pela sociedade. O absoluto despreparo no trato com "as coisas da criança" é o que gera os males e desajustes do adulto, inclusive aqueles que o acompanham de outras existências. O mundo emocional do ser espiritual não sofre perda de memória; todos os sentimentos são expressões vivas de suas andanças e falam do fio invisível que une as diversas existências de cada um, assim como o grau de desenvolvimento da inteligência. As "coisas de criança" são necessidades do espírito: afeto, atenção, carinho, orientação, limites, segurança emocional, amparo para estruturar-se na nova jornada, revendo padrões e desfazendo traumas e conflitos, dissolvendo emoções tumultuadas na certeza do amor que recebe no lar.

Todas essas necessidades do espírito consideradas "coisas de criança" encontram eco no lado feminino da personalidade humana, que, teoricamente, deveria ser mais presente nas mulheres, nas mães, e o será quando entenderem que maternidade é um processo emocional e intelectual, não meramente físico. Ou há sentimento independente da função orgânica ou nem um grande número de gestações fará existir amor maternal, que é essencialmente amor-compreensão.

Isadora gerara um filho, mas estava longe de ser mãe. Jerônimo, dia após dia, tornava-se mais calado, introspectivo, enchia-se de medo, pois não havia quem lhe desse sustentação nas descobertas imprescindíveis à estruturação da personalidade. Cada vez mais, os lindos olhos negros do garoto expressavam uma tristeza escura e profunda. A carência tornava-o ansioso, e a insatisfação causava-lhe frustração. Solidão e medo eram companhias melancólicas para a infância. Naqueles tempos, após a visita de Thiago, em que a mãe se tornara ainda mais irascível e distante, o pai afogara-se no trabalho, a avó continuava a viver de recordações, sem recuperar-se da perda, e tudo lentamente começava a ruir na fazenda, só os cavalos lhe davam alegria. Jerônimo descobria nas longas cavalgadas a sensação de liberdade; fugia para longe da família e entretinha-se sozinho com seus pensamentos.

Ganhava contornos uma personalidade carente, medrosa, solitária e inclinada à fuga para um mundo interior, alguém que fugia para não sofrer e que, acostumado a ter somente suas vontades básicas atendidas, exigia seu rigoroso cumprimento, não tolerando falhas no que entendia ser seu único domínio.

Distante daquele universo pequeno e muito particular da família Fontes, Thiago voltara à vida de prazeres e sem responsabilidade que tanto o agradava. O pai obrigava-o a cumprir expediente na empresa, entretanto, o rapaz sempre encontrava meios de burlar a vigilância paterna e os cumpria de maneira muito pessoal. Inegavelmente, ele tinha habilidades para o ramo comercial; faltavam-lhe apenas empenho e necessidade para ampliar sua capacidade.

A mãe, que ainda via o filho como um menino, fazia tudo para acobertar as atitudes levianas de Thiago e manter uma paz ilusória no lar. Quanto se tem que refletir sobre o amor materno e é preciso amadurecer para que, de fato, se compreenda a face mais bela e elevada da mulher-mãe. O comum são os sentimentos possessivos, os filhos como extensão das mães, tratados sempre como bebês, como se a relação entre mãe e filho fosse uma eterna gestação, sem jamais ocorrer uma parto-separação, sem jamais outorgar a maturidade e reconhecer a independência. Dona Augusta era o protótipo da mãe-proprietária, que ainda carregava o filho no ventre, protegendo-o como uma leoa contra qualquer ser que ameaçasse sua felicidade, sem atentar para que tipo de felicidade era essa. Thiago era seu lindo bebê, o menino que ela se orgulhava de mostrar bem limpo, saudável e de maneiras exemplares.

Nessa gestação infindável, perdera-se da mulher, não encontrava parte essencial de si mesma e, em vez de buscá-la e levá-la junto com a mãe que nascia, reconhecendo nesta uma existência transitória, esquecera-se por completo de si, assumindo o papel de matrona eterna. Era preciso que o filho dependesse dela para sempre, pois, do contrário, seria obrigada a enfrentar um vazio absoluto de sentido da própria vida e de si mesma.

Thiago, inconscientemente, reconhecia a postura materna e tirava proveito dela. Para todos, aquela era uma relação extremamente afetuosa para os padrões da época, porém, era na verdade um disfarce para interesses pessoais inconfessados. Ela, por haver se perdido na função materna; ele, por utilizar-se da atitude de dona Augusta para comprazer-se em uma atitude psicologicamente infantil, mimada. As emoções são contagiosas e os desequilíbrios também; há que se ter uma personalidade muito firme e definida para suportar o caos num convívio familiar sem contaminar-se.

Assim é que, no meio da tarde, Thiago apanhava o chapéu e o casaco. Aprumando-se, andava lépido até a calçada, onde um veículo e um cocheiro já o aguardavam.

— Para dona Paola? — perguntou-lhe o cocheiro com voz e olhar maliciosos.

— É claro. Ande rápido, pois não quero me atrasar.

E a rotina do jovem se resumia a nenhuma preocupação nem ocupação construtiva; o trabalho não passava de esporte. Já que, pela educação emocional recebida da mãe, não havia necessidade de trabalhar, Thiago entendia-se como alguém que nascera para ser bajulado e festejado e, como se tornara o centro do mundo materno, julgava-se também a mais importante entre todas as criaturas. Um amor egoísta não ensina o amor altruísta; é mais um exemplo de que só podemos dar e ensinar o que temos. Na relação que estabelecera com o filho, a mãe dera-lhe — como todas em todos os tempos dão — uma educação emocional transmitida por meio de seus próprios valores e sentimentos — e fora uma educação emocional baseada na inconsciência e no egoísmo, o chamado amor de perdição, capaz de tudo, e que diz, literalmente, o que é: vem de alguém perdido, que, consequentemente, é disposto a tudo por uma tábua de salvação.

Uma réstia de sol invadia a sala de estar, insinuando-se pelas frestas da veneziana e lançando luz e sombra sobre o tapete rubro que cobria o piso. Estirado sobre um divã, Thiago enrolava entre os dedos um pequeno pedaço de papel.

— Estranho esse pedido, Paola — comentou preguiçosamente, ora fitando o teto de gesso ornamentado com ramos e querubins, ora a folha em sua mão. — Não sabia que você conhecia essas cidades minúsculas. O que há de interessante num pequeno povoado — como deve ser esse — para se fazer nesta época do ano? Se ainda fosse verão, vá lá, pois se não me engano é litorâneo, mas agora...

Sentada no chão, ao lado do divã, a mulher que abanava Thiago com um grande leque de plumas brancas, que combinava com a camisola que ela usava, contrastando com seus longos cabelos negros, o olhava sedutoramente.

— Não lhe pedi que entendesse as razões do meu pedido, querido. Quero apenas que mande alguém de sua confiança realizar um trabalho em meu nome, só isso. Garanto-lhe que não é nada criminoso.

— Mas me deixa curioso...

— Bobinho... — murmurou ela, acariciando-lhe o rosto com as plumas do leque e fazendo muxoxos dengosos. — Confie na sua Paola. Arranje um homem simples e de confiança que possa ficar uma semana nesse lugar e mande-o vir falar comigo. É simples, bobinho...

— Está bem, verei o que posso fazer. — Rendeu-se Thiago, mergulhando a mão na massa de cabelos negros de Paola. — Você consegue absolutamente tudo o que quer de mim, e o pior é que ambos sabemos e reconhecemos esse fato. Eu deveria me envergonhar...

— Bobinhos dizem bobagens. Você está exagerando. Não estou fazendo nenhum pedido absurdo.

— Por que não o fez a outro de seus admiradores?

— Você é especial e também é um amigo — murmurou ela sorrindo e estendendo os braços em volta do pescoço do jovem. — Você não crê, mas lhe quero bem.

— Mentirosa! Diz isso a todos! Pensa que não sei?

Ela riu, mas não respondeu; pôs-se a entretê-lo com seus jogos de sedução.

A lua cheia mostrava todo o seu esplendor quando Thiago, do lado de fora do pequeno palacete em que Paola e algumas de suas protegidas viviam, arrumou o chapéu sobre a cabeça, ajeitou o casaco e, assobiando, foi ao encontro de Benedito, que o aguardava sentado calmamente sob o sereno da noite, apreciando o luar e fumando um cigarro de palha.

— Vamos para casa, Benedito — ordenou o rapaz.

— Sim, senhor.

No meio do percurso, Thiago saiu do silêncio incomum e indagou:

— Benedito, se eu o remunerasse com o dobro do que você ganha em quinze dias com meu pai, concordaria em fazer um trabalho para mim sem que ele soubesse?

— Ora essa! Trabalho por dinheiro, sou alforriado, o senhor esqueceu? Desde que não seja nada que vá me meter em complicação... Pro resto se dá um jeito, não é verdade?

— Posso contar com você, então?

— É só me dizer qual é o serviço e pra quando vai querer. O preço já tá combinado. Não sendo coisa de crime, tá tudo certo.

— Ótimo, Benedito! Então, estamos combinados! Precisarei desse serviço na próxima semana. E fique tranquilo que é para dona Paola. É um favor especial. Não sei ao certo do que se trata, apenas que o lugar é este aqui. — Thiago estendeu ao cocheiro o pedaço de papel com o endereço escrito em caligrafia feminina e rebuscada. — Conhece?

— É um lugarzinho bem pequeno, não muito longe da capital. Nem um dia de viagem pra chegar até lá. Mas o que dona Paola deseja que seja feito?

— Ela lhe dirá. Procure-a amanhã na primeira hora da tarde; Paola só acorda depois do meio-dia. Diga-lhe que fui eu quem o mandou e qual o assunto — orientou Thiago, que, depois de refletir por breves segundos, prosseguiu: — Assim que falar com ela, vá ao meu encontro. Quero saber que mistério é esse.

Benedito sorriu, pensando que segredos de uma mulher como Paola não mereciam tirar o descanso de ninguém.

Quando não passava as tardes com Paola ou com alguma outra cortesã refinada, Thiago entretinha-se com corridas de cavalo ou jogos de cartas e dados — estes com muito mais frequência.

Na casa da família Porciúncula, dona Augusta rasgava trilhas nos tapetes da sala andando de um lado a outro em esperas cotidianas para conversas infrutíferas com o filho. Noite após noite, ela adormecia na poltrona com seus bordados sobre o colo, e, quando chegava, Thiago a acordava com beijos e afagos, fazendo-a esquecer as preocupações e aflições pela segurança e pelo bem-estar do filho, que igualmente se renovavam a cada espera.

— Filho, que horas são? — Era sempre a mesma pergunta com voz sonolenta.

— É tarde, mãe. A senhora devia estar dormindo... na cama, no seu quarto, não aqui na sala — murmurava Thiago ajoelhado ao lado da poltrona, sorrindo.

— Preocupo-me com você. Esta cidade está ficando perigosa. Você precisa aprender a descansar mais cedo. Meu filho, é preciso cuidar da saúde.

— Sou jovem e forte, mãe. Além do mais, a senhora sabe que sou distraído. Conversando com os amigos, não vejo o tempo passar e, quando dou pela hora, já é tarde. — E sorria ao completar: — Sou filho de coruja! Adoro ficar acordado à noite, é tão bonita...

— É sim, filho, mas é durante o dia que se trabalha para ganhar a vida e o sustento. E é à noite que se perde a saúde. Meu menino, há tantos tísicos. Essa doença ingrata não tem cura e infesta a cidade; esses boêmios têm as faces marcadas por rosetas de sangue, e a pele pálida...

— Ah, mamãe, por favor, deixe os tuberculosos em paz com sua doença e não se aflija. Nenhum dos meus amigos é tuberculoso — retrucou Thiago. — Já lhe disse mais de mil vezes.

— Seu pai está preocupado com seu futuro. Todos os dias, ele fala dos abusos que você comete e tem razão. A vida não foi feita em um dia nem vai terminar em um dia, Thiago. Não há motivo para essa ânsia desenfreada por diversão. Isso só lhe fará mal e a todos nós. Prometa-me que corrigirá esse comportamento — insistia dona Augusta em um tom de quem implora um favor.

Thiago sorria, desconversava, andava até a cozinha e voltava com uma bandeja de prata com um bule de chá, duas xícaras e alguma iguaria que encontrasse na cozinha e que, conhecedoras dos hábitos noturnos da família, as escravizadas já deixavam à vista.

Ceavam durante uma conversa trivial. Dona Augusta esquecia-se da zanga anterior, que, na verdade, era fingida. Fazia parte de uma representação, e ele portava-se como filho a mimar e adular a mãe, fazendo-a feliz.

No segundo piso, o senhor Manuel ressonava tranquilo. Havia muito se desacostumara da companhia da esposa no dormitório à hora de adormecer e nem mesmo percebia quando ela subia para se deitar. Cansara-se de adverti-la e agora não se importava mais que ela ficasse até as primeiras horas da madrugada na sala.

"Cada um com suas escolhas", pensava ele enquanto subia os degraus em direção aos aposentos.

Na semana seguinte...

— Mas que desaforo! — berrava o senhor Manuel esmurrando o tampo da mesa de trabalho. — Agora ele foi longe demais. Basta! É culpa minha, eu bem sei! Deixei que minha mulher o mimasse. Bem dizia meu pai que os filhos não podem ser educados pelas mulheres; precisam de bons mestres e da firmeza paterna. Deveria ter ouvido os conselhos dele, mas achei melhor não me incomodar com as mágoas de dona Augusta, pois veja só, agora me incomodarei com os dois.

— Acalme-se — pediu o senhor Onofre Caetano, amigo de longa data de Manuel. — O que seu filho precisa é assumir responsabilidades. Não basta dar-lhe trabalho, pois ainda fica com muito tempo de folga para envolver-se com "diversões". É moço bem-apessoado, tem boa condição financeira e social. É natural que seja assediado e atraído por...

— Uma vida desregrada, é isso que ele leva! — Atalhou Manuel enfurecido. — E não acho nem um pouco natural. Onde já se viu falta de vergonha ser natural? Ele é mal-educado, irresponsável, um moleque de calças compridas, nem mais nem menos.

Onofre secava a testa com um lenço e movimentava o corpo pesado a passos lentos pelo escritório da firma do amigo, sinceramente preocupado com o desgosto que atingira Manuel ao descobrir que o filho estava usando empregados da empresa para atender aos caprichos de uma conhecida cortesã da cidade.

— Enfureço-me só em pensar no quanto os outros empregados estão rindo dessa situação! Até os escravizados devem estar fazendo troça desse acontecimento. E não é para menos! No lugar deles, eu também faria, pois é ridículo mesmo. Menino insolente! Será que não vê o que faz? Não tem medida nem limite! É mimado. Culpa de dona Augusta.

— Meu amigo, de que adianta ficar se torturando assim? Já não está tudo feito? — indagou calmamente Onofre, pousando a mão no ombro do amigo e encarando-o com expressão firme e serena.

Ao sentir o contato do amigo, Manuel relaxou, como se o que faltasse para ajudá-lo a conter sua fúria fosse a certeza de ser entendido e confortado em sua revolta. Respirou fundo, mantendo-se em silêncio por alguns minutos, e depois pousou a mão sobre a do amigo, balançando a cabeça desolado.

— Você tem razão. Está tudo feito. Não há nada a fazer para impedir.

— Então, amigo, não se desgaste à toa. O fato é ruim, mas já aconteceu. O melhor que tem a fazer é pensar em como evitar que isso volte a acontecer.

— Ele haverá de trabalhar vinte e três horas por dia — rosnou Manuel. — Vou deixar-lhe apenas uma hora livre para comer e se lavar; não lhe sobrará energia para nada. Nenhum dos meus escravizados trabalhará como ele, eu lhe garanto.

Onofre balançou a cabeça suavemente em reprovação, mas recebeu a resposta de Manuel com tranquilidade. Conhecia-o muito bem para saber que era exatamente esse o procedimento que o amigo adotaria.

Deixou-o desabafar e, passadas mais de duas horas, quando um escravizado trouxe um bule com café, voltou ao assunto entre um gole e outro.

— Manuel, você bem sabe a história do marceneiro que resolvia tudo com pregos. Ele resolvia qualquer problema que surgisse à sua frente sempre da mesma forma: pondo-se a pregar, sem muita reflexão, até que um dia pregou a porta da própria casa e ficou na rua...

— Que história mais velha, Onofre! Meu avô já falava dela... Vai desenterrar ossos agora? Se for, tenho umas boas! É só buscar na memória.

— É, tem razão! É uma história velha, mas muito sábia. Na vida, não podemos empregar a mesma solução para todos os problemas. Em alguns, precisamos somar; em outros, temos que dividir; em alguns, multiplicar, e assim vai. Não podemos agir como o marceneiro e aplicar pregos a tudo — comentou Onofre sério, porém relaxado, falando com voz pausada. — Falei dessa história antiga por causa do que pretende fazer com seu filho. Manuel, somos amigos há muitíssimos anos, me entenda bem... não quero intrometer-me em assuntos de família, contudo, fiquei pensando se a solução é adequada e concluí que é a mesma do marceneiro.

Manuel sorveu o último gole de café da fina xícara de porcelana branca, recolocou-a sobre o pires e, afastando-a para o lado, enquanto pensava no que Onofre dissera, retrucou:

— Pode ser mais claro, Onofre? Não me sentirei ofendido com sua opinião. Sabe que o quero muito bem, como se fosse meu irmão. Fale abertamente.

— Pois bem, Manuel! Você é o homem mais trabalhador que conheço, construiu uma fortuna desde que veio de Portugal e o fez por seus méritos, coisa que muito admiro. Com sua história de vida, é justo que pense que o trabalho pode resolver qualquer problema e dar a todas as pessoas a mesma satisfação que você sente. Porém, não é assim. Acredito que o comportamento de seu filho não se corrija com trabalho. O rapaz trabalha, não tanto quanto você, é verdade, mas cumpre suas funções. Sei disso porque sou seu parceiro e posso lhe dizer que o que compete a Thiago é sempre feito a tempo e corretamente. É um moço inteligente. Você mesmo elogiou a viagem que ele fez negociando a safra de café com os produtores.

Manuel encarava o amigo sem esconder um ar preocupado e contrafeito por retomar o assunto relativo às proezas irresponsáveis do filho.

— Não vou negar, pois é um fato. Ele, contudo, não me engana. Thiago pensa que não sei que sai muito cedo para refestelar-se com mulheres e em jogatinas com esses artistas desocupados que são amigos dele. Más companhias desencaminham... Sempre me advertiram, e cansei de pedir a Thiago para se afastar daquela gente.

— Chegamos à questão: companhia. Seu filho precisa de boas companhias, e eu até seria mais específico: ele precisa de uma boa companheira.

Manuel enrugou a testa ao ouvir a sugestão do amigo.

— O que está sugerindo?

— Que seu filho está na idade de casar-se, de assentar a cabeça ao lado de uma moça de classe e construir família. Uma mulher bonita e inteligente saberá tirá-lo desses ambientes inconvenientes.

Manuel ouviu pensativo o esclarecimento; seu olhar estava fixo no amigo, porém a mente logo se desviou, indo muito longe na direção indicada.

— Não é má ideia — murmurou ele ao cabo de algum tempo. — De fato, isso resolveria várias coisas, inclusive o afastaria de dona Augusta, que o mima demais e não permite que ele se torne um homem de verdade. Você pode estar certo. Uma boa esposa poderá corrigi-lo.

Satisfeito, Onofre sorriu e, com perfeita intimidade, serviu-se de mais uma xícara de café, sugerindo com toda a calma:

— Pense. Se achar a ideia boa, podemos voltar a conversar. Como sabe, tenho uma enteada...

Uma simples troca de olhar foi suficiente para estabelecerem um mudo entendimento. Manuel comunicou que considerava a ideia interessante e digna de ser devidamente avaliada, e Onofre, que apenas aguardaria uma resposta, pois a oferta já fora claramente realizada.

— Que diabo dona Paola quer com essa gente? — murmurava Benedito sentado ao pé de uma árvore a alguns metros da casa que ficava no fim da pequena rua. Era uma construção simples, mas confortável, toda feita de madeira, cercada por generosas varandas, com um telhado de cumeeira alta e um vasto gramado com frondosas árvores.

"Só vi mulher e criança nessa casa. Já tomei todas as informações que ela pediu, mas não ouvi nada de mais. Só coisa de gente comum... Que interesse dona Paola pode ter nessa dona Marina para mandar espioná-la? Até que é bonita. Deve ter trinta e cinco, quarenta anos, mas se veste de forma muito recatada e discreta, com cores escuras: marrom, azul-marinho, verde-escuro. Os cabelos estão sempre presos num coque e o rosto é pálido. Vejo-a constantemente às voltas com crianças que a chamam de madrinha. Segundo os vizinhos me informaram, ninguém vem visitá-las. E pra ser bem franco, já que bem branco não serei nunca, eles também não têm muito a dizer sobre ela", pensava Benedito ironizando a si mesmo e rindo-se da condição de mulato. "Os vizinhos só sabem o nome dela e que é viúva. Vive com essas quatro crianças e uma senhora idosa que todos chamam de vovó Zuzuca, mas ninguém sabe muito sobre ela também. Esse povo mora aqui faz seis anos. Zacarias, o menino mais velho, tem oito anos e chegou com dois anos ou pouco mais; Celeste era bebê de colo quando veio pra cá; e o estranho é que as outras duas, Amália e Amanda, chegaram bem depois, e ninguém sabe de onde. A dita dona Marina viajou, ficou fora uns quinze dias e voltou com um bebê. Dois anos depois, a coisa se repetiu. Será que essas crianças são irmãs? Elas são bem diferentes. O menino até tem alguma semelhança com a mais nova, mesmo assim não dá pra afirmar. E a que chamam de Celeste é bem estranha. Queria poder chegar mais perto pra ter certeza, mas parece filha de mulato com branco. Ela tem a pele bem escurinha e os olhos claros; é bem bonitinha, apesar de ficar estranho. E os cachos do cabelo não são feitos que nem os das outras meninas; ela tem a cabeleira de mulata. Que diabo de serviço esquisito! Ainda bem que só serão uns dias. Logo volto pra capital. Lá que é bom, pois tem movimento. Aqui é tudo parado. O único movimento acontece no armazém e na igreja, nas horas de missa. De resto... nada."

Na penúltima tarde de sua missão, que se concluiu no dia seguinte sem nenhuma novidade acrescida, Benedito arrancou um capim, retirou as raízes e uma folha que envolvia o caule fino e branco que levou à boca e pôs-se a mascar o vegetal enquanto cumpria a função de observar o movimento da casa. As pacatas observações feitas revelaram uma rotina tranquila, respeitável e perfeitamente de acordo com um lar onde se educavam quatro crianças, entre dois e oito anos, que viviam sob a supervisão de duas senhoras viúvas, sendo uma delas muito idosa. Embora mistérios as cercassem, elas estavam acima de qualquer suspeita, e todos na pequena localidade tinham pela estranha família muita consideração e apreço; eram aceitos e amados.

Feliz por ter concluído a enfadonha empreitada, Benedito partiu no dia seguinte para a capital, pronto para entregar as anotações grosseiramente rabiscadas em um bloco de papel, bem como relatar toda a experiência de vigiar dona Marina e as demais pessoas que moravam no endereço indicado.

Paola recebeu o relatório e crivou Benedito de perguntas, que, ao ver do mulato, eram despropositadas de tão banais. Enquanto lhe respondia com paciência, ele, por sua vez, notou no olhar da cortesã um brilho especial, que era um misto de ansiedade, alívio e secreta alegria.

"Que coisa estranha!", pensava ele, analisando-a com interesse. Sem conseguir refrear a curiosidade, ao fim da entrevista Benedito pediu:

— Madame Paola, se não for demasiada impertinência, a senhora se incomodaria de me dizer por que precisava vigiar aquelas pessoas?

Imediatamente, o semblante da mulher fechou-se, adquirindo uma aparente indiferença. Seus gestos apressados, contudo, revelavam certo nervosismo. Ela afastou-se e, pondo-se de costas para Benedito, começou a remexer os puxadores das cortinas de uma ampla janela que dava vista a um pequeno jardim interno.

— Benedito, não sou uma mulher da sociedade e sei muito bem o que preconceito e menosprezo significam, por isso não quero ser arrogante com você. Prestou-me um valioso serviço e lhe sou grata, mas esse é o limite. Fui clara? — respondeu Paola em tom firme.

— Desculpe, madame, foi apenas uma curiosidade.

Paola virou-se e sorriu rapidamente ao cocheiro. Depois, caminhou resoluta até a porta de entrada, sinalizando com essa atitude que a entrevista estava encerrada. Benedito percebeu a intenção e a ordem velada por trás dos gestos e, diligente, segurou o chapéu em frente ao corpo e saiu apressado, murmurando a despedida.

Ela voltou ao interior da casa e badalou um pequeno sino de prata chamando as outras moças. E, com um sorriso encantador, pôs-se a transmitir-lhes as informações recebidas sobre como estavam vivendo as crianças.

Thiago perambulava pelas ruas do centro comercial após deixar os amigos jogando conversa fora no clube onde se encontravam todas as quintas-feiras. Repentinamente, o local abafado e cheio de fumaça passou a incomodá-lo, e nada lhe parecera mais atraente do que a brisa do fim de tarde, que soprava agitando as copas das árvores na rua.

O movimento de uma jovem acompanhada por uma senhora em frente à vitrine de uma chapelaria chamou-lhe a atenção. Ouvindo o riso e a voz excitada da moça elogiando um objeto exposto, Thiago aproximou-se e admirou a beleza graciosa da jovem pequena e delicada, com seus longos cabelos loiros presos de forma simples. Havia algo de familiar nela que o atraía e despertava em seu íntimo um encantamento adormecido, porém, quando ia abordá-las educadamente, a senhora mais velha tomou o braço da moça — que nem ao menos o havia visto —, e as duas afastaram-se conversando animadamente. Como um bobo, ele ficou parado diante da vitrine, contemplando um mimoso chapéu enfeitado com rendas e fitas.

— Encantadoramente ingênuo — disse ele para si mesmo, avaliando o chapéu.

Ao dar voz aos seus pensamentos, identificou a reação de familiaridade e o súbito interesse pela jovem que passara por ali.

— Isadora Fontes. — Sorriu ao recordar-se de algumas tardes em que se divertira em galanteios e jogos de sedução ingênuos com a mulher que os despertara.

— Como estará aquela "bela adormecida"? — perguntou-se ironicamente, lembrando-se das chamas de paixão que algumas vezes vira brilhar nos olhos de Isadora. — Pobre criatura! Tão bonita para viver confinada naquele fim de mundo. Há uma ânsia de viver nela... Pobrezinha!

Quando deu por si, estava diante do vendedor da loja, solicitando-lhe a compra do chapéu, que o embrulhasse bem e o arranjasse em uma caixa com laços, pois o enviaria de presente a uma jovem senhora. Ao sair do estabelecimento com a caixa, um pensamento atravessou-lhe a mente fugaz como uma estrela cadente.

"Devo estar louco! Por que comprar um presente para Isadora Fontes?"

Mas a inconsequência, velha companheira dos inconscientes, logo se encarregou de dar-lhe uma justificativa à altura, e, tão rápido como a consciência propusera o questionamento, ela respondeu: "E por que não? Que mal há em enviar um presente? Nenhum. E, de mais a mais, foi divertido comprar o chapéu! Agora tenho de lhe dar um destino".

Negando oportunidade de novas investidas no mundo íntimo, encontrou onde consumir o restante do fim da tarde. Foi à estação de trem despachar o pacote com um bilhete despretensioso e até se pode dizer honesto.

> *Prezada Isadora,*
>
> *Espero que aceite este pequeno presente. Achei-o encantador e lembrou-me de sua companhia.*
>
> *Thiago Marques da Porciúncula*

Satisfeito, saiu da estação. Consultando o relógio, constatou que era hora de retornar ao clube.

"Benedito deve estar à minha espera. Ele nunca se atrasa. Além disso, deve estar aflito para contar-me o que descobriu sobre os propósitos de Paola. Que mulher misteriosa! E cheia de surpresas... Imagine, fez tamanho alarde pedindo um serviço especial, e a coisa se resumia a ficar vigiando uma casa e pessoas inofensivas. Mulheres! Quem consegue entendê-las?! E para quê, afinal? É ótimo que Deus tenha lembrado de criá-las, e fez isso para nos dar companhia. Bem se vê que o Todo Poderoso sabe mesmo o que é bom." E riu-se sozinho de seus pensamentos, enquanto caminhava pelas ruas, deliciando-se com o frescor da tarde.

O tempo sempre passa — eis uma das grandes verdades da vida material. Nada tem força para detê-lo. O homem pode, em um processo doentio, alienar-se de qualquer verdade, inclusive da passagem inexorável do tempo, porém ele precisará sair desse estado, retomar o fluxo natural e usufruir das experiências que lhe são reservadas no movimento contínuo da Terra.

É interessante observar a ação do tempo sobre os seres humanos e ainda mais interessante se torna essa observação se feita sob a ótica espiritual, em que ela tende a ser inversa. Enquanto na vida material se nota a passagem do tempo pelo envelhecimento dos corpos — o que muitos acham de pouca beleza —, a passagem do tempo, sob o prisma espiritual, confere sempre mais beleza, quando ela é sinônimo de aproveitamento das oportunidades, crescimento e libertação. O espírito que amadurece se liberta das angústias, das insatisfações, dos vazios, fruto da incompreensão de si e da vida, que torturam muito mais que o envelhecimento e aniquilam o corpo com maior rapidez. Experiente, o ser adquire um estado de bem-estar diretamente proporcional ao seu nível de compreensão, amplia sua inteligência, conhece e domina suas forças emocionais, e esse conjunto reflete harmonia, uma das premissas da beleza. Portanto, não se angustie nem lute contra o tempo; é um desperdício de energia. Trabalhe com ele, aproveite-o, use-o bem, empregue-o na busca do saber, na busca do bom e do justo e, especialmente, use-o no conhecimento de si e da vida. Entenda que cada pequena aquisição nessa área o tornará mais belo e livre como ser espiritual.

Para aqueles que vivem nas faixas da inconsequência e da irreflexão, mergulhados na inconsciência da vida, o tempo é, no entanto, um algoz. Verdadeiro suplício cuja eternidade desespera. É uma faixa muito próxima da infância espiritual, por isso muitos alimentam devaneios e creem em quimeras, milagres e magias, enfim, num mundo à parte, governado por leis mirabolantes às quais somente “iniciados” têm acesso.

Em geral, esses “iniciados” são criaturas cuja saúde psíquica e espiritual estão altamente comprometidas e cuja mente mergulhou tão profundo nos devaneios que perdeu todo senso de contato consigo, assumindo uma das muitas fantasias que dominam seu imaginário. Nesse contexto mágico, atribuem à passagem do tempo um efeito medicinal, que absolutamente ele não possui. Por si só, o tempo é apenas o desgaste da matéria, nunca do contexto emocional, espiritual ou intelectual.

Ele é um elemento constante; nós somos os elementos mutantes, temos intelecto, pensamos e é assim que construímos e aproveitamos as horas e os minutos. Portanto, o tempo não é remédio para nada nem transforma ninguém simplesmente. Sua ação aniquila o corpo, mas não logra transformar a mente. Quantos são os casos de pessoas que adoecem em razão das experiências obrigatórias a que a passagem do tempo submete o espírito encarnado, e vejamos que mesmo as doenças podem não lograr fazê-las amadurecer, daí uma repetição tão longa dos ciclos de dor na existência humana sobre a Terra.

Na trajetória de todos os envolvidos nesta história, o tempo não exerceu nenhum efeito milagroso ou transformador, mesmo porque ela é o cotidiano de criaturas envolvidas na experiência comum, são ainda massa, que não conquistaram nem desenvolveram a própria individualidade. Nenhum milagre se operou na passagem dos meses; tudo continuou seguindo exatamente a linha previsível daquilo que muitos chamam de uma vida monótona.

Capítulo 11

ILUSÕES

Não se tem a ilusão do amor-próprio que ameniza as faltas e as desculpa?[13]

Isadora estava reclinada sobre uma grande pilha de travesseiros. Apesar do dia claro, um fino mosquiteiro cobria o leito onde ela repousava, afastando-a das moscas que invadiam a fazenda. A sogra decidira, como nos velhos tempos, comandar pessoalmente o aproveitamento das carnes provenientes da matança de bois e porcos que sustentariam a fazenda por vários meses.

O burburinho da atividade a irritava; os insetos tinham o poder de despertar-lhe verdadeira fúria; o odor acre de sangue e carne cozida ou frita, misturado ao cheiro de banha quente, a enojava.

— Odeio tudo isso. Essa imundície, essa falta de civilização. Parecem corvos em volta da carniça. Aliás, eles também ficam voando e pairando sobre essa festa bestial que dura dias. Maldita sogra! Por que não ficou sentada bordando como fazia antes? Para que ressuscitar essas... atividades medonhas? Jamais porei minhas mãos a amassar carne crua. Deus me livre! Ficar fedendo a sangue e alho, jamais! — resmungava, melhor dizendo, rosnava as palavras em voz baixa e entredentes.

De tão irritada, sentia fortes dores de cabeça e um profundo mal-estar de origem digestiva; um peso doloroso lhe oprimia o estômago.

---

13 KARDEC, Allan. **O Livro dos Espíritos**. Araras: IDE.

— Adoeço com "essas festas" que dona Márcia inventa. A casa fede da sala à cozinha. Só falta esse fedor impregnar-se nas paredes...

Isadora olhou com desdém para a xícara de chá que Benvinda lhe trouxera; estava fria, e o líquido esverdeado não era convidativo. Sabia que a bebida era amarga como fel. Acomodando-se melhor, fechou os olhos.

"Vou dormir", decidiu. Havia meses, esse era seu modo de fugir à realidade. Passava horas e horas dormindo. E, quanto mais dormia, mais sono sentia e menos vontade tinha de fazer qualquer coisa. Em geral, passava as tardes no leito.

Sonhar era seu exercício preferido. Via-se bela e elegante, bem-trajada, desfilando de braço dado com um homem jovem, bonito, cujo rosto ela nem sempre conseguia distinguir, por ruas de cidades imaginárias. As pessoas passavam por eles e os cumprimentavam com reverência. Em outras ocasiões, via-se participando de festas e bailes, sendo cortejada e requisitada; era sempre a mais bela e rodopiava feliz nos braços de algum cavalheiro que a alegrava e cobria de agrados.

Nesses sonhos, não havia lugar para o marido, muito menos para o filho. Nenhum deles invadia seu mundo onírico, tampouco a fazenda, os demais membros da família e lugares conhecidos. Nem ao menos as roupas que ela usava guardavam qualquer semelhança com a realidade; eram vestidos finos de seda, de cores alegres, ricamente bordados e enfeitados, com saias amplas e belos decotes que valorizavam sua beleza. Os cabelos eram presos em elaborados penteados, e, quando acordava, Isadora gastava horas em frente ao espelho orientando a pobre escravizada, que lhe servia de mucama desde os tempos de moça solteira, para reproduzi-los. Vezes sem conta, a mulher, com carinho — pois adorava a beleza da sua sinhá —, tentava adverti-la da desnecessidade daquele capricho.

— Dona Isadora, pra que a sinhá *qué penteá os cabelo desses jeito* tão demorado? Não é nem dia de festa. Não entendo... — argumentava a criada em frente ao espelho da penteadeira.

— Nem poderia. Não precisa entender minhas vontades; precisa obedecê-las. Não se faça de boba. Ande logo com essas tranças. Quero ficar tão bonita como me vejo em meus sonhos — retrucava Isadora, mirando seu reflexo no espelho. — Ao menos esse direito eu tenho.

"*Os cavalo vão adorá vê* tão bonito penteado. Que *mulhé* geniosa! Benza Deus! Não vê *qui* é *bobage perdê* tanto tempo na frente do *espêio* trançando cabelo pra daqui *umas hora desmanchá* tudo?", pensava a escravizada, enquanto, silenciosamente, se esmerava no cumprimento da ordem recebida.

A insatisfação manifestava-se claramente. O interior de Isadora rejeitava absolutamente tudo o que constituía seu cotidiano real, exterior. Não era possível registrar nenhum sentimento agradável nela desde a partida de Thiago da Porciúncula. Era de se crer que, com sua bagagem, o rapaz levara também o pouco de doçura, prazer e alegria que poderiam existir no íntimo da dona da Fazenda Fontes.

Quando não dormia, Isadora entregava-se a devaneios ou a recordar-se da época da visita do jovem comerciante. Revia as cenas em seus mínimos detalhes e gastava nisso a preciosidade do tempo como se ele não valesse nada, como se fossem meros grãos de areia lhe escorrendo por entre os dedos numa brincadeira de viver. Triste faixa de inconsciência! Como se sofre e faz sofrer!

Batidas fortes e repetidas na porta sobressaltaram Isadora, que estava em um estado de modorra. Irritada, ergueu-se levemente dos travesseiros e apurou a audição.

— Inferno! Nem ao menos tenho o direito de descansar em paz! — resmungou baixinho.

— Sinhá... — chamou a mucama do outro lado da porta. — *Chegô* uma encomenda pra senhora. Veio da *capitar*.

Aturdida com a informação, Isadora afastou o mosquiteiro e saiu do leito, encaminhando-se à porta. A criada, com uma caixa nas mãos, cuja embalagem estava visivelmente amassada e empoeirada, encarou Isadora assim que ela abriu a porta e trazia nos olhos a mesma surpresa que se via no semblante da senhora da fazenda.

— Encomenda da capital? Mas não fiz compra alguma... Tem certeza de que não há nenhum engano?

— Eu não sei *lê*, mas a Benvinda sabe. Foi ela que recebeu a entrega e garantiu que era pra sinhá — respondeu Anastácia.

Isadora apanhou o pacote e conferiu o endereçamento. Um largo e brilhante sorriso lhe iluminou o rosto e, sem exagero, se poderia dizer que acendeu todo o seu ser. Radiante, ela correu de volta à cama, sentou-se e, apressadamente, tal qual uma criança, abriu o pacote.

— Que lindo! Meu Deus... — exclamava entre guinchos de euforia.

Anastácia observava a alegria de sua senhora e, ingenuamente, sorria feliz.

Isadora tomou nas mãos o delicado chapéu enfeitado de rendas e fitas e correu à frente do espelho para experimentá-lo, mirando extasiada sua imagem no espelho. Nunca se achara tão bonita quanto naquele momento, vestindo roupas íntimas e o encantador chapeuzinho que lhe encobria parte do rosto com um delicado véu de tule branco.

Nas mãos, o cartão enviado por Thiago da Porciúncula ainda não fora lido, porém, independentemente das palavras que contivesse, Isadora já havia lido uma mensagem na atitude do rapaz. Portanto, o entendimento das intenções dele — quaisquer que fossem, e sabemos quais eram — já estava irremediavelmente comprometido ante os olhos de sua destinatária.

Quando, afoita, passou os olhos pelas breves palavras rapidamente traçadas por Thiago no balcão da estação de trem, Isadora imaginou um mundo de razões e de sentidos ocultos em cada letra.

Encerrada em seu quarto, a moça passou aquele resto de dia flutuando, entregue às próprias fantasias. Nenhum de seus vestidos ficou no armário; esparramou-os todos sobre a cama, um após o outro, para contemplar como ficavam formando conjunto com o mimoso chapéu.

Acostumados às frequentes ausências de Isadora, os demais membros da família não deram qualquer importância ao fato de ela comunicar que desejava jantar em seu quarto. Somente no dia seguinte, ao verem-na caminhar pelo jardim sorrindo, estranharam seu comportamento. Parecia calma e, até se poderia pensar, feliz.

No silêncio das salas e dos corredores do sobrado em que residia a família Porciúncula, o tique-taque do relógio ecoava como um som sinistro em meio às sombras lançadas sobre as paredes e os assoalhos pelos castiçais acesos que envolviam o ambiente na penumbra.

Sobre os tapetes, os chinelos de Manuel não faziam barulho, e tal era o silêncio na casa que ele se assustou ao ouvir retumbarem três badaladas metálicas anunciando as horas.

— Ai, Jesus! Esse relógio ainda há de me matar! — resmungava ele falando consigo em voz baixa e levando a mão ao peito, onde o coração batia acelerado pelo susto.

— Como pode dona Augusta não acordar? — Admirava-se ao ver a esposa ressonando sentada na poltrona em frente ao relógio. — Sempre foi teimosa. Quanto mais velha, pior fica. Desde que Thiago se fez homem, ela vive desse jeito... E não adianta lhe falar, ralhar, nada, pois acaba sempre do mesmo modo: sentada nesta sala fria esperando um homem barbado voltar dos cabarés e das casas de jogo, como se fosse um menino de calças curtas voltando do liceu. E ele nem piedade da mãe tem; não dá a menor importância aos desvelos de dona Augusta. Há de matá-la, como a mim fará esse maldito relógio. Ah, meu bom Deus, diga-me por que os filhos têm que crescer? Fosse ele um menino, lhe aplicava um corretivo, e tudo se resolveria, mas é homem barbado... Será que foi falta de corretivo?

Manuel da Porciúncula, em suas preocupações paternas, confabulava consigo sobre o ponto em que errara na educação de seu único filho — como e se ainda fosse possível corrigir os rumos da vida que levava — e onde, ao longo dos anos, se perdera da mulher com quem se casara e que fora a alegria de sua juventude. Ao vê-la dormindo enrolada em uma manta, não conseguia reconhecer a jovem viçosa e falante que o encantara à primeira vista.

"Lembro-me como se fosse hoje do dia em que meu pai me chamou ao seu gabinete lá na empresa, então muito menor do que é hoje, e me disse: 'Filho, está arranjado seu casamento. É tempo! Já é um homem feito e já aproveitou bastante sua mocidade. Agora é hora de formar família. Amanhã, conhecerá sua prometida. Vai gostar dela'. Fiquei tão atabalhoado que até a voz me faltou; a ideia não me agradou, mas obedeci. Quando, no dia seguinte, vi essa criatura sorrindo para mim, me encantei e fui um noivo feliz, aliás, tivemos um noivado feliz. A única coisa arranjada pelos nossos pais foi nosso primeiro encontro, pois, dali em diante, fizemos um caminho juntos. Ai, Augusta, onde foi que tomamos caminhos tão diferentes?! Agora prefere ficar horas nesta sala, esperando sozinha pelo seu filho, e me deixar só... Desde quando passei a ser tão pouco importante para você?"

Entristecido com seus pensamentos, Manuel andou até o armário onde ficavam as garrafas de vinho, conhaques e licores favoritos. Abriu as portas envidraçadas, apanhou um cálice, escolheu um conhaque forte e sentou-se em uma poltrona que ficava ao lado de uma mesinha, onde, após se servir, depositou a garrafa.

— O ideal seria uma boa aguardente, daquelas que se sente queimar a garganta... São elas que ajudam um homem a esquecer de fato seus problemas. — Intimamente, censurou-se ao enunciar tal pensamento ainda que murmurando para si. — Diabos! Nunca fui covarde! Não será um filho desmiolado que me transformará em um depois de ter a barba e os cabelos brancos. Ah, não!

Entre um cálice e outro, enquanto contemplava dona Augusta adormecida no outro canto da sala, recordou-se da conversa com seu amigo Onofre e pôs-se a meditar sobre os conselhos recebidos.

O relógio marcava quatro horas da manhã quando Manuel se ergueu da poltrona. Com a garrafa de conhaque abaixo da metade, a mente do patriarca, sem o costume do álcool naquela quantidade, estava entorpecida. Ainda assim, estava lúcido e com a decisão clara sobre as atitudes que deveria tomar em relação ao filho.

Ele, então, voltou ao seu leito solitário; a esposa nem ao menos havia percebido a crise de angústia que acometia o marido. Era apenas uma mãe cansada, vencida pelo sono, cujos sonhos espelhavam a aflição que a consumia, pois neles estava sempre envolvida em salvar o filho — que, invariavelmente, aparecia como menino — de algum desastre.

Calmamente, Manuel tomou seu desjejum solitário. Planejava todos os passos que daria naquele dia, repassando seus argumentos e motivos. Satisfeito com suas decisões e com a refeição, limpou a boca com um alvo guardanapo de linho enfeitado de rendas e bordados e levantou-se, dirigindo-se decidido até a sala onde o escravizado doméstico o aguardava pronto a auxiliá-lo a vestir o casaco.

Trocou poucas palavras com ele; não costumava tratar mal seus criados e, com frequência, esquecia a condição em que viviam os membros da raça negra naquela época.

— Bom dia, patrão — cumprimentou Benedito sentado, como de costume, na boleia do coche.

— Bom dia — respondeu Manuel, acomodando-se no veículo. — Direto para a residência do senhor Onofre.

Um levantar de sobrancelhas foi toda a demonstração de surpresa a que Benedito se permitiu, mas se questionava, intimamente, o que teria acontecido para o patrão não ir direto ao trabalho. "Faz nem sei quantos anos que é sempre igual! Todos os dias, logo cedo, o senhor Manuel vai direto pra firma e só volta à noitinha. O que será que houve?"

O trajeto até a residência indicada era curto e foi feito rapidamente, pois as ruas estavam praticamente vazias. Salvo a troca de cumprimento e a ordem curta e seca, outro fato que Benedito estranhou — pois Manuel era um homem muito falante — foi vê-lo calado, uma raridade.

— Espere aqui. É possível que minha visita demore.

— Sim, senhor — concordou Benedito. — Pode *ficá* descansado. Não saio daqui de jeito nenhum.

Sério, Manuel não deu nenhuma confiança ao negro, tampouco ralhou com o comportamento despachado; simplesmente o ignorou. Notava-se que sua mente estava bem distante do momento e que o patriarca agia maquinalmente.

Andando decidido pela calçada, abriu o portão que dava acesso a um pequeno jardim em frente à confortável residência do amigo e avançou em direção à porta principal, anunciando sua presença com duas fortes batidas de aldrava.

Não aguardou mais que dois minutos e já estava na presença do amigo, confortavelmente acomodado em uma poltrona numa das salas.

— Vou direto ao assunto, Onofre. Como sabe, não sou homem de rodeios. Pensei muito sobre nossa última conversa e a sugestão que o amigo fez e vim à sua casa hoje para discutirmos detalhes da proposta; se é possível uma união entre sua enteada e meu filho.

Onofre fingiu-se de surpreso, pois, ao saber da inesperada visita, logo associou o fato à última conversa.

— Hum... O assunto é de meu agrado e interesse. Verônica é boa moça, muito correta, extremamente dócil e está em boa idade para se casar. Uma união entre ela e Thiago me parece perfeita, mas o rapaz já sabe? Concordou com a escolha?

— Ainda não conversei com ele, mas isso é o de menos. Concordará com minha decisão. — A expressão de Manuel estava fechada, e o olhar, carregado.

"Com essa cara, não dá mesmo vontade de retrucar nada", pensava Onofre jocosamente. "O homem parece uma fera, mas pouco me importa como e por que chegou; interessa-me que Verônica fique noiva o quanto antes. Estou farto daquela sonsa."

— Claro, nem deveria ter perguntado; foi uma bobagem. Esses assuntos se resolvem bem melhor entre os pais. Na juventude, não sabemos fazer boas escolhas, que, em geral, são ditadas por razões afetivas pouco práticas. Nós, que já passamos por esses arroubos, sabemos enxergar com mais clareza — contemporizou Onofre. — Não tenho nada a opor ao pedido, contudo, preciso lhe ser honesto: o dote de minha enteada é pequeno, fruto da herança do falecido pai, que era homem pobre. Honesto, mas pobre.

— Isso não será problema. Thiago é meu único filho, e temos excelente condição financeira. Ele não precisa de uma noiva rica. Preciso, sim, de uma nora responsável, dedicada, de boa índole e capaz de colocar juízo naquela cabeça. Você conhece meu filho, Onofre; não o estou iludindo. Ele está muito longe de ser um bom rapaz. É um boa-vida, isso sim — retrucou Manuel de forma seca e azeda.

Onofre escondia certo divertimento com a situação do amigo. Não era hora de tripudiar, afinal, o casamento da enteada o interessava muito. E, buscando fixar a atenção nesse propósito, concentrou-se na conversa e em discutir detalhes. Ao fim de quase duas horas, um aperto de mãos selava o compromisso.

— Comunicarei Verônica hoje mesmo sobre o pedido formal de casamento — declarou Onofre.

— Farei o mesmo com Thiago imediatamente ao chegar à empresa. Voltamos a nos falar amanhã, neste mesmo horário, para acertarmos a data do noivado?

Onofre aquiesceu e, contente, acompanhou o visitante à saída.

Manuel era um homem de palavra, fosse ela empenhada em terceiros ou em si. Quando planejava algo, por certo o executava. Naquela manhã, que já beirava o final, aproximando-se do meio-dia, não foi diferente. Tão logo chegou à empresa, deu ordens para que Thiago comparecesse à sua sala o mais rápido possível. Seu semblante continuava carregado, por isso ninguém ousou lhe fazer qualquer pergunta. Tudo o que ouviu à sua passagem e em resposta às suas determinações foi: "Sim, senhor".

O jovem, com o rosto amassado da noitada, mas com o olhar brilhante e satisfeito, aportou no escritório do pai, desconhecendo que aquele era um dos dias em que a vida muda e ganha contornos inimagináveis. É interessante como caminhamos como cordeirinhos ao encontro de alguns eventos e saímos deles como se estivéssemos embebidos em chumbo, tal o peso que se agrega repentinamente à nossa existência.

O mau humor, grandemente alimentado pelo rancor inconsciente que nutria pelo filho, tornou-se ainda mais evidente em Manuel ao deparar-se com a fisionomia do rapaz.

"Olheiras que chegam ao meio da face. Que vergonha! É a cara de um inútil. Um fanfarrão!", analisava ele em silêncio, ruminando seus sentimentos.

— Sente-se — ordenou o pai em voz alta. — Temos um assunto grave a tratar.

Thiago prontamente obedeceu à ordem paterna, até porque suas pernas pesavam e o conforto da cadeira era mais que desejado. Permaneceu quieto à espera da continuidade da conversa. Conhecia o pai e não era difícil ver que aquele não era um de seus melhores dias.

— Estive logo cedo na casa de Onofre Barros e tratei com ele do seu casamento com a jovem Verônica. Precisamos acertar a data do noivado para oficializar o compromisso assumido.

— O quê?! — perguntou Thiago tomado de pânico com a súbita notícia, erguendo-se de chofre da cadeira, com o rosto vermelho e os olhos incandescentes de raiva. — O que o senhor disse? Está ficando louco? Perdeu o juízo? Tratar do meu casamento? Mas quem lhe disse que desejo me casar? Nem ao menos estou cogitando tal ideia, quanto mais com a enteada do seu amigo. Eu a vi uma ou duas vezes quando era um garoto de calças curtas; ela é uma desconhecida. Além disso, nunca tive a menor simpatia pelo seu amigo...

— Sente-se e cale a boca! — determinou Manuel erguendo a voz com autoridade. — Eu sou seu pai, e você me deve respeito e obediência. E caso seja você o louco nesta sala, vou lembrá-lo de que, sem meu dinheiro, se tornará um louco miserável, que não terá uma moeda para gastar em suas noitadas. Estou absolutamente cansado da vida que tem levado e do que faz com sua mãe e não tolerarei que isso continue indefinidamente. Seu casamento foi acertado, e sua escolha é aceitá-lo. É assim que funciona; foi assim comigo e com sua mãe, com seus avós e por aí vai. São os pais que sabem o que é melhor para os filhos. Na juventude, há muitos sonhos, quimeras e devaneios na mente, que nos impedem de fazer escolhas com sabedoria. Paixões são muito boas nas madrugadas em bordéis. Por acaso pensa que não sei? Pois lhe informo que sei e que sei também o quanto é agradável sentar-se para beber e jogar conversando com os amigos, sem nenhum compromisso. Ou então cortejar inconsequentemente mulheres perdidas. Conheço todas essas coisas e lhe digo que elas se esvaziam, evaporam, deixando a alma de um homem ressequida. É preciso solidez, constância, compromisso, seriedade para fazer a vida ter um sentido real. E tais coisas você não encontrará nesses lugares, pois elas estão na estrutura de um lar, no casamento com uma jovem de bem, honesta, decente, que você poderá levar a passear de braços dados perante toda a sociedade e apresentá-la como sua noiva e depois esposa. Ela lhe dará um lar, filhos, família, por quem você será responsável, e eles o motivarão a trabalhar e construir. Sua vida é vazia como a de todo egoísta. Vive apenas para banquetear-se de prazeres...

— É a minha vida! — gritou Thiago. — Sou feliz. Não pedi a ninguém que se desvelasse por minha causa. Tenho o direito de viver como quero; não estou causando prejuízo a ninguém...

— Como não? — retrucou Manuel, igualmente alterado. — Como não? Você é cego, imbecil? Não vê sua mãe passando noites e noites sentada na sala à sua espera? Não vê que o dinheiro que você desperdiça em suas aventuras é meu? Não tem sentimento algum por aqueles que lhe deram a vida? Não pensa um minuto sequer no dia de amanhã? Você está causando prejuízo à sua família e a si mesmo. O que poderemos esperar no futuro?

— Dane-se o futuro! Nem sei se estarei vivo! — retrucou Thiago, que fora afetado pela acusação de não se importar com a mãe. A lembrança das noites e noites de espera lançou culpa à sua consciência, e não tinha argumento contra o fato de que realmente usava o dinheiro da família. Reconhecia que trabalhava, mas gastava muito mais do que seria a retribuição justa.

Fez-se um momento de silêncio na batalha verbal. Ambos caminhavam nervosamente pela sala. Manuel tentava controlar-se, pensando que não resolveria a questão com gritos. Recordou-se do pai, falecido há anos, quando ele o comunicou de seu iminente casamento com Augusta. Sentou-se, respirou profundamente, pôs os cotovelos sobre a mesa e uniu as mãos quase à altura do rosto, num pedido de trégua e calma.

— Thiago, não adiantará discutirmos. Entenda, não mudarei de ideia. É minha obrigação como pai providenciar seu futuro, e isso é exatamente o que estou fazendo. Você está na idade de casar-se e constituir família, ter sua casa e comandá-la com seus próprios recursos. Estou disposto a comprar um imóvel de sua escolha, mobiliado ao seu gosto, com escravizados e dois coches. Além disso, obviamente será preciso aumentar sua parcela nos lucros da empresa, afinal, terá uma esposa a sustentar. É claro, contudo, que também deverá dedicar-se mais aos nossos negócios.

Ao ouvir os planos paternos, Thiago acalmou-se. A ideia de que haveria uma recompensa ao sacrifício teve o condão de fazê-lo ver a situação por um ângulo mais atraente, e isso transpareceu em seu rosto.

Vendo que o filho começava a ceder, Manuel prosseguiu com seus argumentos, falando das alegrias da vida de casado e da obrigação moral de dar continuidade à família, de ter filhos, e que, com o passar dos anos, Thiago descobriria que a escolha fora acertada.

— Como é a enteada do senhor Onofre? Que idade tem? Qual é seu temperamento? Seus gostos? — indagou Thiago entediado. A ideia de independência e mais renda o atraíam poderosamente, mas era preciso ver qual seria o preço. Enquanto o pai discursava, ele nem ao menos o ouvia; lembrava-se de que muitos de seus amigos de jogo e noitada eram respeitáveis homens de família, cujas esposas estavam em casa cuidando dos filhos e dos interesses do lar.

"Terei que ver essa mulher, afinal, não quero uma bruxa para governanta vitalícia da minha casa. Além do mais, parte do preço será dar netos ao senhor Manuel, e, para tanto, é bom que ela não seja de todo desagradável ao olhar. E se ela for daquelas moças fanáticas por padres e missas? Ou enfadonha, que vive para bordados?"

Nesse ponto de seus pensamentos, uma ideia lhe ocorreu, deixando-o atônito:

"Por Deus, ela também está sendo forçada a aceitar esse matrimônio e pode estar pensando da mesma forma... a meu respeito. Que estupidez!"

Manuel foi pego de surpresa pela pergunta do filho. Intimamente, recriminou-se por não haver se antecipado a questões óbvias. A verdade é que tomara a decisão, e o que menos o interessou foi a moça escolhida. A ideia do casamento do filho como solução para os seus problemas havia sido o ponto capital. Quanto à noiva, bastou-lhe a palavra de seu amigo e padrasto da escolhida. Precisava responder às indagações do filho e forçou a memória para lembrar-se de Verônica.

— É uma jovem bonita e saudável. É alguns anos mais moça do que você, como convém. É bem-educada, frequentou as melhores escolas, é prendada... e esteve viajando recentemente em companhia da tia, uma excelente senhora.

— E qual é o dote da enteada do senhor Onofre? — questionou Thiago, visivelmente apático com as informações recebidas sobre a prometida.

Sendo um astuto comerciante, Manuel percebeu a mudança no comportamento do filho quando expôs as vantagens do casamento. As perguntas que Thiago fazia agora demonstravam que estava considerando a hipótese, por isso o patriarca decidiu acrescentar por conta algumas cifras ao dote de Verônica para torná-lo mais atraente. Não sentiu nenhum rasgo de consciência, nenhum questionamento interno, se estava agindo certo ou errado em relação à jovem envolvida; apenas o interesse pessoal comandava a situação. Queria o filho casado e longe de sua casa e das vistas da mãe. Justificava sua atitude como sendo obrigação paterna e, em momento algum, considerou que estava "comprando" a obediência do filho aos seus planos.

— Quando conhecerei a moça? — perguntou Thiago, dando sinais de que a negociação encontrava um rumo de acordo.

— Podemos marcar um jantar de apresentação entre as duas famílias para daqui a três dias. O que lhe parece? — perguntou Manuel com voz firme, porém cordata, sem disfarçar um tom de alívio e um toque de alegria.

— Estou de acordo — respondeu Thiago de forma inexpressiva, cansada. — Mamãe tem conhecimento desses planos?

— Falarei com ela mais tarde.

Sem mais palavras, Thiago ergueu-se, balançou a cabeça, apanhou o chapéu e saiu. Manuel ficou ouvindo o som dos passos do filho, os breves cumprimentos que o rapaz trocava com funcionários, até lhe ouvir a voz chamando um coche da calçada, logo abaixo da janela de sua sala.

"Que se vá. É melhor!", pensou ele observando o rapaz ingressar no veículo e afastar-se rapidamente.

Manuel não disfarçava a expressão de alívio. Estava jogando naquela ideia todas as suas esperanças de que o filho amadurecesse e encontrasse um rumo construtivo à sua vida; estava apostando na ideia sugerida por Onofre. Restava comunicar o fato à esposa, mas não conseguiria aguardar até a noite, quando habitualmente regressava ao lar, para informá-la do acerto matrimonial.

Algo em seu íntimo se mantinha agitado, e Manuel pressentia que só voltaria a acalmar essa parte ignorada de si quando o casamento fosse fato consumado.

— Quanto antes informar dona Augusta, tanto melhor. Não há razão para aguardar até a noite. Vou-me para casa. Também não conseguirei trabalhar depois dessa discussão — decidiu ele, falando sozinho.

Imitando os gestos do filho, recolheu seus pertences, colocou o chapéu e fechou a porta, passando a chave, que largou displicente no bolso do casaco. Logo estava igualmente na calçada sinalizando para que Benedito viesse buscá-lo.

— Ué... o patrão chamando a essa hora? — Estranhou o cocheiro. — Tem coisa errada. Não é costume.

Mas como tinha consciência de que não era pago para pensar nas atitudes do patrão, e, sim, para conduzi-lo de um local a outro, tomou apressado as rédeas dos cavalos, fazendo-os andar até a calçada.

— Vamos para casa, Benedito — determinou Manuel.

— Sim, senhor.

Andavam alguns quarteirões quando Benedito, não sofreando a curiosidade, indagou com ar fingidamente preocupado:

— Desculpe perguntar, senhor Manuel, mas aconteceu alguma desgraça, alguma coisa ruim?

— Não, está tudo bem — respondeu-lhe secamente. Tratava bem seus escravizados e funcionários, mas não tolerava que tomassem intimidades ou ousadias.

— É que fiquei pensando que podia ser, afinal, não é seu costume ir para casa a essa hora — justificou Benedito, tentando, no fundo, fazer o patrão esclarecer o que estava acontecendo. Manuel, contudo, fingiu não ter ouvido e continuou calado.

A reação de surpresa foi idêntica entre todos os trabalhadores domésticos e, principalmente, em dona Augusta, que, de imediato, associou a inesperada presença do marido no lar a algum acontecimento trágico com o filho.

— Por Deus, Manuel, não me esconda nada! — pediu ela ao marido, dando voz a seus pensamentos. — Diga-me logo o que aconteceu com nosso menino... Sei que houve alguma tragédia... não me esconda nada... Sou a mãe dele...

Foi a gota d'água para que a paciência de Manuel se esvaísse de vez.

— Menino?! Só você enxerga um menino! Nosso filho é um homem feito! — Começou ele irritado, mas, vendo que a mulher estava à beira do descontrole, entendeu que corria o risco de repetir a cena desagradável da manhã. Era preciso ter calma para dar a notícia à esposa.

— Não chore, Augusta — pediu ele, aproximando-se da esposa e colocando o braço sobre seus ombros. — Não aconteceu nenhuma desgraça. Thiago está muito bem; foi almoçar com amigos, como faz seguidamente.

— Jura? — Insistiu ela e, vendo que o marido balançava a cabeça afirmativamente e a encarava firme, indagou: — Então o que aconteceu para o senhor vir a esta hora para casa?

— Precisamos conversar. É um assunto que, espero, a alegrará. O almoço está servido? Mande pôr mais um prato, e a encontrarei em dois minutos. Conversaremos enquanto almoçamos, está bem?

— Saber que nada de ruim aconteceu com Thiago já me acalma. É claro que conversaremos durante a refeição.

Tal como o filho, dona Augusta foi tomada de surpresa com a notícia das tratativas matrimoniais entre seu marido e Onofre Barros visando à união dos jovens. Inicialmente, o desagrado estampou-se de forma patente em seu rosto, entretanto, fora educada para obedecer à autoridade do marido. Por essa razão, concordou com Manuel e com muito tato fez indagações a respeito da moça que logo seria sua nora.

A ideia de que haveria outra mulher importante na vida do filho incomodou dona Augusta, cujo ciúme começou a roê-la por dentro. Não admitia ser essa a razão do desassossego que lhe tomou o ser desde que ouviu a notícia e o atribuiu a zelos de mãe, intuição de que aquela talvez não fosse a melhor candidata. Esforçava-se por lembrar-se da jovem, mas a memória não a auxiliava. A matriarca só conseguia recordar-se de uma menina tímida, que anos antes lhe fora apresentada como a enteada do amigo de seu marido.

"Acabou-se o exercício mental, a tentativa de descobrir como se sente um réu ao ouvir sua sentença de condenado à morte", pensou Verônica, apertando forte e inconscientemente o livro que tinha entre as mãos, enquanto ouvia a lenga-lenga do padrasto acompanhado pela mãe sempre pronta a balançar a cabeça, concordando com todas as vontades do marido.

"Idiota! Que homem insuportável! Deve ter escolhido alguém semelhante para se tornar meu marido. Marido? Coisa estranha! Não me imagino casada. Jamais sonhei com isso. Essa história de noivado dá-me vontade de rir. O senhor Onofre lembra as meninas do internato que viviam sonhando com casamento; só faltam os frufrus e as rendas. Quem sabe não está aí uma boa ideia? Posso lhe ceder as minhas. Afinal, é um nojo carregar esse peso todo, ainda mais nesse calor infernal", prosseguia a jovem absolutamente envolta em seus pensamentos, não registrando nenhuma das palavras que se seguiram à declaração do padrasto.

— Querida Verônica, sinto-me feliz em comunicar-lhe que, hoje pela manhã, recebi o pedido de sua mão em casamento. Pedido este que muito honra sua mãe e a mim, tanto que já está acertado o noivado. Em dois dias, receberemos seu noivo e os pais dele para formalizarmos o compromisso...

Dali em diante, o susto, o desapontamento, a sensação de impotência, de estar pregada à cadeira do jardim, em que tinha prazer de descansar à sombra das árvores com um livro nas mãos, invadiram-na. Verônica sentiu um formigamento no cérebro, que desceu pela nuca, pelo pescoço, correu pelos braços e pela coluna cerebral, escorrendo pelas pernas. Repentinamente, todo o corpo da jovem dobrou ou triplicou de peso. Os sentidos já não registravam as informações exteriores.

"Sim, deve ser essa a sensação de um condenado à morte", repetiu ela mentalmente. "Deve ter sido isso o que sentiu o homem do romance, o prisioneiro condenado ao cadafalso. Que agonia! Por que não grito, não berro, não chuto? Quisera arrancar o nariz desse imbecil com uma dentada e unir a boca às orelhas, rasgando o caminho com meus dedos! Ah, força eu teria... não fosse essa maldita sensação que me prostra o corpo; ele não responde. Meu Deus, como pode algo assim acontecer? Quero, anseio por fazer algo muito diferente do que ficar sentada, acabrunhada, ouvindo essas asneiras sobre me casar com um homem que nunca vi, entretanto, não consigo mover um só músculo; nem a boca consigo abrir. Será que vou morrer?"

Alheios ao forte abalo emocional que causaram à moça, o casal, entusiasmado, prosseguia narrando detalhadamente o encontro com Manuel da Porciúncula, que, logicamente, Onofre enfeitara e colorira com tons e nuances muito distintos da realidade. Foi dona Margot que, depois de algum tempo, notou que a filha empalidecera muito e gotas de suor brilhavam na fronte da jovem, escorrendo pelas laterais de seu rosto de feições delicadas. A matriarca notou um leve tremor nos lábios generosos da filha, àquela hora esbranquiçados, e foi o tempo exato de ela perceber esses sintomas e o corpo da moça desfalecer sobre a cadeira onde estava sentada, mole como uma flor murcha.

— Onofre! Onofre! — gritou dona Margot assustada. — Me acuda aqui! Verônica desmaiou.

— O quê?! — Sobressaltou-se Onofre, que nada notara das reações da enteada, pois não lhe interessavam. — Mas como?

— Não sei... deve ter se emocionado muito. A pobrezinha não esperava uma notícia tão importante — explicou dona Margot, enquanto, apressadamente, tentava afrouxar as vestes da filha para facilitar-lhe a respiração. Assoprava-lhe o rosto, dava palmadinhas na face da jovem, chamava-lhe o nome, mas a moça não reagia.

Assustado, Onofre afastou a mulher e chamou a si a tarefa de acordar a enteada. Vendo que não obtivera sucesso, tomou-a nos braços e decidiu levá-la aos aposentos no interior da casa.

— Que absurdo! Onde já se viu uma moça adoecer porque foi pedida em casamento! Verônica é muito estranha! Nenhuma de suas atitudes é normal — resmungava Onofre, que, mal-humorado, não cogitara ver-se às voltas com uma doença provocada pelo anúncio do noivado. — Ela deveria ter saído cantando e assobiando, pois já está mais do que na hora de casar-se, senão ficará solteira.

— Chame a Eulália — ordenou dona Margot ao escravizado que abria a porta. — Vá depressa! Diga-lhe que sua afilhada adoeceu. Que ela venha logo, pois a menina está desacordada.

O escravizado nem respondeu, saindo imediatamente em busca de dona Eulália, irmã da senhora da casa. A madrinha da jovem residia no final da quadra, exatamente na esquina, numa belíssima mansão cercada de jardins, em um espaço urbano privilegiadíssimo, pois, já na época, eram raros os imóveis com terrenos tão amplos na cidade.

Ao cabo de alguns minutos, a tia já se encontrava ao lado de Verônica, que ainda estava desacordada. Dona Margot, por sua vez, continuava assustada e chorosa.

— Saia, Margot! — ordenou Eulália fria e imperativa, como, aliás, costumava ordinariamente se dirigir à irmã. — É inútil ficar choramingando ao lado da menina.

— Mas, Eulália, eu sou a mãe... O que será que deu em nossa menina?! Veja como está pálida.

— A única criatura desmaiada e bela que eu conheço é a Branca de Neve. Todas as demais ficam pálidas, cadavéricas. Verônica não seria exceção. Não é a reencarnação da Branca de Neve nem coisa que o valha.

— Ah, você tem ideias tão estranhas...

— De uma velha bruxa — resmungou Eulália, perdendo a paciência. — Vá, minha irmã, saia! Eu lhe asseguro que Verônica está bem...

— Foi de susto... a pobrezinha não estava preparada...

— Susto? Preparada para o quê? — indagou Eulália, enquanto sacava da bolsa um pote com sais.

— Nem tive tempo de lhe contar. Onofre acertou o noivado de nossa menina com o filho de um grande amigo, o senhor Manuel da Porciúncula...

— Pronto! Entendi tudo. Foi depois disso que ela desmaiou? — interveio Eulália sem esconder a irritação. — Os homens são bestas! Que me perdoem os evolucionistas, mas há momentos em que duvido sinceramente da dita superioridade do intelecto humano. Fora, minha irmã! Você me chamou para cuidar de Verônica, então, me deixe reanimá-la.

Margot recolheu as saias do vestido e retirou-se. Conhecia o gênio dominador da irmã mais velha, admirava-a muito, mas sabia que não receberia dela mais do que um afeto convencional, quase social, por serem membros da mesma família. Eulália era capaz e decidida, governava os negócios que herdara, tinha posições muito firmes e interessava-se por assuntos diversos, sendo em muitos deles mais do que uma mera espectadora.

Ao ver Margot aparecer na sala, Onofre não precisou de nenhuma explicação; conhecia bem o temperamento da cunhada e compreendia a pouca paciência que ela tinha no trato com a irmã. Então, apenas balançou a cabeça e sinalizou para que a esposa se sentasse e, juntos, aguardassem notícias.

No quarto da sobrinha, Eulália erguia delicadamente a cabeça da jovem, levando-lhe, próximo às narinas, o pote de sais aromáticos. Repetiu a operação três vezes até ver as pálpebras de Verônica se erguerem, desvelando os olhos negros tomados de medo e, no fundo da íris, um brilho que denunciava a ira latente.

— Tia... — Movimentando-se no leito, Verônica reconheceu Eulália.

— Sim, meu bem, sou eu. Como está se sentindo?

— Tonta, confusa... não sei explicar. Estou estranha.

— Você desmaiou e ficou um bom tempo desacordada, por isso essas sensações. São comuns nessa situação.

— É ruim — declarou a jovem, voltando a fechar os olhos e recostando-se nos travesseiros.

— Eu sei. Quer um pouco de água?

Silenciosamente, a moça aquiesceu e acompanhou com o olhar a movimentação da tia pelos aposentos.

— Lembra-se do que aconteceu antes do desmaio? — indagou Eulália após Verônica ingerir metade do líquido e lhe devolver o copo.

— Quisera dizer que não, tia.

— Só gostaria de saber se precisaremos chamar um médico ou não.

— Não é preciso, tia Eulália. Estou bem. Sei onde estou, que dia é hoje, e lembro-me de tudo. Foi um desmaio apenas...

— Ótimo. Quer conversar sobre esse "acerto" que tiveram em "família" antes de eu ser chamada aqui? — indagou Eulália, ironizando com a expressão acentuada da palavra "família". Na verdade, a presença do segundo marido da irmã, a quem tolerava com grande dificuldade, a irritava.

Verônica estendeu-lhe a mão num pedido mudo de conforto e, ao sentir o calor das mãos da tia, seus lábios tremeram e grossas lágrimas rolaram por seu rosto ainda pálido.

Desde menina, sentia-se segura na presença de Eulália e a apreciava mais do que a própria mãe. Havia entre elas uma amizade profunda e sincera, um relacionamento baseado em afinidade de gostos e personalidades, que se estribava numa convivência lúcida, sem ilusões e marcada pela busca de ampliar horizontes. Eulália, compadecida, abraçou a sobrinha, filha querida de sua alma, e a embalou até que a calma imperasse e pudessem conversar proveitosamente.

Capítulo 12

DIAS DE LOUCURA

As paixões são como um cavalo que é útil quando é dominado e que é perigoso quando é ele que domina.[14]

O sol levantava-se sobre as matas e plantações da fazenda, o sereno ainda brilhava sobre a vegetação, e os pássaros começavam a alegrar a manhã, quando Clarêncio abriu a porta do casebre de onde morava com a mulher e os filhos. Respirou profundamente o aroma da terra orvalhada e permitiu-se usufruir de um minuto de preguiça.

— Como é bom esse frescor da manhã. Hum... nada cheira tão bem quanto isso. Tudo limpo e descansado. Daqui a pouco, o pão no forno à lenha vai soltar um aroma que mexe com a barriga do *nêgo* — dizia Clarêncio, conversando consigo e acariciando o próprio ventre.

Lançou um olhar tranquilo ao redor contemplando o pátio varrido, os canteiros da horta bem cultivada alguns metros adiante, cercada por árvores frutíferas. Algumas flores singelas e ervas de chás enfeitavam as proximidades da moradia; um pouco adiante, outra casa igual ainda estava totalmente fechada, e assim seguia formando a vila dos escravizados.

— Nos tempos do sinhô Jerônimo, nossas casas eram mais bem cuidadas. Havia mais tempo pra arrumar portas e janelas e depois pintávamos todas. Agora faz tempo... Muita coisa mudou... ainda é bom,

14 KARDEC, Allan. **O Livro dos Espíritos**. Tradução Salvador Gentile. Araras: IDE.

mas já foi bem melhor. Se o sinhô Jerônimo fosse vivo, não ia *gostá* de ver como muita coisa tá sendo feita. Festa lá na sede da fazenda então? Nem sei quando foi a última! — prosseguiu ele pensando em voz alta e, recordando-se da casa dos patrões, pôs-se a analisar: — É, mas nem a sede tá igual. Era muito mais bonita, alegre, viçosa... agora *as cosa* tão com jeito de velha, amarelada. Tudo parece ressequido, escuro. É raro ver as janelas abertas. Antes não era assim. A gente sempre via tudo aberto, em todo lugar entrava a luz do sol, a casa era perfumada.

Sobre a cama tosca, Benvinda remexeu-se, sentindo a falta do companheiro. Despertou procurando-o com o olhar, que antes vagou pelos filhos que dormiam em um canto mais distante. Ao ver a silhueta parada à porta contra a luz que vinha da rua, sorriu preguiçosa.

— Já é dia?

— O que você acha? — devolveu Clarêncio, voltando-se para a mulher sorridente. — Tá claro na rua.

— Então, é dia — respondeu ela espreguiçando-se. — *Tava* tão cansada que dormi pesado. Tô até meio zonza.

— A fazenda tá precisando de mais gente pra trabalhar; nas lavouras também se tem trabalhado demais. Cada *nêgo* trabalha por dois ou três, e o cansaço é geral. Lá na casa é igual. Tava me lembrando *dos tempo* do sinhô Jerônimo, em que tudo era bem melhor. Fazendo as contas, desde aquela época que não vem escravizado novo pra cá. O sinhozinho não comprou um sequer.

— Sem falar nos que morreram nos últimos anos — o bom é que não foram muitos! E não ouvi falar de que vão comprar escravizados — comentou Benvinda. Erguendo-se e andando até as camas dos filhos, sorriu ao vê-los adormecidos e depois avançou até o fogão. — Daqui a pouco, o pão *tá* assado. Sabia que eu sou uma *nêga* de sorte?

Clarêncio riu encostando-se no batente da porta, onde esfregou as costas repetidas vezes, e retrucou:

— Isso eu lhe ensinei quando resolvemos formar família. Nenhuma das *outras nêga* tem homem que sabe fazer pão.

— É verdade. Elas têm inveja quando conto que você faz a comida de manhã cedo pra mim e *as criança* — disse Benvinda contente aproximando-se do companheiro para abraçá-lo e encostar a cabeça no peito forte e de músculos rijos pelo trabalho nas lavouras e com os animais. — E as éguas do sinhô quando *vem* com cria?

E ficaram abraçados sob o batente da porta, aquecidos pelos raios do sol, enquanto o cheiro do pão assando invadia a habitação e acordava uma a uma as crianças.

A felicidade que antes reinava em toda a extensão da Fazenda Fontes agora se recolhia e habitava entre os humildes escravizados, que, apesar de cansados, ainda preservavam os valores reais da vida — tão simples de serem encontrados e apenas requerem pequenos zelos diários, que dão ao cotidiano os perfumes e aromas do amor verdadeiro, sem ilusões nem fantasias, mas cujas migalhas satisfazem mais do que milhões de moedas acumuladas num baú.

Um novo dia iniciava-se na fazenda, e o casal caminhou até o pátio central da sede. Clarêncio seguiu em direção aos currais e às cocheiras para vistoriar os animais, e Benvinda adentrou a cozinha pela porta dos fundos, encontrando as atividades matinais já em andamento.

— Dona Márcia saiu muito cedo e não comeu nada — informou uma das escravizadas que pernoitava na casa da fazenda.

— Estranho. Ela não é de fazer isso. Disse pra onde ia?

— Não, Benvinda. Ela não *falô* pra onde ia, mas desconfio que tenha ido pro cemitério. Espiei o rumo dela *pelas vidraça*; foi pra *aquelas banda*. É época do aniversário do falecido sinhô Jerônimo, não é?

— Mas é longe! Ela foi a cavalo? — indagou Benvinda, sinceramente preocupada com a sinhá, ao mesmo tempo que balançava a cabeça concordando com a informação sobre o período de aniversário do falecido.

— Foi — respondeu a outra tranquilamente.

— Minha nossa! E o sinhô Geraldo sabe desse passeio?

— Sei lá, acho que sim.

Tomada de súbita aflição, Benvinda andou apressada até o escritório onde Geraldo trabalhava pelas manhãs. Bateu com força na porta e respondeu à pergunta lançada do outro lado:

— É a Benvinda, sinhô. Preciso lhe *falá* urgente; é sobre a sinhá dona Márcia.

Imediatamente, a porta abriu-se, e Geraldo fez sinal para que a criada ingressasse na sala. Mantendo-se calado, encarou-a com expressão indagadora.

— Dona Márcia saiu; talvez tenha ido para o cemitério. Saiu com pressa, nem comeu...

— Benvinda... — Interrompeu Geraldo irritado. Tivera uma noite péssima e mais uma discussão com a mulher e seu humor estava carregado. — Minha mãe vai ao cemitério frequentemente e não tem que dar satisfação a ninguém.

— Eu sei, sinhô — respondeu Benvinda, sem se deixar intimidar pelo mau humor do dono. — Mas é que ela foi a cavalo, sozinha, sem *comê*, e faz muito tempo que sua mãe não monta. A égua não tá mais acostumada com ela; o bicho pode estranhar... Fiquei aflita e achei que o sinhô deveria saber. Não sei lhe dizer, mas, quando a Hortência me *falô* desse passeio lá na cozinha, senti algo ruim, medo, uma tristeza grande...

Os esclarecimentos de Benvinda operaram uma transformação no estado mental de Geraldo. O foco de seus pensamentos deixou de ser Isadora e a difícil relação matrimonial para concentrar-se na mãe.

— É época do aniversário do falecido sinhô Jerônimo, e dona Márcia sempre fica muito entristecida. Sua mãe nunca mais foi a mesma depois que ele se foi. — Completou a escravizada com palavras que Geraldo registrava lentamente, formando o entendimento das razões da preocupação de Benvinda.

Ele foi até a janela e, através dos vidros, lançou um olhar ao longe, na direção do cemitério. Uma tristeza vaga ainda roía seus sentimentos ao lembrar-se do pai. Jerônimo Fontes lhe fazia falta, muita falta, por isso não condenava a perene tristeza da mãe. Julgava natural a viuvez de uma mulher que fora amada e amara o companheiro com devoção.

Geraldo encostou a testa no vidro frio, baixou o olhar para a ponta das próprias botas e, após um fundo suspiro, declarou resignado:

— Espere até as dez horas. Se ela não retornar até esse horário, mandarei Clarêncio ir procurá-la.

Benvinda agradeceu a atenção, prometeu seguir rigorosamente o horário e voltar a informá-lo de qualquer novidade.

As horas sucederam-se rapidamente, a manhã ia a meio, o sol brilhava forte e o calor era intenso. Benvinda cuidava dos afazeres rotineiros, mas seu pensamento não desgrudava da figura de sua sinhá; a aflição e os maus pressentimentos não lhe davam trégua. De hora em hora, conferia o relógio de parede da sala e rastreava o entorno da casa e os campos na direção do cemitério. Nada. Nem sombra de dona Márcia.

Pontualmente, às dez horas, Benvinda retornou ao escritório de Geraldo para informar que dona Márcia não regressara do passeio.

— Faça como mandei — determinou Geraldo tamborilando nervosamente no tampo da mesa de trabalho. — Oriente Clarêncio a vasculhar a área próxima ao cemitério. Diga-lhe que leve mais dois homens com ele.

A busca foi uma tarefa fácil. Clarêncio, acompanhado de dois outros escravizados, cavalgavam na direção indicada quando, ainda distante, avistaram a égua castanha de dona Márcia sozinha, encilhada e pastando ao sol da manhã.

— Olhe, Clarêncio, é a égua! — Apontou um dos escravizados. — Mas *tá* longe do cemitério...

Clarêncio vira o animal dando pela falta de qualquer movimento que indicasse a presença da amazona. Sem responder aos companheiros, esporeou a montaria incitando o animal ao galope, no que foi imitado pelos outros e, minutos depois, estavam ao lado da égua solitária.

Inspecionaram o animal; tudo aparentemente estava em ordem até que o mais jovem dos homens que o acompanhavam constatou:

— Olhe aqui! Há um arranhão grande no lombo dela.

Examinaram detidamente a égua e começaram a notar outros pequenos indícios.

— Aconteceu alguma coisa — murmurou Clarêncio, correndo a mão pelo lombo e pelos da égua. — Ela tá sequinha; não fez nenhuma força. Vamos procurar aqui ao redor. Talvez dona Márcia tenha resolvido colher alguma erva de chá.

— Ela não iria *levá* a bolsa ou um saco pra fazer isso? — indagou o jovem erguendo os pertences da sinhá que continuavam presos à sela. — Tá tudo aqui: água, bolsa, até o terço da sinhá. Acho que ela não foi colher nada. Isso daqui tá com jeito de que ela caiu e a égua seguiu o passo. É melhor a gente montar e dar busca mais pra baixo, lá perto do cemitério.

Clarêncio meneou a cabeça reconhecendo a sensatez da proposta do jovem escravizado. Apanhou as rédeas da égua e puxou-a até a própria montaria.

— Vou levar a égua. Se você tiver razão, e acho que tem, vamos precisar dela pra levar a dona Márcia de volta à fazenda.

Quinze minutos depois, avistaram as saias do vestido de dona Márcia abanando ao vento, rasteiras à vegetação que cobria o solo.

Clarêncio apressou o cavalo e logo chegou ao local onde a sinhá estava caída imóvel à beira do caminho, em meio a alguns arbustos baixos. Com cuidado, ele se aproximou, chamou-a baixinho, mas não obteve resposta. Aflito, abaixou-se e afastou os cabelos que, desprendidos do coque, encobriam o rosto da sinhá. Ao fazer isso, sentiu os dedos tocarem algo viscoso.

— Sangue. Ela machucou a cabeça. — Constatou, informando os homens que o acompanhavam. Com cuidado, Clarêncio ergueu a cabeça da sinhá e deparou-se com os olhos vidrados e o rosto pálido estampando uma expressão de susto. Sentindo dificuldade para movimentá-la, exclamou: — Meu Deus! Não pode ser verdade...

— Deixe-me ver, Clarêncio. Não se assuste. — Interveio o escravizado jovem acercando-se do corpo da sinhá e colocando a mão sobre o peito da mulher, depois abaixo do nariz, enquanto Clarêncio, apavorado, se limitava a segurar, levemente erguido, o tronco da sinhá. — *Tá* morta. Não há nada mais a fazer.

Clarêncio depositou a cabeça da sinhá novamente sobre a vegetação e, nesse momento, notou uma pedra grande meio enterrada a poucos centímetros de onde encontraram o corpo da mulher.

— Ela deve ter caído por ali e batido a cabeça na pedra, por isso tem sangue. *Vamo* rezar pra alma dela encontrar paz. Depois, só nos resta recolher o corpo e levar pra fazenda — orientou Clarêncio e, olhando para o escravizado mais jovem, em cuja sensibilidade confiava mais, perguntou: — Você pode ir na frente e dar a notícia ao sinhô Geraldo?

O criado baixou a cabeça; sabia que aquela não era uma tarefa qualquer, mas entendia que era necessária. Clarêncio agia bem em preparar a família antes de entregar o corpo da sinhá.

— Eu vou — declarou com firmeza na voz. Respeitoso, tirou o chapéu de palha que cobria a cabeça e, segurando-o junto ao peito, fez o sinal da cruz como lhe fora ensinado pela sinhá falecida. Depois, começou a dizer o pai-nosso que era a única oração que aprendera. O gesto foi imitado pelos outros, e, mal terminada a oração, o jovem partiu em galope acelerado.

Mais uma vez, o manto pesado do luto envolveu a Fazenda Fontes e, outra vez, à sua passagem, advieram transformações.

O pequeno Jerônimo olhava espantado para a avó deitada sobre a mesa cercada de flores e coberta com o que, em sua mente infantil, pensava ser uma colcha de cor feia. Sentado entre o pai e a mãe, ambos trajados de preto — como a ele também haviam vestido e mandado que ficasse ali, ao lado da mesa —, o garoto não fazia ideia de há quantas horas estava ali. E, a cada vez que fazia alguma pergunta à mãe, Isadora o olhava severa, segurava sua mão e murmurava em seu ouvido:

— Fique quieto. Estamos velando sua avó, e é assim que deve se comportar.

Ele permanecia calado por mais algum tempo, mas em sua cabecinha se fazia mil perguntas: "O que é velório? Por que temos que ficar 'velando' a vovó? Será que é por causa de todas essas velas acesas enquanto ainda é dia? E por que ela fica dormindo aí em cima da mesa e não na cama? Será que não podíamos ficar velando a vovó no quarto?".

Depois de algum tempo, puxou a manga do casaco do pai e chamou-lhe a atenção:

— Papai, por que a vovó não acorda? Não posso chamá-la? Tô cansado de ficar velando.

Geraldo passou o braço sobre os frágeis ombros do filho, puxou-o para perto de si e beijou-lhe os cabelos. Algumas lágrimas, então, correram por seu rosto.

— É preciso ter paciência, Jerônimo. A vovó só vai acordar no céu; não adianta chamar por ela, meu filho. Agora somos apenas nós... — E sentindo a dor da perda nas entranhas do ser, Geraldo apertou o filho contra si, numa tentativa de confortar-se e sentir-se acompanhado, aquecido naquele dia gélido para ele a despeito do sol forte e quente. Geraldo sentia um frio na alma, algo que doía como se lhe houvessem arrancado uma parte de si, ficando em seu ser um grande buraco, um paradoxal vazio cheio de um sentimento inexplicável de dor.

— Por que a vovó vai acordar no céu? Como ela irá até lá? É muito longe, é alto. — Insistia o menino, falando com o rosto encostado às costelas do pai.

— É, é muito longe — concordou Geraldo, sentindo as lágrimas arderem em seus olhos. As perguntas do filho o faziam encarar e pensar na morte da mãe, na ausência, nos mistérios da vida.

— Os anjos vão levá-la; eles têm asas como os pássaros e moram no céu. Foi assim que sua avó me ensinou, meu filho. Um dia, todos nós vamos morar com os anjos, e, neste dia, aqueles que viveram conosco ficarão nos velando até que eles venham buscar nossa alma. É isso que estamos fazendo.

— E a que horas os anjos vão chegar? Como eles são? O senhor já viu algum?

— Eles vêm com o padre, mas a gente não vê.

— A vovó não vai voltar do céu, papai? Quem vai fazer doce quando as goiabas amadurecerem?

Geraldo apertou mais forte o menino e escondeu o próprio rosto em seus cabelos, deixando que as lágrimas corressem livremente.

— Não chore, pai — pediu Jerônimo abraçando-lhe a barriga com os bracinhos curtos. — A Benvinda sabe fazer doce; ela vai fazer pra gente. Os anjos não vão deixar a vovó voltar, não é? A Benvinda disse que quem vai para o céu não volta mais, mas eu não tinha acreditado. É por isso que o senhor está chorando?

Um soluço escapou do peito de Geraldo, que, naquele momento, se recordava da própria infância, da juventude, enfim, avaliava toda a sua vida junto da mãe. Revendo os últimos anos, uma pontada de culpa gritou em meio à dor da perda, fazendo-o tomar consciência da imensa frustração que era sua vida de casado e que, doravante, sua família se resumia ao menino frágil de grandes olhos escuros e tristes para quem dera tão pouca atenção até aquele momento.

Isadora permanecia com o olhar fixo no livro de orações. Enquanto fingia que lia, controlava as horas para tomar as providências que lhe cabiam como anfitriã ante os vizinhos que acorriam ao funeral. Preocupava-se com a canja de galinha que mandara fazer, com o café e os biscoitos; apurava os ouvidos na tentativa de identificar pelos ruídos a movimentação das escravizadas montando mesas improvisadas na varanda. Volta e meia, corria a olhar entre os presentes para ver se não chegara ninguém novo e, discretamente, acompanhava-lhes a movimentação, observando quem falava com quem e as expressões que faziam.

Em uma mesa de canto, um grupo de jovens bem trajados travava uma conversa que espalhava alarde pelo ambiente do clube. Alheios aos olhares que uns e outros lhes endereçavam, simplesmente ignoravam e continuavam a conversa e as risadas.

— À noite, todos os gatos são pardos — dizia Roberto aos demais, referindo-se aos olhares de desagrado que o gerente lhes dirigia e, ironizando alguns hábitos da própria família, prosseguiu: — Não existem regras de etiqueta nem bons moços. Estes são papéis para o dia, até o chá das cinco. Depois, as manchas que malham nossa pele começam a surgir, como os vampiros que vivem após o pôr do sol e os lobisomens que rondam nas noites de lua cheia. Todos nós nos transformamos ao cair da tarde. É o poder dos astros! O que posso fazer?

Rindo dos argumentos do companheiro, Theodoro ergueu a caneca de cerveja e elevou a voz grossa e potente.

— Amigos, brindemos! — E subiu mais a caneca. — Aos vampiros e lobisomens, nossos ancestrais.

Ouviu-se um ruído de tilintar de canecas e vivas, que foram logo substituídos por efusivos cumprimentos ao membro que se aproximava da mesa.

— Thiago, até que enfim! Como demorou! Já estávamos pensando que algo havia acontecido com você! — comentou Roberto. — Venha! Sente-se aqui ao meu lado, sua cadeira é cativa. E, amigo, cá entre nós, isso é muito mais sério que reserva de camarote no Teatro Municipal ou hora de visita à nossa boa amiga Paola. É sagrado.

— Sei, sei — disse Thiago acomodando-se com ar cansado. — De fato, estou atrasado. Não contava demorar-me tanto na casa de Verônica.

— Ahã, então estamos nesse nível? Agora é Verônica, não é mais "aquela moça"? Cuidado, amigo — advertiu Theodoro. — Está muito próximo do laço! Não vá cair na forca!

O comentário debochado do companheiro, diferente de todos os outros dias, não lhe soou bem; incomodou-o, desgastou-o, irritou-o e, ao ouvi-lo, um pensamento inédito lhe atravessou a mente: "Que estúpido! O que vim fazer aqui? Por que não retornei para casa? As conversas são sempre as mesmas e sem sentido".

Era impossível fugir à comparação entre o grupo de notívagos inveterados e inconsequentes e a jovem Verônica, tão franca, direta e que, mesmo sem uma beleza deslumbrante, era dona de uma presença instigante, agradável, fresca como os perfumes que usava. Como mudara sua visão sobre a "sua prometida" desde o dia em que a conheceu até o presente — e iam nesse interregno quase três meses. Descobrira-se noivo de uma mulher de desconcertante inteligência e cultura para os seus dezenove anos. Ao lembrar-se das primeiras declarações que ela lhe fizera, um sorriso aflorou em seu rosto, esquecido de onde estava. "Não gaste seu tempo com conversas inúteis nem em uma fingida corte, senhor Thiago. Economize seus galanteios e não minta para mim, assim como não estou mentindo para o senhor. Estou sendo constrangida a aceitar este casamento. Informo-lhe que nunca senti vontade de casar-me, com o senhor ou com qualquer outro homem, tampouco pensei ou me preparei para ser esposa. Não tenho nenhuma prenda do lar. Meus pendores apontam para outros interesses. Ocupo meus dias com estudos, leituras e esportes. Adoro cavalos. Não gosto de festas nem de ambientes sociais; prefiro teatro e música, portanto, também não serei uma anfitriã sempre disponível aos seus amigos. Entendo que isso é necessário aos seus negócios e, dentro dos limites, cumprirei essa obrigação. Espero que, com relação a filhos, o senhor seja tolerante, pois não pretendo tê-los em grande número."

Verônica falara tudo aquilo no *hall* de entrada da residência de Onofre Barros, precisamente no momento em que Thiago lhe beijava a mão e, encarando-a, se declarara encantado com sua beleza. Lembrava-se do choque que lhe causaram as palavras firmes e desassombradas da jovem, que não se intimidara, ainda que tendo o padrasto, a mãe e os futuros sogros como testemunhas. Fora como se, a um só tempo, alguém houvesse lhe arrancado todas as roupas, o deixado nu ante a mulher à sua frente e ainda houvesse acertado um soco forte em seu estômago. Perdera não só a fala, mas também o raciocínio.

Após superar o primeiro e constrangedor encontro com Verônica, Thiago, paulatinamente, aprendia a apreciar-lhe os dons do caráter, entretanto, não guardava ilusões. A jovem via nele apenas algo próximo a um "aluno". Mesmo assim, tornara-se agradável visitá-la; apreciava sinceramente sua companhia.

— Ih, olha só a cara do Thiago. — Continuou Theodoro rindo. — Atrevo-me a dizer que a corda lhe acaricia a pele do pescoço. Não concordam comigo?

Thiago voltou ao presente, intimamente agastado, mas exteriormente sorriu. Limitou-se a menear a cabeça, negando veemente as colocações do amigo.

— Odeio cordas, Theodoro. Além do mais, sou um noivo feliz. Quantos terão a mesma sorte que eu?

— Meu caro, não deve estar em seu juízo perfeito. — Apartou Roberto. — Noivo e feliz são duas palavras inconciliáveis; acrescentar-lhe "sorte" é total falta de bom senso.

Os outros dois, que observavam divertidos a troca de palavras do trio, não se contiveram e aplaudiram o aparte.

— Invejosos — ralhou Thiago. Fazendo-se passar por bravo, mas, ao mesmo tempo, extravasando um sentimento real com o qual não queria tomar contato, declarou orgulhosamente:

— Pois lhes digo que sou um noivo feliz e de grande sorte. Vejam meus motivos: me casarei com uma mulher jovem, saudável e muito, muito interessante, na companhia da qual até hoje não me senti entediado; receberei um belo patrimônio e um aumento nas rendas e retiradas mensais; ademais, Verônica declara frequentemente que não deseja prender-me em hipótese alguma, que eu jamais espere encontrá-la à minha espera e que nunca deverei lhe prestar informações ou explicações sobre o que faço na rua; tudo o que me pediu é que fosse discreto e nunca a fizesse passar vergonha publicamente. O que mais posso desejar?

Roberto calou-se, Theodoro sorriu e Mário, que até então apenas se divertira, bateu-lhe consternado no ombro e respondeu pesaroso:

— Uma mulher burra. Isso é o que você deveria desejar, mas não é o que sua noiva parece ser. Meu caro, você estaria melhor casando-se com uma mulher burra. Lamento sua sorte.

Um murmúrio de indignação tomou conta do grupo.

— Mário bebeu demais — dizia um.

— Está louco! — resmungou outro.

Até que Theodoro tomou novamente a caneca e ergueu-a em um brinde:

— Brindemos à santa Verônica, a esposa de um lobisomem!

Todos ergueram as canecas, menos Mário que, sorrindo com pesar para Thiago, insistiu:

— Se quiser ser livre, case-se com uma mulher burra. A inteligência é perigo e fascínio numa mulher. A beleza se esvai, a juventude e o frescor murcham, e tudo isso naturalmente restitui a liberdade a um homem, ainda que este se tenha tomado de alucinante paixão por ela. Mas a inteligência em uma mulher acorrenta ao seu pé qualquer homem, que fica feliz como um cachorrinho que ela acaricia e com quem brinca quando sente vontade. Mas depois, ela se afasta tão inteira e livre como quando chegou, enquanto, ressonando no tapete da sala, ele fica à espera da dona.

Alheio à algazarra do grupo, Thiago ouviu calado e, encarando Mário, comentou um pouco zombeteiramente:

— Você é dono de uma filosofia vulgar.

— Não, sou dono de uma sabedoria real. Tome cuidado com sua noiva; ela é inteligente. Sem que você perceba, pode apegar-se a ela e, creia-me, não há nada pior que amar uma mulher inteligente e não ser correspondido. Nenhuma outra terá graça; as mais belas o encherão de tédio em poucas horas, e em muitos casos, nem que os habitantes dos países baixos queiram — Mário lançou um olhar sugestivo às próprias calças —, você não suportará a presença delas tempo bastante para satisfazê-los. Entende?

Thiago entendia perfeitamente e sentia que havia razão nas palavras cruas do amigo. Dando voz aos pensamentos, respondeu:

— Creio que sei do que fala.

— Então, siga meu conselho: se de fato quer se manter livre, afaste-se de mulheres inteligentes. Prefira aquelas que lhe acorrentem os sentidos, pois esses a natureza dará conta de libertá-los. As que acorrentam a mente domesticam a alma; não há como lhes apagar a presença. Seu fascínio resiste ao tempo, digo até que aumenta com ele, e isso é o horror.

Thiago olhou para o amigo; parecia que o estava vendo pela primeira vez. Observou que ele tinha discretos fios de cabelos brancos nas têmporas, linhas se acentuavam ao redor dos olhos e que sua expressão, costumeiramente jovial, disfarçava bem um íntimo amargurado que se mostrava em um olhar opaco no qual o brilho era sempre fugaz.

"Mário é triste e solitário. Como nunca vi isso antes?", pensava Thiago admirado, encarando o amigo. "Deve ter uma razão para dizer o que disse. Será que é apaixonado por alguém e não ousa confessar... Não... bom Deus... é ainda pior. Ele não é correspondido. Um boêmio que não passa de um desventurado. Será que sua alegria é falsa, conquistada à custa de bebida? E que sua solidão é mascarada pelas cartas do baralho e pelas prostitutas? Ele é uma farsa!"

Enquanto Thiago pensava, Mário rapidamente integrou-se à algazarra dos companheiros, reassumindo seu papel de *bon vivant*. A criatura transformara-se, e o ser profundo, que viera à superfície como um boto para respirar, voltara a mergulhar nas profundezas de um mar escuro e pessoal.

Ao chegar à casa de madrugada, Thiago, pela primeira vez, pôs-se a pensar na atitude da mãe, que sempre o esperava, e comparou-a com a apregoada por sua noiva. Mesmo desconhecendo a rotina de seu lar, Verônica antecipara-se, informando-o de que havia um tempo contado na vida dele com alguém a esperá-lo de suas noitadas.

"Mulheres burras ou inteligentes?", questionava-se ele, olhando para a mãe adormecida. E, pela primeira vez em sua vida, olhou para a mãe como uma mulher.

"Ela já foi moça... como terá sido antes de eu nascer? Será que ela mudou?"

Um estalido de madeira chamou sua atenção para a escada que levava ao piso superior trazendo-lhe a lembrança paterna.

"Ela é a esposa do meu pai, mas o deixa sozinho por minha causa. Por que terão se casado? É mesmo... nunca pensei nas razões de meus pais terem se casado nem como eles viviam antes de eu nascer. Que loucura!" Acudiram-lhe, então, recordações da infância. A mãe sorrindo amorosa para o pai; trocas de olhares à mesa do jantar, que, agora adulto, ele conseguia decifrar facilmente como sendo olhares de amantes. Depois, foi notando um esfriamento emocional no conteúdo de suas memórias, que era dominado inteiramente pela figura materna sempre o cercando de atenções, cuidados e cobranças. Nesse ponto, Thiago deu-se conta de que, conforme ele foi crescendo, a mãe fez dele o sol de seu universo, apagando a figura do marido e seu próprio papel de esposa.

Sentiu-se mal ao constatar o rumo de seus pensamentos. Um peso insuportável abateu-se sobre seus ombros, e, sem perceber, Thiago curvou-se. A cabeça do rapaz pendeu, e seu olhar fixou-se nas tramas do desenho floral do tapete.

"Senhor, como estou cansado", constatou Thiago. "Deve ser por isso que estou aqui pensando nessas coisas. Vai ver a bebida não estava boa e eu nem notei. Amanhã, tudo há de voltar ao normal."

Alimentando esses pensamentos, acercou-se da poltrona onde dona Augusta dormia e acordou-a gentilmente como sempre fazia, iniciando os jogos costumeiros do relacionamento.

Porém, ao deitar a cabeça no travesseiro, a questão voltou a afligir-lhe a mente, e a voz de Mário soou nítida em sua memória como se discursasse: "Se quiser ser livre, case-se com uma mulher burra. A inteligência é perigo e fascínio numa mulher. A beleza se esvai, a juventude e o frescor murcham, e tudo isso naturalmente restitui a liberdade a um homem, ainda que este se tenha tomado de alucinante paixão por ela. Mas a inteligência em uma mulher acorrenta ao seu pé qualquer homem, que fica feliz como um cachorrinho que ela acaricia e com quem brinca quando sente vontade. Mas depois, ela se afasta tão inteira e livre como quando chegou, enquanto, ressonando no tapete da sala, ele fica à espera da dona. [...] sou dono de uma sabedoria real. Tome cuidado com sua noiva; ela é inteligente. Sem que você perceba, pode apegar-se a ela e, creia-me, não há nada pior que amar uma mulher inteligente e não ser correspondido. Nenhuma outra terá graça; as mais belas o encherão de tédio em poucas horas, e em muitos casos, nem que os habitantes dos países baixos queiram — Mário lançou um olhar sugestivo às próprias calças —, você não suportará a presença delas tempo bastante para satisfazê-los. Entende? [...] Então, siga meu conselho: se de fato quer se manter livre, afaste-se de mulheres inteligentes. Prefira aquelas que lhe acorrentem os sentidos, pois esses a natureza dará conta de libertá-los. As que acorrentam a mente domesticam a alma; não há como lhes apagar a presença. Seu fascínio resiste ao tempo, digo até que aumenta com ele, e isso é o horror".

Parada em frente ao espelho, Verônica contemplava-se sob o véu que a tia terminava de arranjar.

— Pronto — declarou Eulália, afastando-se da sobrinha para admirá-la. — Ficou muito bem. Como você queria: simples, elegante e sóbria.

— Concordo. Não há qualquer razão para ser diferente. Odeio aqueles estardalhaços de fitas, flores e rendas. Sei muito claramente os objetivos e motivos pelos quais participarei da cerimônia. Aliás, já é tempo de que se deixe de precisar da igreja para esse fim. É absurdo.

— É verdade, mas, desde a Antiguidade, os homens comerciam com o divino, e não vejo mudanças significativas em nível social para que se possa esperar, com um mínimo de possibilidades, que a Igreja abandone esse lucrativo negócio de casamenteira. Ademais, o povo gosta. Daqui a pouco, ao vê-la entrar na catedral, você verá dúzias de matronas enxugando lágrimas como se nenhuma delas soubesse como se dão os casamentos e o tanto que valem os votos professados no altar. — Eulália sorria, ainda admirando a sobrinha. Ambas tinham o rosto sereno e a expressão calma. Depois, divertida, arrematou com toque de ironia. — São a hipocrisia e a ilusão do ser humano; são as maiores construções da Terra, minha querida. Nem as pirâmides do Egito se comparam a elas. É algo fabuloso.

Verônica concordou e contemplou sua figura jovem, pequena e delgada — para desgosto de sua mãe, que vivia a empurrar-lhe comida, lembrando-a de que tinha aspecto doentio por ser magra, porte realçado pelo vestido claro, cor de pérola, em seda e cetim, muito simples, cujo único adorno era o laço que prendia um delicado arranjo de camélias brancas na cintura. Depois, observou o véu de renda italiana que lhe escondia o rosto, descendo até a altura dos seios, e que, nas costas, acompanhava a bainha do vestido, preso por uma guirlanda com o mesmo tipo de flor que ornamentava o vestido. Por fim, deteve-se nos cabelos arrumados com simplicidade, que caíam lisos e soltos pelas costas.

Verônica tocou o colar de pérolas que lhe enfeitava o colo; eram frias, simples, duras. "É preciso enxergar a vida como uma pérola: fria, simples, dura, mas que, apesar de tudo, nos emociona de uma forma que não sabemos explicar. Talvez porque ela seja viva, embora algo tenha morrido para que a tenhamos. Talvez porque seja fruto de um processo natural e lento, que se dá no fundo do oceano, longe do toque humano, ou porque ela é guardada nas entranhas de um animal. Ou, ainda, porque alguém arriscou a vida para trazê-la à superfície. Não sei... mas ela tem uma carga emocional que nenhuma pedra preciosa possui. Deve ser porque as pérolas não são pedras; elas são ou foram seres vivos. Simbolizam a vida, a morte e uma vida transformada; passam por dois mundos: o fundo do mar e a superfície da terra... É... a vida precisa ser vista como pérolas, sem ilusões, o que não impede que existam sentimentos. É preciso conhecer os processos, pois isso nos possibilita equilíbrio. Tia Eulália tem razão. Daqui a pouco, muitas amigas de mamãe secarão lágrimas com lenços rendados. Chorarão por mim? Não creio. Estou bonita, mas não bela para levar alguém às lágrimas, coisa que nem desejo. É provável que chorem por suas próprias vidas e pela incapacidade de se libertarem das ilusões; serei apenas a justificativa para os outros e para elas mesmas. Que triste!"

— Vamos, tia, está na hora, e não quero me atrasar um minuto sequer. Que ninguém pense que não sei o que estou fazendo. Minha paciência com as práticas e os jogos sociais é muito limitada — declarou a noiva decidida, voltando-se para encarar Eulália.

— Você está bem, minha filha? — questionou Eulália, segurando as mãos da sobrinha e encarando-a firmemente. Um ar de satisfação conferia-lhe uma expressão singular ao perceber que Verônica não fugia ao seu olhar nem se alterava; ao contrário, sorria, calma e confiante. — Jura? De verdade?

Verônica riu alto da insistência da tia e, apertando-lhe gentilmente as mãos, declarou segura:

— Juro. Estou muito bem, de verdade.

Um suspiro antecedeu o largo sorriso de dona Eulália, que soltou uma das mãos com a qual apanhou o chapéu que completava seu traje. De mãos dadas com a sobrinha, afastou-se do quarto e, descendo os degraus, recebeu uma calorosa salva de palmas dos escravizados e empregados domésticos, que, espontaneamente, a aguardavam perfilados ao pé da escada para homenagear e despedir-se da jovem que deixava a casa.

Uma hora e meia depois, Verônica e Thiago erguiam-se do genuflexório. Ao estender a mão ao marido, a jovem continuava tão calma e serena como estivera desde o amanhecer, mas não conseguiu se furtar a um sorriso quando notou que a mão de Thiago tremia ao deslizar a aliança de ouro por seu dedo. Surpreendeu-se ainda mais quando foi a sua vez de pegar-lhe a mão; sentiu-a fria, suada e trêmula.

"Pobre Thiago! Está nervoso", pensou ela. E, no afã de aquietá-lo, encarou-o com segurança, sorriu e apertou-lhe a mão com um carinho fraternal antes de pronunciar os votos que o padre ditava.

Thiago tinha no peito o coração aos saltos; estava empapado de suor, desconfortável, uma inquietação estranha e desconhecida percorria seu ser e, em meio a todas essas sensações, não conseguia pensar. Tinha medo de que as pernas não o obedecessem e nunca mais conseguisse sair da frente do altar. Entretanto, ao contemplar o olhar sereno e seguro de Verônica, todo o estranho mal-estar passou como por encanto, deixando-o apenas muito, muito cansado e com a boca seca.

Fora a noiva quem dera o primeiro passo em direção à saída, e, embora fosse Thiago a amparar-lhe o braço, na verdade era Verônica a conduzi-lo. O rapaz nem ao menos viu dona Augusta, que chorava copiosamente como se estivesse em um funeral.

Durante a recepção que seguiu ao enlace matrimonial, Thiago bebeu muito. Mostrava-se alegre e falante, porém, mesmo em meio ao alvoroço da festa, entre centenas de convidados, ele só conseguia enxergar a simplicidade, a calma e a sobriedade de Verônica, que participava com educada distância de tudo aquilo.

"Que mulher estranha. Ela é tão diferente de todas as outras; parece tão senhora de si. Na igreja, eu me senti uma criança amparada, e Verônica é tão jovem."

Quando chegou a hora de se despedirem, Thiago, finalmente, notou os olhos inchados e vermelhos da mãe contrastando vivamente com dona Margot, que, por assim dizer, era o espírito da festa. Enquanto isso, dona Eulália, que mais parecia a mãe de Verônica pela semelhança de comportamento — discreto e elegante —, conversava com a sobrinha.

— Mamãe, pare de chorar — ralhou Thiago ao ouvido da mãe quando a abraçou. — Veja, as outras senhoras estão felizes.

— Elas não estão entregando um filho — resmungou dona Augusta chorosa. — O que será da minha vida? Sentirei tanto a sua falta...

— Psiu. Eu não estou morto, mãe. A senhora verá que tudo ficará bem...

— E essa moça, meu filho? Será que ela cuidará bem de você? É tão jovem! E tão... tão... fria. Não se preocupa com você. Não a vi servir-lhe uma só vez durante a festa. Nem uma taça de vinho! Aliás, nunca a vi tomar nenhum cuidado com você. Como será agora morando na casa dela? — E, entre mais resmungos e lamentos, desfez-se em lágrimas e preocupações com o comportamento futuro da nora.

Verônica observava a cena e, mesmo sem ouvir o que sussurravam, compreendeu pela forma como dona Augusta se agarrava ao filho e pela expressão de extrema tolerância e um incontido prazer do sogro que o caixão iria baixar à sepultura. Trocou um olhar de entendimento com a tia, que sorriu compreensiva e, adiantando-se aos demais, declarou:

— Foi uma linda festa! As famílias dos noivos estão de parabéns, mas já é tarde. Preciso me retirar, estou cansada. — E começou a despedir-se dos familiares mais próximos que cercavam os recém-casados.

Depois dela, outro parente próximo da família Porciúncula decidiu despedir-se e, por fim, restaram apenas dona Augusta, ainda agarrada ao filho, Manuel, Onofre e dona Margot, que, contagiada com a emoção, também deixava lágrimas deslizarem pelo rosto, mas somente porque via a outra chorar. Verônica esforçava-se para manter a paciência e a educação.

Vendo os laivos de irritação controlada que brilhavam vez ou outra no olhar da enteada, Onofre riu intimamente feliz.

"Estou livre dessa pequena megera. Graças a Deus! Essa aí puxou em tudo à cobra da tia. Nunca consegui entender as declarações de amor que o finado Vitório deixou por todos os lados daquela mansão nem a fortuna que entregou a ela. E em seu testamento ainda disse: 'Como preito de eterna gratidão pela imensa felicidade que tinha tido a seu lado'. Pobre coitado! Era um italiano rico e estúpido. Nunca suportei os modos de Verônica; são iguais aos de Eulália e ainda há quem diga que sangue não faz diferença."

Verônica, por sua vez, controlava-se pensando que, doravante, seriam poucos os momentos em que precisaria suportar aqueles comportamentos estúpidos. Nunca tivera qualquer afinidade com o padrasto, tão baldo de inteligência quanto sua mãe. Ambos se moviam pela vaidade, e o anseio de aparecer, de serem notados, os fazia cair, frequentemente, numa posição ridícula como bobos da corte. Em tudo se julgavam entendidos e opinavam irrefletidamente. Eram muito superficiais, e com eles Verônica nunca tivera uma convivência íntima, tampouco desenvolvera pelos dois mais do que o respeito aos mais velhos. Sua família afetiva fora os tios, e isso abrira ainda mais o precipício emocional entre eles.

"É a liberdade. É certo que terá seu preço, mas é muito menor do que o pago até hoje. Casei-me para ser livre e dona integral da minha vontade; não preciso mais obedecer fingidamente a ninguém."

Cansado do descontrole da esposa, Manuel afastou-a do filho e, dirigindo-se a Thiago, disse:

— Vá, meu filho, sua mulher está esperando-o. Sejam felizes. Cuidarei de sua mãe. Pode ir.

Verônica sorriu agradecida ao sogro pela intervenção na cena que estava se tornando constrangedora. E, de braços dados com Thiago, a jovem ingressou no coche que os levaria à nova residência. Alívio foi o que sentiu ao cruzar os portões, deixando, enfim, a casa do padrasto.

Confortavelmente instalado na saleta que Verônica muito apreciava e em que se esmerara na decoração clara, leve e agradável, conferindo ao ambiente um aspecto relaxante, Thiago observava a face rosada da esposa.

"Que mulher estranha! Nunca convivi com alguém assim. Disparado, Verônica é a pessoa mais satisfeita que conheço. Está sempre de bom humor, calma. Os serviçais a adoram. Não a vejo mandar; ela sempre solicita, pede. Faz o que bem entende, não me pede permissão para nada, tampouco me faz cobranças. É estranho viver dessa forma... tão livre. Se saio, ela não me pergunta para onde vou nem a que hora volto. Descobri que, se estou em casa na hora das refeições, as fazemos juntos como convém em um lar, mas, se não estou no momento em que a mesa é posta, preciso pedir a um dos escravizados quando chego... Nunca havia feito isso até agora. É bom, é muito bom. Saímos juntos com frequência desde que nos casamos..." Nesse ponto de seus pensamentos, Thiago interrompeu-se surpreso com a constatação de que fazia cinco meses que era um homem casado.

"Cinco meses! Como o tempo passa! Ainda sou capaz de sentir frio na barriga só ao me aproximar da catedral, e já se foram cinco meses! Todo esse tempo, e nunca discutimos; nenhuma contrariedade. Verônica é uma companheira encantadora, tão generosa... Aprendo muito com ela. Há um ano, julgava ser impossível frequentar espetáculos culturais e corridas de cavalo e, pior, gostar. Hoje, fui eu que a convidei. Conversamos bastante, embora eu sinta que existem lugares em Verônica onde nem ao menos arranho e, certo, ela é uma mulher inteligente e dona de um saber admirável. Será que isso me faz julgá-la mais bela agora do que quando nos conhecemos? Não sei, mas não tenho dúvida de que está mais bonita. Ela é muito diferente de mamãe; é feliz consigo mesma, cuida dessa felicidade sozinha e simplesmente compartilha esse estado com todas as pessoas com quem se relaciona. A satisfação nasce e cresce nela; mamãe se satisfazia com as coisas que realizava para mim e, por isso, do modo dela, com muito carinho, cobrava como se eu existisse para fazê-la feliz, para fazer o que ela desejasse. Mesmo adulto, senti dessa forma em muitas ocasiões, até quando ela me esperava à noite, fingindo não saber de onde eu vinha. Pobre mamãe! É pena que tenha tamanha aversão a Verônica; ela teria muito a aprender com essa moça de tranças longas. Acho que posso dizer que sou um homem feliz no casamento."

Thiago continuou a admirar a serenidade da esposa, que lia sentada numa poltrona ao lado da janela. A luz que ela usava para ler refletia-se em seus cabelos escuros trançados e na pele alva do pescoço e colo descobertos pelo decote do vestido amarelo. Alheia à atenta observação do marido, Verônica mantinha-se absorta no livro, virando lentamente as páginas, o que demonstrava que ela estava ponderando cada frase escrita. Lia com a mente e os olhos, comungando do pensamento do autor.

"Verônica gosta de cores bem definidas", pensava Thiago correndo o olhar pelo corpo da mulher, recordando-se de outras peças do guarda-roupa dela que apreciava.

Os dias do casal transcorriam em harmonia. Desde o primeiro momento da relação deles, Verônica impôs uma franqueza lindeira de um comportamento rude, entretanto, justo isso criara entre eles as condições de confiança mútua e respeito que amadureciam. O casamento era de conveniência e pró-forma, mas a amizade era real.

Mas se aqueles cinco meses haviam sido de felicidade e descobertas para Verônica e Thiago, o mesmo não se aplicava aos Fontes, que viviam mergulhados em luto, perda, solidão e insatisfação, vivendo um casamento que os infelicitava e conduzia os cônjuges ao rancor.

O pequeno Jerônimo passara a receber mais atenção do pai, porém Geraldo, despreparado para lidar com as questões da infância, julgava que, tendo o filho por acompanhante o dia inteiro, estava sendo um bom pai. Ele, contudo, não percebia o olhar cansado e entediado do menino, que, triste e calado, seguia a seu lado.

A família Porciúncula havia tido uma leve melhora, porém o velho problema não fora resolvido; apenas adquirira forma nova como um falsário que se esmera nos trajes para cometer seus crimes, enganando os incautos de boa-fé.

Capítulo 13

ALICERCES DO FUTURO

As qualidades adquiridas e que se desenvolvem lentamente em nós são os laços invisíveis que ligam cada uma de nossas existências uma à outra.[15]

Viver é uma grande obra que poucos realizam com consciência e sabedoria. A grande maioria, ainda nas faixas da inconsciência e irreflexão, vive por viver ou pura e simplesmente porque amanheceu sem que tenha morrido de forma estúpida e inesperada. Triste constatação, bem sei, e mais triste ainda é considerá-la uma verdade, por isso prefiro vê-la como uma constatação momentânea que se modificará no futuro.

É do senso comum a ideia quase intuitiva da existência de vidas materiais sucessivas interligadas e justificando o presente. Impõe-se retirar esse conceito do estado intuitivo e trazê-lo para a luz da racionalidade. Chega de pensar em reencarnação apenas como o fecho-éclair que une as partes de um vestido. A reencarnação é, antes que uma explicação de fatos, uma explicação de cada um de nós. Ela não une partes de histórias; ela torna íntegro o caráter aparentemente incompleto ou dividido de alguém.

A cada momento, podemos abrir alicerces para uma nova construção, colocar tijolos em uma parede ou dar retoques finais em algo

15 CHASERAY, Alexandre. Conferências sobre a alma. **Revista Espírita**, ano XI, p. 285, set. 1868. Disponível em: https://www.oconsolador.com.br/linkfixo/bibliotecavirtual/revista-espirita-1868.pdf. Acesso em: 13 nov. 2024.

em fase de acabamento. Podemos fazer tudo isso em um mesmo dia, tal qual um operário numa construção, sem, contudo, mudar a personalidade do indivíduo, embora se requisite em cada tarefa uma habilidade diferente e específica. A construção somos nós mesmos — a grande obra do aperfeiçoamento do espírito imortal. Nela, somos chamados a cada instante a trabalhar, e, quando temos consciência do que estamos fazendo na Terra e que aqui não viemos em viagem de férias, o tempo torna-se uma argamassa preciosa a unir as oportunidades e entrelaçar nossas construções, não mais algo que contamos usando os ponteiros do relógio e as folhas do calendário.

É por meio da reencarnação que conseguimos entender quem somos, unir o ego superficial ao ser profundo, entender essas criaturas que habitam em nós e disputam espaços. Lendo-nos, deciframos o enigma da vida: a reencarnação. Em cada estrutura do nosso ser há uma experiência, uma vivência, uma etapa da construção. Como um leitor ocasional, que apanha um livro descuidadamente, sem escolher, abre-o ao acaso, para passar o tempo, e se sente atraído pelo texto e vai se enfronhando nele de um trecho em diante, encontrando ali prazer, esclarecimento. Usando a inteligência, ele retorna à página inicial e reconstitui toda a trajetória, vendo que folha a folha, página a página, a história estava interligada, se construía. E, conforme a conhece, diminui a distância entre a superfície e o profundo, subsumindo numa integração constante.

Investigue profundamente suas tendências, seus temores, suas antipatias, suas simpatias, seus gostos e o que mais desejar em si e procure suas nascentes — elas o levarão à certeza de que algo se fazia antes de você nascer e de que chegou aqui como uma página em branco, mas isso não significa um livro em branco e, sim, um texto em elaboração, em que cada página se prende à anterior.

Portanto, não analise a reencarnação apenas com base em uma sequência de fatos; eles só importam na medida das intenções com que foram produzidos, dos sentimentos desencadeados e das consequências advindas vistas tempos depois, quando, com segurança, se pode apreciar os resultados das ações humanas. Analise-a, em si, no seu dia a dia. Mudar algo que nos incomoda não depende de ninguém;

depende apenas da nossa vontade. A reencarnação não é para ser suportada ou sofrida; é para ser vivida e aproveitada na tarefa consciente de crescimento pessoal.

Muito frequentemente, pessoas querem salvar o filho, o marido, o pai, a mãe, um amigo, e alguns, inadvertidamente, querem "salvar o mundo". Entendendo a reencarnação, esses indivíduos compreenderão a sabedoria divina que demonstra de todas as formas que, ao se fazer as coisas uma a uma, se realiza mais e melhor do que querendo aos centos ou aos milhares. A reencarnação é o mecanismo de progresso de um a um ao qual todos nós estamos sujeitos.

Resumindo, nosso modo atual de ser fala sobre as linhas escritas no passado, e isso não descarta a influência da educação familiar, mas soma-se e, frequentemente, a suplanta.

Isso é o que se dava com nossos personagens, que abriam amplos alicerces para o futuro, cada um a seu modo e com plena liberdade.

— Senhores, hoje é por minha conta! — declarou Thiago ao costumeiro grupo de amigos das noitadas na capital. — Vamos aproveitar!

— O que houve? — indagou Mário curioso. — Pretende esquecer a companhia de Verônica, ou a ausência dela, em litros de...

— Até cachaça da boa serve, meu amigo! — Atalhou Thiago sem esconder uma leve irritação.

— Ih! É por isso que não me caso... Mulheres em casa a qualquer título é garantia de incômodo. São ótimas para visitas breves; algumas horas, duas ou três vezes por semana é mais do que suficiente — comentou Roberto com a intenção de ser solidário. — Conte-nos o que aconteceu. Chegamos a pensar que você, de fato, estava feliz com sua famosa megera.

— Não chame Verônica desse nome — advertiu Thiago sério. — É uma injustiça.

— Hum... — murmurou Mário, encarando-o seriamente, como se conhecesse com profundidade a expressão desolada do olhar do amigo e entendesse o que se passava em seu interior, sem que para isso fossem necessárias palavras ou explicações. Sorriu e, dando-lhe um tapinha amistoso no ombro, declarou: — Beber nos ajuda a esquecer o que nos incomoda por algumas horas, mas não resolve. Você decide! Sou seu amigo leal, de todas as horas: vamos beber ou conversar?

Thiago enfrentou o olhar do amigo e pensou por alguns instantes. Saíra da firma disposto a beber com os amigos como nos velhos tempos, o que, aliás, vinha perdendo o sabor paulatinamente. Mantinha o hábito de encontrá-los, frequentavam os mesmos lugares, tudo estava absolutamente igual e, paradoxalmente, perdera muito do gosto, da alegria e do prazer anterior. Insistia no comportamento sem saber a razão, talvez por rotina, porque o esperavam ou porque havia uma fama de *bon vivant* a manter.

"Definitivamente, é um dia diferente. Mário disposto a conversar? Conversar sobre o quê? Nem eu mesmo sei. Falar... será que isso ajuda mesmo?", pensava Thiago, correndo o olhar pelo salão do clube. "Tudo igual", constatou e voltou sua atenção ao movimento dos garçons, a maioria imigrantes com forte sotaque italiano ou português. O pianista dedilhava as mesmas canções de todas as quartas-feiras; ele as conhecia de cor. Nas outras mesas, os rostos de sempre. No ar, o mesmo burburinho; algumas expressões mais ruidosas e deselegantes sobressaíam-se de tempos em tempos, fugindo da boca de um jogador apaixonado ao receber uma carta de naipe muito alto ou muito baixo, ao ganhar ou perder uma rodada. "Interessante... será que eles sabem tão pouco que, para expressar desgosto ou alegria, tenham só as mesmas palavras? É o modo como elas soam aos ouvidos que permite saber o que se passa. Criaturas pobres! Devem ser muito enfadonhos."

Enfado com seu estilo de vida. A constatação da mesmice era o sentimento que o dominava e o incomodava profundamente havia dias. "Conversar com Mário? Meu Deus, o conheço há anos, nos falamos várias vezes por semana, mas nunca conversamos. Só banalidades. A vida me atropela, me leva a cabresto, é o que diz Verônica, e ela tem razão. Que estupidez me sentar meses... Meses? Qual nada! Sentei-me por anos a fio nesta mesa com esses homens, e, pela primeira vez, um deles se dispõe a conversar comigo... e eu não sei, não consigo me decidir."

Mário observava consternado a expressão apatetada de Thiago e decidiu por ele, anunciando aos outros:

— Bebam por mim e por Thiago! Nós vamos sair.

— Essa é boa! Você vai levá-lo logo quando ele se propõe a pagar a noitada? O que aconteceu com você? Foi à missa e está querendo ser o bom samaritano, é?

Mário balançou a cabeça em negativa à provocação debochada de Roberto. Calmamente, levantou-se, tomou Thiago — que continuava aparvalhado — pelo braço e se despediu.

Na calçada, ao colocar o chapéu, comentou:

— Há criaturas que parecem viver para afrontar a medicina e a ciência. É difícil crer que tenham algo na cabeça e sejam fruto de um processo de evolução da natureza. Mas fato é que perderam o rabo e não andam penduradas nos galhos!

— Não seja cruel! — ralhou Thiago. — Roberto é nosso amigo.

— Amigo? Fale por você. Eu o tenho na conta de um companheiro; é uma relação diferente.

Thiago nunca se dera ao trabalho de refletir sobre suas relações; simplesmente ia vivendo, encontrando um aqui, outro acolá, e qualquer pessoa com quem não tivesse vínculos de parentesco era seu amigo. Mas também ali, sob o sereno da noite, julgou não ser o momento de descobrir as inúmeras variações nos relacionamentos humanos e o que se denomina amizade. Em seu estranho estado de espírito, seguiu Mário, em silêncio, pelas ruas até chegarem à porta de uma taberna mal iluminada e pouco frequentada, visto o grande número de mesas vazias.

— Entre. — Comandou Mário, parando ao lado da porta e indicando que o precedesse. — Garanto-lhe que é um local de confiança; apenas é pobre.

Thiago ingressou no salão constatando a veracidade do conceito. Havia ordem e uma certa limpeza, considerando o tipo de estabelecimento onde tal requisito não era valorizado.

Mário caminhou com familiaridade pelo local, dirigindo-se a uma mesa num canto, bastante reservada e mais bem iluminada. Sentaram-se frente a frente, tendo ao meio uma pequena mesinha coberta com uma toalha vermelha. Thiago apanhou um arranjo artesanal, gasto e desbotado, e sorriu.

— O que é isso?

— Um arranjo — respondeu Mário.

— Lógico. Eu sei, estou vendo, mas o que faz um arranjo aqui?

— O mesmo que faz sobre qualquer outra mesa, senhor — respondeu secamente uma mulher com um vestido marrom de decote alto e mangas longas, deixando à mostra apenas o pescoço esbelto, o rosto atraente e sério, os cabelos presos em uma rede preta e as mãos maltratadas pelo trabalho. Segurando sobre o braço um pano de prato imaculadamente branco, aproximou-se da mesa e perguntou: — Desejam beber alguma coisa?

— Boa noite, Cosette.

— Boa noite, senhor — respondeu ela mantendo a mesma fria distância e encarando-os com os grandes olhos cor de mel francos e desafiadores.

— Como está seu marido hoje?

— Passa bem, senhor Mário. Obrigada.

Mário olhava com admiração a mulher parada ao lado da mesa. Digna em seus trajes surrados e no ambiente "escuso", onde tudo dava a entender, ela trabalhava. Thiago, surpreso, avaliava a aparência de Cosette.

"Nome esquisito", pensava. "Mas uma mulher bonita, pálida, muito severa... diferente."

Não prestou atenção ao pedido do amigo e, assim que Cosette se afastou, voltou a encará-lo. Thiago deparou-se, admirado, com um brilho revelador no olhar do amigo acompanhando a mulher que se distanciava da mesa a passos rápidos.

— Ah! Descoberto um dos seus mistérios! É sua amante?

Mário voltou o olhar perplexo para Thiago; em sua face se lia claramente a indignação que a sugestão lhe causara.

— Cosette não é mulher para ser amante, Thiago. E, por Deus, não repita jamais essa ideia.

— Desculpe, mas não pude deixar de notar a forma como a olhou quando ela nos deu as costas. Devo ter interpretado mal, mas seu olhar seguiu cada movimento do corpo dela. Você parecia hipnotizado. Julguei que houvesse algo. Afinal, este lugar é tão... estranho.

— Lembra-se de quando lhe falei que deveria se casar com uma mulher burra se realmente quisesse manter-se livre?

— Se me lembro? Não há dia em que, ao menos por alguns minutos, não pense em suas palavras — declarou Thiago jogando as costas contra o espaldar e balançando-se nos pés traseiros da cadeira.

— Foi Cosette quem me fez pensar daquela forma. Conheci-a há alguns anos; ela era uma jovem, que, na época, tinha a idade de sua esposa. O pai dela era um imigrante francês; abriu um comércio de pães e alimentos próximo de onde moro...

— Está explicado o nome estranho — interveio Thiago, observando o amigo com atenção. Não era difícil ver que o assunto era tratado com seriedade.

— Bem, sendo vizinhos, era inevitável conhecer Cosette. Nós nos encontramos na rua. A alegria e a jovialidade dela chamaram minha atenção. Era encantadora, espontânea, e logo descobri que era também inteligente e interessante. — Neste ponto, ele fez uma pausa, pois Cosette regressava trazendo as bebidas em uma bandeja. — Obrigado, Cosette.

Ela limitou-se a baixar a cabeça em resposta ao agradecimento e retirou-se.

— Encurtando a história, em poucos meses eu estava perdidamente apaixonado pela minha jovem vizinha e não encontrei nenhuma moça que me encantasse como ela em todos esses anos.

— E como se explica isso? — indagou Thiago, fazendo um gesto contido que indicava o ambiente da taberna.

— Eu era ainda mais imaturo do que sou hoje, sendo assim não soube avaliar o que sentia e o que poderia ter vivido; o quanto teria sido bom. Fugi de mim. Veja que estúpido. Tentei o impossível. O resultado: continuei com a "liberdade" e a vida que levava e achei melhor afastar-me. Depois de um ano, soube que ela estava casada com um bom homem. Passaram-se vários anos sem que tivesse notícias dela. Como pode ver, Cosette mudou-se da rua onde moro. Há dois anos, um conhecido convidou-me para vir aqui e a reencontrei. O marido dela sofreu um acidente; trabalhava em construções e caiu de um andaime. Agora, vive em cadeira de rodas e fala com dificuldade. Ela começou a trabalhar aqui, e o antigo dono, ao morrer, lhe deixou esta taberna de onde ela tira o sustento.

Thiago emudeceu. A história ia além de qualquer expectativa. Não precisava perguntar se o amigo se arrependera da decisão do passado, pois isso estava implícito em cada linha do seu rosto. Não sabia o que dizer.

— Você a ama? — perguntou por fim.

— O que é o amor? Não sei. Acho que, por medo, fugi da oportunidade de conhecê-lo, mas vivi sempre à sua sombra, e isso deixa um frio na alma, um vazio e uma tristeza indefinível. Não há lembranças na minha vida. Entende?

— Nunca pensei em lembranças na minha vida. Não tenho certeza se entendo o que quer dizer.

Mário levou a bebida aos lábios, sorveu um gole, e um sorrisinho triste se desenhou em seu rosto.

— Lembranças são o nosso passado. O resultado do que fizemos de nossas vidas. É o que existe na eternidade.

Thiago sorriu e, tentando descontrair a conversa, comentou:

— Nunca o imaginei um filósofo, Mário. Um brinde a uma noite de surpresas.

Mário ergueu o copo, aceitando o brinde, e prosseguiu:

— É o que me resta fazer nas madrugadas solitárias, além de ouvir o uivo do vento no inverno. Ser um boêmio foi uma opção; agora é quase como um casaco ou outra pele que preciso carregar, e as pessoas julgam que nenhum boêmio pensa. É bem verdade que são poucos, mas existem. E como eu lhe dizia: o passado é o que existe na eternidade, é o que sustenta o presente, uma vez que o futuro ainda está por construir. As lembranças falam de coisas significativas; você não se lembra de fatos sem importância, banalidades do dia a dia. E eu tenho consciência de que minha vida é pobre de lembranças; meu passado é feito de grandes vazios, ou seja, minha vida é carente de significado. Olho para trás e vejo muito pouco. Lembranças de família, pai, mãe, irmãos, mas eles têm suas vidas das quais participo como convidado. Tenho rendimentos que me permitem viver com pouco esforço; basta que eu cuide do que recebi como herança e, mesmo o que construí de material tem pouco significado. Gosto, lembro que foi bom realizar um certo negócio, mas é só. Dali não segue mais nada, não há transformações, não há retorno, sabe?

Thiago começava a entender. O desabafo de Mário dava voz ao caos em seus pensamentos e sentimentos. Identificava-se com ele e agora reconhecia as razões do enfado.

— Sei, acho que é exatamente o que estou vivendo.

Conversaram longamente. Os frequentadores da taberna entraram e saíram, as horas avançaram, e somente quando Mário voltou a procurar Cosette com o olhar, encontrando-a sentada discretamente atrás do balcão, tricotando, foi que percebeu que o lugar estava vazio e já era tarde. Ergueu-se e foi até ela, enquanto Thiago observava seus movimentos.

— Perdão, Cosette — pediu ele suavemente, apoiando-se no balcão. — Deveria ter avisado que era tão tarde e estava na hora de irmos embora. Meu amigo precisava conversar e não me lembrei de nenhum lugar melhor do que aqui. Desculpe, não tinha a intenção de fazê-la atrasar-se tanto.

— Não se preocupe, estou acostumada.

A voz calma e segura da mulher surpreendeu Thiago pelo tom suave que antes não percebera. Ouviu quando ela cobrou o valor das bebidas e a breve discussão com Mário por ele não aceitar o troco. De seu canto na mesa, Thiago sorriu ao recordar a história que iniciara toda a conversa. Não se surpreendeu, quando, à saída, Cosette os acompanhou e Mário insistiu em levá-la à casa dela, que ficava próxima.

Na curta caminhada, Cosette revelou-se a mulher interessante que o amigo descrevera como seu antigo amor de juventude. Lembrava-lhe Verônica.

O encontro com Mário contribuiu para que Thiago entendesse melhor o que se passava em seu íntimo. Quando se recordava da conversa, era tomado por uma sensação estranha — parecia-lhe que descobria a existência de uma vida interior, de necessidades mais profundas a serem compreendidas —; essa era uma realidade com a qual parecia ter sido posto frente a frente pela primeira vez. Antes, vivia para o atendimento das questões exteriores, que ocupavam todo o seu tempo. Empregava a vida em atendê-las, e, como sempre, desde que se entendia por gente, havia a mãe ou alguém em seu lugar para satisfazê-las. Considerava muito justo e natural que a realidade fosse somente o que os olhos viam, as mãos tocassem, os odores percebidos e os sabores degustados. A insatisfação de qualquer um deles era causa de incômodo facilmente identificável e sanável, mas aquele desassossego, aquele enfado com tudo, aquela repentina constatação de falta de sentido, aquele estranho prazer que lhe dava a companhia da esposa — a bem da verdade, uma amiga e não uma esposa, pois ela se recusava a partilhar com ele o leito conjugal, e haviam estabelecido, amigavelmente, o acordo, e não sentia falta dele. Tinha esse prazer na hora e no momento que desejasse na casa de Paola —, tudo era motivo para estranhar-se.

Daquele dia em diante, as visitas à taberna de Cosette foram se tornando cada vez mais frequentes, sozinho ou na companhia de Mário. Aprendeu a apreciar a conduta sóbria da proprietária e, quando a taberna estava com menos movimento que o habitual ou vazia, ficava a contemplá-la enquanto tecia habilmente com agulhas de tricô.

Nesse período e estado de espírito, a determinação paterna para que viajasse novamente ao interior para negociar as safras de café que se avizinhavam chegou a Thiago como uma oportunidade de distanciamento, isolamento. Viajando pelas estradas poeirentas do interior, ficaria longe das cobranças dos amigos para que se juntasse a eles em noitadas e festas; ficaria longe de todos que esperavam dele uma conduta determinada; e, por fim, poderia, sozinho, explorar melhor esse aspecto interior que descobria em si. Testar-se, conhecer-se — e nem se pode dizer um pouco mais, pois ele apenas despertava, vislumbrando, tocando outra realidade. Comparava-se à laranja, cuja casca se colore e vai deixando lentamente o verde, ganhando rajados amarelos ao amadurecer. Thiago era emocionalmente uma fruta verde, em muito resultado de uma infância superprotegida, na qual a mãe se recusara a deixá-lo sentir as próprias necessidades, antecipando-se em tudo às suas vontades e recusando-se também a deixá-lo experimentar a frustração. Consequência: um adulto imaturo.

Verônica, ao tratá-lo como adulto, sem superproteção, o obrigava a confrontar e descobrir uma realidade além da exterior, mais íntima, em que ele precisava crescer. Ela expunha suas necessidades e o fazia sem premeditar, com naturalidade, por ser sua forma de agir, mas, ao contato com a esposa, Thiago amadurecia e pressentia um prazer bem maior e valioso.

Diferente da outra partida, ele saía da própria casa nesta segunda peregrinação comercial pelo interior, sabendo o que esperar pelo caminho; tinha consciência do trabalho a fazer e um objetivo pessoal.

Novamente era madrugada, e Benedito aguardava-o no veículo em frente à porta. Despertara cedo. Verônica determinara a uma das criadas que preparasse a refeição matinal do marido, mas despedira-se de Thiago na noite anterior. Jantaram tranquilamente, conversaram até tarde, jogaram xadrez, em que, para variar, ela era a mestra e ele, o aprendiz, e, ao fim da partida, Verônica ergueu-se, graciosa, depositou-lhe um beijo na face e disse:

— Boa noite, Thiago. Faça uma boa viagem amanhã. Deixei ordens com Laurinda para servir o desjejum às quatro e meia da manhã.

Thiago surpreendeu-se; esperava que a esposa se despedisse dele na manhã seguinte e o acompanhasse na refeição matinal. Inconscientemente, esperava que ela adotasse a mesma conduta de sua mãe.

Frustrou-se ao entender que Verônica dormiria e não pretendia alterar sua vida em razão dos compromissos dele, mas não falou nada. Deitado, ainda pensava na atitude da esposa, sem saber por que isso o incomodava, porém o cansaço foi mais forte e o fez adormecer.

Acordou com o escravizado batendo à porta do quarto e lhe avisando a hora. A casa parecia estranha, silenciosa, como se a vida estivesse suspensa. Rapidamente, tomou o desjejum e viu carregarem a bagagem. Tudo estava pronto, mas Thiago não se sentia apto a partir. Olhou a escada e subiu repentinamente ao quarto de Verônica. Nunca entrara ali depois que se mudaram definitivamente; apenas vira os aposentos em fase de decoração. A porta estava aberta. Era amplo, estava escuro, e apenas a luz que vinha do corredor lhe permitia ver por onde andava. Thiago aproximou-se da cama de dossel e, pelo véu tênue do mosqueteiro, divisou a jovem esposa adormecida. Julgou nunca ter visto mulher mais bela. O encanto da intimidade roubada, invadida, o atingia. Aquele momento furtivo na madrugada dava-lhe o prazer de coisa proibida.

Abaixou-se e, com a ponta dos dedos, depositou um beijo na face de Verônica. Esse gesto pareceu reconduzir tudo ao devido lugar; estava pronto para partir.

Ao deixar a casa, cumprimentou alegremente Benedito, que o aguardava:

— Bom dia, Benedito. Vamos nós de novo.

— É, patrãozinho, vamos de novo — concordou o negro sorridente. — Não está faltando nada?

— Não, podemos ir.

Calado, Benedito anuiu com a cabeça e, sacudindo as rédeas, pôs o carro em movimento.

A brisa da tarde varria as salas da fazenda; de uma janela à outra as cortinas balançavam suavemente; o perfume das flores invadia o ambiente solitário. O piso e os móveis brilhavam devidamente encerados, os guardanapos de crochê, as almofadas enfeitadas, as toalhas bordadas e os vasos com flores enfeitavam as salas. O capricho de dona Márcia transmitira-se às escravizadas, que cuidavam zelosamente da casa como se a antiga dona ainda vivesse entre eles, contudo, ninguém mais bordava sob a luz da janela. O pequeno Jerônimo não brincava ao pé da cadeira da avó enquanto ela se entretinha com trabalhos manuais. Havia um vazio, como se os donos da casa não estivessem lá. Geraldo e Isadora eram hóspedes. O que antes era um lar aconchegante, agora era um bonito prédio vazio e frio, como um museu cheio de lembranças de outra época.

Isadora imprimira sua marca na relação com os escravizados domésticos; eles faziam o trabalho e desapareciam na cozinha. Não se viam mais Benvinda e as outras andando pela casa, conversando e rindo.

O silêncio imperava. Geraldo passava as manhãs no escritório da fazenda e, à tarde, percorria as lavouras. Jerônimo, agora, vivia em torno do pai; continuava uma criança triste e perdida, que se esgueirava pelos cantos espiando onde ele estava ou procurando na cozinha por Benvinda, que ainda era quem lhe dava algum carinho, embora muito pouco e às escondidas, pois temia a reação da mãe da criança. Isadora continuava entregue à própria insatisfação, ao vazio e às fantasias. Dormir era sua grande ocupação, além dos devaneios. Não encontrava prazer em nada.

Como de costume, estava jogada na cama, na penumbra do quarto, quando ouviu fortes batidas na porta.

"Geraldo", pensou, reconheceu ela pela forma de bater à porta. Deliberadamente, ignorou-o, permanecendo em silêncio. As batidas repetiram-se até que, depois da quarta tentativa, ouviu os resmungos do marido e seus passos duros e pesados ecoando pelo assoalho do corredor.

— O diabo que te carregue! — murmurou ela azeda recostada nos travesseiros. — Esse homem só me importuna! Idiota que fui ao pensar que ele me faria feliz. Que feliz qual nada! Deu-me essa vida medonha.

E como estava, Isadora ficou: imóvel, remoendo suas tristes ideias e assim permaneceu até Benvinda bater à porta avisando que o café da tarde estava servido.

O aviso lhe trouxe à memória a xícara fumegante e o líquido escuro e quente. Isadora sentiu o aroma inconfundível do pó de café recém-coado e ergueu-se, caminhando com a mesma expressão apática de todos os dias até a sala.

Ao lado do bule encontrou um bilhete do marido.

Receberemos visita na próxima sexta-feira. Thiago da Porciúncula virá à fazenda para tratarmos da venda da safra. Tome as providências.

Um sorriso iluminou o rosto de Isadora, cujos olhos acenderam brilhantes, como se a vida corresse por suas veias. A mente começou a fervilhar de novas ideias e medidas necessárias. Enquanto saboreava o café, ignorando os bolos e pães que estavam sobre a mesa, corria o olhar examinando cada detalhe da sala. Mal acabou de ingerir o líquido, chamou Benvinda, determinando uma limpeza e arrumação geral na casa. Enquanto a escravizada a olhava espantada, pois tudo estava em ordem, ela retornou à mesa com um caderno e tinteiro a elaborar cardápios e selecionar receitas de doces que deveriam ser feitas para aguardar a chegada do visitante.

O veículo com que iniciaram a viagem quebrara. Parados havia dois dias num vilarejo e ainda faltando concluir a região onde o último destino era a fazenda dos Fontes, Thiago e Benedito ouviram a opinião do ferreiro local com desânimo:

— Não tem jeito, não. *Quebrô* o eixo e as duas rodas. Tem também que consertar a parte de baixo e mais *umas coisinha*... Vocês tiveram muita sorte de não se machucarem e não perderem nenhum cavalo... Mas só vai ficar pronto daqui a uma semana ou mais. Preciso fazer todas as peças, e isso é demorado.

— Uma semana?! É muito tempo. Veja bem, não estamos passeando; estamos trabalhando. Preciso voltar à capital até o fim do mês; ainda temos de visitar muitas fazendas. Não há como fazer mais rápido? — insistiu Thiago irresignado.

Benedito olhava para a escassa estrutura da ferraria. Era visível que o ferreiro realmente não tinha como consertar o veículo quebrado em menos tempo.

— Eu o entendo, moço, mas não posso fazer milagre. Se lhe digo que não dá é porque não dá. Não sou malandro. Quando começar a trabalhar na sua carruagem, só vou soltar depois que ela ficar pronta.

— Não foi isso que eu quis dizer. É que temos pressa. Há trabalho a fazer, e não posso ficar esperando. Preciso continuar a viagem — argumentou Thiago, repetindo-se.

— Olha, por que o senhor não vai até o armazém? Senhor Tadeu Alcântara, o dono, tem mais de uma carroça e alugou e até emprestou de graça para comerciantes em apuros.

Thiago pensou por alguns segundos e olhou descorçoado para o veículo quebrado e depois para Benedito, que, apoiado à porta, ouvia a conversa calado.

— O que me diz, Benedito?

— O homem tem razão, patrãozinho. Se o senhor não quiser mesmo esperar, o melhor é falar com essa pessoa e ver se conseguimos uma charrete ou uma carroça; é o melhor que acharemos por essas bandas.

— É, não há nada de luxo por aqui, mas vocês poderão visitar as fazendas do entorno. Vão ganhar um tempinho. — Reforçou o ferreiro.

Thiago aquiesceu; não havia como lutar e não adiantava nada ficar insistindo com o pobre homem. Naquele lugar, o ferreiro não precisava de mais ferramentas do que tinha e era o único num raio de quilômetros. Após o acidente com o veículo, o dia consumira-se em chegar até o vilarejo e depois retornar ao local para arrastar a carruagem quebrada até a ferraria.

— O senhor tem razão — declarou Thiago ao ferreiro. E, voltando-se para Benedito, convidou: — Vamos até o armazém.

— Vamos. — Aceitou Benedito prontamente.

Puseram-se a caminhar na direção indicada pelo ferreiro, enquanto Benedito, pensativo, olhava para o patrão. "Não era preciso nada disso. Temos bastante tempo para esperar. Uma semana não alteraria em nada os negócios que precisamos fazer. Por que será que ele está com tanta pressa? Nem parece o mesmo que, no ano passado, eu jurei que iria se *metê* em encrenca por causa de rabo de saia nesses fins de mundo por onde andamos. Aí ele não tinha pressa! Parecia que ia ficar morando com os Fontes. Agora, por uma causa verdadeira, não pode se atrasar. Só imagino que tipo de veículo não tem nesse armazém... Só pode ser *umas carroça* dura, com as molas velhas e gastas... Deus me perdoe, mas essa viagem promete..."

O pensamento de Benedito não poderia estar mais certo. A carroça que conseguiram para seguir viagem lembrava uma carroça cigana, pesada, velha, colorida, com as tintas desbotadas e nada confortável.

Acertado o negócio, o dono do armazém entregou um velho cobertor acolchoado de lã de carneiro e disse:

— Vocês podem colocar esse cobertor sobre o banco. Fica melhor, já que vão viajar pelas redondezas. Sabe como é... pra não descadeirar.

Thiago não entendeu o que o homem dizia, mas Benedito, agradecido, apanhou o cobertor. A promessa tinha tudo para ser cumprida.

— Vamos pernoitar aqui no vilarejo? — perguntou Benedito, olhando significativamente para o sol que se punha. Notando que o patrão parecia em dúvida, lembrou: — O dia foi difícil, estamos cansados, a próxima fazenda está longe. Vamos chegar lá noite escura, e não se sabe como estão as estradas. Acho melhor...

— Está certo, Benedito. Ficaremos aqui — concordou Thiago com um sorriso cansado. — Amanhã, partiremos logo cedo. Já levaremos a carroça, deixaremos tudo pronto e, ao clarear do dia, seguiremos viagem.

Benedito não estava entendendo a pressa em fazer logo o trabalho e voltar à capital, por isso não compreendia o estado de espírito de Thiago, mas, desde que o conheceu, descobriu rapidamente que concordar com suas vontades era o meio mais seguro de boa convivência e discordar exigia muita habilidade para fazê-lo entender uma ideia como se fosse sua e com a qual depois, ele próprio, concordaria. Desde então, nada mudara.

E foi com a "carroça cigana" — como a chamaram — que chegaram à fazenda dos Fontes, com dois dias de atraso da previsão inicial.

Isadora, que vivera períodos de euforia nos poucos dias que mediara a notícia e a data de chegada dos visitantes, retornou ao seu habitual estado de apatia na manhã de sábado. A sexta-feira passou tomada de ansiedade até o entardecer e, depois dele, até o jantar numa inglória luta entre a esperança ansiosa e a frustração de não reencontrar Thiago da Porciúncula.

— O que terá acontecido ao senhor Thiago? — inquiriu Isadora ao marido pela décima vez na hora do jantar.

— Atrasou-se, é normal. Não é fácil viajar pelo interior. Amanhã ou depois, chegará — resmungava mecanicamente Geraldo, sem dar atenção à cantilena da esposa. — E Jerônimo?

— Está dormindo.

— É tempo de pensarmos na educação dele. Podemos fazer como meus pais e contratar um professor, assim evitaríamos enviá-lo para uma escola interna, longe de casa — comentou Geraldo, que aproveitou o período de melhor disposição da esposa para tratar de um assunto que vinha lhe ocupando a mente. Esperava um momento oportuno e, depois de vários dias, em que ela se mostrava disposta e participativa no ambiente doméstico, acreditou ser a hora certa. Ingenuamente, não fizera nenhuma relação entre a melhora no estado de ânimo de Isadora e a chegada de Thiago; julgava que a maior atividade fosse causada por uma visita em casa, independentemente de quem se tratasse o visitante.

— Um professor? Onde o encontraríamos? Quem estaria disposto a vir morar neste fim de mundo para lecionar a uma criança de cinco anos? Francamente, Geraldo, isso é um absurdo. É melhor enviá-lo a uma escola interna. Ele pode ser aceito com cinco anos?

— Acredito que não — respondeu Geraldo, percebendo que uma sombra de desapontamento passou no olhar de Isadora. — Por que você gostaria que ele ficasse longe de casa, mesmo sendo tão pequeno?

— E por que não? Isso não seria para o bem dele? Os cuidados que recebe aqui, por certo, receberá na escola. Continuo preocupada com nossas visitas. Sou avessa a essas coisas de intuição e pressentimento, mas algo me diz que aconteceu qualquer coisa de grave. Não seria bom organizar uma busca, mandar alguns escravizados à procura deles?

Geraldo irritou-se ao ouvir as colocações da mulher. "Como pode não pensar que o menino vai sofrer longe de casa e da família? Será possível que ela não tenha nenhum sentimento pelo filho? Tenho feito de tudo para entender essa criatura, mas cada dia fica mais difícil. Por Deus, como é difícil! Ela é tão diferente de minha mãe. É tão absurda que mais parece uma louca! Onde já se viu se preocupar com homens adultos, acostumados a viajar, e não titubear ao afirmar que, por ela, o menino pode ir embora, ficar meses longe, que não sentirá sua falta nem se preocupará? Deve estar louca. Quanto mais penso nisso — e nesses dias tenho pensado muito nessa possibilidade —, mais me convenço."

— Olhe para fora, Isadora! — mandou Geraldo com o rosto vermelho de raiva e elevando a voz. — É noite, mulher! Por acaso me julga um estúpido? Enviar escravizados à procura de comerciantes da capital? Era só o que me faltava. Você não raciocina! Nem ao menos sabemos onde eles estão, e já lhe disse não sei quantas vezes que é apenas um atraso. Não vou fazer nada. Se quiser fazer alguma coisa, vá rezar no seu quarto e feche a porta à chave como é seu costume.

Isadora encolheu-se assustada, enquanto Geraldo jogava o guardanapo sobre a mesa e, abruptamente, saía da sala, deixando-a sozinha.

— Bruto! — resmungou ela acompanhando com o olhar a caminhada acelerada do marido em direção ao escritório. Sobressaltou-se ao ouvir o estrondo violento da porta, que Geraldo fechava e na qual, inegavelmente, descarregava a ira.

No interior do escritório, largado em uma poltrona, Geraldo contemplava os quadros na parede. Retratos, um dos pais e outro dele e de Isadora, quando ainda eram noivos. Olhava-o com incredulidade, pois, mesmo tendo sido feitos por um artista sem talento, mostrava um casal jovem, alegre e saudável. "Não somos mais os mesmos", constatou ele cobrindo o rosto. Na solidão e penumbra da sala, não teve vergonha de deixar escorrer livremente as lágrimas que aliviariam não só sua fúria, mas toda a frustração, à qual não dava nome e que se negava a reconhecer.

Alheio aos conflitos que se abrigavam na fazenda dos Fontes, Thiago e Benedito chegaram no domingo à tarde.

Isadora, que vivia fantasiando com o jovem comerciante e, desde a sexta-feira, estava preocupada e ansiosa, ao ouvir o latido insistente dos cães no caminho que dava acesso à casa, correu à janela e viu assombrada a velha carroça sacolejando.

— O que é isso? — questionou-se. — Parece uma carroça de ciganos, mas faz tanto tempo que não os vemos por aqui. E sempre andam em bandos.

Decidida, Isadora ergueu a voz e chamou:

— Benvinda, venha cá.

A escravizada, que se encontrava na sala ao lado, correu até a sinhá.

— Que foi, sinhá?

— Veja. — Apontou Isadora. — Tem conhecimento de algum acampamento na região?

— De ciganos? Não, sinhá.

— Avise meu marido. Não quero nem ver essa gente. — E saiu em direção ao quarto, deixando Benvinda observando a carroça que se aproximava.

Geraldo logo se aprestou para receber os visitantes. Empertigado, de pé na porta da frente da casa, olhava a carroça com desconfiança, mas, assim que ela se aproximou, reconheceu os visitantes.

— Benvinda.

— Sim, sinhó.

— Não se trata de ciganos. São os nossos visitantes. Corra para chamar dona Isadora.

"Depois de mulher velha, tenho que ficar fazendo trabalho de moleque de recado. Que casamento infeliz! Tem coisa que os brancos fazem que eu tento, mas não consigo entender. São tão diferentes da dona Márcia e do sinhô Jerônimo." No entanto, mesmo pensando assim, obrigou-se a dar o aviso a Isadora, que saltou da cama, praticamente diante do espelho, a arrumar os cabelos, olhando desconsolada para o vestido simples que envergava.

— Não há tempo para trocar-me — murmurou, enquanto enchia a bacia de louça com água fresca e lavava o rosto, enxugando-o em seguida e beliscando as faces para deixá-las rosadas.

Sem dar atenção à criada, saiu apressada do quarto em direção à entrada da casa. Chegou à porta na mesma hora que Thiago cumprimentava Geraldo.

— Dona Isadora, é uma satisfação revê-la. Com sua licença, senhor Geraldo, permita-me dizer que sua esposa está ainda mais bela do que me recordava.

Isadora corou satisfeita, lisonjeada, com as frases que, para Thiago, não passavam de um verniz social. Apesar de reconhecer a beleza da mulher, não tinha a intenção que ela julgou ver por trás das palavras. A fantasia que acalentava distorcia seu entendimento e dava outra interpretação ao momento.

Disposta, ela foi a anfitriã perfeita, e quem a visse não julgaria estar na presença de uma criatura que era a personificação da insatisfação com a vida. Atendeu o visitante com solicitude, apressando-se em colocá-lo à vontade e confortável. E, uma hora depois, Thiago reuniu-se com os donos da fazenda, perfeitamente asseado, roupa trocada, saboreando café, bolos e doces, enquanto narrava as peripécias causadoras do atraso.

Thiago percebia claramente o olhar de indisfarçada admiração e apreço de Isadora sobre si e a atração que sentira por ela no ano anterior ressurgiu como brasa em meio a cinzas sopradas pelo vento.

Abrigar fantasias é sempre construir problemas, pois, cedo ou tarde, elas cobram sua realização e dominam a mente incauta. São filhas das paixões desgovernadas com o estado de inconsciência da vida; delas não há como colher frutos satisfatórios. Existe certo determinismo ao se ler condutas, que têm uma espécie de ciclo que se cumpre. Ao se estudar caracteres, não é necessária nenhuma faculdade extraordinária para se fazer previsões com grandes chances de acerto, basta observar, analisar friamente — sem distorções — o que se apresenta e daí extrair os passos seguintes, como uma criança que primeiro engatinha, depois ensaia passos lentos apoiados em algo ou alguém, para só depois se aventurar a andar e correr mais tarde.

A conduta de Isadora era mais que previsível. Ela alimentava a crença de que alguém deveria fazê-la feliz e nunca chamara a si essa responsabilidade. Ao se deparar com a rotina do casamento e perceber que suas incertezas e insatisfações não se dissolveriam no pó das lavouras de café da fazenda, culpou o marido por sua "infelicidade interior", sua falta de sentido para si e para a vida e até mesmo seu distanciamento progressivo do contato com o real. Ela mergulhou na apatia, na tristeza; fez descer todas as suas forças emocionais, que eram pequenas e pouco desenvolvidas, uma vez que nenhuma atenção dedicara a elas ou ao aprimoramento intelectual. Vivia, como já dissemos, porque simplesmente não morrera de forma estúpida. Entregara-se, ao longo de meses, a construir fantasias em torno das atenções que recebera de Thiago da Porciúncula. Como ela mesma não se conhecia, era inviável conhecer o outro; logo, iludir-se e distorcer a realidade que se apresentava a seus olhos era o passo seguinte e inevitável.

Thiago ensaiava um frágil despertar, ou melhor, um entrever de algo maior na vida do que as necessidades imediatas, mas não podemos nos esquecer de que ainda somos seres muito condicionados e que a mudança de atitudes requer esforço e conscientização, características que nele estavam embrionárias. Nenhuma necessidade batera à sua porta para fazê-lo desenvolver esses potenciais. Acostumara-se a viver cercado de atenções, especialmente por parte das mulheres, o que se iniciara muito cedo, ainda no berço, pelas mãos da mãe. Ao se tornar adulto, descobriu em muitas outras mulheres a disposição de mimá-lo, inconsequentemente. Isadora era só mais uma a fazer o que, ao longo de sua vida, ele se acostumara a receber como natural e se prestava magistralmente ao papel de ser mimado. Era um jogo no qual era mestre.

Não havia o que pensar ou ponderar. Segundo a forma de ver de Isadora e Thiago, embora cada um vivesse o sentimento que os atraía de forma e por razões aparentemente diversas, analisados em profundidade, lá estavam os modelos mentais em pares a uni-los, obedecendo à lei de afinidade.

Nem vinte e quatro horas haviam se passado desde a chegada de Thiago à fazenda, e eles se envolviam num relacionamento fadado a construir sofrimento — em primeiro lugar, pelo caráter de cada um e depois pela situação que os cercava.

Quando os galos cantavam e o som ecoava pelos arredores da fazenda, essa era a hora em que Thiago entreabria cuidadosamente a porta dos aposentos de Isadora, espiava o corredor vazio e, pé ante pé, afastava-se em direção ao próprio quarto, deixando-a adormecida no leito desarrumado.

Sorridente, enfiava-se sob os lençóis em seus aposentos. Da consciência não ouvia qualquer admoestação, afinal, sua conduta sempre fora irresponsável e inconsequente. Thiago aproveitava os prazeres que lhe eram oferecidos, e, na manhã seguinte, tudo era passado e sem significado.

Isadora acordou tarde. O sono pesado lhe embotara temporariamente a memória, porém, ao virar-se, a luz do sol que se infiltrava pelas venezianas bateu em seu rosto, espantando o alheamento. Uma expressão de enlevo manifestou-se primeiro, mas, ao procurar por Thiago, encontrou apenas o leito frio e revirado, e uma voz no fundo de si lembrava as lições maternas severas quanto à conduta de uma mulher honrada, ao papel de esposa e mãe. Como num lance, recordou-se do dia do casamento e os votos de fidelidade ao pé do altar. Em sequência, surgiram as lembranças de sua relação com Geraldo.

"Meu Deus! O que eu fiz. E agora? Se Geraldo descobrir... Ninguém viu, ninguém sabe." Pensamentos atormentados a assaltaram; e Isadora sentiu o corpo pesado e sem vitalidade. As lembranças da noite anterior eram um misto de vergonha, prazer e medo, e, intimamente, fizeram-na reconhecer que fazia o marido infeliz sem razão.

Ouviu as batidas de Nastácia na porta, chamando-a, e respondeu automaticamente que não se sentia bem e ficaria deitada até mais tarde.

Vivera sua fantasia. E o grande problema da fantasia é não prever o despertar; é como um sonho sem amanhecer. O amanhecer, o despertar é a realidade da qual se desejou escapar, agora transformada por um ato irrefletido. A fantasia não tem fim, a concretização dela, sim, pois podemos mentir e fugir o quanto desejarmos em nossas vidas, mas o toque do real, o som da trombeta chamando, é tão certo quanto o nascer e o pôr do sol.

Sentindo-se miseravelmente arrependida, Isadora deixou que grossas lágrimas rolassem por seu rosto e caíssem sobre a cambraia branca e amarrotada do travesseiro. Não suportando o chamado real, ao cabo de algum tempo, outras ideias lhe acudiram.

"Será mesmo pecado amar? Meu Deus, eu não amo meu marido. Ele não me faz feliz! Será que errei tanto assim...? Thiago não é um devasso; é um homem responsável, tem posição, conhece minha história... Ele também não tem culpa de haver se apaixonado por uma mulher casada. O amor foi mais forte. E agora? Como será? Preciso falar com Thiago."

Justificada perante si mesma e buscando forças nas antigas ilusões, ergueu-se e, cuidadosamente, apagou os vestígios da passagem de Thiago pelo quarto. Satisfeita, viu tudo retornar à aparência costumeira. “Ninguém saberá”, disse para si mesma cheia de confiança, alternando estados de medo e vergonha com confiança e despudor.

Badalou o pequeno sino de prata no corredor e chamou Nastácia.

— Perfeito! Ninguém saberá de nada — murmurou.

A infeliz Isadora esquecia-se, contudo, das marcas que as mãos não alisam e que um olhar atento desvenda e identifica com a precisão de uma leitura das digitais.

A primeira a observar essas marcas foi Nastácia. Enquanto Isadora se banhava, a escravizada recolheu os travesseiros e lençóis, colocando-os sobre o parapeito da janela para ventilar e apanhar sol. Fazia isso diariamente e notou, imediatamente, o cheiro de outra pessoa nas roupas de cama que recendiam a perfume, coisa que não fazia parte dos hábitos dos moradores da fazenda. No fim de mundo em que viviam, aquele era um luxo praticamente impossível.

— Ué? — resmungou a criada cheirando outra vez a roupa de cama. — Esse é o cheiro do sinhozinho da capital.

Ao pronunciar o pensamento em voz alta, a velha deu-se conta das implicações do fato e meneou a cabeça de um lado a outro, com expressão séria no rosto.

— Ai, ai, ai... a sinhá tá perdendo o juízo.

Isadora era uma mulher inexperiente nas artimanhas da paixão. O relacionamento que vivera com o marido fora integralmente conduzido por ela e fracassara. Assim como, por algum tempo, tivera Geraldo a seus pés usando o corpo, achava que a regra valia para qualquer homem e esperava encontrar em Thiago um verdadeiro cavaleiro andante irremediavelmente apaixonado.

Essa expectativa brilhava em seu olhar, e cada gesto seu dali para frente revelava o que se passava em seu leito durante a madrugada.

— Isadora — chamou Thiago, levemente irritado, sentado à mesa de jantar, enquanto Geraldo se afastava para buscar o licor de sua preferência, produzido na fazenda para que, após a refeição, o visitante o degustasse. — Contenha-se! Seu marido vai perceber. Você não tira os olhos de mim. Procure disfarçar.

Ela recebeu a admoestação com surpresa, pois julgava que, sendo educada e gentil nos encontros em que o marido estivesse presente, não estaria fazendo nada comprometedor. Entendendo a inexperiência da mulher, antes que ela pronunciasse uma palavra, ele prosseguiu:

— Não se fala somente com a boca, minha cara. Seus olhos e seus gestos não escondem seu anseio. Se não consegue disfarçar o desejo, vá para seu quarto e me aguarde.

Ela sorriu em resposta e, assim que Geraldo voltou à sala, comunicou:

— Vou deixá-los; é hora de descansar. Boa noite.

Os homens levantaram-se educadamente, retribuindo o cumprimento, e ficaram conversando animadamente e bebericando o licor. Porém, Benvinda, que se ocupava em recolher os pratos servidos durante o jantar, ainda estava no corredor, pois se desequilibrara com uma travessa pesada, acabando por encostar-se à parede alguns minutos até reequilibrar a louça e, assim, involuntariamente, ouviu a reprimenda do visitante ao comportamento da sinhá. O susto do entendimento do significado daquelas palavras a paralisou por alguns segundos para depois sair apressada, como se houvesse sido tocada pelos demônios, em direção à cozinha e de lá não sair mais até o fim de suas tarefas. Outra criada serviu o café na sala de jantar.

As estrelas brilhavam, e o luar iluminava a estrada por onde seguiam Benvinda e Clarêncio. O impacto da descoberta do comportamento da sinhá a deixara nervosa, e ela acabou por contar ao companheiro.

— Que tristeza! — disse Clarêncio penalizado. — Dona Isadora não tem juízo. É uma mulher infeliz e insatisfeita, que, desde que pisou aqui, parece ter trazido apenas desgraça a esta terra e aos Fontes. Que o sinhô Geraldo é infeliz isso toda gente sabe, e que a criança deles, pobrezinha, é triste e fraquinha daquele jeito porque não tem amor da mãe, também. A casa da fazenda era tão bonita, tão alegre, nos tempos de sinhô Jerônimo e da dona Márcia, mas nada é a mesma coisa agora. Os nossos estão falando em ir embora, porque não aguentam mais a quantidade de trabalho. São alforriados, podem ir; só ficavam aqui pois eram agradecidos e felizes. Imagina como será se forem mesmo; sobrará ainda mais trabalho para os que ficarem. E acho que isso é que nem o gado no pasto; se um achar uma brecha nas cercas e sair, os outros irão atrás.

— Nem me diga! Se o sinhô descobrir a traição da mulher, as coisas vão piorar bastante. Mas olha, tive vontade de bater nela de tanta raiva que senti. O sinhô Geraldo não merece ser tratado desse jeito. Você se lembra como ele era apaixonada por ela?

— Ainda é, minha *nêga*. Pode acreditar no que lhe digo. Ainda é apaixonado por essa desgraçada.

— Será? Mesmo depois de tudo o que ela fez? De todo esse tempo em que só deu desgosto para ele e o filho? Não sei, não. Acho que não tem paixão que aguente tanto.

— Então, espere pra ver.

Para Benedito, bastou ver o brilho malicioso no olhar do patrão ao se referir à dona da fazenda para entender o que se passava e, com intimidade, teceu gracejos sobre a conquista e compartilhou algumas risadas com Thiago.

— Só se lembre de uma coisa, patrãozinho, *essas mulher* da roça, mesmo sendo a dona da fazenda, *são diferente* das da capital; são ingênuas, sonhadoras... Não vá arranjar confusão pra sua vida. Até pensei que o senhor tava mudado depois do casamento com dona Verônica.

Thiago sorriu, e uma tênue saudade infiltrou-se em seu ser à lembrança de Verônica. Descobriu que ansiava por voltar para junto dela e para seu sorriso calmo, sua forma clara e inteligente de pensar e conversar, para a alegria tranquila que experimentava em seu lar. "Lar?" Ao se recordar da esposa, deu-se conta de que pensava em sua vida ao lado dela como a construção de um lar. "O casamento não pesa nem oprime, ainda que seja somente uma forte amizade." Um pensamento esperançoso e alegre o invadiu: "Não seria uma amizade para sempre". Verônica queria ser mãe, confessara-lhe o desejo e, com a franqueza habitual, disse que discutiriam o assunto no tempo oportuno.

— Dona Verônica é um anjo, Benedito. Um anjo em forma de mulher e muito inteligente. Ela, de fato, conseguiu me modificar, mas... — E riu zombeteiro e malicioso. — É difícil abandonar velhos hábitos...

Benedito riu com gosto da expressão do patrão e depois comentou:

— O patrão gosta da dona Verônica, por isso tá mudado. E *essas recaída é* só mudança de tempo. Mesmo assim, é bom tomar cuidado; se o marido dela descobrir, lhe dará um tiro. O povo do interior é diferente do da capital. Traição é caso de morte, e o senhor é abusado, né? Pois é visita na casa do homem!

— Fique calmo, Benedito. Só mais uns dias, e iremos embora. É só o tempo do conserto. E, por falar nisso, como anda o serviço do ferreiro?

Outra testemunha havia ali: o pequeno Jerônimo. Os pesadelos em que se sentia sozinho e ameaçado por pessoas, animais e seres criados em sua mente infantil eram frequentes. A rejeição e o abandono maternos o tornaram inseguro, medroso, e esses sentimentos atormentavam o psiquismo infantil, manifestando-se em constantes pesadelos que o faziam acordar no meio da noite e perambular pela casa. Quando a avó vivia, andava assustado e esfregando os olhos pelos corredores até o quarto dela, onde se enfiava em seus lençóis, deitando-se bem próximo até que ela despertasse, beijasse seus cabelos, o confortasse e, abraçados, tornassem a adormecer. Agora ia em busca do quarto do pai, que, costumeiramente, só via o filho enfiado em sua cama quando amanhecia, portanto, era somente a proximidade física de um adulto que o confortava.

As portas internas duplas eram tão altas quanto as externas, obrigando o menino a ficar na ponta dos pés para alcançar o trinco e segurá-lo com as duas mãos a fim de abri-la. A operação requeria esforço, embora a prática concedesse à criança uma agilidade invejável. Ele aprendera a não fazer ruído e entrava sorrateiramente no quarto do pai.

Thiago nem de longe desconfiava das dificuldades que a criança enfrentava, julgando-o simplesmente um menino tímido e pacato, que, talvez pela magreza, fosse fraco e indisposto. Não tinha nenhuma sensibilidade com a infância nem sequer maiores contatos. A respeito dessa idade, tudo que havia nele eram escassas lembranças do próprio passado. Assim, Thiago não viu a sombra de Jerônimo no fim do corredor, agarrada ao trinco da porta dos aposentos do pai.

Atento devido ao medo que carregava consigo, o menino, ao contrário, exacerbava os sentidos e, ao leve ruído das dobradiças da porta do quarto de Isadora, voltou seu olhar assustado, observando o visitante sair apressadamente do cômodo. A estranha coincidência da hora em aconteciam os pesadelos de Jerônimo e a fuga de Thiago do quarto da dona da fazenda repetiu-se ao longo da semana.

Jerônimo acostumara-se ao fato, mas tinha curiosidade, pois não entendia o que se passava. Naquela noite, depois de sofrer a semana inteira o distúrbio em seu sono, deslizou, como de costume, sob os lençóis da cama de Geraldo, deitando-se na beiradinha para não incomodá-lo.

O pequeno surpreendeu-se ao sentir a mão do pai lhe afagando os cabelos e ouvir sua voz rouca de sono indagar:

— O que aconteceu? Teve um sonho ruim de novo?

Silencioso, o menino gesticulou a cabeça afirmativamente e ouviu o suspiro resignado do pai, como a lhe dizer que não sabia o que fazer para aliviá-lo daquele mal. Por isso, ele murmurou baixinho:

— Foi só um sonho. Nada de mal vai lhe acontecer. Durma para crescer.

Jerônimo concordou, mas não conseguiu conciliar o sono imediatamente e, remexendo-se no leito, acabou acordando Geraldo.

— Que foi, Jerônimo? Por que não consegue dormir?

— Estou com frio e tenho sede.

Pacientemente, Geraldo apanhou o jarro de água que tinha sobre o criado-mudo e, após servir um copo pela metade ao filho, avisou:

— Não tem açúcar e está bem fria.

Sentado no leito, Jerônimo sorveu o líquido. Fazendo cara feia, o menino devolveu o copo ao pai.

— É um homem, é assim que se faz. Água doce é coisa para meninas.

— A vovó sempre tinha água doce no quarto dela e dizia que ajudava a dormir.

Geraldo calou-se à menção da falecida mãe e lutou para afugentar o vazio que sempre sentia ao constatar a ausência dela. Com custo, controlou a emoção que a súbita lembrança dela, no meio da madrugada, lhe despertara. Voltou ao leito, deitou-se e trouxe o filho para mais perto de si, colocando o braço protetoramente em torno dele, numa tentativa de também amenizar a própria solidão e dor.

— Assim você ficará bem quentinho, conseguirá dormir e sonhará com os anjos.

— Não quero sonhar com os anjos que levaram a vovó; prefiro sonhar com o potrinho que nasceu ontem. É bonito, né?

— É sim, meu filho, sonhe com ele — respondeu Geraldo pensativo, evocando as lembranças maternas e os muitos conselhos que ela lhe dera. "Por que a senhora não me ensinou a cuidar de uma criança?", questionava ele ao vazio do quarto, à memória de dona Márcia e a si mesmo respondeu: "A senhora não poderia imaginar que sua nora não teria paciência com meu filho". Reconhecendo a profunda carência do menino e relembrando todos os carinhos que recebera da mãe na infância, beijou os cabelos do filho e voltou a murmurar:

— Durma, Jerônimo. Amanhã, o potrinho estará mais forte e esperto, você verá. Agora vamos dormir como os outros. Não queremos que acordem por estarmos conversando, não é?

— O senhor Thiago não tá dormindo — retrucou Jerônimo ingenuamente. — Eu o vi sair do quarto da mamãe.

Geraldo sentiu como se houvessem lhe jogado um balde de água fria no peito. Faltou-lhe o ar, sentiu a pele formigando, e sua mente esvaziou-se. Imobilizado sobre o leito, parecia que não conseguiria reagir.

Depois de algum tempo, após assimilar as implicações da informação, indagou com um fio de voz:

— Você tem certeza, Jerônimo?

— Tenho — respondeu o menino sonolento. — Todos os dias, quando eu venho para cá, ele sai do quarto da mamãe.

A advertência de dona Márcia, de repente, ecoou em sua mente aturdida: "E antes que essa conversa se prolongue, vou direto ao assunto: sua mulher tem estado muito diferente desde que esse moço chegou aqui. Não tenho gostado nada do que vejo. É melhor que ele volte à capital o quanto antes, enquanto ainda não houver nenhum motivo para desgraça e arrependimento".

Jerônimo, candidamente, adormeceu, aquecido pelo calor do corpo de Geraldo, desconhecendo completamente que inaugurara noites de angústia e insônia na vida do pai.

Capítulo 14

DESILUSÕES

Os sofrimentos que lhe são a consequência são para ele uma advertência de que errou; eles lhe dão a experiência fazendo-o sentir a diferença entre o bem e o mal, e a necessidade de se melhorar para evitar, no futuro, o que lhe foi uma fonte de desgostos [...].[16]

Quem nunca viveu uma noite que pareceu infindável? Quem nunca viveu a ilusão de que a dor era tamanha, o sofrimento mais negro que a noite sem luar e que a madrugada não sucederia o amanhecer? É ainda uma experiência muito comum deixar o desespero fazer morada em nosso ser, fechar os olhos para a grande roda da vida — que, independentemente de nossa vontade, segue seu giro — e entregar-se aos braços da dor sem refletir.

O sofrimento, a dor, já o dissemos em outro trabalho[17], é uma grande dama e amorável mestra que a vida emprega, porém o aprendizado requer a participação do aluno.

Não basta sentar-se nos bancos escolares, ouvir, passiva e aleatoriamente, os professores e crer que, pela mera passagem do tempo, mereça aprovação.

---

16 KARDEC, Allan. **O Evangelho Segundo o Espiritismo**. Tradução de Salvador Gentile. Araras: IDE.

17 Referência a dissertações contidas em VARGAS, Ana Cristina. **Ídolos de Barro**. São Paulo: Vida & Consciência, 2017.

Sofrer e aprender deveriam ser sinônimos, mas não são. Há quem sofra e aprenda, porque toma uma atitude ativa ante a dor, questiona, busca a causa, reconhece a própria responsabilidade, aceita as consequências inevitáveis e encontra em si as forças da esperança para conviver com as dores que se autoimpôs. E há quem nada aprenda por entregar-se passivamente aos braços da mestra, deixando suas forças se exaurirem, sem empregar um só minuto no uso do raciocínio para compreender o que sucede e culpar qualquer um, inclusive Deus, por seus males. No dizer de Shakespeare, essa é a "ótima escapatória para o homem, esse mestre da devassidão, responsabilizar as estrelas por sua natureza de bode"[18].

Esse infeliz aprendiz repete as lições do sofrimento inúmeras vezes, pois a grande experiência que a dor encerra é a necessidade do despertar, do erguer-se, do compreender a vida e cultivar a esperança que nasce da certeza de que o giro da roda da vida é imutável, que a luz do sol brilha até quando não a estamos enxergando.

Geraldo, insone, contemplava a escuridão em estado de choque e, atônito, remoía as passadas advertências maternas. A voz do filho soava aos seus ouvidos como uma terrível cantiga enchendo o silêncio da noite: "O senhor Thiago não tá dormindo. Eu o vi sair do quarto da mamãe".

Ocupou as intermináveis horas com as recordações do passado; desde o alegre noivado até aquela fatídica madrugada. Nessa tortura que o próprio desgoverno mental e emocional em confusão lhe infligia, ele leu e entendeu o que teimara em ignorar durante todos aqueles anos. Casara-se com uma criatura infeliz, insatisfeita, tola e imatura. Essa era a mulher por quem se apaixonara, que vivia sob uma pele alva e rosada, escondendo-se nas madeixas loiras, e somente mostrava o eu verdadeiro no olhar apático, que pouco brilhava.

"Talvez ela seja incapaz de amar", pensava Geraldo, buscando justificar a conduta da mulher. "Não é boa esposa, nunca foi boa mãe. Ao longo desses anos, tentei desculpar sua conduta com Jerônimo pelo que sofreu ao dar à luz o nosso filho; depois, pela educação que minha sogra lhe dera, ensinando que era dessa forma que as mulheres

---

18 SHAKESPEARE, William. **Rei Lear**. São Paulo: Martin Claret, 2001.

'brancas' faziam. Isadora apenas tolerava minha mãe, mas, no fundo, julgava-a inferior por ser mestiça e nunca atendia aos seus pedidos. Cheguei a pensar — e estava mesmo inclinado a aceitar — que fosse louca, que tivesse adoecido, e preparava-me para cuidar dela em respeito aos votos que fiz e por ser meu dever de marido. E o que ela faz? Desrespeita-me, desonra minha casa e meu nome. É uma mulher ordinária, sem caráter, uma traidora. Prostituta! Não tolerarei que fique nesta casa. Ah, quisera poder matá-la, no entanto, sei que não devo fazer tal bobagem; seria pior para mim. Jerônimo é muito pequeno, não entenderia e acabaria por me odiar. Além disso, acho que não tenho coragem de matar um ser humano, ainda que seja pior que uma cadela no cio. Não, não vou matá-la, mas amanhã será o último dia que Isadora terá um teto sobre a cabeça, roupa sobre o corpo e comida no estômago por conta do meu trabalho. Ela terá exatamente o que escolheu: seguirá o caminho de todas as mulheres que se prostituem: a rua será dela, para trilhar para onde, como e quando quiser. Terá a vergonha como bagagem para arrastar e o direito de esconder-se sempre que uma mulher de bem lhe cruzar o caminho. Essa desgraçada há de rolar na lama! Não sou tão idiota quanto ela pensa e não me engano com esse moço refinado da capital; ele está se divertindo com a burrice e maldade dessa víbora. Mas ele há de levá-la para bem longe daqui, pois garanto que aqui, 'neste fim de mundo', como ela diz, não sobrará uma toca de rato onde Isadora seja aceita."

Quanto mais ele lembrava e pensava, mais a raiva ganhava terreno, e o sangue circulava rapidamente. O formigamento cessara; seus batimentos cardíacos aceleravam-se. De dentro para fora, nascia uma força que o impulsionava a reagir ao choque e lhe exigia ação.

Teve ímpeto de arrancar Isadora e Thiago da cama naquele minuto e expulsá-los a pontapés da fazenda, de gritar todos os palavrões e desaforos que conhecia e se aplicavam à sua esposa e a Thiago da Porciúncula. Com esforço, controlou os impulsos, impondo o uso da razão. Fitando o teto, respirando aceleradamente e suando muito, formulou seu plano de ação. A madrugada lhe parecia escura, e Geraldo não viu as luzes do amanhecer se infiltrando suavemente pelos vãos das venezianas.

"Isadora pagará muito caro pelo que me fez! Ela não sabe o quanto...", repetia Geraldo, repassando detalhadamente seus intentos.

Observando, à hora do almoço, a mesa posta apenas para dois, Isadora olhou inquiridora para Benvinda, que, deliberadamente, evitava trocar olhares com a senhora. Após a descoberta do envolvimento de Isadora com Thiago, a escrava tornara-se mais silenciosa e cabisbaixa, pois tinha medo de revelar seu desprezo e sua indignação. Condoía-se, imaginando a mágoa e a dor de Geraldo Fontes se viesse a saber da infidelidade da esposa. Tinham crescido juntos; lembrava-se das aulas de dona Márcia alfabetizando os filhos dos escravizados, ensinando-lhe noções básicas de matemática sempre acompanhada do filho, que tinha prazer especial em auxiliá-los e brincava com eles como se não houvesse uma diferença de posição social e a cor da pele fosse uma peculiaridade sem importância, tal como o pelo dos animais, em que alguns são lisos e outros malhados, no entanto, convivem felizes e compartilham o mesmo pasto.

"Por Deus! Eu dei de mamar ao filho dele junto com os meus. Pobre Jerônimo! Tão triste, parece uma florzinha de outono... frágil, pequeno. Nunca vi essa desnaturada dar um carinho que fosse ao menino, nem pegá-lo no colo, abraçá-lo, beijá-lo. É tão bom sentir cheirinho de criança. Nunca a vi cheirar o filho, nem quando ele era nenê. Todas as mães adoram cheirar; as vacas, as éguas, as cadelas, as gatas cheiram e lambem seus filhotes... Acho até que as galinhas... se é que elas cheiram, não sei. É por isso que ele é assim triste, tímido, tem medo de tudo. Essas coisas que as mães fazem dão alegria para as crianças, que se sentem amadas, importantes e confiantes. O pobrezinho nunca teve carinho... Isso deixava o marido dela infeliz e eu também não gosto dela por isso. E ainda tinha o diabo do gênio dela. Nossa! Agora ainda se rebaixa desse jeito e desmoraliza os Fontes, que foram tão bons para ela. Não consigo nem olhar."

— Por que apenas dois lugares? Onde está o senhor Geraldo? — indagou Isadora arrogante e fria.

— Não sei, sinhá. Logo cedo, depois do café, ele saiu a cavalo e disse que não sabia a hora que voltaria à fazenda. Disse que não estaria aqui no almoço, por isso servi só para a senhora e o senhor Thiago. O menino...

— Comeu na cozinha, eu sei. É melhor assim. Ele ainda não tem boas maneiras para comer à mesa com os adultos. É melhor que fique com vocês. Não suporto esses esparramos de comida e copos virados. Metem as mãos no prato! É horrível! — atalhou Isadora falando para si mesma como era seu costume.

Benvinda controlava-se com imensa dificuldade; tinha vontade de surrar a senhora da fazenda, de açoitá-la como faziam em outros lugares com os escravizados. "Ela merece umas chibatadas", pensava, reunindo todo esforço para pedir licença e sair da sala.

Isadora, repentinamente, percebeu que tinha o dia livre para dedicar-se ao homem capaz de fazê-la feliz e apressou-se a trazer da sala de estar um grande vaso de rosas e lírios frescos colocado sobre o aparador.

— Ficou lindo! — falou admirando o arranjo que ela própria colocara para decorar a mesa onde almoçaria sozinha com Thiago.

Tocando o pequeno sino, ela chamou Benvinda e, assim que a escravizada surgiu à sua frente, orientou:

— Disponha todos os pratos sobre a mesa, Benvinda. Nós nos serviremos sozinhos. Mande trazer o vinho que o senhor Geraldo comprou no mês passado. É o melhor.

Benvinda observou furiosa o arranjo da sala de estar enfeitando a mesa. Quando colhia lírios, lembrava-se de dona Márcia, que plantara os canteiros no jardim da fazenda por gostar do perfume. Intimamente, a escravizada ofertava as flores que arranjava sobre o aparador à alma de falecida sinhá.

Baixou a cabeça, mostrando obediência externa, mas não pôde evitar andar pisando forte e duro, com o corpo rígido, enquanto, mentalmente, endereçava mil pragas à senhora.

Tudo a seu gosto, Isadora banqueteou-se na companhia de Thiago, que entendeu perfeitamente as intenções da moça. Com um brilho malicioso no olhar e nenhum pensamento a lhe perturbar a mente, o rapaz, depois de se assegurar que Geraldo estava distante, cortejou-a e adulou-a como ela sonhava que deveria ser sempre. Tiveram do luxo e da luxúria em plenitude naquele almoço e nas horas de "descanso" posteriores, sem nem ao menos cogitar o porquê da ausência do dono da casa.

Geraldo retornou à casa nas primeiras horas da noite; as criadas ainda se ocupavam com a organização da cozinha e Benvinda voltava dos aposentos de Jerônimo comentando com Nastácia:

— Fiz um chá de cidreira mais forte para ele hoje. Talvez assim o menino durma melhor. Tenho tanto dó des... — E calou-se ao ver Geraldo parado sob o batente da porta dos fundos.

Nastácia, notando um ar de espanto na amiga, olhou na mesma direção, surpreendendo-se com a aparência de Geraldo. Ele tinha uma expressão dura e sombria no rosto; e no olhar, um brilho gelado. Parecia indiferente a qualquer pessoa; os cabelos estavam em desalinho, e as roupas mostravam-se amarrotadas, empoeiradas, com manchas de suor. Essa aparência lhe era incomum.

— Sinhô! Quer que lhe prepare um banho? — ofereceu Nastácia. — Não demora nada. E tem uma canja do jeito que o sinhô gosta. Ainda tá sobre o fogão, tá quentinha...

— Não é preciso. Vá se recolher. Preciso falar com Benvinda — ordenou Geraldo secamente.

Nastácia trocou um olhar com Benvinda e partiu assustada, se questionando se o dono da fazenda descobrira o envolvimento da mulher com o visitante. Refletiu por alguns minutos e concluiu que sim, devido à conduta estranha de Geraldo durante o dia. "Ela cavou a própria sepultura e vai se deitar nela. É merecido", falava Nastácia com seus botões, mas decidida a não se envolver na questão. "Sou só a escravizada que penteia e despenteia. Ela não deu mostra de consideração como eu vejo o sinhô Geraldo *dá* aos outros escravizados. Não tem por que eu dizer nada e ainda posso acabar mal se falar demais."

Tarde da noite, horas depois, Geraldo observava por uma fresta da janela de seu quarto a aproximação de uma estranha procissão de tochas de fogo.

— A hora se aproxima — murmurou com o rosto rente à vidraça na qual deixava marcas com o ar quente que expirava. — Que dia longo, meu Deus!

Aguçando os ouvidos, captou o ranger da porta principal se abrindo e sendo fechada segundos depois.

— É agora — murmurou novamente. — Deus me ajude! Apenas eu sei o quanto dói o que terei de fazer, mas é isso ou rebentar os miolos com um tiro. Preciso pensar em Jerônimo, pobre anjo...

Concentrando-se na execução de seu plano, afastou qualquer outro pensamento. Decidido, saiu do quarto e parou à porta dos aposentos de Isadora com a expressão compungida e envergonhada, pois os murmúrios e ruídos que escapavam do cômodo eram suficientes para desvanecer a louca esperança que seus pais e padrinhos haviam acalentado desde o vilarejo até a fazenda.

A sogra de Geraldo escondeu o rosto atrás de um lenço alvo, balançando a cabeça em um gesto de negativa como a dizer que não queria aceitar, muito menos acreditar, nas acusações do genro, mas as primeiras evidências já a desiludiram. O sogro, embora lívido, constrangido e verdadeiramente envergonhado, manteve-se altivo e severo.

O padre, que os casara e fora chamado, apertava o terço com força e, após todas as admoestações para que seu rebanho ali reunido mantivesse a calma, lembrando as lições de Jesus, ainda assim, continuava intimamente em fervorosa prece. Temia uma barbárie.

Geraldo encarou a todos sem esconder a profunda dor que vivia; a desilusão assentava-lhe no rosto como uma máscara de ferro: dura, fria, difícil de ser contemplada. Cumprimentou-os com um aceno silencioso de cabeça e, colocando-se ao lado do sogro e do padre, abriu a porta dos aposentos da esposa.

Envolvidos no jogo de afagos e carícias, atentos um ao outro, os amantes não perceberam a movimentação no corredor nem a porta sendo aberta. Aliás, com esta não havia preocupação. Thiago estranhara a falta de chaves, mas Isadora o acalmara com facilidade, dizendo que Geraldo nunca fora ao seu quarto sem avisar e que havia meses tais visitas não aconteciam.

— Deus misericordioso, tenha piedade! — clamou o padre em voz alta ante a cena que flagrava e emendou invocações a Maria pedindo clemência para com a pecadora.

— Ordinária! Vagabunda! Largue esse homem que não é seu marido! Nunca mais ouse dizer que é minha filha. Não tenho filha, ela morreu! E, Deus me perdoe, a alma dela foi direto ao inferno! — berrou o pai de Isadora tomado de repulsa e revolta, fazendo a esposa irromper em um pranto convulsivo e descontrolado.

Ao registrar o som da primeira sílaba pronunciada pelo padre, Thiago sentiu-se congelar, como se todo o seu sangue houvesse repentinamente se concentrado nos órgãos internos; um suor frio e tênue cobriu-lhe a pele, e seus músculos ficaram paralisados, enquanto a mente registrava a gravidade do momento. Isadora abriu os olhos somente ao ouvir os gritos do pai e, por sobre o ombro do amante, ver a face pétrea de Geraldo e o horror estampado no semblante paterno.

Não havia o que dizer nem desculpas esfarrapadas a dar. O flagrante pura e simplesmente não comportava nenhum desmentido ou qualquer tentativa de explicação.

Vendo a inércia do casal no abraço íntimo e completo, antes tão ardoroso, agora congelado pelo pânico, Geraldo pôs-se a rir nervoso, despejando de forma desdenhosa, vexatória e humilhante tudo o que sentia e pensava da esposa e de seu parceiro nos negócios em palavras do mais baixo calão.

— Essa é a linguagem das prostitutas e a que ouvirá doravante! Tratei-a como uma rainha, e você me atraiçoou como uma cobra... — gritava ele, pegando Thiago pelo braço e arrancando-o de cima de Isadora.

Ao cair contra as portas de um armário, completamente nu, Thiago ergueu as mãos e clamou:

— Por favor, não me mate! Não quero morrer!

Encarando a esposa, nua e pálida sobre a cama, Geraldo cuspiu-lhe e a esbofeteou impiedosamente. Tomado pela fúria, sacou o cinto da calça e aplicou-lhe golpes violentos sem considerar que parte do corpo atingiam. Os gritos de Isadora encheram o silêncio da madrugada. Do lado de fora da casa, outros moradores faziam o sinal da cruz, e um sussurro passou de boca em boca quando Geraldo jogou no pátio da fazenda o corpo de Isadora, nu, severamente machucado, cheio de vergões, hematomas, esfolamentos e filetes de sangue correndo pelo nariz e do canto da boca. Tinha os olhos tão inchados que apenas um ainda se abria.

Thiago também sentiu sobre o corpo a ira do marido traído sem ter como escapar ou reagir. Foi também jogado no pátio, nu e com sinais de brutal espancamento, caindo desacordado.

Isadora sentiu-se morrer naqueles momentos; vergonha, ultraje e humilhação a faziam sentir-se desnorteada, mas a moça não tinha os benefícios da inconsciência nem o lenitivo das lágrimas; estava tomada por medo, pânico e terror.

— Clarêncio — chamou Geraldo parado sob o batente da porta iluminado pela suave claridade do interior da sala —, ponha esses miseráveis assim como estão na maldita carroça que trouxe esse verme de homem à minha casa e ponha-os daqui pra fora já. Acompanhe-os até bem longe do vilarejo e certifique-se de que fique muito claro que nunca mais voltem aqui.

O escravizado, que fora previamente avisado dos planos do senhor da fazenda, limitou-se a baixar a cabeça em aquiescência. Girando nos calcanhares, dirigiu-se para o estábulo e encontrou Benedito, que vinha correndo assustado com os gritos que ouvira.

— O que aconteceu, Clarêncio? — perguntou ele tão logo identificou o escravizado.

— O senhor Geraldo descobriu tudo e expulsou a dona Isadora e vocês dois daqui da fazenda. Tô indo buscar a carroça para levar vocês embora pra bem longe. E é bom que nunca mais voltem aqui ou para perto daqui o bastante para o senhor Geraldo ter notícias. Você entendeu, Benedito?

— Claro, homem — respondeu Benedito alarmado.

Caminharam até o estábulo onde a carroça já estava atrelada aos cavalos. “Tudo preparado. Só espero que eu não tenha que levar dois cadáveres para a capital”, pensava Benedito, conduzindo a carroça até o pátio.

— Minha nossa Senhora! — espantou-se Benedito, parando o veículo no pátio da frente do casarão, onde estavam o pequeno agrupamento e os dois corpos nus e machucados largados sob a terra batida e úmida do sereno.

— Pode recolhê-los, Benedito. Aqui ninguém vai arredar um dedo para ajudá-lo — disse Clarêncio do alto da montaria com a qual acompanharia os expulsos, tirando o cocheiro do estado de choque.

Ele precisou de alguns minutos para reagir e executar a tarefa. Deitou-os lado a lado no fundo desconfortável da carroça, sem atrever-se a pedir um lençol que fosse para cobri-los. Entendeu que nem mesmo a roupa do corpo e a bagagem de Thiago poderia reclamar. Agiu rápido e em silêncio, colocando os cavalos em movimento.

Depois, quando já não se ouvia mais o trotar dos cavalos e o ranger das rodas da carroça, as testemunhas que estavam reunidas no pátio emudeceram. Foram os escravizados da fazenda os primeiros a se retirarem em silêncio; nada mais havia a ver ou a dizer. Algo havia morrido — todos sentiam —, contudo, não havia um corpo a ser velado nem enterrado, e a dor não tinha consolo. Era simplesmente um fim muito doloroso para os sonhos de amor de um rapaz simples, honesto e querido por todos. Abraços, palavras, expressões de carinho, mas quais? Ninguém ali sabia, então, um a um foram se retirando em pesaroso silêncio.

Ali, restara apenas Geraldo — emocionalmente exausto, fisicamente desgastado. Havia duas noites não dormia; tinha os olhos vidrados e uma expressão estranhamente vazia. Vê-lo fazia pensar que por algum sortilégio sua alma fugira do corpo. Enquanto isso, os sogros choravam abraçados, e o padre, calado, rezava sentado num canto da sala.

Permaneceram nessa esquisita reunião — em que cada um se sentia só e desamparado — até que Geraldo, num lampejo de consciência, se recordou do filho. Trôpego, ergueu-se do sofá onde havia se atirado. Andando à semelhança de um zumbi até o quarto de Jerônimo, sacou com dificuldade a chave do molho que tinha no bolso e abriu a porta silenciosamente.

Benvinda estava sentada no leito. Tinha o menino no colo, envolvido na colcha da cama como se fosse um bebê grande; beijava-lhe os cabelos e cantava-lhe uma suave canção de ninar.

A música lembrou-o da mãe. A cena maternal fez brotar as lágrimas que ainda não havia chorado. Só e desolado, sem dizer nenhuma palavra, Geraldo aproximou-se da mulher, colocando também sua cabeça no colo dela, num pedido mudo e sofrido de carinho e proteção.

Generosa, Benvinda acolheu o amigo, afagando-lhe os cabelos empoeirados e totalmente desalinhados. Deixou que as lágrimas de Geraldo molhassem o tecido rústico do avental de trabalho que ainda não tirara naquele dia, que deveria ter mais de 24 horas. Segurava em um dos braços o menino adormecido, após muito chorar assustado com os gritos da mãe. A crise nervosa e os questionamentos da criança exigiram toda sensibilidade e o carinho da escravizada. Ajeitando-o contra o peito com todo cuidado, arredou o próprio corpo para o centro da cama e, com a mão livre, puxou Geraldo para deitar-se ao lado, oferecendo-lhe o peito como travesseiro.

Ele não opôs nenhuma resistência; toda a sua fragilidade, suas enormes feridas emocionais estavam expostas. Benvinda era sua amiga de infância e, sem precisar de palavras, entendeu o que ele precisava. Não havia o que dizer, não precisava ouvir, somente deixá-lo sentir o calor de alguém em quem pudesse confiar; nada mais. Ninguém viu o padre se retirar, levando consigo os pais de Isadora, que, envergonhados, se culpavam pela queda moral da filha, indagando-se onde haviam errado em sua educação.

Por mais longa que pareça, todas as noites têm um fim, e outro dia iluminou a fazenda dos Fontes. "Histórias" foram contadas a Jerônimo, explicando a partida da mãe. Advertido por Benvinda que não incomodasse o pai, pois ele estava doente, o menino ouviu calado.

Vendo o rosto do pai tão abatido, o olhar triste, a voz cansada — que até aos ouvidos ingênuos do menino soava dolorida —, sem dizer o nome de Isadora, usando sempre a expressão "sua mãe", o pequeno abraçou Geraldo, subindo em seu colo e encostando a cabeça em seu ombro. Na inexperiência de seus seis anos, ele não entendia perfeitamente tudo o que acontecera, mas compreendera o principal: a mãe fora embora e o pai agora sentia o mesmo que ele, ou seja, rejeição, solidão, tristeza pelo passado e medo do futuro. Era a vez de a criança amparar o adulto, como tantas vezes fora amparado em seus medos noturnos.

O relacionamento entre pai e filho estreitou-se, e doravante Jerônimo e a fazenda constituíram as causas de viver de Geraldo Fontes.

Dias depois, Benedito ordenava aos cavalos cansados que parassem em frente à casa de Paola. Apeou da boleia da carruagem da firma Marques & Porciúncula, espiou pela vidraça seus dois ocupantes, fez uma careta, balançou a cabeça e dirigiu-se à porta de entrada com o chapéu velho e sujo na mão.

A criada que abriu a porta não o reconheceu de imediato, lançando um olhar desconfiado ao veículo sujo, tapado de barro e pó, onde mal se via o nome da empresa na porta lateral.

— Mas o que é isso? — perguntou ela assustada.

— Sou eu, Benedito — informou o cocheiro. — Jurema, preciso falar com dona Paola. Sei que não estou vestido como deveria e que ela não recebe homens do meu tipo, mas lhe diga que é muito sério. Preciso da ajuda de dona Paola para salvar a vida do senhor Thiago. Por favor, diga que lhe imploro que me receba. É caso de vida ou morte, e eu não sei o que fazer; a única pessoa que pode me ajudar é ela.

O desespero na voz de Benedito, somado à aflição e ao cansaço visíveis em seu rosto, e a sujeira que cercava tanto o veículo como o condutor convenceram a escrava de que o assunto era muito grave e urgente.

— Entre — ordenou ela, dando-lhe passagem. — Fique aqui e espere. Dona Paola costuma acordar tarde, depois do meio-dia, e não gosta que a chame antes, mas vou arriscar.

"Dormindo", pensou Benedito com inveja. Há quantas noites não sabia o que era deitar-se e dormir. Desde o episódio na fazenda, ele cochilava com as rédeas nas mãos e nas poucas horas em que se obrigava parar para que os cavalos descansassem. Os pobres animais estavam magros e maltratados, mas, naquela dura viagem, ele desacreditara que conseguiria chegar à capital, muito menos com Thiago vivo. Ele delirava tomado de febre, e Isadora parecia transtornada. Benedito temia que ela tivesse enlouquecido.

Meia hora depois, Jurema o chamou do alto da escada.

— Venha, Benedito. Madame vai recebê-lo.

Envergonhado e curioso, Benedito entrou nos aposentos de Paola. O luxo exagerado, as rendas e peças de um colorido exótico, o perfume almiscarado fortíssimo no ambiente, a maciez dos tapetes altos e a beleza da mulher, que, recostada entre travesseiros com fronhas de cetim, usava uma camisola transparente, deixando visível a brancura do colo desnudo e oferecendo os fartos seios aos olhos dos observadores, encantaram o exausto cocheiro lhe dando um sopro de ânimo. Teria assunto para dar inveja aos outros cocheiros, escravizados alforriados como ele, que, em casas como as de Paola, não passavam do meio-fio da calçada.

A mulher mediu com o olhar astuto a aparência do empregado de Thiago e assustou-se pensando que, se o jovem estivesse pior, haveria de estar à beira da morte, pois as olheiras de Benedito, visíveis sob a pele negra, eram grandes círculos arroxeados.

— O que aconteceu, Benedito? O que o desmiolado do seu patrãozinho fez dessa vez? — perguntou Paola, notando que o deslumbramento fazia o cocheiro esquecer o assunto de sua visita. Quando o cocheiro se aproximou mais do leito, ela nem ao menos se deu ao trabalho de puxar o lençol para cobrir o corpo.

— Vamos, homem, fale logo! O que aconteceu? Por que está aqui? — indagou irritada com a demora das explicações e, olhando a escravizada, ordenou: — Traga café, Jurema. Bem forte e sem açúcar. Estou com dor de cabeça.

Encabulado, Benedito parou ao lado da cama, ajoelhou-se e, pegando respeitosamente as mãos de Paola, começou a desfiar um verdadeiro rosário de lamentações, contando a infeliz aventura do patrão e a forma trágica como acabara.

— Agora, madame, os dois estão lá embaixo, na calçada. Estão mal, e nem sei se vão sobreviver. Foi por caridade que consegui roupa para eles na casa do ferreiro, que consertou o carro. Se não fosse a piedade do homem, eles estariam pelados até agora. Esse mesmo homem me deu uns trapos que um dia foram cobertores e alguma comida; graças a isso, chegamos aqui. Mas eles estão muito mal. O senhor Thiago delira e geme noite e dia. Ela também, mas parece pior, meio transtornada. Eles devem ter vários ossos quebrados. A surra que levaram foi muito feia...

— Imagino.

— A senhora entende que não posso levar o sinhô Thiago para casa nesse estado, não é? O pai dele vai terminar de *matá*, e não é de tirar-lhe a razão. Toda a viagem foi perdida, todos os negócios, todos os papéis, a roupa, o dinheiro... tudo, tudo. E ainda o filho todo lanhado e quebrado por causa de um marido furioso. Que Deus me perdoe, mas o pobre homem tinha razão; eu, da outra vez, avisei ao patrãozinho, mas dessa... não tive tempo. Quando vi, a coisa já *tava* feita, mas não esperava que fosse acabar assim. A senhora, por amor de Deus, me ajude.

Paola largou sobre a mesa de cabeceira a bandeja com o café que Jurema lhe trouxera e ergueu-se. Apanhou um penhoar que muito pouco escondia sua nudez e saiu do quarto, sendo seguida apressadamente pelo cocheiro.

Através da janela da sala, viu o estado da carruagem e, desolada, abanou a cabeça.

— Benedito, ponha a carruagem nos fundos. Já ficou exposta muito tempo. Ainda bem que é muito cedo — ordenou Paola, que, obviamente, não consultara o relógio e ignorava que a manhã ia alta, mas, apesar disso, a rua estava deserta. — Jurema, mande alguém chamar o doutor Bernardo e que ele venha rápido, pois é urgente. Pode adiantar que são dois doentes e que possivelmente têm fraturas, senão o velho trará remédios e ataduras só pra um. Sabe como ele é atrapalhado.

Benedito ouviu o restante da frase quando se aproximava da calçada e só pôde pedir a ajuda divina para os doentes, mas os entregaria aos cuidados do médico por mais atrapalhado que fosse.

O médico, idoso, baixo, magérrimo, de rosto encovado, em que disputavam espaço os espessos e compridos bigodes com os óculos redondos de lentes grossas, era inegavelmente uma figura estranha. As roupas pobres, mas imaculadamente limpas, a expressão serena do olhar e a dignidade com que se portava lhe conferiam simpatia, fazendo as pessoas se inclinarem a confiar em suas opiniões.

Paola ignorou os olhares espantados que o cocheiro dirigia ao facultativo e recebeu o doutor Bernardo da forma amistosa como era tratado na casa. O velho médico as socorria de indisposições alimentares a abortos espontâneos e partos; elas conheciam e respeitavam sua competência.

— Venha, doutor — convidou Paola, vestida como de costume com trajes simples e leves, em geral na cor branca. Deixava as roupas coloridas e ousadas para quando saía à rua ou recebia seus clientes; considerava-as um uniforme de trabalho tal qual o jaleco do médico que a acompanhava. — Estão acomodados nos quartos dos fundos. Achamos melhor não trazê-los aqui para o sobrado. Estão muito feridos.

— O que aconteceu, Paola? — indagou doutor Bernardo demonstrando apenas interesse clínico. Sabia que, naquela casa, se sujeitava a socorrer os casos mais inusitados, mas limitava-se sempre ao que lhe competia profissionalmente.

— Confio no seu sigilo. — Adiantou-se a mulher. — O paciente é o senhor Thiago da Porciúncula, conhece?

— Apenas de nome. É o filho de Manuel da Porciúncula, estou certo?

Paola concordou e narrou resumidamente os eventos que resultaram no flagrante de adultério, no violento espancamento e na dura viagem, com poucos cuidados, até a capital. Mantendo a expressão serena, o médico limitou-se a franzir a testa.

Ingressaram no quarto e, ao ver os rostos machucados, em que os hematomas ganhavam contornos amarelo-esverdeados e os ferimentos no nariz e nos lábios estavam cobertos por cascas, doutor Bernardo, imediatamente, largou a valise sobre uma cômoda e aproximou-se dos doentes. Falou-lhes com carinho e atenção, mas não houve retorno. Com febre alta, Thiago pronunciava palavras desconexas e ora chamava por dona Augusta, ora por Verônica. Isadora, que se mantinha consciente, estava assustada, arredia, encolhendo-se e tentando subtrair-se ao exame do médico.

— Colabore, moça — advertiu Paola seca e severa. — O doutor precisa examiná-la, verificar o estrago que seu marido fez. Não acha que é muito tarde para... pudores de moça do campo?

Isadora, envergonhada com a reprimenda irônica da mulher desconhecida, aquietou-se e ficou inerte nas mãos do médico. O exame lembrou-a de seu doloroso trabalho de parto; a outra experiência na qual tivera seu corpo exposto e analisado. O rancor que guardava daquele sofrimento, que interpretara como uma bárbara agressão, somou-se à ira por ter sido surrada sumariamente por Geraldo. Sentia-se impotente e até envergonhada, reconhecendo que agira mal, porém justificando a consciência com alegações de amor e de não ter como resistir. A tudo isso, acrescentava-se a culpa pelo estado de saúde grave do amante.

— Ela não apresenta ossos quebrados. Está muito machucada, mas não vejo sinais de nenhum ferimento interno. As escoriações estão infeccionadas e há algumas bem profundas. Ela é forte. Depois de uma boa limpeza, alguns curativos e remédios para dor, logo estará de pé. É provável que restem cicatrizes na pele, mas quanto a isso não há nada a fazer; é preciso esperar — declarou doutor Bernardo.

Paola concordou em silêncio, anotando mentalmente as prescrições do médico. Chamou Jurema e ordenou-lhe que preparasse um banho morno e trouxesse uma banheira limpa até o quarto dos doentes.

— Duas — interferiu o médico, enquanto examinava Thiago. — Ele também precisa, e a água deve estar levemente morna. O rapaz está muito febril, e seus ferimentos infeccionaram muito mais; parece que estão com terra — disse doutor Bernardo surpreso ao constatar pequenos grãos de areia em um ferimento de péssima aparência.

— É possível. Eles foram espancados nus e jogados em um pátio de terra batida, numa fazenda no interior — esclareceu Paola.

— Isso explica tamanha infecção; as costas dele estão na miséria. Já socorri alguns negros que foram castigados e largados para morrer nos subúrbios da cidade, mas nunca tinha visto alguém no estado do senhor Thiago. Ele tem costelas quebradas e há comprometimento dos pulmões. Haveria como levá-lo para o hospital?

— É tão grave?

— Sim. Não recomendo que a senhora fique com ele neste estado em sua casa. Se vier a falecer, não terá como explicar. Melhor encaminhá-lo para o hospital ou para a casa dos familiares.

Isadora gemeu ao ouvir o diagnóstico do médico. "O que será de mim, meu Deus? Se ele morrer, ficarei sozinha aqui. Não conheço ninguém. Como vou viver?" As fantasias que alimentara não tinham esse desfecho. O desespero a consumia, e o universo interior de insatisfação agora se enchia de ódio, vergonha e humilhação. O medo e a impotência faziam-na permanecer calada, obrigando-a a aceitar a piedade alheia.

Após banhar Thiago e lhe arranjar vestes limpas dos escravizados da casa, Paola seguiu a orientação do médico e encaminhou o ferido ao hospital. Ela e Benedito inventaram uma história, que não se sustentaria ante alguém minimamente atento, mas que acabou convencendo os pais do rapaz, cuja maior preocupação se tornou recuperar a saúde do filho.

No hospital, Verônica ouviu a versão de que haviam sido agredidos por bandoleiros, que lhes roubaram a carruagem e os demais pertences. A preocupação dos sogros foi o único motivo que a fez ouvir calada as informações de Benedito, mas a forma indignada como ela o encarava patenteava que via com clareza as mentiras que ele contava e que não as aceitava. Seu olhar percorria-o de cima a baixo; examinando-o, reconheceu as roupas e constatou que Benedito não tinha nenhum arranhão, estando, sim, sujo e cansado.

"História mal contada", pensava Verônica, mas, ante a consternação dos sogros e a visível aflição de Benedito, que suava, tremia e mordia os lábios a cada pergunta, decidiu calar-se.

Uma semana depois, sob os cuidados das mulheres da casa de Paola e do doutor Bernardo, Isadora estava de pé. Ainda tinha alguns hematomas, mas não sentia mais dores nem o cansaço imposto pela viagem desconfortável.

Após o fatídico dia da chegada, era a primeira vez que entrava no sobrado usando roupas emprestadas por Sônia, uma mulher com sua mesma idade. Afeiçoara-se a ela rapidamente, o que na personalidade de Isadora era algo singular. O fato explicava-se pelo estado de humilhação, medo e dor em que chegara àquela casa. Era, sem outras palavras, uma pedinte, esfomeada, machucada e maltrapilha, que necessitava incondicionalmente da caridade de qualquer pessoa e cujo orgulho se via dobrado e amarrotado sob o guante da premente necessidade do que de mais elementar se possa pensar em qualquer sentido, seja material ou moral. A gentileza, a atenção e mesmo o carinho com que Sônia cuidara dela, sem questionar nada, sempre disposta a conversar e a animá-la, trazendo-lhe vestidos e outras peças de vestuário usadas, mas em bom estado, para que ela escolhesse um pequeno guarda-roupa, a cativaram.

Admirando a decoração exótica do sobrado, não entendia para que tantos divãs e sofás em uma mesma sala, além de mesinhas e almofadas coloridas. Aliás, as cores chamavam sua atenção; havia uma predominância de tons avermelhados e muitas obras de arte. Analisava uma delas quando ouviu a voz de Paola às suas costas.

— Vejo que Sônia conseguiu vesti-la. Como está se sentindo?

— Bem, graças à bondade da senhora e à de todos os outros. Muito obrigada. Não sei como lhe pagarei, mas tenho certeza de que, assim que Thiago melhorar...

— Ah, sim — interrompeu Paola friamente, encarando Isadora com firmeza. — Foi bom ter falado nele. Benedito informou que ainda está no hospital, não muito bem, e que a esposa e a mãe dele estão se desdobrando...

Isadora apoiou-se no encosto de um divã próximo, sentindo uma pontada aguda e um tremor por todo o corpo. Custava-lhe crer no que ouvira, por isso, com voz entrecortada que não escondia seu espanto, atalhou:

— O que disse? Thiago da Porciúncula é casado?

— Assim como você, minha cara, portanto, trate de não ter nenhum chilique pois a vida aqui não comporta esse tipo de coisa. Não tolero mulher mimada; é algo que me enoja. — Paola riu ao ver-lhe a palidez sob as marcas dos hematomas. — Seu rosto está lindo. Patético, na verdade. O que esperava? Que chegaria à capital e seria apresentada a todos como a senhora Thiago Marques da Porciúncula? Que iria viver numa bela casa, cercada de luxo e conforto, ser levada a festas, frequentar a sociedade, usar belas roupas e joias? Pobre idiota! Bem, não repetirei nem lhe darei explicações: Thiago da Porciúncula é casado, e tudo o que você queria já possui uma dona.

— Não... não é assim tão simples. Ele me ama. Nós nos apaixonamos há algum tempo, tentamos resistir... Sei que o que fizemos foi errado para os outros, mas nos amamos...

A risada de Paola e a expressão de escárnio e incredulidade com que a fitava fizeram as palavras de defesa e justificativas de Isadora morrerem em sua garganta, deixando-a literalmente de boca aberta a olhar sua benfeitora.

— Você é uma boba, ingênua. Thiago da Porciúncula apaixonado por uma mulher? Essa é a piada do século! Ah, meu Deus... — Paola ria. — Sente-se, Isadora. Pelo visto, esta conversa será muito longa.

Obediente, Isadora acomodou-se na ponta do divã onde se apoiara; Paola afastou alguns bibelôs de uma mesinha e sentou-se sobre o tampo. Surpresa, Isadora não escondeu a estranheza que o gesto lhe causara.

— Você não faz ideia de onde se encontra, estou certa? — perguntou Paola subitamente séria.

— Na capital. Não perdi a consciência; é claro que sei onde estou.

— Eu me referia a isso. — Paola fez um gesto mostrando a sala da casa.

Isadora correu o olhar pelo ambiente e comentou:

— Na outra vez em que estive em sua casa, não tinha sequer condições de ver direito... de modo que é a primeira vez que estou aqui. Você tem um gosto... hum... diferente, mas não sou ninguém para dar opinião nesses assuntos. — O nervosismo estampava-se em cada gesto e até nos trejeitos da face de Isadora. — Vivia em um fim de mundo, como se diz.

— Essa decoração não tem nada de estranha para o que esta casa é na verdade — declarou Paola, empinando o queixo altiva. — Você está no meu bordel, Isadora. Eu sou uma prostituta, uma rameira, uma meretriz...

— Oh, meu Deus! — Isadora levou a mão à boca, denunciando a necessidade de calar o que lhe passava pela mente.

— Não se espante. Todas as mulheres que moram aqui fazem o mesmo. Thiago é um dos frequentadores mais regulares desta casa, por isso Benedito os trouxe para cá. A família dele jamais admitiria acolhê-la, Isadora, e os pais morreriam de desgosto se soubessem da aventura do filho, ainda mais por envolver parceiros dos negócios da firma. Aliás, eles não sabem de nada. Inventamos uma história; dissemos que Thiago e o cocheiro foram atacados por bandoleiros na estrada.

Paola via o rosto de sua hóspede tornar-se mais e mais pálido; o susto que a verdade estava causando naquela natureza fantasiosa era devastador, mas não era hora para piedade — assim pensava Paola, recordando-se de outras situações semelhantes no passado.

— A realidade é essa, sem tirar nem pôr. Quanto aos seus devaneios com Thiago da Porciúncula, recomendo que os jogue fora o quanto antes. Ele não é homem dado a paixões avassaladoras; é um boa-vida como muitos outros que infestam as ruas da cidade. Possivelmente, tomou apenas o que você ofereceu generosamente, cedendo aos caprichos dele. Mesmo morando em um fim de mundo, deveria ter atinado para o fato de que tudo não passava de uma aventura.

O som de soluços e, em seguida, do choro de Isadora irritou Paola: "Odeio ver essas cenas. Idiota, imbecil! Essa infeliz não sabe o que a espera. Como pode?".

— Enxugue essas lágrimas. Não adianta chorar, pois isso não resolverá nenhum de seus problemas. Além do mais, eu, particularmente, detesto mulheres choronas. Os fatos são os seguintes: você não tem mais lar, família, e não conhece ninguém na cidade. Seu amante está no morre-não-morre, e, suponhamos que se salve, pode ter certeza de que dará um jeito de se ver livre de você. Espere, no máximo, alguma ajuda em dinheiro, mas esqueça todo o resto que tenha inventado nessa cabeça desmiolada.

— Eu... na verdade... não... planejei nada. As coisas... aconteceram... ah, meu Deus, e agora?

Os soluços e suspiros denunciavam o esforço de Isadora para conter o pranto, e o olhar da moça refletia o medo que assolava sua alma.

— Agora é apenas você — declarou Paola enfaticamente. — Recuperou a saúde, ainda está com o rosto muito feio, mas é fácil ver que tem feições bonitas. Precisará trabalhar para se sustentar, a menos que queira ir para um convento. Nesta casa, todas ganham o próprio sustento. Não é um lar de caridade.

— Não! Não sou muito religiosa. Acredito em Deus, mas convento, não. Não sei fazer muita coisa, apenas cuidar da casa e alguns trabalhos manuais... Posso fazer essas atividades até Thiago melhorar. Apesar do que disse, sei que ele não me abandonará.

— Sei... mas não preciso de ninguém para essa função. Essa casa tem dona e as escravizadas fazem todo o serviço; um bordel não tem governanta. Aqui só existe um trabalho para você e é o que todas fazemos; é pegar ou largar. Você tem até esses hematomas sumirem do seu corpo para me dar uma resposta. Apesar de não me aceitarem na igreja, me considero cristã, por isso lhe darei abrigo gratuitamente até lá. Mas, tão logo estiver recuperada e em condições de aprender o serviço — que em parte você já conhece —, terá que trabalhar ou ir embora.

Isadora baixou a cabeça e saiu rapidamente quando Paola a dispensou. Sônia continuou cuidando dela e agora, no intuito de prepará-la, conversava a respeito da vida que levava. Tal como Paola e com a mesma firmeza, Sônia destruiu as ilusões da protegida quanto a Thiago da Porciúncula e, com esforço, a fez ver os resultados de sua irreflexão.

— Mas também temos alegrias — confessou ela entusiasmada uma tarde, quando o rosto de Isadora apresentava sinais muito tênues do espancamento e as cores voltavam à normalidade. — Temos nossos filhos. São lindos e, graças a Deus, muito saudáveis. Paola é muito boa; é exigente, mas não chega nem perto de outros lugares. E como ela também é mãe, temos certeza de que nossas crianças são bem tratadas. E quando alguma de nós fica de barriga, ela manda essa pessoa para a outra casa — onde vivem as crianças com a governanta e a professora. A grávida fica vários meses lá, sem precisar trabalhar. Visitamos o local a cada duas semanas. E, como a filha dela também vive lá, fico mais segura de que meu menino está bem. Sei que ela dá um jeito de supervisionar o serviço das mulheres que trabalham para nós...

— Você tem um filho? E Paola também? — indagou incrédula Isadora, que acreditava que uma prostituta jamais poderia ser mãe.

— É claro. No nosso trabalho, isso é comum. Eu nunca abortei e só engravidei uma vez. Adoro meu filho. Ele dá um sentido para o que faço, além da minha sobrevivência. Minha história não é muito diferente da sua, mas nunca fui casada. Meu padrasto... bem, você entende. — Era visível a dificuldade de Sônia de falar sobre lembranças dolorosas. — Eu era muito nova, e minha família era pobre. Quando minha mãe descobriu, me bateu muito, e assim a escolha dela estava feita. Vi logo a quem ela preferia. Eu odiava aquela vida e odeio aquele homem até hoje; espero que esteja no inferno, fervendo em óleo quente como dizem — e quero que seja fervendo mesmo. Bem, na rua as opções não são muitas... Vivi em outros bordéis até que um senhor — não vou revelar o nome —, que é frequentador aqui da casa, me encontrou na espelunca onde eu trabalhava, se encantou comigo e me apresentou para Paola. Por isso, escute o que lhe digo: aqui é o paraíso perto do que tem aí fora. Um ou outro frequentador é agressivo — não sei por que, mas tem homem que gosta de bater em mulheres como nós. Parecem ter raiva da gente! Juro que não entendo por que eles vêm aqui, mas são raros os desse tipo. Assim que Paola fica sabendo, eles não entram outra vez na casa nem tapados de ouro. Então, ficam só aqueles que abusam um pouco por causa da bebida. Eu falo demais, mas, se não fosse o amor que tenho pelo meu filho, acho que já teria feito uma besteira. Por ele, tenho razões para juntar dinheiro: ele vai estudar. Tenho uma pequena propriedade fora e, quando conseguir todo o dinheiro de que preciso, sairei desta vida, pegarei meu filho e irei morar lá. Como ninguém me conhece, direi que sou viúva, sem família, e viverei em paz.

Ouvindo as confissões e os planos de Sônia, o carinho na voz quando falava do filho, Isadora recordou as feições de Jerônimo e, pela primeira vez, questionou os sentimentos que tinha pelo filho. "Sou muito pior que essas prostitutas. Elas têm filhos, amam e cuidam deles, têm histórias tristes, e eu? O que posso dizer? Paola tem razão. Já se passou um mês desde a nossa conversa e nem ao menos Benedito veio me dar notícias de Thiago ou trazer um recado. Foi tudo pura ilusão."

Capítulo 15

O CURSO DO RIO

O detalhe dos acontecimentos está subordinado às circunstâncias que ele próprio provoca por seus atos [...].[19]

Os rios deságuam no mar, não importando a distância das nascentes ou sua força. Há uma determinação superior que faz isso se cumprir, e, quando o homem decide interferir, a natureza acaba dando mostras, cedo ou tarde, de que havia um curso escrito e que aquelas águas passavam por aquele leito.

Na vida, os caminhos são os leitos dos rios das várias escolhas postas ante nossos olhos. Cada decisão é um caminho, que tem seu próprio curso.

Nossos personagens fizeram escolhas, inconscientes, irrefletidas, não importa; sempre somos livres em nossas opções. Quando acertamos, é nosso o mérito; quando erramos, é nosso o dever de recomeçar, de refazer. O erro é natural ao processo de aprendizagem, e o maior de todos os processos educacionais e de aprendizagem respondem pelo nome de reencarnação. Nascemos e renascemos infinitas vezes com o único propósito de aperfeiçoar nossos seres. Os erros que cometemos não são "pecados", "castigos" ou "punições", pelos quais teremos de "pagar" numa nova vida; são simplesmente erros, frutos diretos da imaturidade.

---

19 KARDEC, Allan. **O Livro dos Espíritos**. Tradução Salvador Gentile. Araras: IDE.

Conquistar qualidades, amadurecer, é um caminho longo e está para nossos erros como o mar está para o rio. Não importa a distância ou a força, todos eles, forçosamente, serão superados um dia e desaguarão em virtudes quando chegarmos ao fim do percurso. Talvez por isso a natureza terrena seja tão pródiga de belezas nascendo do lodo; haja sabores doces alimentando-se de fermentações pútridas; e o amanhecer lembre ao homem que seus erros não são o "fim", e, sim, apenas mais um elo, e que, dia após dia, é possível transformar, não o mundo, mas a nós mesmos, num trabalho lento e gradativo, em que o erro de ontem é solo fecundo para um novo plantio, onde poderão surgir a bonança e a beleza.

A reencarnação é o processo de ensino divino; a liberdade, seu método por excelência; o prazer e a dor, seus mais competentes mestres; e, todos nós, filhos de Deus, alunos em diferentes graus de aprendizagem na grande escola da vida. Cada escolha que fazemos é também uma escola e encerra em si experiências peculiares.

Meu amigo Geraldo Fontes, Isadora e Thiago fizeram suas escolhas e, ao matricularem-se nas respectivas escolas, submeteram-se aos caminhos traçados. Logicamente, elegemos também nossos mestres, e, nesse triângulo, todos elegeram a dor. Esqueceram a criança — o aluno recém-chegado —, que mergulha nesse processo reencarnatório como quem "se lança a uma travessia perigosa e não sabe se encontrará a morte nas ondas que enfrenta"[20].

De todos os envolvidos nos desatinos que narramos, o maior atingido, sem dúvida, foi o pequeno Jerônimo. Desde cedo, faltaram-lhe os cuidados e carinhos maternos, tão fundamentais à estruturação da personalidade sadia. Sempre convém lembrar que o momento da encarnação é muito mais perturbador para o espírito que o desencarne, especialmente porque é um processo mais longo e complexo. O reencarnante inicia seu mergulho na matéria no momento da concepção e com isso inaugura um estado de perturbação psicológica e de progressiva simbiose com a mãe. Suas ideias se apagam, ele perde a consciência de si e de tudo o que teve significado até então para renascer à

20 KARDEC, Allan. **O Livro dos Espíritos**. Tradução Salvador Gentile. Araras: IDE.

semelhança de uma folha em branco em um longo romance. Somente com o desenvolvimento de seus órgãos — e aqui há de se considerar não apenas a formação e maturação dos órgãos físicos, mas também do psiquismo humano —, que se dá ao longo da infância (desfazendo e transformando gradualmente o processo de perturbação do espírito reencarnado) e se completa por volta dos dezoito anos, o corpo dá ao espírito plenas condições de manifestação no mundo físico.

A criança em tenra idade — três ou quatro anos — é um espírito quase nu, diríamos mal coberto, em que o potencial emocional está exposto e frágil e o potencial intelectual está limitado pelas possibilidades dos órgãos em desenvolvimento. A todos aqueles que estudam reencarnação não passa despercebida a razão das dificuldades psicológicas e/ou emocionais de muitas pessoas, cujas raízes se lançam nesse período de perturbação do "eu espiritual" vivido na infância. Também por isso, não é sem razão o exemplo de carinho legado por Jesus à infância e sua lição de que as crianças são puras, ou seja, se encontram num estado próximo ao da origem — simples e ignorantes, o que os faz retratar um exemplo de pureza e simplicidade de coração.[21]

Jerônimo teve uma infância triste, marcada por medo e solidão, era inseguro, apegara-se ao pai, e sua existência era dedicada a agradar e satisfazer as expectativas de Geraldo Fontes. Foi ele quem, ao longo dos anos, compartilhou todo o rancor do marido traído ao qual se somava o do filho rejeitado. A frase que, ao menos de dois em dois dias, Jerônimo ouvia com regularidade foi: "Mulheres não prestam. Não confie nelas. Veja o que sua mãe lhe fez" ou então "As pessoas são más, não prestam, só têm interesse no que você possui. Não se pode confiar em ninguém neste mundo".

Outras vezes, quando Jerônimo já era um mocinho, Geraldo disse:

— Meu filho, quando muito se divirta com as mulheres, mas nunca lhes dê seu amor. Faça isso se não quiser sofrer a vida toda.

---

21 Nota do autor espiritual: Sobre o tema, recomendamos atenção especial às questões 339, 340, 341, 344, 351, 352, 368, 369, 380, 384 e 385 de *O Livro dos Espíritos* e aos itens 1, 2 e 3 do capítulo VIII de *O Evangelho Segundo o Espiritismo,* ambas de Allan Kardec. Na sequência deste romance, exemplificaremos implicações desses ensinamentos.

Essa cantilena rancorosa, fruto da experiência pessoal de Geraldo, foi literalmente transferida para o frágil Jerônimo, cujas próprias vivências, ligadas que estavam às do pai, tinham por si só uma grande dose de sentimentos conflituosos relacionados à figura materna. E, apesar de toda a dor, ambos sonhavam com o consolo supremo do carinho de uma mulher. Jerônimo sonhava com a mãe; via-a vindo visitá-lo, dizendo--lhe que tinha saudades, que precisava saber como ele estava; Isadora, então, chorava abraçada a ele, e depois mãe e filho passeavam pela fazenda. De repente, tudo, no entanto, se tornava confuso. Quando olhava para Isadora, o rosto da mulher transformava-se num misto das feições de Benvinda e da figura da avó, que o alegrava. Porém, a lembrança de que dona Márcia estava morta o fazia chorar doridamente; ela era a representação de suas perdas e seus lutos.

Logo se vê que a personalidade de Jerônimo se desenvolveu com traumas e carências profundas. Ao lado de Geraldo, recebeu o necessário ao crescimento de seu corpo físico, à sua educação formal, no entanto, no que se refere ao desenvolvimento emocional e psicológico, o leitor bem vê o desastre que se deu. Não há coisa mais justa que a máxima "cada um dá o que possui"; de fato, não há como ser diferente, tampouco a vida nos exige conduta diversa. Mas podemos aprender a selecionar o nosso universo emocional e as nossas relações, que, na maioria dos casos, se assemelham a um cesto de fios de lã emaranhados por um gato. Uma confusão generalizada, em que não se sabe o que é o que, onde começa ou onde termina, nem quem é quem. O mais próximo recebe a carga que nem sempre originou. Geraldo confundia a figura de Isadora mãe com a de Isadora esposa e não entendia que precisava preservar minimamente de seu rancor a figura materna na mente do filho. Que a dor do menino era a do filho, não a do marido. Que Jerônimo não tinha idade nem entendimento para interpretar conceitos de traição conjugal. Geraldo não podia despejar sobre o menino, cada vez que falava da mãe dele, toda a carga de mágoa, ódio, desprezo e dor e, com isso, transtorná-lo emocionalmente.

Não podemos dar o que não temos, mas podemos selecionar o que possuímos e não dar a quem não mereça coisas e sentimentos que se transformem num peso, por não poderem ser compreendidos e, especialmente, por não fazerem parte da vivência direta daquela pessoa. Os pais precisam aprender a separar os filhos dos sentimentos que medeiam as relações conjugais e não transferir suas mágoas e seus rancores de marido ou mulher — que são sempre e infelizmente os sentimentos mais transferidos — para o filho de ambos. Não se pode usar impunemente os sentimentos de uma criança, que, na condição de espírito encarnado, vivencia um período de perturbação e depois de formação de uma nova estrutura com a qual se relacionará com a realidade da existência que se inicia. As marcas lançadas na infância atingem diretamente o cerne da criatura, e os adultos responsáveis por essa criança precisam se conscientizar das condições desse estado, pois ele não é posto na natureza para ser marcado com os conflitos dos adultos, mas para que os responsáveis por sua formação possam usar desse tempo para fornecer bases seguras, especialmente as emocionais, para o ser que está sob seus cuidados.

Jerônimo atravessou aquela existência carregando e desenvolvendo medo, insegurança, rancor e uma profunda carência. Necessitava desesperadamente de amor, mas, como o tamanho da ânsia era o mesmo do medo, foi, nesse ciclo perverso de retroalimentação, um solitário, estranho e carente.

Geraldo Fontes viveu dedicado ao trabalho e consumido pelo rancor. Tornou-se amargo, uma pessoa de difícil convivência. Seus amigos se resumiram a Clarêncio e Benvinda, que, por entenderem as transformações que se processaram, toleravam o comportamento arredio do patrão.

O distanciamento emocional dos demais trabalhadores da fazenda acabou por destruir completamente o que antes fora o lar dos Fontes, um oásis de paz e harmonia. Os escravizados mais velhos morreram, e muitos novos, não suportando a carga de trabalho, adoeceram, morreram ou optaram por abandonar a vida de trabalho de sol a sol, sem tréguas, imposta na fazenda.

O dinheiro compensava Geraldo. As realizações que lhe faltavam na vida pessoal, familiar e afetiva eram compensadas por grandes safras. Os grãos de café colhidos em abundância davam significado à sua existência. Viver era trabalhar e apenas trabalhar. Era um pobre homem rico, vazio de bons sentimentos e boas lembranças, cheio de mágoa, rancor e carências não admitidas. Geraldo fechou-se na e para a vida, e tudo perdeu sentido quando, passados quinze anos do abandono de Isadora, as safras apresentaram problemas sucessivos, acumulando frustrações que ele não teve como suportar.

Ingenuamente, dizemos: "Fulano suportou tanta coisa na vida e foi cair justamente por um contratempo financeiro". Inadvertidamente, julgamos a criatura interesseira, sem conhecer-lhe a história e o caráter, que prezava o dinheiro acima do amor. E nem sempre é assim; é comum o fenômeno da compensação material.

Após a quarta safra comprometida, vendo a estabilidade material/financeira da fazenda ameaçada, Geraldo Fontes não encontrou mais forças interiores para resistir e entregou-se ao desespero. A perda financeira era tão só a última batida na porta escura atrás da qual ele encerrara todos os seus conflitos. Ela teve o condão de abrir e deixar escapar o que até então estivera firmemente amordaçado e que só pelas frestas escorria o caldo do rancor e da mágoa que, inadvertidamente, destilara no coração do filho. Transtornado com todos os seus fantasmas íntimos a persegui-lo e a dizer-lhe que era um fracassado, Geraldo arruinou-se, pondo fim à própria vida. Enforcou-se no galpão vazio da fazenda, local simbólico para o vazio de significado da própria vida à qual deu cabo.

— Que desgraça! — exclamou Clarêncio ao encontrá-lo morto. Tirando o chapéu e persignando-se, preferiu olhar para o chão enquanto murmurava o pai-nosso. A prece, embora fosse dita em intenção da alma do suicida, na verdade o acalmava e de algum lugar fazia brotar forças para que realizasse o que tinha de ser feito.

Sacou a faca que levava sempre presa à cinta, cortou as cordas e, segurando o corpo, baixou-o com cuidado. Retirou o laço, fazendo tudo para evitar contemplar a fisionomia de Geraldo.

— Por que, Deus, os homens não têm fé? — murmurava Clarêncio, falando baixinho com o Criador como se Ele estivesse ao seu lado, tão próximo que não necessitasse erguer a voz. — Ele sofreu muitas decepções, mas por que não tentou se recuperar? Por que não olhou para a natureza, que todos os dias se renova, se refaz? Por que se enterrou na dor por uma mulher que nem sabia o que é amar? Havia tantas outras, tão melhores, que teriam aceitado de bom grado lhe dar carinho... por que ele não aceitou? Por que tinha de ser tão teimoso, construindo, assim, toda essa infelicidade que nem ele mesmo suportou? Parece tão simples entender que se alguém não nos ama é porque não pode ou não sabe. É preciso aceitar quem não sabe amar e aceitar também quem sabe; não há razão para insistir em comer um fruto verde, fora do tempo, e querer que ele seja doce e saboroso como o produzido no tempo certo. Ele poderia ter aceitado o amor de outra pessoa... não teria sofrido tanto, se amargurado desse jeito. Isso é falta de fé. É falta de acreditar na Sua bondade, Senhor. Ninguém tá condenado ao sofrimento, mas, se o escolhe, o que se há de fazer?

"Eu vi, Senhor, tudo isso acontecer e Lhe peço que tenha pena dele. Geraldo era um bom homem, só muito teimoso. Era inteligente para umas coisas, porém para outras... pobre coitado... Para a vida do coração, ele não era nada esperto; para as coisas do espírito, também não, por isso sofreu tanto. Tenha pena dele, Senhor. Eu, que vejo os que já morreram, sei que as almas seguem vivendo e voltam no corpo de crianças recém-nascidas. Não sei de que jeito, mas já vi que é assim. Não há de ser por essa loucura que com ele será diferente. Que Geraldo possa ter paz aí na outra vida. Quem sabe se aí não tem um jeito de ele melhorar e aprender o que ficou faltando? Aprender a ter fé no Senhor e na vida. Ele nem pensou em aceitar o amor do filho. Se ao menos tivesse aceitado isso, não teria feito o que fez."

Em sua conversa com Deus, Clarêncio concluiu a triste tarefa que se pusera em seu caminho. Cobriu o corpo com sacos limpos que estavam empilhados e deveriam ter sido usados para acomodar a safra perdida.

A notícia abateu-se sobre o jovem Jerônimo como um raio. Se a vida inteira ele sentira-se andar sobre um terreno fugidio, naquele momento foi como se lhe tirassem completamente o chão sob os pés, fazendo-o pairar perdido.

O único apoio que lhe restou foi Clarêncio e Benvinda, a quem se abraçava com desespero, pensando que assim deveriam se sentir os panos presos aos varais batidos pelo vento. Um ponto frágil de contato em que se agarravam para lutar contra uma força maior que ameaçava levá-los para não se sabe onde.

O declínio avançava cada vez mais rapidamente. Jerônimo contava, então, com aproximados vinte e um anos. Tímido, inseguro, triste, tinha ainda a saúde muito frágil. Suportou mais dez longos anos de solidão perambulando pelas terras da fazenda, isolado do mundo, evitando ao máximo o contato com as pessoas, confiando apenas em Clarêncio e Benvinda. Mesmo assim, não era uma relação de todo pacífica, pois era ciumento do afeto que eles dedicavam aos filhos e entre si. Terminou seus dias contraindo uma pneumonia, que, após um prolongado período de doença, o levou à morte sozinho, na escuridão do quarto onde vivera a vida toda, ouvindo o vento que anunciava uma tempestade.

Isadora encontrou na capital a desilusão de todas as suas fantasias e o preço alto por seus dias de inconsequência. Paola não simpatizava com ela; não tinha paciência com seu ar de tédio, seu olhar de insatisfação e a tristeza que marcava sua bela face.

— Bruxa! — dizia Paola. — Parece uma assombração! Não tem vida. Acho que, em vez de sangue, tem água nas veias. Arre! Quem aguenta uma mulher assim?! Não quero essa cara aqui! Não combina com minha casa, os homens não gostam. Até parece que ela é a única que não tem a vida com a qual sonhou. Não adianta sentar-se e ficar lamentando-se, não, viu, moça? Vá à guerra! Não adianta sentar-se e lamuriar-se ao lado do abismo; ou se joga de uma vez ou vai embora.

Isadora encontrou ainda a impaciência e a violência de alguns homens e o desprezo de muitos, que lhe proferiam palavras desrespeitosas e humilhantes, jogando-lhe no rosto que ela era uma "imprestável" para tudo na vida e não queriam voltar a ser atendidos por ela.

"Bonita, mas sem graça. Não quero mais a companhia dela, madame Paola", diziam eles.

A experiência no bordel liquidou com a arrogância e a autoestima de Isadora Fontes, tanto que ela ficou maravilhada ao notar que um senhor passara a visitá-la com frequência; era um homem de posses, de poucas palavras, que, sem saber por que, se tornara seu único cliente. Ninguém mais o atendia. As outras mulheres conversavam com ele, riam, bebiam, festejavam-no, mas nunca mantinham relações sexuais com esse senhor.

Acabou que, certo dia, esse cavalheiro convidou Isadora a tornar-se sua amante; ofereceu-lhe uma casa, criados e um renda mensal. Ela aceitou, e, tempos depois, começaram a surgir manchas roxas em sua pele e seu corpo passara a exalar um odor fétido.

— Você está com sífilis — diagnosticou doutor Bernardo. — É uma doença incurável... — E passou a esclarecer Isadora a respeito do mal que a levou à sepultura e lhe abriu as portas de regresso à espiritualidade.

A consciência — guardiã da nossa paz — parece, muitas vezes, viver adormecida em certas pessoas ou, então, ser muda e não dizer nada à superfície de sua hospedeira. São aqueles casos em que vemos flagrantes e clamorosas "injustiças", em que alguns padecem terrivelmente por seus erros, enquanto outros — tão envolvidos quanto — usufruem de aparente serenidade, sem que qualquer coisa lhes perturbe a existência. Com frequência, dita situação provoca revolta ou, com mais exatidão, desejo de vingança, de ver sofrer, de literalmente estrebuchar na mesma dor. Ainda somos vingadores e justiceiros, não justos. O senso de justiça precisa do amor em grau mais avançado de desenvolvimento para se manifestar no ser humano. Se fôssemos justos, entenderíamos que não existem consciências mudas; há, sim, em muitos indivíduos grande distância entre o "eu superficial" e o "eu profundo ou a alma", por isso a voz da consciência retumba num espaço incerto ocupado por conceitos e valores falsos nos quais ela precisa imiscuir-se.

Para ultrapassar barreiras e fazer-se ouvir, ela se utiliza de mil formas, e a criatura, por mais vil que seja, sente que algo a incomoda; pode negar, recusar-se a perceber e aceitar o que vem do recôndito de si, no entanto, inegavelmente, sente e sofre as manifestações íntimas, sejam elas um desconforto emocional, perturbações do sono e dos sonhos, melancolia, até uma variedade de doenças psicossomáticas que a fazem sofrer, pois há algo em si que ela crê precisar de punição, mas que, em verdade, são mecanismos criados pela vida para chamá-la a recolher-se, pensar, refletir sobre seus atos e, conhecendo-se, mudar, aprender. Tenho insistido na visão de aprendizagem, e, veja, essas doenças psicossomáticas são vozes de uma consciência conturbada, clamando para que as lições vividas recebam tempo e atenção, dois fatores sem os quais é impossível assimilar conteúdos. A correria não ensina nem aprende.

Mas essas são leituras dos fatos que requerem maturidade; olhar mais profundamente, além do nível do ego, para encontrar as razões de ser e acompanhar cada rastro para entender que a máscara vista na superfície esconde uma face desconhecida e inimaginada. E ali onde víamos uma aparente serenidade e nenhum sofrimento é, antes, um ser se autopunindo, frequentemente com extrema severidade, dada à própria ignorância de si, da vida e das leis que a regem. Antes que alguém o puna e destrua a criação ególatra que tão zelosamente ergueu, ele mesmo se assume como carrasco de si, vergastando o corpo com uma infinidade de doenças.

Foi assim a existência de Thiago da Porciúncula. Após se recuperar dos graves ferimentos, nunca retornou à casa de Paola, evitando, assim, ter contato com Isadora. Ao sair do hospital, enviou uma carta polida e reticente a Paola agradecendo sua ajuda e um valor suficiente a ressarcir e indenizar a amiga pelos cuidados.

Viveu um relacionamento equilibrado com Verônica — por ser essa uma qualidade marcante no caráter dela e que, por consequência, emprestava a tudo o que realizava e ao seu lar a mesma característica —, a quem aprendeu, dentro de suas limitações, a amar e admirar profundamente, embora em retribuição recebesse o carinho, a atenção, o respeito de uma companheira sincera, mas não apaixonada. Tiveram duas filhas belas e sadias.

Enquanto viveu, dona Augusta condenou a nora, não poupando esforços ou oportunidades para mostrar ao filho o quanto ela era desleixada em seus deveres de esposa e mãe. A educação das netas foi frequente motivo de embate.

A personalidade de Thiago dividia-se entre o eterno filho sob os cuidados e a proteção da mãe, que não o deixava crescer e se tornar livre e responsável, e o marido encantado com a esposa, que lhe concedia amplo espaço e lhe ofertava um relacionamento adulto, baseado na verdade e sem privilégios.

Havia nele um falso "eu" — criado pela educação imatura que nunca o deixou emancipar-se —, que era, em essência, inseguro, banal e precisava sentir-se aceito, por isso agia sempre em conformidade com os desejos e as expectativas daqueles que o cercavam. Assim, se uma mulher demonstrasse interesse em Thiago, ele não recuava, invocando os compromissos ou o amor que tinha pela esposa. De forma impulsiva, entregava-se à experiência para arrepender-se depois e não saber explicar as razões de sua conduta, recriminando-se mortalmente e julgando-se com demasiada severidade. Isso, logicamente, conduz a uma autoimagem muito negativa e, daí, a uma série de doenças e problemas das mais diversas ordens em que o caminho é curto. E foi assim que ele viveu seus sessenta e poucos anos desfilando um ego perante a sociedade, recusando-se a encontrar-se com sua consciência profunda e ouvindo os brados dela ecoando por um mundo interior falso, repleto de recriminações, culpas e condenações. Mil doenças o envelheceram e debilitaram, e Thiago baixou à sepultura sem entender quem era, por que vivia e onde estavam o significado e o sentido da vida.

A presença de Verônica ao seu lado foi idêntica à de uma semeadora, que preparou o solo mostrando-lhe a possibilidade de ser alguém e não de "parecer alguém" e lançou sementes que, a seu tempo, viessem a produzir.

Os laços que envolveram nossos personagens, em fins de 1800, se romperam, deixando as marcas de um tecido da alma estilhaçado.

Capítulo 16

A PORTA ENTREABERTA

> *Nós partimos, levando conosco a lembrança dos conhecimentos adquiridos neste mundo; o mundo onde iremos nos dará os seus, e os agrupamos todos em feixe para com eles formar o progresso.*[22]

Memórias possuem valor quando têm significado. De nada vale rememorar exaustivamente fatos que não interferiram ou interferirão em nada, que foram mero desenrolar do óbvio. Quando parei em frente à porta do quarto onde Gabriel Batista descansava, percebi que essa grande verdade também se aplicava ao meu trabalho. A ansiedade e o desassossego com o texto que eu elaborava sobre ele cessaram subitamente, como se me dissesse: "Isso é o suficiente".

Lembrei-me de uma velha história da Grécia antiga que fala dos pintores Apeles e Protógenes, precisamente da parte em que este, obcecado pela perfeição, nunca estava satisfeito com a aparência da baba do cão ofegante de Ialiso, no quadro que pintava do herói mitológico. Depois de anos tentando dar-lhe a aparência desejada, um dia, irritado, jogou sobre o quadro a esponja com a qual limpava os pincéis, que caiu exatamente sobre esse ponto, alterando a mistura e a textura das tintas e dando-lhe o efeito que o autor tanto queria. Dizem que, ao

22 O Espiritismo por toda a parte. **Revista Espírita**, ano XI, p. 215, set. 1868. Disponível em: https://www.oconsolador.com.br/linkfixo/bibliotecavirtual/revista-espirita-1868.pdf. Acesso em: 13 nov. 2024.

ver a obra, Apeles reconheceu que o amigo se igualava em virtuosismo praticamente em tudo, a não ser pelo fato de que não sabia quando parar. Sorri. A porta entreaberta à minha frente era a esponja de Protógenes; ela me dizia: "Você já entendeu o suficiente do passado, e seus leitores também entenderão".

— Por que o sorriso? Estava tão calado no caminho até aqui que julguei ter sido abandonado — disse Georges, recordando-me de sua presença. — Mais precisamente trocado por suas esquisitices.

— E foi — concordei prontamente. — Minhas histórias me absorvem completamente, e preciso estar só para dar-lhes forma escrita. Primeiro, as elaboro em minha mente; depois, elas se separam de mim. Realmente, eu o deixei só enquanto viajava pelo passado de Gabriel e Geraldo. Estava trabalhando. Defini algo muito importante nesse percurso.

— Hum, sei.

Ao ouvir o comentário reticente de Georges, sorri novamente e, apontando-lhe a porta, convidei:

— Vamos, estou curioso para ver nosso amiguinho.

— Vou lhe perdoar o absurdo erro de não saber usar as palavras, José. Francamente, "curiosidade" não pode ser o termo certo para expressar o que deve estar sentindo — advertiu Georges sem esconder um quê de decepção no olhar.

— Curiosidade também — insisti. — O que posso fazer? Tenho realmente um grande carinho por ele. Ao longo desses anos, desenvolvi um apreço especial por Gabriel; tem sido gratificante essa convivência, porém, isso tudo não impede que, como aprendiz que sou, eu sinta curiosidade de vê-lo, de conhecer-lhe o estado. Sem falar que, na vida dele, eu sou, de fato, um bisbilhoteiro.

Foi a vez de Georges sorrir. Desistindo da discussão, empurrou a porta.

Meu olhar pousou direto em Gabriel. Lá estava o belo menino, com seu ar etéreo, distante, que parecia impresso na face de tez clara, levemente rosada. Os fartos cabelos castanhos e encaracolados adornavam-lhe a cabeça, caindo até abaixo da nuca, lembrando as clássicas representações do Cupido. O nariz perfeito, a boca, as longas pestanas que velam seus olhos escuros. Imóvel sobre o leito, o corpo magro e proporcional ensaiava os passos para ingressar na adolescência. Lancei um olhar a Georges e percebi que era a vez do meu amigo afastar-se de mim. Talvez ele se recordasse de todo o longo acompanhamento do caso.

Com naturalidade, aproximou-se do leito; seus passos chamaram a atenção de Gabriel, e foi com imenso alívio que o vi mover a cabeça em direção a Georges.

De onde estava, pude ver a aparente calma de Georges se dissolver, dando lugar a um brilho de inegável contentamento em seu rosto. Presenciei também uma lágrima furtiva correr ao lado de sua face, enquanto ele sorria para o menino que o fitava muito sério. Só depois, ele sorriu lentamente e perguntou:

— Veio brincar?

— É claro — respondeu Georges cuidadoso. — Você está bem?

— Bem — respondeu Gabriel, começando a erguer-se do leito com a alegria que ultimamente o caracterizava. — Bola?

Georges estendeu-lhe a mão para ajudá-lo a deixar o leito e o advertiu carinhosamente:

— Cuidado! — Apontou para a pequena escada auxiliar. — Degraus, escada. É perigoso, você pode cair.

Feliz, Gabriel sorriu. Sentou-se cuidadosamente na cama e depois desceu os degraus. Pareceu levemente zonzo ao ficar de pé, o que era de se esperar; ele estivera adormecido por quase seis meses desde o acidente que o trouxera definitivamente para junto de nós.

De mãos dadas com o menino, Georges aproximou-se de mim. Abaixei-me para ficar à altura de Gabriel e, como sempre fazia, apresentei-lhe minhas mãos espalmadas e erguidas à altura do peito.

— E aí, meu menino? Tudo bem?

Ele, prontamente, soltou-se de Georges e bateu as mãos com força de encontro às minhas. E, encarando-me com seus olhos brilhantes, disse:

— Mão! — E lançou-se em meus braços apertando-me fortemente o pescoço.

Comovido, acaricie-lhe os cachos dos cabelos e beijei-lhe a face. Mesmo entendendo que ele ainda não sabia o significado das minhas palavras, lhe disse: — Seja bem-vindo, Gabriel. Eu gosto muito, muito de você.

Minhas últimas palavras lhe eram familiares. Voltando a apertar-me em seu abraço, ele repetiu:

— Gosto de você.

A profunda carência daquele ser mexeu comigo desde a primeira vez em que o identifiquei. Enlaçado em seu abraço amigo, sentindo sua cabeça repousar, relaxada e confiante, em meu peito, ainda acariciando os cabelos de Gabriel, fitei Georges e senti que, naquele instante, mergulhávamos juntos nas recordações daquela história de dor e amizade.

Georges foi o primeiro a recobrar-se; seu senso prático supera o meu em muito. Ele andou até nós, que continuávamos parados sob o batente da porta, e convidou:

— A bola não brinca sozinha. Vamos lá fora?

Senti o abraço de Gabriel afrouxar, seu calor abandonar-me e seus cabelos fazerem cócegas em meu rosto. Poucos instantes depois, ele já estava ao lado de Georges, olhando-me com seus olhos cintilantes, num convite mudo.

Dei-lhes espaço para saírem do quarto e os segui um passo atrás até os extensos jardins. O menino estava tão familiarizado conosco assim como com o espaço da instituição pelos contatos que tivéramos ainda no curso de sua vida física. Ele era um paciente vivendo em dois mundos; uma porta entreaberta para a grande realidade da reencarnação, em que apenas com a aparelhagem da atenção e da sensibilidade se desvendavam as verdades maiores.

Vi Gabriel correr pelo gramado iluminado pelo sol, aparentemente alheio aos outros indivíduos que por ali transitavam, jogando a bola para o alto e acompanhando-lhe cada movimento.

— Era o que você esperava? — indaguei a Georges, sentando-me ao seu lado no banco.

— Gabriel vive um estado tão delicado que é impossível ter algum tipo de expectativa. Ele sofreu revezes no seu processo reencarnatório e, junto com os pais, perdeu-se no período de perturbação que se segue após o nascimento. Eles não conseguiram fazê-lo emergir da confusão psicológica, e, com isso, ele não estabeleceu sua identidade como Gabriel Batista. A carga emocional do passado pesou desde muito cedo e não foi corretamente lida nem entendida por Marisa e Cláudio, apesar de haverem sido alertados e preparados antes de recebê-lo como filho de que essa possibilidade existia. O medo, a carência afetiva e, acima de tudo, o sentimento de rejeição e abandono o empurraram para a busca do conhecido: a solidão e o isolamento psíquico. Se lá não há alegria, amor, conforto, ele ao menos encontrou sossego para sua dor. Assumir aquela encarnação estava acima de suas forças. Sucumbiu, mas não foi em vão por completo... Gabriel produziu alguns frutos de sensibilidade nas pessoas com as quais conviveu.

Compreendi o que Georges estava dizendo. Lê-se nos seres humanos como se lê um livro bem escrito: com facilidade, em que se desvendam as ideias sugeridas e todo um mundo criado apenas com símbolos de escrita. Havia esperança, sempre há.

Voltei a contemplar Gabriel e sua alegria brincando com a bola no gramado.

— Você se refere a Cláudio e Marisa?

— E a Geraldo também. Esse momento vivido com Gabriel deve fazer todos eles pensarem, refletirem sobre uma palavra: amadurecer. É uma experiência de exceção — e nada fácil —, considerando-se o prisma materialista com o qual a ciência terrena tenta decodificar o psiquismo humano. O que quero dizer é que há pouca ajuda, quase nenhuma explicação para o que desencadeiam esses estados em uma criança, justamente por ignorarem as leis da reencarnação. José, há muitos mitos e muitas fantasias em torno da infância e pouca consciência do que é uma criança sob o ponto de vista espiritual. Da mesma forma, a maternidade é cercada de idealizações, algumas absurdamente irreais. Ilusões permeiam esse caminho, meu amigo. São umas das tantas formas das "malditas jaulas conceituais" nas quais nos encarceramos, como sempre lembra o nosso Orientador. — Georges fez uma pausa e, enquanto observava seu paciente, completou: — E grave. Atrevo-me a dizer das mais graves que se pode experimentar. Parece que temos nossa razão obstruída, e o império dos arquétipos culturais é uma cilada armada há séculos, valendo a ideia de que uma mentira repetida muitas vezes acaba soando como verdade, embora não o seja nem nunca venha a ser.

— Essa cilada de arquétipos é tão nítida nas pessoas que fizeram parte da vida de Gabriel. É tão comum, por isso tão perigosa. Enquanto obedecemos ao comando de um arquétipo, falta-nos identidade pessoal, consciência própria. Vivemos apenas para atender ao que é esperado, a uma reprodução de conduta. É como brincar num baile à fantasia.

— Boa comparação, amigo — disse Georges rindo. — Eu acrescentaria que, em um baile infantil, há muita algazarra, cansaço inútil e choro na mesma medida, pois, quando acaba, resta um vazio onde pulam algumas interrogações sem resposta, como, por exemplo: "Quem sou eu, afinal?".

— Concordo. Marisa é um caso típico.

— Cleonice também. Tristemente, elas estão presas nos arquétipos da maternidade.

— Espíritos que não se desfazem das ilusões da matéria. Há muito que pensar sobre...

Interrompi o assunto, pois tinha os olhos fixos em Gabriel, que, naquele instante, corria em nossa direção balançando as mãos em frente aos olhos. Ainda gesticulando, parou à minha frente e disse:

— *Qué* Frances... *Qué* Frances.

Voltei-me para Georges em busca de socorro, pois não sabia como responder a Gabriel.

Entendendo minha dúvida, Georges, prontamente, chamou a si a atenção do menino e perguntou:

— A bola. Onde ficou a bola, Gabriel?

— *Qué* Frances — insistiu ele parando de gesticular e encarando-nos com expressão dura, que contrastava vivamente com a alegria anterior. — *Qué* Frances... *Qué!*

— Já entendi, Gabriel. Você quer ver a Frances, mas agora não será possível...

— *Qué* Frances... *Qué!*

— Basta, Gabriel — advertiu Georges com carinhosa severidade. — Frances não está aqui agora. Você, por acaso, a viu?

O menino o ouvia com atenção, e notei que estava enrijecido.

— Não, não é mesmo. Então, não posso colocá-la na sua frente; é preciso esperar. Vamos fazer outra coisa, está bem?

— Música — sugeriu Gabriel e, sem nos esperar, foi andando em direção ao salão de eventos. — Piano.

Georges ergueu-se do banco pronto a segui-lo, a fim de continuar sua observação do estado em que Gabriel despertara na espiritualidade.

Ao fim de algumas horas, estava evidente que a pior perturbação ainda era a do processo reencarnatório comprometido. A do desencarne restringira-se ao longo sono e, óbvio, ao fato de ele não se aperceber de que agora vivia definitivamente conosco. Era preciso prosseguir o lento trabalho de resgate de Gabriel. Enquanto conversávamos, observei a precisão e a delicadeza com que ele executava, de memória, as peças musicais. Era no mínimo a décima vez que o ouvíamos tocar, naquela tarde, o "Acalanto" de Brahms.

Talentos de um passado ainda mais distante do que a época vivida como Jerônimo Neto se manifestavam em Gabriel Batista. A porta entreaberta entre suas vidas deixava descoberto não só o eu emocional doente, mas também uma vasta sensibilidade e um grande amor pela música.

— Como vamos fazer Gabriel entender sua condição atual? — perguntei baixinho a Georges.

— Não creio que isso seja possível em um tempo curto... Noto que as melhoras dos meses anteriores ao seu desencarne permanecem; estão consolidadas. Isso é ótimo. É preciso observá-lo de perto por mais alguns dias para decidir o melhor meio de trabalhar essa informação. Não é algo que eu considere urgente.

Georges não esperava qualquer comentário de minha parte. Lógico que não havia qualquer urgência em fazer Gabriel entender a situação, pois isso não produziria nenhuma mudança milagrosa. No estado dele, nem ao menos seria assimilada.

Compreensão e amor continuavam sendo o remédio e a solução para Gabriel Batista. Sabendo que não era bom deixá-lo muito tempo entregue a um exercício solitário, fui até ele, debruçando-me sobre a cauda do piano, acariciando o alto de sua cabeça. Sem interromper a execução do "Acalanto de Brahms"[23], ele me olhou e sorriu. A música acalmava-o, parecia atingir-lhe o âmago do ser. Encantado, o ouvi cantarolar baixinho e com perfeição a letra adaptada da canção.

A beleza é uma constante da criação; a cada dia mais, me convenço desse fato. Em meio àquele estado de perturbação desolador vivido por Gabriel — e que, com frequência, se estampava em seu rosto e olhar —, havia também muita doçura em seus olhos e um brilho luminoso de prazer no rosto. Ele me lembrava as representações dos anjos; era inegável a encantadora beleza etérea daquela criança.

À noite, retornei ao meu gabinete de trabalho. No silêncio acolhedor da noite, apenas os acordes de Chopin enchiam o espaço, e a tênue luz de um abajur me auxiliava, enquanto eu dava forma grafada à vida de Gabriel. E, página a página, sua história — que agora era também minha — ia compondo sua individualidade para além de nós dois.

---

23 Boa noite, meu bem/ Dorme um sono tranquilo/ Boa noite, meu amor/ Meu filhinho encantador/ Que uma doce canção/ Venha o sono embalar/ Que uma doce canção/ Venha o sono embalar.

Capítulo 17

DEMÉTER E MEDEIA

Para ser grande, sê inteiro: nada
Teu exagera ou exclui.
Sê todo em cada coisa. Põe quanto és
No mínimo que fazes.
Assim em cada lago a lua toda
Brilha, porque alta vive.[24]

No quarto de hóspedes usado por Cláudio, o relógio sobre a mesa de cabeceira informava vinte e três horas e cinco minutos quando ele acordou após um sono pesado. Espreguiçou-se e, ao se deparar com o despertador, murmurou:

— Não me chamaram para o jantar. Dora deve ter deixado algo na geladeira. Tudo bem, não estou com fome. Estava cansado.

Cláudio tornou a se espreguiçar, rolou de lado na cama e apanhou o telefone celular que deixara sobre o tapete junto com a revista que levara para examinar. Digitou rapidamente o número do telefone da casa da mãe e aguardou ser atendido.

— Mãe, sou eu. Estava dormindo?

— Não, meu querido — respondeu Cleonice do outro lado da linha. — Estava lendo. Você sabe que não costumo dormir cedo. Já está na cidade?

---

24 PESSOA, Fernando. **Poesias**. [*S.l.*]: L&PM. p. 115.

— Cheguei no início da tarde, mas estava muito cansado. Dormi a tarde toda; acordei agora — declarou bocejando.

— Estou percebendo. Como foi a semana? Muitas novidades?

— Foi bom. Exaustivo, mas bom. Nesses encontros, sempre há novidades, no entanto, nem todas são de real proveito. Acaba que podemos usar alguma coisa, fazendo adaptações aqui e ali, é claro. Mas é importante manter-se atualizado, e, quando se trata de novos produtos, toda informação ajuda a alavancar as vendas. Os clientes querem saber, e naqueles que não querem é preciso despertar a vontade de saber e comprar. Foi isso. E sua semana como foi?

— Nada de especial. — E suspirou ao acrescentar: — Infelizmente, tudo do mesmo jeito.

Cláudio correu os dedos pelos cabelos. Obviamente, Cleonice se referia a Marisa.

— Já notei — declarou ele suspirando com enfado. — O que o médico disse? Ela tinha consulta na quinta-feira, não é?

— Sim. Você sabe como é o doutor Léo: sempre poucas palavras. Depois do atendimento dela, eu liguei, e tudo o que ele disse foi que a situação continuava inalterada, que mantivéssemos a atenção no comportamento de Marisa e o rigoroso controle dos horários dos remédios. Advertiu que não poderiam ficar ao alcance dela... enfim, as mesmas coisas de sempre. Apanhei a receita, comprei os medicamentos e os entreguei a Dora, passando as recomendações.

— Que peso! Às vezes, fico com muita raiva dela, afinal, passei pelos mesmos problemas e não me dou ao luxo... de ficar pelos cantos da casa, sem fazer nenhum esforço para me levantar. Ah, mãe, há dias que tenho vontade de jogar tudo para o alto, desaparecer e nunca mais voltar a pôr os pés nesta casa.

— Calma, meu filho. Sei o quanto toda essa situação é difícil e que esses anos de sofrimento foram terríveis, mas como vamos abandoná-la nesse estado? Ela é sozinha, não tem família. Se a largarmos, vai virar uma dessas mendigas loucas, que andam arrastando panos e carregando latas velhas pelas ruas. Mal ou bem, ela é sua esposa e foi a mãe de seu filho. É uma mulher doente... precisamos ter compaixão e paciência.

— Eu sei tudo isso... mas, quando entrei em casa hoje, tive vontade de sair correndo. Não consigo mais olhar para ela, ficar perto. Não sinto nada. Mãe, como sentir compaixão? Como ter paciência, se apenas de olhar, tenho vontade de bater nela, de sacudi-la, de chamá-la à razão? Ela tem quarenta anos, mãe! Eu me assusto quando a vejo; parece que tem sessenta anos! Ela é uma velha chata e doente.

— Ah, sim. Quer dizer que uma mulher de sessenta anos é uma velha? Pois sim! Saiba que não me julgo dessa forma — ralhou Cleonice, fingindo indignação no intuito de amenizar o diálogo. — Eu me cuido, trabalho, saio com meus amigos...

— Desculpe, mãe. Não foi o que quis dizer, e você sabe. Adoro sua jovialidade, é um exemplo. Se Marisa fosse quarenta por cento do que você é, eu seria um homem feliz, apesar de tudo.

— Ela está doente. Não era assim quando você a conheceu, lembra? Era uma moça bonita, bem educada, o adorava. Vocês viviam em festas e passeios com os amigos. Quem sabe ela não se recupera e tudo volta a ser como antes?

— Ninguém acredita nessa possibilidade; nem você acredita, mãe. Não somos mais os mesmos e ponto-final. Não há como apagar o que vivemos. Além do mais, tem as internações dela. Foram duas em seis meses. É muito. Parece que ela tem um prazer mórbido em estar naqueles hospitais psiquiátricos. Ela disse que gostava de eletrochoque.

Cleonice fez silêncio do outro lado da linha, recordando-se da expressão de alívio que identificara no olhar da nora quando foi visitá-la no hospital e ela lhe contara que fora submetida a um tratamento leve de eletrochoque. Só de lembrar, arrepiou-se; naquele dia, não teve dúvidas de que Marisa estava gravemente doente. Ficara mais impressionada com a declaração e a expressão que vira do que com a tentativa de suicídio que dera causa à internação.

— Como ela está agora? — perguntou Cleonice, preferindo mudar o assunto.

— Deve estar dormindo. Só a vi quando cheguei; depois ouvi uma daquelas crises de choro. Dora deve ter lhe dado os remédios. Graças a Deus que existem calmantes, pois, sem eles, esta casa seria um pedaço maior e mais quente do inferno.

— Não exagere. São tempos ruins, mas vão passar. Vamos mudar o assunto. Conte alguma coisa boa que aconteceu na capital.

Conversaram por mais algum tempo até que Cláudio se despediu alegando que precisava desligar, pois a conta do mês do aparelho móvel ficaria muito cara. Sorriu ao ouvir as advertências de Cleonice por ele não usar o telefone convencional.

Ergueu-se do leito e foi até o antigo quarto que compartilhava com Marisa. Da porta vislumbrou um volume enroscado em lençóis e cobertores sobre a cama, e o ressonar indicou que ela estava dormindo.

"Melhor assim", pensou ele afastando-se em direção à cozinha. A casa guardava vestígios da aparência bagunçada, mas Dora ao menos havia recolhido as embalagens de comida largadas pelo chão e arrumado a sala.

Apanhou um sanduíche e uma lata de cerveja na geladeira, pegou copo e prato no armário aéreo e, ao colocá-los sobre a mesa, encontrou um bilhete de Dora.

Seu Cláudio,

A semana foi muito difícil. Dona Marisa continua na mesma. Chora muito ou fica apática, com o olhar distante; parece perdida no tempo.

Come desesperadamente. Anda sempre mastigando alguma coisa, muitos doces. Serve qualquer coisa: bala, chocolate, bolachinha, rapadura. Comprei tudo — como o senhor mandou — em quantidade; tá na despensa.

Como combinamos, Daniela cuidou de dona Marisa durante as noites e disse que ela acordava na madrugada, ficava andando e comendo pela casa. Algumas vezes, teve crises de choro, e foi preciso lhe dar remédio. Sua mãe nos orientou a dar logo o medicamento, a não conversar ou fazer qualquer outra coisa para acalmá-la, por isso ela tem tomado mais calmantes do que antes. Cuidado com as caixas. Já vimos que, quando ela fica andando pela casa, também tenta descobrir onde os medicamentos estão guardados. Daniela e eu os guardamos em nossas roupas, pois só assim temos certeza de que ela não vai achar. Deixei a caixa no lugar que o senhor sabe, mas acho bom fazer o mesmo que nós, pois já a vi remexendo lá.

Dora

Resignado, Cláudio rasgou o bilhete, lançando na lixeira os pedaços de papel. Com o lanche nas mãos, dirigiu-se à sala onde ficava a televisão.

Antes de ligar o aparelho, deteve o olhar nas muitas fotos de Gabriel que decoravam o móvel. Fotos de quando ele era bebê mostravam um jovem casal encantado com as tarefas de cuidado de um recém-nascido: banho, troca de roupas, Gabriel tomando mamadeira; mais adiante, o garotinho está cercado de brinquedos em uma encerra infantil, dando os primeiros passos com o andador; o primeiro aniversário. Cláudio sorriu ao ver-se estampado na fotografia com um ridículo chapéu de papelão decorado com o Mickey e soprando uma língua de sogra. Ao seu lado, uma mulher sorridente e bonita segurava um lindo menino de cabelos escuros crespos, gorducho e rosado, que ria para a câmera mostrando alguns dentinhos perfeitos e imaculadamente brancos. Não resistiu a acariciar a face do bebê estampado na fotografia.

— Bons tempos, Gabriel. Bons tempos. Como você estará agora? Será que existe mesmo uma vida depois da matéria? Será que você era realmente alguém perdido e que, com o tempo, se recuperará no outro lado? Tomara, meu filho. Do fundo do meu coração, peço a Deus que isso seja verdade. Você não fez nada de ruim nesta vida, e eu sempre acreditei que estivesse sofrendo. Mesmo quando perdia a paciência, me descontrolava e batia em você, só eu sei como o remorso me comia por dentro, o quanto me culpava por ter feito... Perdão, Gabriel. Tentei fazer o melhor que pude, mas sei que falhei em algum ponto. Me perdoe. — Lágrimas corriam fartamente pelo rosto de Cláudio, como sempre acontecia cada vez que deixava a experiência que vivera como pai de Gabriel vir à tona. Mesmo quando ele estivera encarnado, chorara inúmeras vezes, em silêncio e sozinho com suas dúvidas, ao lado do leito do menino adormecido.

— Agora não adianta mais — resmungou, secando o rosto com as costas das mãos. — Preciso pensar que, onde quer que esteja, você está melhor.

Afastou-se das fotografias, ligou a televisão, apanhou a revista com a programação e voltou ao sofá onde deixara seu lanche. O estofado sujo estava cheio de marcas de mãos e dedos de criança — pequenas marcas de Gabriel —, que um dia muito o tinham irritado e agora o faziam chorar. Com lágrimas nos olhos, sobrepôs sua mão à marca da mão do menino, recordando-se de que ele tinha na época sete anos quando sujou o estofado. Depois, as muitas despesas com médicos, escolas e especialistas de todo tipo não permitiram que eles mudassem o tecido — e até não teria razão; seria apenas para que "ele" destruísse, como argumentara Marisa.

Escolheu um filme que deveria iniciar nos próximos dez minutos e, enquanto aguardava, viu numa das divisórias da estante as correspondências da semana empilhadas. Revistas, cartas comerciais, muita propaganda e um envelope em azul-França que lhe chamou a atenção; tinha um lacre prateado e estava subscrito com caneta de tinta na mesma cor.

— Convite para a formatura de Frances. Nossa! Depois de tantos meses, ela ainda se lembra de nós. — Interessado, correu os olhos pelo impresso registrando a data; seria no dia 29 de agosto. Ainda faltavam três semanas. Guardou o convite no bolso da camisa para não esquecer de agendar o compromisso; não podia faltar. — Enfim, algo de bom.

No outro extremo da pacata cidade interiorana onde se desenrolou a existência de Gabriel Batista, sentada sobre a cama, Frances empunhava o secador de cabelos em uma mão e a escova em outra, ocupada na tarefa de secar a cabeleira castanha, lisa, que alcançava o meio das costas. À sua volta, vários livros e, ao fundo, o som de uma música New Age. Sobre o edredom, encontrava-se o pensamento escrito de Melanie Klein, Frances Trustin, Freud e outros. Em meio a eles mesclavam-se obras de terapeutas infantis, livros de mitologia e algumas obras espíritas.

Olhando pelo reflexo no espelho a figura pequena, delgada, trajada com um pijama amarelo com uma grande estampa da Minnie, ela observou os cabelos secos e brilhantes. Devido ao calor do ar quente, tinha as faces bem rosadas. Para descrevê-la, poderia se usar o adjetivo de "feições comuns", não fosse o brilho intenso da íris castanha, que, a distância, fazia supor que seus olhos eram negros. Ela transmitia vida, alegria, afetividade com o olhar. De resto, chamavam a atenção seus gestos calmos, a serenidade da expressão e a voz melodiosa e meiga.

— Está bom — disse Frances a si mesma, desligando o secador e debruçando-se até a mesa de cabeceira para guardá-lo numa gaveta. — Por onde começar? São todos tão interessantes...

Uma suave batida na porta interrompeu seu solilóquio; ergueu a cabeça ao ouvir o ranger da maçaneta e das dobradiças.

— Filha, já não basta de estudar por hoje? — questionou dona Maristela, que era uma versão alguns anos mais velha e levemente mais pesada de Frances. — Pensei que poderíamos tomar um chá juntas e conversar. O que acha?

— Um convite irresistível — respondeu Frances sem hesitação, fechando o livro que tinha nas mãos e juntando os demais em uma pilha que largou sobre o tapete. Vendo que a mãe trazia as canecas, estendeu a mão para apanhar a sua. Sentindo o aroma, declarou: — Hum, maçã com canela.

Dona Maristela sentou-se ao pé do leito e sorriu. Ao ver a pilha de livros que fora posta de lado, comentou:

— Que mistura! Não entendo como consegue ler sobre assuntos tão distintos.

— Não são tão distintos assim. Há mais pontos de convergência do que de divergência entre eles; penso que se complementam.

— Li alguns desses artigos de psicanálise e seus trabalhos; conheço pouco para opinar. — E, detendo o olhar sobre a pilha, perguntou interessada: — Sua formatura será daqui a poucas semanas, então, não seria melhor descansar, relaxar?

— Adoro meu trabalho, mãe. Ele não me estressa, ao contrário. Ler sobre temas que fazem parte do meu dia a dia me dão a segurança de que estou aproveitando corretamente meu tempo. Acho que me sinto como o caule de uma flor despontando; me sinto crescer. Adoro essa sensação, pois assim serei mais útil aos meus pequenos pacientes.

Vendo a expressão de alegria de Frances, dona Maristela sorriu, contente. Afinal, qual mãe não ficaria feliz com a realização de um filho?

— Quem diria que, ao ir trabalhar naquela escolinha, encontraria ali sua vocação legítima?

— Pois é, a vida usa caminhos estranhos para nos conduzir aos lugares certos. Deve ser por isso que nem todos se encontram, ficam perdidos por aí, em meio a tantas coisas. Há oito anos, se alguém me dissesse que eu acabaria envolvida com terapia infantil, com toda certeza, não teria recebido nenhum crédito de minha parte. Possivelmente, eu lhe diria que não estava bem. Na época, adorava administrar a escola e não me envolver diretamente com crianças e pais; estava bem longe das Deméteres e Medeias com as quais convivo agora.

— Hum, nem sempre gosto de ouvi-la falar sobre esse assunto — resmungou dona Maristela com ar de riso.

— É porque incomoda. Pensa que não sei?

— Incomodou e muito, no início. Você, que gosta tanto de metáforas, vai entender: era como água fria em uma panela quente: um choque. As ideias iam contra tudo o que eu sempre tinha ouvido falar, contra a forma como fui educada a pensar a maternidade, aos modelos que não me permitiam ver claramente a situação...

— É porque todos nós fazemos parte dessa relação.

— Sim, agora entendo. Implicava rever minha relação com sua avó, comigo mesma como filha e como mãe e ainda rever minha relação com você como minha filha. Precisaria rever, olhar com muito mais atenção e consciência para o papel da mulher na reencarnação e separar a mulher da figura materna. Foi difícil fazer essa distinção.

Frances sorriu, lembrando-se das muitas conversas que tiveram sobre o assunto, as polêmicas e infindáveis discussões.

— O bom é que depois de tudo estamos ainda melhores, não é mesmo?

— Lógico, filha! Mil vezes melhor. Espero não ter nenhuma recaída quando me tornar avó.

— Vou lhe dar um bom tempo até fazê-la vovozinha, está bem?

— É uma decisão sua, mas a ideia não é má. Assim, nós duas teremos certeza das mudanças.

— O equilíbrio entre Deméter e Medeia. Será que conquistaremos? — questionou Frances pensativa, com o olhar fixo no teto. — É algo tão forte no comportamento feminino que tenho minhas sinceras dúvidas se, mesmo com a experiência cotidiana de ver tantas e tantas vezes esses mitos se reproduzirem nas mães com as quais trabalho, não serei uma ou outra algum dia.

— Deméter é a supermãe, certo? E Medeia é a bruxa que usa os filhos para prender o marido e depois enchê-lo de culpa?

— Sim — concordou Frances olhando para dona Maristela. — Resumidamente, é isso.

— Adoro quando me conta essas histórias. Eu era meio parecida com a Deméter.

— A grande deusa, mãe-terra, e sua linda filha Perséfone. Gosto que pense que sua personalidade se estrutura mais sobre o mito de Deméter, assim posso pensar que sou a linda Perséfone e que, um dia, brincando ao ar livre, entre as flores, me encantarei com algum espécime raro e belo e que, ao tentar colhê-lo, a terra se abrirá por ordem de um grande deus para me sequestrar e me levar para seu reino, onde meus gritos e pedidos de socorro não serão ouvidos. Unicamente minha mãe ouvirá meus lamentos, abandonará tudo, largará a grinalda de seus cabelos imortais, se cobrirá de véus escuros e sobrevoará a Terra como uma enorme ave, procurando e chamando por mim. Em vão, perguntará onde estou, mas ninguém saberá lhe dizer meu paradeiro. Você, então, continuará sua busca enlouquecida, chorará, gritará, procurará por mim em todos os cantos, implorará misericórdia, pedirá para morrer por não ter sua amada filha. Irada, amaldiçoará a tudo e a todos, e à sua volta nada florescerá nem crescerá; nenhuma outra vida nascerá. Tudo ficará murcho, todas as seivas secarão, seus seios não oferecerão alimento a mais ninguém. Você ficará suja e feia e, mesmo assim, persistirá. A dor em seu coração será tanta que não saberei descrever. Depois de muito teimar e sofrer, enfim esgotada, você se renderá à vida. Ouvirá a voz de Balbó, a pequena deusa do ventre, sua risada, sua dança, seus seios em movimento, e ela a fará sorrir, lhe contará histórias estranhas, engraçadas e até indecentes. Ao entendê-la, você compreenderá que, acima de tudo, é uma mulher, e a pequena deusa a arrancará de sua depressão e a ajudará a prosseguir sua busca por mim, até que, de fato, me encontrará. Agora, contudo, serei a esposa de um deus, uma rainha, e nossa relação será outra. Virei visitá-la periodicamente, encherei sua vida de alegria nesses momentos, e você voltará a dar frutos, reassumirá sua condição de deusa, e a vida voltará a ser abundante ao seu redor. É genial, não acha?

— Lindo! — murmurou dona Maristela, enlevada com a narrativa de Frances. — É incrivelmente verdadeiro. É exatamente assim que vejo muitas mães vivenciarem a separação de seus filhos adultos. Tornam-se perseguidoras, verdadeiras "exterminadoras do futuro". O que não matam, aniquilam dentro de si e nas relações à sua volta, perseguindo os companheiros ou as companheiras de seus "rebentos" de forma tenaz e cruel, obrigando o casal a se isolar num reino distante, senão não há quem suporte. Aí se veem sozinhas e se deprimem, achando que a vida é vazia e tudo se acabou. Negam seu afeto a qualquer outra coisa ou pessoa, tornam-se rabugentas, e até a aparência de Deméter se reproduz: velhas, sujas, feias, cobertas de véus escuros. Não quero ficar na parte do mito da sogra megera, da supermãe, que é a única capaz de ouvir e entender a filha. Assim, destrói a própria vida e tudo e todos à sua volta por não entender que os filhos crescem. Deus me livre! Deméter é linda com seus cabelos imortais e seus poderes de grande deusa-mãe, mas quero ouvir os pequenos. Prefiro viver como Balbó.

— Balbó é apenas mulher. Ela é a sensibilidade e a sensualidade feminina; sua força é a alegria pura, inocente, ainda que possa parecer indecente. Seus seios são a representação dos sentimentos, por isso os olhos são postos nos mamilos e ela não tem cabeça. A mulher deve alimentar-se de alegria, desenvolver sensibilidade e viver sua sensualidade plenamente. Balbó tem individualidade, coisa que falta à grande Deméter, que se perdeu tristemente no poder materno.

— A mulher deve socorrer a mãe para evitar sua derrocada — sentenciou dona Maristela. — Confesso que me custou muito aprender essa lição, Frances. Espero que você não a repita. Quando seu pai resolveu me deixar, me apeguei demais a você. Imagine que ideia tresloucada. Você era tudo para mim e tinha apenas quatro anos. Na minha loucura, não pensava no enorme peso que estava lançando sobre sua fragilidade. Ser mãe era tudo. Eu queria compensar o que via como fracasso no papel de esposa sendo uma supermãe. Que idiota! Precisava ver como me orgulhava de dizer que sabia exatamente tudo o que você sentia ou de que precisava; chegava às raias do absurdo de pressentir suas necessidades. Foi preciso Sérgio aparecer para me fazer ver que você necessitava de espaço para crescer e que minha presciência era só uma triste e pesada projeção. Eu sabia o que você queria ou precisava, porque era o que eu queria.

— É por isso que amo de paixão o Sérgio, maior padrasto do meu mundo. — Frances riu da conhecida e repetida confissão materna. — É o meu libertador.

— Ele me mostrou que a grande Deméter precisava da pequena Balbó e que, ao fim e ao cabo, é só o que cada uma de nós pode ser. Tentamos de todas as formas escapar à criação divina para, depois de muito nos debater, reconhecermos a inutilidade.

— Viu como os assuntos não são tão opostos quanto parecem? É você quem está puxando para o campo da religiosidade o que antes era mitologia e psicanálise.

Dona Maristela riu gostosamente da sagacidade da filha e, erguendo-se do leito, consultou o relógio de pulso.

— A conversa está maravilhosa, mas preciso dormir. Seu "maior padrasto" voltará amanhã, e não quero recebê-lo com olheiras. Boa noite, filha.

— Tchau, mãe. Feche a porta, por favor.

— Não vá... — Começou dona Maristela com ar maroto, espiando por um vão da porta antes de fechá-la, quando uma almofada voou em sua direção e as risadas de mãe e filha se misturaram no silêncio da noite.

"Medeia", recordou-se Frances, tomando nas mãos o livro de mitologia. — Não, mamãe nunca foi Medeia. Mas que bobagem estou pensando. Ah! Como é forte esse mito do sagrado materno. É claro que minha mãe também é Medeia. De alguma forma, todas nós somos; é o lado demoníaco do feminino. É a mulher que usa artifícios e artimanhas, sendo mesmo capaz das mais torpes vilanias, para prender um homem ao seu amor. Um caráter feminino predominantemente medeiano — se assim posso dizer — usa a maternidade para prender um marido, não titubeia em usar os filhos para fazê-lo sofrer, para lhe impingir culpa, e apresenta-se à sociedade como uma mulher indefesa e sofredora, quando, no fundo, é possessiva, irada e violenta. É dominadora tanto quanto Deméter, contudo, usa um intrincado jogo de culpa, uma teia assassina, cujos fios são do mais puro rancor, mas bem escondida dos olhos alheios, que não veem mais do que dor na vida de Medeia. A filha de Deméter precisou fugir para libertar-se do amor possessivo e sufocante, e a própria deusa sofreu.

Medeia é diferente; ela é a mulher que vem do reino bárbaro. Poderosa, tanto faz o bem como o mal usando seus conhecimentos. Ela é trazida pela mão do homem; tem marido e por ele é capaz de tudo. Seu desvairado amor é dedicado exclusivamente ao companheiro; ela o sufoca, cobra todas as "coisas" que fez, dedica-lhe a vida incondicionalmente e é impiedosa na cobrança dessa doação que não foi pedida. É a mulher que nunca é feliz sem um homem ao lado. Seus filhos não têm voz nem vida; entre o companheiro e os filhos, ela não precisa pensar duas vezes para escolher: ficará sempre com o homem e fará tudo o que ele deseja, mas ai do infeliz que ouse aborrecer-se com sua companhia. Ela, na verdade, tem no homem não um companheiro, mas um escravo que ela manipula inteligentemente, dando a impressão de que é submissa e doméstica. Não há homem que suporte viver com uma Medeia; seus relacionamentos são sucessivos e dramáticos; mal acabou um, ainda envolvida em lances de ira, projetos de vingança e envolta em mágoa, ela se envolverá com outro, que será a salvação para aquele momento de ruína e no qual, outra vez, se atirará sem reflexão, repetindo o ciclo da doação extremada à cobrança, colocando, assim, seu jugo mortal sobre o companheiro que se transforma em escravo do seu poder.

Buscou no sumário do volume a localização dos mitos envolvendo Medeia e pôs-se a estudá-lo, convencida de que havia ali muitos elementos essenciais à libertação da psique da mulher.

Deméter e Medeia representam papéis que a mulher vivencia e que são expostos no extremo, descritos com as tintas de "coisas" fantásticas — como convinha na Antiguidade — justamente para chocar e fazer refletir sobre o comportamento humano. Uma é a mulher que assumiu a maternidade e se esqueceu de si, da vida, do companheiro, e cuja única preocupação são os filhos; ela exalta a maternidade, pois assim exalta a si mesma e a grande deusa que julga ser. A outra é o desequilíbrio da mulher esposa, companheira, tirana cobradora, que é escrava e escraviza com sua forma equivocada de amar; para ela, ter um homem em sua vida é fundamental, e todo restante pode ser sacrificado. Há pontos de semelhança em ambas: são criaturas que precisam apegar-se desesperadamente a outro ser — filho ou marido — para viver e que têm do amor uma visão muito limitada e castradora, escondida sob o belo nome de devoção. Julgam-se poderosas e, quando contrariadas, são impiedosas em destruir o que ou quem estiver à frente. Clássicos exemplos das formas desequilibradas do amor da mulher.

É interessante como, nesse mundo de mitos e arquétipos, o comum é o que sempre anda em equilíbrio. Em um universo de deusas e poderosas feiticeiras bárbaras é a pequena Balbó quem carrega em si as melhores forças do feminino. Ela vive a essência da mulher, sem apegar-se a papéis, o que não significa incapacidade de exercê-los; ela compreende que não é mãe, está mãe; que não é esposa ou companheira, está, apenas. Balbó entende que todos esses papéis são transitórios em sua experiência e dependentes de terceira pessoa, enquanto o que de fato ela é, como encarnou e como vai desencarnar estão na condição de mulher, sendo nesta condição que ela é amada ou desejada, não nos papéis que desempenha. É preciso ser mulher, estar em contato com toda a sensibilidade, sensualidade e alegria proporcionadas pelo lado feminino, para ser boa mãe e boa companheira. O único poder de Balbó é ser ela mesma e viver em contato com sua natureza; eis o segredo da sua força.

Capítulo 18

"MANIPULAÇÕES"

As ideias justas ou falsas que fazemos das coisas nos fazem vencer ou fracassar segundo nosso caráter e nossa posição social.[25]

Três e meia — sinalizava o relógio sobre a mesa de cabeceira de Marisa. Com os sentidos dormentes por efeito das drogas, ela custou a compreender onde estava e a distinguir corretamente que horas marcavam os ponteiros.

— Será dia? — perguntou-se em voz baixa, rolando na cama para observar a janela que ficava no lado oposto. Vendo apenas a claridade fornecida pela iluminação pública, concluiu que era madrugada.

Zonza, ergueu-se do leito. Sem saber por que ou para que, enfiou os chinelos velhos e esgaçados e, arrastando os pés, foi até a porta entreaberta.

— É a hora de "ele" vagar pela casa. Um dia, ainda pego esse desgraçado e o faço explicar-se. — Apurou os ouvidos, distinguindo confusamente ruídos no interior da residência. — Não tenho medo de fantasmas, de assombrações; só não entendo o que quer aqui. Maldito! Não sei por que, mas isso começou pouco depois que o "outro" nasceu. Sim, "ele" tinha menos de um ano quando comecei a ouvir esse andar arrastado perambulando pela casa. Sinto calafrios; me arrepiam os

25 KARDEC, Allan. **O Livro dos Espíritos**. Tradução de Salvador Gentile. Araras: IDE.

pelos do corpo. Não tenho medo por ser uma alma penada, mas tenho medo "dele", não sei por quê. Há qualquer coisa que se agita dentro de mim, que desperta em mim uma vontade de fugir, de me esconder. Depois, parece que sinto meu corpo todo quebrado, como se houvesse apanhado muito. Engraçado, nunca apanhei, mas, de alguma forma, sei que é assim que se sente quem é surrado. Quando o "outro" entrava em crise e me agredia, eu ouvia o arrastar dos pés e o som de riso, como se ele se regozijasse. Mas, quando as crises eram de choro e gritos, eu o ouvia rezar; dava para distinguir o sussurro das palavras do pai-nosso e da ave-maria. Há dias não ouço os passos "dele". Será que voltou?

Abrindo cuidadosamente a porta, viu uma réstia de luz saindo da abertura da sala da televisão. Ergueu, confusa, a sobrancelha e, lentamente, avançou pelo corredor. Parou no acesso à sala, quando vislumbrou o marido deitado no sofá, cochilando. Sentou-se no braço do estofado e ficou observando-o fixamente.

Em sua mente, voltaram todas as ideias que alimentava desde a morte de Gabriel.

Incomodado, Cláudio remexeu-se no sofá estreito, e o braço caiu sobre o tapete, acordando-o. Após balbuciar expressões ininteligíveis, piscou; o som do filme que passava lhe chamou a atenção e, desperto, se assustou ao ver Marisa, descabelada, pálida, com um pijama langanhento a encará-lo.

"Oh, vida infernal! Que homem merece ser acordado de madrugada desse jeito? Só eu. Devo ter jogado pedra de alicerce na cruz; não pode ter sido um pedregulhozinho", pensou Cláudio irritado. Lutando para controlar-se, pediu da forma mais indiferente e cortês que conseguiu:

— Vá dormir, Marisa. Ainda é madrugada.

— Perdi o sono. Preciso falar com você. Quero ir embora desta casa. Precisamos vendê-la. Não suporto mais este lugar, não aguento o olhar dos vizinhos, das pessoas conhecidas. Não aguento mais a cara de compaixão delas. Em outro lugar, noutra cidade, bem longe daqui, podemos começar tudo de novo, só eu e você...

— Chega, Marisa. Vá dormir. Não estou com paciência agora...

— Você nunca tem paciência para mim, mas sou sua mulher e você tem que me ouvir! Aposto que para as outras você é só atenção...

— Já disse que chega. Vá dormir. Você está doente...

— Você me deixou doente! Assuma a sua obra. É tudo culpa sua! Sempre viajando, sempre longe de casa, deixando tudo comigo! Você e seu filho me enlouqueceram, essa é a verdade. Largou-me aqui com uma criança doente para se divertir com a primeira vadia que cruzasse seu caminho e depois trazia as roupas sujas para eu lavar e passar...

— É meu trabalho. Se eu não viajar, não vender, quem você pensa que pagará as contas? Quem lhe deu tudo o que era preciso nesses anos?

— Dinheiro... que nojo! É só sobre isso que você e dona Cleonice sabem falar: é preciso trabalhar, ter dinheiro. E carinho, companhia, cuidado, atenção... isso não é necessário?! — gritou Marisa descontrolada, beirando uma crise de choro. — Desde que engravidei daquele "outro", nunca mais soube o que foi ter carinho, atenção. Ele roubou-me tudo, destruiu minha vida...

— Marisa, cale a boca! Você não sabe o que está dizendo...

— Sei, sim, e muito bem. Desde o dia em que sua mãe soube que seria avó, ela me paparicou, mas nada disso era para mim; era tudo para o bebê. Frutas para o bebê, doces para o bebê, roupinhas para o bebê, e você também fez a mesma coisa. Todos os nossos amigos esqueceram-se de mim, só existia a criança. Lembro-me muito bem do meu aniversário quando estava grávida. Depois da festa, me sentei na cama com os presentes e chorei muito. Ninguém me perguntou o porquê. Parece que ainda ouço sua mãe dizendo: "Deixe-a, são os hormônios. Ela está emocionada, é só isso. Já vai passar". Ela estava errada, muito errada. Eu estava magoada! No meio daquele monte de presentes, não havia um só que fosse para mim; todos eram coisinhas para o bebê, coisinhas para uma mãe. Diabos! E eu? Ninguém mais pensava em mim, só no bebê! Eu tolerei, pensei que iria passar... mas nunca passou, nunca...

Os soluços histéricos de Marisa causavam ainda mais irritação no marido, que, a custo, continha o desejo de esbofeteá-la. Cláudio usava toda a sua força de vontade para lembrar-se de que ela estava psiquicamente doente, portanto, não deveria dar crédito ao que ouvia.

Ele segurava fortemente as mãos, como se quisesse ter certeza de que uma agarraria a outra, impedindo-o de tomar uma atitude que depois lhe trouxesse arrependimento.

— Depois que o bebê nasceu, pensei que as coisas iriam melhorar. Tudo ficou pior...

— Marisa, você teve depressão pós-parto, mas os médicos a trataram...

— Depressão pós-parto... pois sim... Eu odiei tudo aquilo! Só queriam ver o menino; ele era lindo, e eu, uma "bruaca" gorda, inchada, toda dolorida. Para mim era: "Marisa, você está bem?". Não esperavam resposta e já emendavam: "Que bom. Mas que menininho lindo, coisinha mais bonitinha", e por aí seguiam. Não vi nada de bom nisso. Dar de mamar? Coisa mais horrorosa! Não suportava ver aquela boca me sugando; eu me sentia um animal, uma vaca! E a dor? Disso ninguém fala; é só poesia. Quem fala a verdade é deprimido, doente, sim... eu sei. A melhor coisa que inventaram foi a mamadeira. Ainda bem que não tive leite por muitos dias...

Cláudio ouvia estarrecido o desabafo de Marisa; jamais lhe passara pela mente que ela havia vivenciado as experiências da maternidade com aquele tipo de pensamento.

— Vamos embora daqui, Cláudio. — Ela voltou a exigir entre lamentos, sem se dar conta de como ou quando o marido se viu contemplando-a esparramada sobre o tapete da sala, de bruços, agarrada a seus pés. — Eu lhe imploro, faço o que quiser. Sempre fiz tudo por você, Cláudio. Suportei esses anos infernais que vivemos, tudo por amor a você, mesmo sabendo que havia outras... Você não pode me deixar; não ousaria me deixar depois de tudo o que lhe dei. Você não pode me abandonar agora que estou doente, depois de todos esses anos cuidando do seu filho...

— Chega, Marisa — pediu Cláudio novamente, reunindo toda a sua paciência e esforçando-se para fazê-la se erguer, o que foi inútil. A esposa era um peso morto, que não o ajudava. — Vamos, levante-se. Vou levá-la para o quarto...

— Quarto? Que quarto? Aquele onde há meses... meses... não, há anos, me deito sozinha, cansada, exausta e dopada de remédios para dormir e esquecer o inferno que se vive nesta casa? Você sempre está fora. Nunca estava quando "ele" passava os dias perambulando pela casa com aquele olhar feroz. Ah! Que dias medonhos! Você faz ideia do que foi ficar dia após dia, ano após ano, com uma criança que nunca dava uma demonstração de carinho? Que só agredia, não falava, não me olhava nos olhos, que estragava tudo, destruía toda a casa, sujava, não me obedecia... — Marisa cuspia as palavras carregadas de revolta e rancor. — Ele era um monstro! Uma aberração...

— Marisa, pare! Gabriel era uma criança doente! É preciso entender...

— Eu o odiava. — Rosnou ela, enfim, confessando o sentimento guardado há tanto tempo em seu íntimo e que a torturava. — Eu o odeio. Tomara que esteja ardendo no fogo do inferno! Ele destruiu minha vida e tudo o que eu tinha! Não sobrou nada... Não suporto que as pessoas pensem que sofro porque ele morreu; sofro, sim, mas é porque não me permitem fazer festa, cantar, dançar e dizer para todo mundo que, enfim, estou livre dele. É esse o meu sofrimento. Mas não! As pessoas esperam que eu chore e sofra porque meu filho morreu atropelado por um bêbado estúpido. Bendito bêbado! Foi mais feliz do que eu.

— O que está dizendo, mulher? — indagou Cláudio, negando-se a interpretar as palavras da esposa. — Você está descontrolada.

— Descontrolada é a sua mãe! Outra que não aguento mais de tão boazinha que é. Tanto que faz tudo, literalmente tudo, só não sei como não vai pra cama com você... — E riu descontrolada. — Aliás, não sei...

Decidido a não suportar mais a crise da esposa, Cláudio usou de toda a sua força para contê-la e arrastou-a de volta ao quarto, fechando a porta. Depois, ficou ouvindo pela casa os risos e gritos de Marisa, que pensava ser frutos de uma mente doentia.

— Eu quis matá-lo, sim! Várias vezes. Não aguentava mais ver o dia nascer e saber o que teria de enfrentar. Todos os dias, no mínimo dez vezes, eu pensava em alguma forma de matá-lo, de acabar com Gabriel Batista. Duas vezes, tive coragem de executar, mas desgraça não foi suficiente... Ah, a morte! Ela deve ser bela, doce e fria, um sono eterno, manso e sem calmantes; sem acordar com a língua grossa, a boca seca, zonza e com as pernas pesadas. Chega desta vida! Onde estão os comprimidos?

Do corredor, Cláudio ouvia as gavetas dos móveis sendo esvaziadas e jogadas no chão. Olhou para o aparelho de injeção que trazia nas mãos trêmulas; precisava se concentrar, ignorar os gritos e as declarações que considerava absurdas, fruto do desequilíbrio, para não errar na aplicação do medicamento.

— Deus, quando foi que minha vida tomou esse rumo? Quantas noites nos últimos anos envolvido em crises emocionais?! O que nos tornamos?! — murmurava ele, aguardando o melhor momento de dar uma gravata no pescoço da esposa para imobilizá-la e lhe aplicar a medicação com a outra mão.

Ao chegar à porta do quarto, os planos, contudo, se modificaram. Marisa jazia jogada sobre o piso do quarto, chorando convulsivamente. Para não fazer barulho e não ser notado, ele se aproximou na ponta dos pés e, vendo exposto o músculo do braço, baixou a mão como um raio, aplicando a injeção em Marisa e preparando-se para segurá-la no chão por alguns minutos até o calmante fazer efeito.

— Ai! — gritou Marisa, sentindo as pernas de Cláudio tolherem seus movimentos. Ele sentara-se em cima da mulher, segurando-lhe os braços com força. — Ai, desgraçado! Por que não me mata de uma vez? Seria uma bênção, uma felicidade... Eu sei o que você quer... me... dei... xar. Agora... não... há mais... na... da que te prend... — E, com a língua mais enrolada e pesada a cada segundo, por fim, calou-se sedada.

Um suspiro longo e profundo, de extremo cansaço, escapou dos lábios de Cláudio, que permaneceu sentado sobre a esposa por alguns segundos até ter certeza de que ela estava profundamente adormecida.

— Ufa! Mas que horror! Como consegue bagunçar tanto esse quarto tão rapidamente? Por que os desequilibrados têm necessidade de acabar com a ordem e a organização das coisas? — falava Cláudio consigo, observando a anarquia generalizada que ela realizara. Não sobrara uma única gaveta na cômoda; Marisa esvaziara todas no chão, espalhando roupas e artigos de higiene pessoal por todos os lados. Arrancara os lençóis e cobertores da cama, virar a mesa de cabeceira, enfim, só escaparam à sua fúria as cortinas e o guarda-roupa.

Voltando a olhá-la, resignou-se com a necessidade de esforçar-se para colocá-la no leito. Sem importar-se em arrumar a cama, deu-se por satisfeito em deitá-la sobre o colchão e cobri-la com o cobertor que encontrou em meio à desordem. Aliviado e exausto, apagou a luz e fechou a porta ao sair do ambiente.

O coração de Cláudio batia descompassado no peito arfante. Acalorado, abriu os botões da camisa, apanhou outro lanche na cozinha e voltou à sala. Os sons e as imagens do filme — que chegava ao fim naquele momento — emprestavam uma vida artificial ao recinto, enchendo o vazio e a solidão da noite. Enchendo o copo de cerveja, ergueu-o à televisão em um brinde amargo:

— A você, minha boa companheira!

Bebia e mastigava, mas não sentia nenhum sabor. O filme que escolhera acabou sem que o houvesse assistido; outro programa iniciou e, igualmente, não logrou lhe captar a atenção. As palavras acusadoras de Marisa ricocheteavam em sua mente e impunham que evocasse lembranças. Dolorosas lembranças, agora que conhecia toda a trajetória dos fatos que integravam seu passado recente.

— Que coisa estúpida é o tempo — disse Cláudio refletindo sobre a vida. — Parece que tudo começou e aconteceu ontem e também parece que, antes de toda essa história, que foi tão longa e desgastante, eu não existia, não havia nada. Deus do céu, que loucura! Faz apenas dezesseis anos que conheço Marisa. Ela estava terminando o curso de Belas Artes, e eu havia deixado a faculdade. Não queria mais estudar, ansiava por dinheiro e independência.

"Não foi fácil ser filho de um relacionamento extraconjugal. Meu pai nunca me reconheceu legalmente, e agora não quero nem preciso. O velho já morreu mesmo, e meus irmãos, embora saibam da minha existência, nunca me vieram fazer uma visita. Devem ter medo de que eu queira dividir a herança. Ah! Pelo menos isso eu descobri nesta vida: dinheiro não é tudo; ajuda, é verdade, mas não traz felicidade. Nem tudo está à venda, ainda que o povo diga o contrário.

"Cláudio Batista é o que sou, filho único de dona Cleonice Batista, de quem tenho muito orgulho. Até a idade adulta, tive dificuldade de entender a situação em que vivíamos, mas depois cresci e aprendi que o amor tem mil revezes ao longo do tempo e que, em um só dia, somos capazes de amar e odiar a mesma criatura com igual intensidade. Aprendi também que o que parece sólido e eterno pode virar pó; que, em questões do coração, dar palpite ou impor regras não resolve nada. Entendi que meus pais se amavam à moda deles e ninguém tinha nada com nossa vida; eu era filho de mãe solteira e ponto-final.

"Quando conheci Marisa, que era órfã de mãe e filha única, nos entendemos perfeitamente. Foi ótimo trocar experiências sobre viver em famílias fora dos padrões, ainda bastante rígidos naquela época nesta cidadezinha interiorana, onde todos sabem o que tem no armário dos vizinhos. Todos os dias pegávamos o mesmo ônibus — eu para ir trabalhar, ela para ir à faculdade —; íamos em pé ou sentados, mas sempre sorrindo e conversando, e as viagens começaram a ser curtas para nós. Depois, nos encontrávamos para almoçar e, em pouco tempo, estávamos namorando e bem mais que entrosados. Como foi bom aquele tempo!

"Ah, se alguém tivesse me dito no que se transformaria aquele amor de juventude... eu diria que era coisa de um louco invejoso, porque minha namorada era a garota mais bonita da cidade e não escondia de ninguém que me adorava. Marisa era incansável em me fazer feliz. Nunca se recusava a me acompanhar a nenhum lugar e era sempre alegre e agradável com todos os meus amigos e colegas de trabalho; ainda que não gostasse de futebol, ia aos campeonatos; assistia comigo aos meus filmes prediletos e, quando eu a pegava cochilando no cinema, ela sorria e dizia estar muito cansada, mas que o filme era muito bom e estava adorando. Tudo para que me sentisse feliz, e eu fui.

"Até então, havia tido inúmeras namoradas, sem me fixar a nenhuma; de repente, não tinha olhos nem prazer na companhia de outra mulher. Entre namoro, noivado e casamento foram exatos doze meses. Nós nos casamos na data em que nos conhecemos. Ela havia anotado no diário. Quanto romantismo!

"O primeiro ano de casado foi uma lua de mel prolongada. Mamãe estava felicíssima; ganhara uma filha, e Marisa, uma mãe, já que era órfã desde os onze anos e, portanto, fora privada da companhia e das orientações maternas numa idade crucial.

"Tudo ia bem. Não nos faltava amor, e tínhamos dinheiro suficiente para termos uma vida confortável, sem exageros nem excessos, mas sem necessidade. Marisa trabalhava meio turno na escola das freiras, dando aula de Arte para o primeiro grau. Ganhava pouco, e eu fazia questão que o salário dela ficasse apenas para suas despesas. Tinha prazer em vê-la bem-vestida, com a pele bonita e os cabelos arrumados; era bom chegar em casa, encontrar tudo limpo, organizado, comida cheirosa e ela feliz, tranquila, mas tudo mudou."

Cláudio remexeu-se no sofá, abandonando o copo ao lado do prato com migalhas de pão, sobre o tapete cheio de manchas que revestia o piso. Seu olhar, involuntariamente, fixou-se na foto de Gabriel recém-nascido, vestido de azul, deitado em cima de um xale de crochê feito pela avó. O pensamento voltou ao dia em que recebeu a notícia de que iria ser pai.

Como fazia todos os dias, entrou em casa ansioso para abraçar e beijar a esposa, contar-lhe como fora seu dia, sentarem-se juntos no pátio dos fundos da casa e conversarem, enquanto petiscavam algo que ela preparara especialmente para esperá-lo. Naquele dia, ela lhe trouxera amendoins salgados, do tipo que se compra pronto em pacotes no mercado, e algumas bebidas. Estava quieta; de algum modo indefinível, parecia estranha.

— Aconteceu alguma coisa e você não sabe como me contar? — indagou por fim, afligindo-se com os longos silêncios e a dificuldade de entabular a conversa.

— Por quê? — retrucou ela sorrindo, sem brilho nos olhos.

— Não sei, você está estranha. Alguma coisa a está preocupando. Alguém a deixou chateada na escola? Foi aquela aluna difícil de novo?

— Não. Imagine. Samanta está um doce depois que a diretora a repreendeu pelo mau comportamento. Você sabe que ela infernizava todos os professores; não era um privilégio meu. Em minhas aulas, era ainda pior, pois ela não gosta. Tem pouquíssima criatividade e quase nenhuma habilidade com tintas, aquarela, argila... Pobrezinha! Ela odeia isso e, ainda por cima, é relaxada; seus trabalhos acabam sendo os piores da turma. Mas, não, este mês ela está muito bem.

— Seu pai? — Prosseguiu investigando. — Está saindo de novo com aquela mulher de quem você não gosta?

— Já disse que não há nada errado. Não sei com quem papai tem saído ultimamente ou se há alguma mulher no momento.

— Bem, então o que há? — Cláudio puxou-a para sentar-se em seu colo, abraçando-lhe a cintura. Escondendo a cabeça em seus cabelos, aspirou o perfume que exalava da nuca, em que ela sempre colocava algumas gotas. — É novo. Gostei.

Ela riu baixinho, colocando os braços em torno de seu pescoço ao responder:

— Comprei de manhã. É floral; você sempre gosta desses aromas.

— Nem sempre, eu detesto jasmim; me dá dor de cabeça.

— Eu sei, mas este não tem jasmim na composição. E, bem... há sim um assunto sobre o qual precisamos conversar, e pensei muito em como começar, mas...

Percebendo que ela ficara tensa em seus braços, Cláudio começou a lhe acariciar as costas, massageando-lhe os ombros e, paciente e confiante, a incentivou:

— Fale sem rodeios. É sempre a melhor forma de se dizer algo, quando não se sabe outra forma.

— Você é bem o filho de dona Cleonice, né? Parece que estou ouvindo essas palavras diretamente dela.

— É, foi minha mãe quem me criou e educou. Passei grande parte da vida com ela e ouvi esse conselho inúmeras vezes. Funciona, pode apostar.

— É mesmo... então lá vai! Estou grávida.

A surpresa o emudeceu. Era um assunto que não havia sido tratado ou planejado. Ser pai era algo para um futuro distante, e, de repente, Cláudio se deu conta de que tinha em seu colo o filho em gestação. Esse pensamento o enterneceu, e uma emoção cálida e inusitada se sobrepôs à surpresa. Havia uma vida minúscula e completa sendo gerada no útero de sua mulher e era uma parte dele. Lágrimas lhe queimaram os olhos quando ele pousou a mão sobre o ventre ainda rijo e reto de Marisa, e, com voz embargada, perguntou:

— Quanto tempo?

— Dois meses e alguns dias — respondeu Marisa.

— Não desconfiei. Sempre ouvi falar de desmaios, enjoos, de maridos saindo de casa desesperados para atender aos desejos de suas grávidas.

— Ainda não senti nada disso; só meus seios aumentaram...

Cláudio pousou o olhar no decote da blusa da mulher, sorriu e prosseguiu acariciando o ventre de Marisa; parecia que não conseguiria afastar a mão.

— Estão maravilhosos. Vão ficar assim depois que o bebê nascer?

— Não sei.

— Pergunte para mamãe. Ela já sabe?

— Claro que não. Não sabia qual seria sua reação. Nós não falávamos em ter filho, e, bem, foi um descuido meu com as pílulas...

— Psiu. Fiquei surpreso, sim. Não esperava, mas... adorei a notícia. Imagine só! Daqui a um ano, o moleque estará engatinhando à nossa volta...

Marisa riu descontraída, satisfeita com a boa aceitação da gravidez.

— Não diga bobagens, Cláudio. Daqui a um ano, o bebê terá apenas cinco meses. Não se engatinha com essa idade; quando muito, a criança estará se sentando sozinha.

— Hum. — Ele fez cara de falso triste. — E quando vou poder ensiná-lo a jogar bola?

— E quem disse que será um menino?

— Se for uma menina, não tem problema; comprarei uma camiseta do meu time, uma sainha pregueada e chuteira, mas ensinarei a jogar bola.

— Pobrezinha! Será uma Maria Chuteira. Dona Cleonice ficará horrorizada quando ouvir esses planos.

Ao ouvir o nome da mãe, deu-lhe leves palmadas nas nádegas e convidou:

— Vamos, levante-se. Vamos à casa de mamãe lhe dar a notícia.

A festa na casa de dona Cleonice foi total. Ele entrou na sala gritando:

— Vovó!

Dona Emerenciana, ainda muito ágil na época, foi apressada à sala enxugando as mãos no avental, pois estava fazendo o jantar.

— O que foi, Claudinho? Para que essa gritaria?

Ele tomou a velha senhora nos braços e a fez rodopiar na sala de visitas ao declarar:

— Não chamei a senhora, dona Emerenciana; chamei a vovó Cleonice. A senhora agora é bisa.

— O quê?! — Feliz, dona Emerenciana soltou-se do neto para abraçar Marisa. — Ah, meu Deus, que boa notícia! Parabéns! Você está bem, minha filha? Tem tido muitos enjoos?

— Não... — Enquanto Marisa dava explicações para dona Emerenciana, Cláudio, sempre aos gritos de "vovó", correu pela casa até o pátio, onde a mãe tirava as roupas secas do varal.

— Sua avó está lá dentro, meu filho — esclareceu dona Cleonice. — Eu lhe ensinei que o certo é cumprimentar primeiro sua mãe. — E ofereceu a face ao beijo do filho. — Como foi seu dia, querido?

— Ótimo.

— Que bom. O que quer com sua avó? Ela estava na cozinha.

— Vim procurar a vovó Cleonice; a bisa Emerenciana está com Marisa lá na sala.

Dona Cleonice deixou cair as roupas que tinha nos braços e abraçou-o emocionada.

— Que surpresa! Não sabia que queriam ter filhos tão cedo. Nunca comentaram nada.

— Não planejamos, mas aconteceu. Estamos muito felizes.

— Maravilhoso! Será tão bom ter um bebê para cuidar. É tão gostoso... — E ficaram conversando abraçados, fazendo planos.

A gestação foi cercada de cuidados, atenção e afeto. Nos últimos meses, Marisa estava cansada, muito pesada; não tinha mais posição, estava inquieta, ansiosa com o parto.

Gabriel veio ao mundo por meio de um parto cesáreo. Depois de horas de dores e pouca dilatação, os médicos optaram pela cirurgia. Anestesiada, Marisa não viu o nascimento do filho. Cláudio e dona Cleonice receberam-no envolto em toalhas, ainda sujo, trazido pelos braços da enfermeira à porta do bloco cirúrgico. O pai encantou-se com a visão do menino.

— Eu disse que seria um menino! — comentou orgulhoso com dona Cleonice, que era só sorrisos ao pedir para tomar o neto nos braços.

— Rapidinho — concordou a enfermeira. — Preciso levá-lo ao berçário. A senhora tem as roupinhas do primeiro dia?

— Claro. Já pego para você — disse Cleonice embalando o bebê e, sem desviar os olhos da criança, perguntou ao filho: — Vai mesmo se chamar Gabriel?

— Sim. Se fosse uma menina, seria Marina, que era o nome da mãe de Marisa. E, se fosse um menino, se chamaria Gabriel.

— O nome de seu pai. — Completou dona Cleonice, devolvendo o bebê à enfermeira e abaixando-se para apanhar na bolsa as roupas que ela e a nora tinham escolhido para o bebê. — Teremos de dar as roupinhas cor-de-rosa.

— Ele ficará lindo todo de azul com essa cabeleira escura — comentou a enfermeira, desaparecendo em seguida com o bebê pelo corredor e sendo seguida pelo olhar apavorado do jovem pai.

Vendo a aflição do filho, dona Cleonice tocou-lhe o braço e disse:

— Ela somente vai dar banho e vestir Gabriel. Vamos para o quarto esperá-lo.

— E Marisa?

— Depois, o médico nos dirá como ela está; Marisa ficará algum tempo na sala de recuperação. Seu pai adoraria ter conhecido o neto. Obrigada pela homenagem, meu filho. Que eu saiba, nenhum dos outros netos têm o nome do avô. Ele merecia; foi um bom homem.

Cláudio não fez nenhum comentário. Decidira chamar o menino de Gabriel para agradar a mãe, mas pouco lhe importava se o pai — falecido havia alguns anos — iria gostar ou não. O relacionamento entre eles sempre foi frio e distante.

As declarações de Marisa, feitas em meio à crise de descontrole, imiscuíram-se em suas lembranças; Cláudio arrepiou-se só de recordar. Cada palavra ficara gravada como uma queimadura em seu ser: "Depressão pós-parto... pois sim... Eu odiei tudo aquilo! Só queriam ver o menino; ele era lindo, e eu, uma 'bruaca' gorda, inchada, toda dolorida. Para mim era: 'Marisa, você está bem?'. Não esperavam resposta e já emendavam: 'Que bom. Mas que menininho lindo, coisinha mais bonitinha', e por aí seguiam. Não vi nada de bom nisso. Dar de mamar, coisa mais horrorosa. Não suportava ver aquela boca me sugando; eu me sentia um animal, uma vaca! E a dor? Disso ninguém fala; é só poesia. Quem fala a verdade é deprimido, é doente, sim... eu sei. A melhor coisa que inventaram foi a mamadeira. Ainda bem que não tive leite por muitos dias..."

O enlevo com o filho não o deixou perceber com a devida presteza que a esposa não estava reagindo bem à maternidade. Nos primeiros dias, Cláudio interpretou os resmungos e a pouca atenção que Marisa dava ao menino como naturais ao seu estado de parturiente em convalescença, afinal, ocorreram algumas pequenas complicações no pós-operatório e, somente quando Gabriel completou o primeiro mês de vida, ele começou a notar o distanciamento que a esposa mantinha do filho.

Marisa não o amamentava; o leite escasseou e secou poucos dias após o nascimento da criança. Ela aceitou a impossibilidade de alimentar o filho e, alegando ter medo de que ele se afogasse com o leite da mamadeira, deixou a tarefa a cargo da sogra e de dona Emerenciana — mulheres, como dizia, mais experientes. Sob a mesma desculpa, esquivava-se de banhar o menino e somente lhe trocava as fraldas quando era obrigada.

Irritava-se ao ouvir o choro de Gabriel e não tinha pressa alguma em atendê-lo; se o tomava nos braços era por poucos minutos e logo o entregava a outra pessoa ou o devolvia ao berço.

Cláudio atribuía aquelas atitudes à convalescença, afinal, o que ela mais adorava falar com as visitas naqueles dias era sobre o quanto sofrera com dores horríveis até os médicos decidirem fazer o parto cesáreo. Depois, contudo, começou a observar-lhe a conduta e flagrou a expressão desinteressada no rosto da esposa ao ouvir o choro do bebê e um brilho de raiva ao observar a atenção que a família e os amigos dedicavam à criança.

— Marisa, você não está bem — disse uma noite, altas horas da madrugada, quando estavam sozinhos no quarto. — O que a está incomodando? Parece que você não gosta do nosso filho. Está decepcionada? Você queria, no fundo, uma menina, não é verdade?

Ela respondeu-lhe com um silêncio absoluto, que o forçou a insistir:

— Fale. Desabafe, será melhor. Me diga o que está sentindo; preciso saber para ajudá-la. Tenho notado que... — e relatou suas observações e a estranheza que estas lhe causavam.

Após muito insistir, ela confessou, com voz fria, toda a tortura mental que estava experimentando.

— Não sei o que há comigo, Cláudio. Sinto-me indiferente ao bebê. Não parece meu filho; não está sendo nada como imaginei. Sinto-me perdida, roubada, vazia, acho que é isso. Olho para ele e só consigo me lembrar do quanto sofri, das dores, do mal-estar, da luz na sala de cirurgia, da sensação pavorosa da anestesia geral. Foi péssimo, tudo foi péssimo. As pessoas esqueceram-se de mim, eu não existo mais... — Essa foi a primeira crise de pranto convulsivo de uma longa série que se repetiria pelos anos seguintes.

Desconsolado, ele abraçou a mulher; procurou confortá-la, mostrar-lhe que as pessoas estavam felizes com o nascimento de Gabriel, que ele estava orgulhoso da família que formavam e tudo o mais que lhe veio à cabeça. Jurou que seu amor só havia aumentado, que ela continuava bonita e era só questão de tempo e exercício para que seu corpo voltasse à antiga forma. Conseguiu com esforço acalmá-la, e ela adormeceu em seus braços com o rosto lavado pelo pranto.

Preocupado, Cláudio resolveu conversar com a médica que acompanhara a gestação de Marisa, que a diagnosticou como um caso típico de depressão pós-parto — algo absolutamente desconhecido para ele. Mas, medicada e encaminhada para atendimento psicológico, ela, ao fim do segundo mês de vida de Gabriel, começou a esboçar sinais de melhora.

Quando o menino completou seis meses, a situação estava bem melhor, então, ela começou a se sentir ansiosa e culpada por não ter participado dos primeiros dias do filho, justificando-se a todo instante e ainda muito insegura. "Marinheira de primeira viagem", recorria excessivamente à companhia e orientação da sogra.

Nessa época, o pai de Marisa adoeceu repentinamente do intestino e foi operado com urgência; depois, sobreveio uma infecção generalizada, mantendo-o em uma agonia de quase três meses, que, por fim, o levou à morte. A perda mergulhou Marisa em um estado de luto patológico; o estado depressivo voltou a instalar-se na mulher, e foi com muito esforço que ela concordou com uma singela comemoração do primeiro aniversário de Gabriel. Observando atentamente a foto dos três com os chapéus de cartona estampados com a figura do ratinho da Disney era fácil ver que o sorriso largo não chegava a levar brilho algum ao olhar opaco, sem vida de Marisa. Estava bonita, magra, bem-arrumada, atendeu os amigos com delicadeza, mas sem entusiasmo. E, quando a parabenizavam pelo primeiro ano do filho, respondia com um "obrigada" tímido, evitando contato visual com os convidados e torcendo nervosamente as mãos.

O segundo ano transcorreu com maior tranquilidade. Gabriel começou a caminhar com quatorze meses, mas era preguiçoso para falar; balbuciava algumas palavras como "papa", "mamã", pedia alguns alimentos e para que fossem atendidas suas necessidades fisiológicas básicas. A instabilidade econômica, contudo, lançou o casal inopinadamente na primeira grande dificuldade financeira após o casamento. Suas reservas em poupança foram confiscadas, e o financiamento da casa comprometeu assustadoramente o orçamento; era urgente um aumento de receita. Cláudio esforçou-se e conseguiu um cargo na empresa onde trabalhava; passou a ganhar mais, porém precisava viajar com frequência. Decidida a colaborar, Marisa propôs retornar à atividade de professora, colocando o filho em uma escolinha maternal.

— Gabriel é forte e saudável — argumentou ela. — Nunca teve uma gripe sequer, graças a Deus. Ele ficará muito bem na creche. Fui visitar o local; é muito limpo, bem organizado. As atendentes são carinhosas; e o lugar é alegre e bonito. Além do mais, o pobrezinho fica sozinho comigo o dia inteiro; lá, terá outras crianças da mesma idade com quem poderá brincar.

— E o custo? Compensará fazer essa despesa? O que você vai ganhar voltando a lecionar cobrirá isso? — questionara Cláudio.

— Claro. Já fiz as contas. E, na escola, agora pagam um auxílio-creche para as mães que têm filhos menores de sete anos.

Cláudio acabou concordando, e, na semana seguinte, Gabriel se tornou o mais novo aluno da escolinha Bem-me-quer.

— Foi nessa época que conheci Frances — murmurou Cláudio, fitando o teto da sala, absolutamente alheio aos sons da televisão. — Doce Frances.

Levou a mão ao bolso da camisa para ter certeza de que na confusão não perdera o convite.

— Uma mulher e tanto — disse para si. — Equilibrada, inteligente, sensata, humana e sensível como poucas. Minha única amiga, que ironia. Eu, que há anos não faço nenhum esforço para resistir à sedução das mulheres, reconheço que provoco situações para fugir à loucura desta casa... Justamente com ela não consegui nada, a não ser sorrisos tolerantes e respostas bem-humoradas às minhas cantadas, que me colocavam no devido lugar, sem me ferir. Acabamos, então, nos tornando amigos... Houve dias em que, se não fosse a presença de Frances, eu teria enlouquecido e feito uma besteira das grandes. Lembro-me da jovem de cabelos castanhos, gentil e competente, que me recebeu na escolinha.

E o pensamento, que naquela noite insone teimava em reler a própria história, voltou ao passado.

No primeiro dia de Gabriel na escolinha, Marisa não pôde levá-lo, pois fora avisada pela manhã que precisaria chegar mais cedo para uma reunião extraordinária de classe, convocada em virtude de problemas de disciplina dos alunos.

— Cláudio, você poderia deixar o Gabriel na escolinha? Já falei com ele e expliquei tudo; também liguei para a escolinha, e a moça que administra o lugar vai esperá-los — pediu Marisa em tom informativo, pois, certa de que o marido concordaria, já tomara todas as medidas.

Assim, Cláudio limitou-se a balançar a cabeça em aceitação. Intimamente, ainda não assimilara a ideia de o filho ficar sob os cuidados de estranhos; parecia-lhe tão pequeno, mas, por outro lado, as contas se acumulavam, e toda receita seria bem-vinda e necessária a equilibrar o orçamento.

Após o almoço, Marisa, apressada, deu um beijo no marido, apanhou a bolsa e passou a mão nos cabelos cacheados do filho.

— Queridos, até mais tarde — despediu-se, saindo pela porta dos fundos.

Cláudio, por sua vez, ficou sentado com Gabriel a olhá-lo, enquanto ouvia o bater dos saltos da esposa na calçada e, depois, o som do portão abrindo-se e fechando-se até que perdeu qualquer referência dela.

— Pois é, Gabriel, a mamãe foi trabalhar! Vamos apanhar suas coisas para passear até a escolinha?

Falou a palavra mágica: "passear". O menino adorava andar de carro e passear; no entender dele, eram sinônimos. Gabriel abriu um sorriso e desceu saltitante da cadeira. Nessa época, seu vocabulário ampliara-se consideravelmente; o menino já elaborava algumas frases curtas e entabulava alguns diálogos.

Cláudio apanhou a mochila com o material do filho, e, de mãos dadas, encaminharam-se para a garagem. Minutos depois, estacionou em frente a uma escola infantil nova na cidade.

O prédio era bonito, pintado com cores alegres. As paredes externas haviam sido decoradas com grandes margaridas brancas e amarelas — algumas inteiras, outras despetaladas, numa referência à brincadeira infantil que dava nome ao estabelecimento —, e o terreno amplo tinha um *playground* com vários brinquedos, muitos balanços e escorregadores; uma pequena vila de casinhas de madeira imitava uma aldeia com personagens de contos de fadas.

"Gastaram para reformar esse velho casarão", pensou enquanto observava o lugar. Voltando-se para Gabriel no banco traseiro, convidou:

— Vamos, filho. Viu que pracinha bonita tem aqui?

— Tem cachorro? — perguntou o menino.

— Não sei, filho. Vamos perguntar?

E, às voltas com a conversa sobre cachorro, entraram no pátio. Gabriel convivia apenas com adultos, então, ao ver o burburinho das outras crianças e de suas mães no interior do casarão, numa espaçosa sala que servia de recepção, o menino encolheu-se, agarrando-se às pernas do pai. Foi dessa forma que, depois que as monitoras e atendentes foram receber seus respectivos alunos, esvaziando, assim, a sala, Frances colocou pela primeira vez os olhos no tímido e assustado Gabriel e em seu pai.

— Você deve ser o marido de dona Marisa! E esse lindo garotinho deve ser o nosso novo aluninho! — Ante o gesto afirmativo de Cláudio, Frances aproximou-se, abaixou-se ao lado do menino e, estendendo-lhe as mãos, perguntou: — Seu nome é Gabriel, não é mesmo? Sou Frances e vou vê-lo todos os dias de hoje em diante. Você é muito bonito, sabia?

Frances insistiu em conversar com o garotinho e, inutilmente, o convidou para ir conhecer a sala onde iria ficar. Gabriel não respondeu, nem mesmo com o pedido insistente do pai.

— Ele é muito tímido. Está acostumado apenas com a família, que é pequena; é filho único. Acho que vai demorar um pouco... — explicou Cláudio a Frances.

— Eu sei, mas logo vai adorar vir brincar com os amiguinhos. Mas, até que ele se ambiente e sinta segurança na escolinha, será preciso que o senhor ou sua esposa fique por algum tempo...

— Ficar aqui? — Cláudio surpreendeu-se.

— Sim, eu expliquei para sua esposa. Ela estava ciente disso. Deve ter esquecido de lhe falar, mas...

— Ela não me disse nada. Pensei que deveria apenas entregar o menino e a mochila com o material. — Pateticamente, Cláudio ergueu a mochila azul-marinho com estampas do desenho animado preferido de Gabriel — que o pai nem ao menos sabia o nome — em cores fortes, berrantes.

— Se não puder ficar, eu compreendo, senhor. Porém, infelizmente, não aceitarei ficar com seu filho. Não é recomendável forçar a criança a uma separação da família. Será melhor voltarem amanhã para o primeiro dia...

Naquele minuto, o sangue de Cláudio ferveu de raiva da esposa; não era a primeira vez que Marisa omitia informações importantes para eximir-se de responsabilidades ou tarefas que não a agradavam.

Ele, então, pôs em dúvida a existência da dita reunião no trabalho ou, pelo menos, a necessidade da presença da nova professora.

— Não, eu ficarei. Não resolverá nada deixar para amanhã. Quanto tempo dura o período de adaptação?

— Depende muito das reações da criança. Não há um número de dias preestabelecido. Como trabalhamos com crianças pequenas, temos muito cuidado ao socializá-las para evitar traumas.

A moça falava como se Cláudio devesse entender o que ela estava dizendo. "Falamos português, mas, com certeza, isso só não basta para que haja entendimento. Estou me sentindo um cavalo, algo completamente desproporcional neste lugar todo enfeitado e colorido", pensou. Olhando para o avental estampado com margaridas das atendentes, só então ele notou que Frances usava uma camiseta branca com estampa de minúsculas margaridas amarelas e uma calça jeans. A roupa era prática e confortável, mas ajustava-se com perfeição ao corpo esguio da jovem. De repente, viu-se admirando o físico da moça, enquanto ela andava à sua frente para conduzi-los à sala do maternal.

Brinquedos de diversos tipos estavam arranjados no espaço bem iluminado, que, antes, fora provavelmente uma grande sala de refeições no casarão. Agora, abrigava mesas e cadeiras pequenas e coloridas em tons azul e rosa — compatíveis com o tamanho de seus ocupantes —, berços nas mesmas cores e almofadas. Duas moças atendiam as crianças, que, numa contagem rápida, Cláudio apurou dezoito.

— Estas são Deise e Giovana. Meninas, este é o senhor Cláudio, pai do Gabriel, nosso novo amiguinho. — Frances fez as apresentações e, falando em um tom mais baixo, o orientou: — Relaxe, senhor Cláudio. O menino percebe seu nervosismo, e isso dificultará que se solte. Incentive-o a brincar, pois isso vai ajudá-lo. E, assim que ele se afastar, peço que vá para o fundo da sala e se sente.

Perdido e assustado, Cláudio acompanhou o gesto de Frances lhe indicando um sofá. Como a jovem se aproximara para falar-lhe, ele sentiu o perfume delicado e feminino que ela exalava, mas não reconheceu a fragrância. Perfumes femininos eram objeto de fascinação desde a adolescência.

— Seu perfume é muito bom — comentou Cláudio espontaneamente.

— Obrigada. O senhor e seu filho ficarão bem, mas, se precisar de mim, estarei na sala da administração, bem na entrada do prédio, ao lado da recepção — respondeu friamente.

Notando a mudança da cordialidade para a frieza, Cláudio percebeu que o comentário a respeito do perfume de Frances fora inconveniente, mas não pôde dizer nada para desculpar-se; Gabriel já lhe puxava as calças e o chamava. Precisava dar atenção ao filho e ambientá-lo o mais rápido possível na escolinha. Seu trabalho agora lhe permitia dispor livremente do horário, mas não podia se dar ao luxo de passar muitas tardes naquele local.

"Aqui não é lugar para pensar em diversão. É a primeira escola do meu filho", recriminou-se ao lembrar como apreciara a aparência de Frances e seu perfume. "Estranho é que ela nem faz meu tipo, e o perfume que usa não é floral."

Deitado no sofá, Cláudio riu daquelas memórias. Que tarde! Sentira-se terrivelmente deslocado naquele espaço e não era estúpido o bastante para não notar que as atendentes e até as crianças tinham estranhado sua presença.

Mas, apesar do início atropelado da relação, Frances acabou simpatizando com Cláudio, e, nos dias seguintes, conversaram bastante sobre crianças, trabalho, os revezes do cenário político e econômico do país e sobre a pacata cidade — ele descobrira que Frances e a família eram moradores novos. Conheceu os planos da moça e da mãe para a escolinha — as duas eram sócias no empreendimento —, um projeto ambicioso de instalar gradativamente as séries curriculares, a fim de que os alunos ingressassem no maternal e pudessem permanecer no local até concluir o ensino fundamental. Frances era pedagoga, e a mãe, professora aposentada de Educação Física. E fora a transferência do padrasto, que assumira a gerência de uma agência bancária na cidade, que motivara a mudança.

Ao fim da primeira semana, Gabriel, embora continuasse tímido e retraído, já aceitava os cuidados das atendentes e não buscava assegurar-se da presença de Cláudio a todo instante, o que demonstrava sua confiança na equipe e na escola.

— Na próxima semana, você não precisará mais cumprir a penitência — informou Frances com seu jeito alegre e espontâneo. — Giovana disse que Gabriel já tem condições de ficar só.

Quando ouviu essas palavras, com as quais sonhara tanto no primeiro dia, Cláudio, estranhamente, não sentiu a alegria que imaginara nem mesmo alívio por dispor de mais horas para trabalhar; sentiu, sim, um vazio, uma dor desconhecida que não soube definir. Desapontamento talvez fosse a palavra certa. O porquê daquele sentimento ele somente entendeu e admitiu tempos depois.

Ele, então, sorriu para disfarçar e pronunciou um “que bom!” sem entusiasmo.

A semana na escolinha infantil provocou uma mudança radical no cotidiano de Cláudio. Foi também a primeira semana de desavenças intensas com Marisa. Estava magoado e triste com os rumos do relacionamento. Irritado, culpava o governo do país pela crise em seu lar; não fosse a maldita economia, a mulher não precisaria voltar a trabalhar e poderia ter ficado com o filho por mais alguns anos. Assim, os “poderia” e os “não teria acontecido” multiplicavam-se em sua mente. Em meio a essa confusão, com maior frequência do que desejava, recordava-se do rosto de Frances, de seu jeito alegre e espontâneo, e, quando menos esperava, estava falando a respeito dela para alguém, cheio de admiração.

Nos meses que restavam para o fim de 1990, passou a ver Frances todas as sextas-feiras, quando buscava Gabriel na escolinha — o garotinho era sempre o último aluno a sair. Encontrava o menino adormecido em um dos berços e, desculpando-se pelo atraso, ajudava a jovem a fechar o prédio e lhe dava carona até sua casa. Eram momentos tranquilos, de boa conversa, e, sem perceber, Cláudio viu-se ansioso por eles, passando a atrasar-se deliberadamente para obrigá-la a esperá-lo e, assim, usufruir de sua companhia.

Um dia, próximo ao fim do ano, encontrou-a atarefada, pintando um mural que serviria de cenário à apresentação das crianças na festa de encerramento que aconteceria no dia seguinte. Gabriel dormia no berço que tomara para si, agarrado a uma velha fralda que carregava consigo havia alguns meses.

— Posso ajudar? — perguntou sem cerimônia nem cumprimento, arregaçando as mangas da camisa.

Rindo da atitude de Cláudio, Frances mostrou-lhe pincéis e placas de Eucatex, já com o fundo branco e o desenho que lembrava uma floresta riscado sobre a base.

— Você tem alguma habilidade em pintar florezinhas, coelhinhos e pequenos pássaros?

Analisando a flor que ela pintava com detalhes, meneou a cabeça com ar de dúvida e retrucou:

— Não tão perfeitas quanto as suas, mas... acho que caules de árvore e o céu podem ser mais fáceis. Ou estou enganado, e haverá neles tantos detalhes quanto nessas florezinhas?

Consultando o relógio, Frances espantou-se; já eram quase vinte horas.

— Hoje você se atrasou de verdade, hein? Sorte sua que preciso terminar esse cenário, senão estaria furiosa.

— Então aceite minha oferta de ajuda como forma de compensar o atraso.

— Está bem — concordou ela, contemplando o trabalho e calculando mentalmente que não teria como terminá-lo sozinha, senão altas horas da madrugada. — Você pode pintar o céu. — E orientou-o como fazer.

Entretidos no trabalho, conversando amistosamente, não viram as horas passar e assustaram-se com o toque insistente do telefone.

— É sua esposa — anunciou Frances depois de atender à chamada. — Já lhe pedi desculpas por retê-los até tão tarde. Obrigada pela ajuda.

— Mas não vamos embora. Gabriel está dormindo, e eu vou terminar o que comecei. Pode deixar que falo com Marisa.

O diálogo foi tenso, assim como estava o relacionamento entre eles. Não sentia mais prazer ou desejo de estar em casa e recusava-se a tomar consciência disso, mas a única razão de voltar ao lar era o filho.

— Pronto. Podemos continuar.

— Marisa deve estar chateada. Vá para casa, Cláudio. Você já me ajudou muito — argumentou Frances.

— De jeito nenhum. Vamos terminar.

Retomou a pintura do céu no cenário, delineando cuidadosamente os desenhos da floresta. Duas horas depois, metade do trabalho estava feito, e, em uma pausa, Frances lhe propôs um café.

— Excelente! Se houver uma bolachinha, também aceito. Almocei tarde e depois não fiz nenhuma refeição.

— Claro. Vamos para a cozinha. Para dizer a verdade, também estou com fome. Temos bolo e pão caseiro, serve?

— Delícia.

Sentaram-se frente a frente, em torno da mesa da cozinha, e a conversa prosseguiu animada. Trocaram informações e comentaram sobre a semana.

— Tenho notado Gabriel diferente — disse Frances ao término da refeição improvisada. —Pretendia tratar do assunto com sua mulher, mas ela sempre vem no horário em que não estou e... bem, estou preocupada com o menino. Inclusive, pedi para falar com um de vocês. Mandei um bilhete, mas... acho...

— Como? Não estou sabendo de nada disso. Quando foi?

— Terça-feira.

— Viajei somente na quarta à tarde, mas Marisa não comentou nada a respeito desse bilhete.

— Estranho, pois ela ligou dizendo que viria conversar comigo, mas que estava muito atrapalhada com as avaliações do fim do ano. Falou que marcaria um horário, porém até agora...

— E o que está acontecendo com Gabriel? — indagou sério, recalcando a irritação com a mulher.

Frances calou-se por alguns segundos, pensativa. Cláudio percebeu que ela estava escolhendo mentalmente não só as palavras, mas a melhor forma de conduzir o assunto.

— Gabriel é muito tímido, arredio. Notou que ele tem um olhar assustado? Que parece estar sempre alerta e se sobressalta com facilidade?

Aquela era uma visão do filho que Cláudio não tinha, então, discordou:

— Ele é quieto, sempre foi. Quando era bebê, só choramingava...

— Entendo... — disse Frances reticente, mas decidida. — No entanto, não é disso que estou falando. Estou comentando o comportamento de Gabriel. Ele não se socializa, entende? Não brinca com as outras crianças. Ele se afasta, fica sozinho por horas e horas, pelo período inteiro se deixarmos.

— É o que disse. Ele é quieto e apenas conviveu com adultos; não sabe brincar ainda... — insistiu nas justificativas, enquanto Frances o encarava calmamente.

— Cláudio, brincar é algo espontâneo na criança. Não é preciso ensinar, pois faz parte do descobrimento de si mesmo e do mundo material...

— Mas Gabriel brinca; eu o vejo brincar em casa — interrompeu, sentindo aquela conversa afligi-lo. Cláudio recusava-me a entender a preocupação que Frances transmitia com o olhar. — Gabriel é um menino normal; só é tímido...

— Do que você vê seu filho brincar? — perguntou Frances mudando a forma como conduzia o diálogo.

— Com carrinhos. Ele adora observar as rodinhas dos brinquedos.

— Hum, é verdade. Já o vi brincar assim. E o que mais?

Cláudio pensou e deu-se conta de que estava vendo o filho muito pouco, por apenas algumas horas por dia. Encontravam-se no fim da tarde, e, logo em seguida, Marisa colocava o menino para dormir.

— Peões. Ele adora fazê-los rodopiar.

— É fato. Gabriel adora fazer girar tudo o que seja circular.

— E o que tem de mais nisso? É errado? — A ansiedade já se patenteava no rosto de Cláudio, para quem a conversa já não parecia mais tão interessante.

— Já observou se ele tem essa mesma fascinação por outras coisas que giram?

— Que pergunta estranha! Aonde você quer chegar?

— Cláudio, estou preocupada com Gabriel. Não é comum uma criança apresentar as características de desenvolvimento que ele manifesta. — Vendo que ele iria contradizê-la, Frances ergueu a mão e pediu: — Por favor, deixe-me falar. Ouça tudo e depois faça o que achar melhor. Estou cumprindo meu dever como profissional e como amiga. Sei que, por muito amarem seus filhos, os pais nem sempre observam alguns detalhes e até mesmo não conhecem a relevância deles, afinal, nem todos nós nos interessamos por estudar e nos informar sobre o desenvolvimento infantil, o que é infância, como trabalhar com a criança e coisas do gênero. Por entender essa realidade, preciso lhe dizer que seu filho está precisando de ajuda. Observe, Cláudio. Gabriel se isola, não reage bem ao contato físico com as pessoas...

— O que é isso, Frances? Não exagere. O que quer dizer com Gabriel "não aceita bem contato físico"? Ele dá a mão, anda no colo, nós o beijamos...

— Exatamente: ele dá a mão; as pessoas o beijam; vocês o agarram no colo. Ele não beija, não procura dar a mão e fica tenso e inquieto quando está no colo. Uma criança que aceita contato físico, troca de carinho, busca as outras pessoas. Ela beija, pega e, quando está no colo, relaxa, se entrega. Você está entendendo?

— Não.

— Vou ser clara, então. Tenho motivos para suspeitar que Gabriel esteja demonstrando sinais típicos de problemas psíquicos infantis e aconselho que busquem uma avaliação mais especializada.

— Como o quê?

— O melhor seria um psiquiatra infantil ou um psicopedagogo.

— Você está louca! Está achando que, só porque Gabriel é tímido e gosta de brincar com peões, ele é doente mental? Meu filho é um menino saudável.

— Olhe, eu separei alguns artigos sobre desenvolvimento infantil. Fiz cópias e gostaria muito que você e sua mulher lessem com atenção. Não é só timidez e preferência por um tipo de brinquedo; há outras características que me fazem suspeitar de um problema no desenvolvimento de Gabriel, como a fala, por exemplo.

— Ele é preguiçoso, mas ele ouve e fala. Diz as palavras corretamente.

— Sim. Mas quantas, quais e como?

— Há crianças que falam muito tarde. — Cláudio rebateu, recusando-se a responder à pergunta e a admitir a resposta.

— Tudo bem. Vou lhe dar os artigos de que falei. Leia e pense na minha sugestão — comentou consultando o relógio. — É tarde, e vou entender se você ficou chateado comigo e quiser ir embora. Não precisa...

O encanto da noite estava quebrado, mas o mural precisava ser concluído; Cláudio tinha consciência do atraso proposital e sentiu-se culpado. Pintar aliviaria seu íntimo. Concluíram a tarefa em silêncio quase total, trocando apenas algumas palavras sobre cores, tintas, pincéis e dor nas costas.

O tempo mostrou e provou que Frances era uma observadora sagaz e que, quanto mais se demora para aceitar uma situação, maior o sofrimento que ela causa.

Depois daquela conversa, procurou Marisa, mas percebeu que ela fugira do assunto, menosprezando a opinião e a preocupação de Frances.

— Essas pedagogas veem o que não existe e complicam o que desde que o mundo é mundo sempre foi simples. Gabriel é um menino normal e perfeito. Só porque ainda não fala fluentemente, isso não significa que seja um doente. Além do mais, na minha família, todas as crianças custam a falar. Tenho coisas mais importantes a fazer do que sentar e ouvir baboseiras sobre desenvolvimento infantil. Era só o que me faltava! Uma garota recém-formada querer me ensinar a criar meu filho! Convenhamos, isso é absurdo. — Depois, Marisa olhou para o marido com os olhos cintilantes de ciúme e raiva. — E você pode me explicar por que está chegando em casa a esta hora? É 1h45 da madrugada. Ficou com ela esse tempo todo? Aliás, pensa que não tenho notado que, toda sexta-feira, há um atraso? Por que Gabriel é sempre o último a sair da escolinha?

As brigas entre o casal tornaram-se frequentes nesse período, mas era a primeira vez que Marisa tinha uma vítima feminina para atacar — e foi impiedosa.

— Cale a boca! — gritou Cláudio contagiado pela raiva, farto das cenas que a esposa vinha fazendo. — Não aguento mais essa ladainha de ciúme toda semana. Chega! Se não confia em mim, se não crê que estou trabalhando como um louco para pagar as contas e manter nosso padrão de vida, então acho que devemos repensar os motivos que nos mantêm juntos.

Ele sentiu que aquelas palavras foram um verdadeiro balde de água fria em Marisa, que emudeceu e se trancou no banheiro. Na manhã seguinte, ela mostrou-se a mais dócil esposa que um homem poderia desejar.

As observações de Frances a respeito de Gabriel não saíam da cabeça de Cláudio, que custava muito a adormecer naquela madrugada. No dia seguinte, ele acompanhou com atenção cada movimento, cada palavra, do filho, mas havia se condicionado a tal procedimento com o único propósito de refutar as colocações da pedagoga. Ele via e interpretava o comportamento do menino conforme seus desejos, e, lógico, seus conhecimentos, que eram até então extremamente limitados a respeito de crianças. De forma muito simplória, pensava que, entre criar um cãozinho ou um menino, não havia grandes diferenças de procedimento; bastava alimentar, manter limpo, agasalhado, sob um teto, com um pouco de atenção, vacinar, levar ao médico regularmente, e do resto a natureza se encarregaria. Ele, contudo, aprendeu que não era tão simples.

Durante o jantar de confraternização promovido pela escolinha, em que haveria apresentações artísticas dos alunos, Cláudio justificou o desempenho de Gabriel como decorrência da timidez.

Na apresentação musical ele brilhou; encantou a todos na plateia que o ouviam dedilhar um pequeno piano de brinquedo, executando com perfeição uma singela canção natalina, cantada pelo restante da turma do maternal. Mas, apesar da proximidade física com as crianças, era claro como o dia que ele estava sozinho, isolado.

Cláudio e Marisa receberam os parabéns dos outros casais pelo pequeno músico, e aquilo foi para o pai uma grande surpresa; ele nunca prestara atenção na habilidade musical do filho. Aliás, o considerou um geniozinho e encheu-se de orgulho, lançando para bem longe da mente as indagações de Frances. Eram absurdas; estava patente que o menino era muito inteligente.

O número seguinte era a dramatização do presépio, e as crianças usavam fantasias de animais e de flores, além das figuras típicas.

Gabriel era um dos animais que cercavam a manjedoura, porém seu olhar vagava alheio pelo ambiente; o garotinho permaneceu parado e calado no meio dos demais, sem participar da coreografia e sem recitar os versos de louvor ao menino Jesus e à sua mãe. Ele parecia um estranho parado, distante e tenso em meio aos outros.

Observando-o, Cláudio, então, lembrou-se com perfeição das advertências de Frances. Naquele exato instante, os olhares do pai e da pedagoga encontraram-se, e ele leu no dela: "Veja, é sobre isso que lhe falei. Ele não se integra, não participa, não se socializa".

Fugindo do contato visual de Frances, Cláudio preferiu recordar o encantamento de ver Gabriel tocando, as congratulações dos outros convidados e justificou: "O menino está cansado; ele fica assim quando quer dormir. Vai ver o sono da tarde foi breve. Ele é tímido, pobrezinho".

Como um espinho enterrado na carne, toda vez que olhava para o filho, a consciência de Cláudio o alfinetava com as lembranças da fatídica conversa, mas seu ego não permitia ver claramente, e a negação o fez ignorar até quando não foi mais possível encontrar desculpas.

Numa tarde quente de domingo, a família voltara da praia. Cláudio descarregava e organizava na garagem toda a parafernália que se leva para distrair uma criança e, ao mesmo tempo, protegê-la do mar e do sol. Marisa preparava o banho de Gabriel, que brincava no gramado dos fundos ainda cheio de energia, jogando a bola em chutões fortes para o alto.

Envolvido na tarefa, Cláudio assustou-se com o grito agudo da esposa, seguido de chamados desesperados:

— Cláudio, Cláudio... rápido!

Largando a lona da barraca, ele correu à porta lateral que dava para o pátio. Apavorada, com as mãos no rosto, Marisa continuava gritando sem ver o marido. Imediatamente, ele olhou para o gramado e correu para junto de Gabriel, que, caído sobre a grama, com o rosto congestionado e os olhos revirados, se debatia em crise convulsiva.

— Vamos para o hospital! — decidiu Cláudio, agindo instintivamente. — Corra, abra os portões e o carro. Eu levo Gabriel.

Cláudio nunca atravessara a cidade em tão pouco tempo. Ligou os sinais de alerta do carro e tocava a buzina em cada esquina. Não fez uma única parada. No banco traseiro, Marisa soluçava desesperada, segurando o filho inconsciente em crises sucessivas. Dirigindo como louco, Cláudio sentia, literalmente, seu sangue gelar; um suor frio lhe cobria o corpo. O único pensamento lógico e fixo era chegar às portas do pronto-socorro; o resto era um misto de pedidos e preces ininteligíveis a Deus — alguém que, até então, tinha um espaço insignificante na vida de Cláudio — e reflexos condicionados para movimentar o veículo.

— Seu filho ficará internado. Precisaremos usar uma medicação forte, como dizemos, uma dose de ataque, para conter o quadro convulsivo. Os senhores podem passar no serviço de internação com esses documentos — disse o médico aos pais do menino após examiná-lo.

Aturdido, Cláudio apanhou os papéis e lançou um olhar para Gabriel, que, deitado sobre uma maca, fora preso com faixas para evitar que caísse, intercalando minutos de lucidez e inconsciência, estremecendo fortemente em consequência das crises. Naquele entardecer, algemas frias e duras prenderam o coração do pai do menino e conviveram com ele por anos a fio, até que a sensação de opressão se tornou "natural".

Notando a indecisão de Cláudio, o médico deu batidinhas amistosas em seu ombro e disse:

— Coragem. O menino é forte. Faremos o melhor que estiver ao nosso alcance.

— Eu sei — murmurou Cláudio, movendo as pernas que pesavam toneladas, enquanto uma pergunta martelava sua mente. Reunindo tudo o que lhe sobrava do sentimento recomendado, indagou: — O que posso esperar quando... meu filho sair da crise?

O médico colocou as mãos nos bolsos do jaleco, pigarreou, pensou alguns instantes e respondeu num tom profissional:

— É preciso esperar. Convulsões podem ou não deixar sequelas. Precisaremos averiguar as causas, o que as originou. Já fiz a requisição de exames; logo teremos mais informações e poderei apresentar um diagnóstico mais preciso.

— Mas pode haver lesões irreversíveis? — insistiu Cláudio.

— Como lhe disse, pode haver sequelas ou não. Elas podem ser permanentes ou transitórias, recuperáveis. Insisto, é preciso esperar. Não adiantará nada fazermos conjecturas e hipóteses. Tenha paciência.

— Não sabe o que me pede... Vou tentar.

— Muito bem, é o melhor que tem a fazer por seu filho e por sua mulher. Ela está muito nervosa. É melhor levá-la com o senhor e deixar que a equipe de enfermagem cuide do garoto.

Marisa soluçava ao lado da maca; tinha o rosto assustado, pálido, e não percebia que, onde estava, isso dificultava o serviço das atendentes, que se esforçavam para colocar soro no menino.

O médico, gentilmente, convidou-a a sair e acompanhar o marido nas providências de internação.

Horas depois, já no quarto do hospital, Cláudio lembrou de avisar Cleonice, pedir que fosse até sua casa, levasse roupas ao hospital e fechasse tudo, pois o casal deixara portas e portões escancarados.

Foram dias de internação, exames e muitos medicamentos; os resultados confirmaram epilepsia. Cláudio e Marisa voltaram para casa com sua primeira sacola de remédios. Aparentemente, Gabriel não ficara com sequelas, mas estava muito assustado; chorava por qualquer coisa e começou a ficar silencioso. Falava menos a cada dia.

"Efeito de tanta medicação. Está dopado, pois os remédios são muito fortes. Assim que a doença estiver mesmo controlada, o médico diminuirá a dosagem, e ele voltará a agir normalmente", Cláudio pensava, vendo-o dormir no sofá da sala, onde assistia ao programa infantil transmitido todas as manhãs.

— Hoje, Gabriel não disse uma única palavra — comentou Marisa encostada no batente da porta. Estava pálida, nervosa, ainda sob efeito do trauma causado pela doença.

— São os remédios — murmurou Cláudio, estendendo-lhe a mão. Os dias de apreensão haviam servido para aproximar novamente o casal. Gabriel os unia.

— Não sei... tenho muito medo. — As lágrimas correram fáceis e fartas pelo rosto de Marisa.

Cláudio, então, a abraçou, pedindo:

— Não chore, ele vai ficar bem. Vamos sair daqui e deixá-lo dormir.

Uma semana depois, quando se preparavam para dormir, ela comentou:

— Gabriel não disse uma única palavra o dia inteiro. Esteve agitado, irritado. Ufa! Foi um dia difícil. Graças a Deus que agora está dormindo.

Depois do primeiro, vieram o segundo, o terceiro, o quarto dia sem que Gabriel dissesse uma só palavra. O garotinho mergulhara num mutismo total. O único som que emitia era o choro. O casal, aflito, correu ao médico, pensando que Gabriel houvesse ficado surdo. Exames, contudo, comprovaram que não havia nenhuma lesão auditiva.

As férias de verão chegavam ao fim; e Gabriel não teria condições de voltar à escolinha. Marisa não confiava em nenhuma babá para cuidar dele, e o casal concordou que ela largaria o emprego. Por outro lado, Cláudio teria de trabalhar mais, pois as contas haviam aumentado vertiginosamente; boa parte do que ele ganhava ficava no caixa da farmácia do bairro.

O casal afastou-se de Frances e da escolinha Bem-me-quer. A jovem pedagoga e Giovana visitaram Gabriel no hospital e depois, por muito tempo, Cláudio não a viu mais.

Ele passara a viajar de segunda a sexta-feira; e Cleonice dava assistência a Marisa em sua ausência. Cláudio não ignorava que as duas discutiam com frequência por causa do comportamento de Gabriel, mas, juntas, empreendiam uma verdadeira procissão aos melhores neurologistas da cidade, pois o comportamento do menino piorava dia após dia. Até que um deles diagnosticou que Gabriel era uma criança com DDA, uma síndrome que implicava um déficit de atenção, por isso ele não permanecia mais que um ou dois minutos na mesma atividade. Tinha seus sentidos chamados com muita intensidade e sem nenhum controle de atenção. Resultado: mais medicamentos.

A casa da família foi gradualmente sofrendo transformações. A desordem passou a imperar; havia brinquedos por todos os lados. Gabriel mexia em tudo: armários, gavetas, geladeira, nada lhe escapava. Destruía sem perceber.

Móveis começaram a apresentar manchas; enfeites foram quebrados, o que levou ao desaparecimento daqueles que Cláudio e Marisa queriam preservar. Livros, discos, revistas subiram para os últimos compartimentos dos armários.

Nessa ocasião, começaram as críticas de Cleonice: "Marisa não sabe educar essa criança. Ele não a obedece. O comportamento dele é absurdo". A ela seguiram-se amigos, vizinhos, e choviam sugestões do que o casal deveria fazer ou deixar de fazer com o filho. A pressão era grande, e a paciência ia acabando.

Estressada, Marisa passou das advertências para os gritos no trato com o menino e depois degenerou para agressões físicas. A primeira vez que Cláudio notou sinais de violência e maus-tratos, horrorizou-se, mas, vendo a esposa transtornada, ansiosa, comendo sem parar — qualquer alimento servia; Marisa engordara quatro quilos em um mês —, acertou que ela iria passar o sábado fora com Cleonice. Ele, então, ficou com Gabriel e, ao fim do dia, irritado, deu-lhe os primeiros tapas. Foi o início do caos.

O casal passou a procurar toda e qualquer coisa que pudesse trazer uma melhora. Dos conceituados especialistas às mais renomadas mães de santo, benzedeiras, igrejas; tudo o que faz alguém tomado pelo desespero, Cláudio e Marisa fizeram.

Subitamente, Cláudio teve suas reminiscências cortadas, a falta de energia elétrica impôs não só o silêncio como também a escuridão.

— Era o que faltava — resmungou Cláudio, ajeitando-se no sofá, cruzando os braços atrás da cabeça, fitando as sombras.

Capítulo 19

O SONO À DOR

Não creiais na esterilidade e no endurecimento do coração humano; ele cede, a seu malgrado, ao amor verdadeiro; ***é um ímã ao qual não pode resistir****, e o contato desse amor vivifica e fecunda os germes dessa virtude que está nos vossos corações em estado latente.*[26]

A falta da eletricidade também interrompeu o estudo e a reflexão de Frances sobre a personalidade de Medeia. Insatisfeita com as informações do livro, buscara outras referências; recorrera à Internet e, por fim, localizou na íntegra a peça de Eurípides sobre o mito. Lia a versão em espanhol, quando a escuridão invadiu seu quarto.

Resignada com a impossibilidade de prosseguir o estudo prazeroso, mas sem sono, tateou até a cama e recostou-se nos travesseiros. O toque do aparelho celular no criado-mudo chamou-lhe a atenção. Era o aviso de que recebera uma mensagem. Curiosa, acessou a caixa e leu:

Fran, estava terminando o projeto da sala de musicoterapia quando a bandida da luz faltou. Fiquei empolgado com as ideias, e está tudo praticamente pronto. Estou esperando que ela volte

26 KARDEC, Allan. **O Evangelho Segundo o Espiritismo**. Tradução de Salvador Gentile. Araras: IDE.

logo para eu terminar. Sei que não vou conseguir dormir nem adianta tentar, pois, quando surgem ideias, preciso colocá-las no papel. Enquanto não saem da minha cabeça, não tenho sossego. Adoraria lhe mostrar o projeto amanhã. Almoça comigo?

Victor

Conforme lia, um terno sorriso desenhava-se no rosto de Frances, e a imagem do arquiteto que a estava auxiliando na reforma de um antigo prédio, que ela havia adquirido num dos bairros da cidade, encheu sua mente. Victor era a simplicidade e a simpatia encarnadas em forma masculina. Desde que, há quase seis meses, o conheceu, sempre o encontrava sereno, alegre, cordial, invariavelmente com jeans, camiseta e tênis. Magro, alto, de cabelos claros queimados de sol, olhos de um cinza-azulado, o rapaz tinha o encanto de algo leve como uma brisa da manhã.

Conhecera-o na casa de uma amiga do curso de psicopedagogia, a qual visitava regularmente em razão de pesquisas e interesses acadêmicos comuns; assim, Victor acabou sendo incorporado ao seu grupo de amigos. Caronas, vários jantares e a identificação de afinidades estabeleceram um conhecimento melhor um do outro; o ponto culminante fora o desejo de Frances de criar um local especializado no atendimento a crianças portadoras de necessidades especiais na área psíquica, englobando o atendimento a crianças deprimidas, esquizofrênicas e autistas.

— Por enquanto é um sonho — disse ela ao terminar o relato de seu projeto numa noite quando retornavam juntos de um jantar com amigos. — Tenho o imóvel, algum dinheiro para reformá-lo, mas é preciso muito mais... É tudo muito caro, e a grande maioria das famílias dos meus pequenos pacientes já tem tantas despesas que não posso pensar em um grande lucro nessa atividade. Aliás, não penso senão que ela tenha como se autossustentar e que sobre um valor para fazer um fundo para emergências.

Frances acreditava que, como a maioria das pessoas, Victor fosse rir e chamá-la de sonhadora, idealista, mas ele ficou calado por vários minutos. Encarando-o, surpreendeu-se ao perceber que ele estava claramente emocionado. Ele tomou carinhosamente a mão de Frances antes de fitá-la e pedir muito sério:

— Adoraria que você me permitisse fazer parte desse sonho. Tenho um irmão que poderia ter sido seu paciente; conheço muito bem a realidade de que fala, as dificuldades, a pouca compreensão, as despesas, e, principalmente, sei o quanto essas crianças precisam de pessoas que as amem de verdade. Se isso me habilita a ser seu primeiro auxiliar neste trabalho, é só me dizer quando e por onde começo.

A oferta e a confissão a pegaram de surpresa, bem como a emoção sincera que embargava a voz do amigo e brilhava em seus olhos claros.

— Qual é a condição do seu irmão? — perguntou interessada.

— Ramon é esquizofrênico; foi diagnosticado aos seis anos.

— Que idade ele tem hoje?

— Trinta e um anos. Vive em uma chácara da minha família. Uma tia nossa cuida dele, desde a morte da nossa mãe. Eu tinha oito anos quando Ramon nasceu; pude acompanhar e compreender toda a dificuldade de se ter no lar uma criança psicótica. Há muita incompreensão, muito preconceito, e, em contrapartida, pouco estudo, pouca divulgação dessa realidade e pouco amor para com as famílias e as crianças. Gostaria que meu irmão tivesse encontrado na infância uma profissional como você; todos nós teríamos sofrido menos.

— Não exagere; não sou nenhuma santa. Não erga altares dos quais, de repente, eu possa despencar — caçoou Frances, tentando descontrair o diálogo.

— Não creio em santidade. É um conceito mundano, material demais. Já me dou por satisfeito quando encontro criaturas humanas sensíveis. Sabe, não lembro ao certo se li ou ouvi uma entrevista na qual Chico Xavier dizia que o dia em que ele não chorava era um dia que não tinha vivido. Aquilo me soou estranho na época, mas depois, à medida que fui amadurecendo — sem querer me exibir, sei que não sou melhor do que ninguém —, me tornei mais sensível à dor, tanto à minha quanto à alheia; hoje, acho que entendo melhor o que ele disse sentir. A falta de sensibilidade nas pessoas me faz sofrer; por outro lado, encontrar seres humanos sensíveis me alegra e alimenta.

— Não me diga que você se interessa por ideias espíritas — Frances perguntou, sorrindo feliz e mudando o rumo da conversa.

— Gosto, mas confesso que conheço pouco. Li alguns livros, assisti a palestras... Tenho um amigo que frequenta uma sociedade espírita na cidade vizinha — a nossa "metrópole" não tem — e me convidou para fazer parte de um grupo de estudo, mas... sei lá, fiquei envergonhado e ainda não fui.

— Por acaso é a Sociedade Maria de Magdala?

— Acho que é essa, sim. Não há muitas por aqui, né?

— É muito legal; vá conhecer qualquer dia. Sou espírita, e, se você gosta mesmo de ler, posso lhe emprestar algumas obras.

— Quero, sim. É melhor poder escolher o livro; tenho comprado alguns pela internet; vou lendo as sinopses nas páginas e escolho; às vezes, penso que é um assunto, mas é outro bem diferente. Ter o livro na mão é outra coisa. Adoro ler e leio de tudo.

Voltando ao presente, Frances sorriu ao enviar sua resposta a Victor: "Amanhã, ao meio-dia. Local de sempre. Bjs, Fran".

Após aquela conversa, a amizade entre eles floresceu, independentemente dos encontros na casa de amigos comuns. No dia seguinte, Victor foi até a Bem-me-quer ver alguns livros e depois voltou para devolvê-los. A fim de trocarem ideias sobre a obra que os tinha fascinado, saíram para jantar, e, em meio a tudo isso, o projeto "Patinho Feio" começou a ser esboçado — e, às vésperas da formatura de Frances, já se apresentava como uma realização breve e possível que os unira muito.

A moça reconhecia que havia mais do que amizade no relacionamento deles, embora a grande afinidade fosse a tônica maior. Tinha um componente de atração física, de carinho, que diferia de seus outros relacionamentos com amigos do sexo masculino.

"Homens! Como são diferentes uns dos outros. Odeio quando ouço mulheres dizendo que são todos iguais e o que muda é o número do colarinho e o endereço. Até pode haver tipos parecidos, mas a generalização é, comumente, fruto de mágoa doentia que impede as pessoas de verem que cada indivíduo é único. Crer nessa balela de que todos são iguais é desculpa para esconder-se após decepções. É mais uma máscara do medo. Há tantos homens diferentes quanto comporta a população masculina do planeta e também mulheres. Victor é um amor de pessoa, honesto, sensível, carinhoso..."

Surpresa, Frances notou que o rumo de seus pensamentos se voltaram inteiramente à análise do caráter de Victor e, de repente, se questionou como se sentiria se algum dia o encontrasse com outra mulher. Tentou visualizá-lo ao lado de algumas amigas que sabia terem uma "quedinha" por ele, contudo, nem ao menos conseguiu formar uma imagem; mesmo ciente de que era fruto da sua própria imaginação, a cena a incomodava.

Frances costumava brincar dizendo que tinha trauma de casamento e que isso era um caso de vidas passadas. Justificava assim o fato de, aos trinta e poucos anos, não ter tido nenhum envolvimento sério em sua vida, nenhum relacionamento que a levasse a considerar a hipótese de uma relação mais profunda.

"Será que estou me curando do meu trauma?", perguntou-se no escuro do quarto. "Comparando com outros sentimentos que já vivi, o que sinto agora é novo. Tem encanto e uma segurança difícil de definir. Não é 'o para sempre' nem o 'até que a morte os separe', mas é segurança, certeza. Algo firme, como ficar parado sobre uma rocha."

O sentimento que Frances encontrava dificuldade de expressar era a identificação da dinâmica da lei de afinidade. Não é preciso um passado em comum para estabelecer esse vínculo. Pessoas vivem em diversos cantos do planeta e caminham sem o saber por trilhas paralelas, sem que sejam as mesmas. Um dia, olham ao lado, se veem, se encontram, e a segurança que sentem no afeto e na simpatia que as unem é exatamente o fato de que essa relação se apoia solidamente na lei de afinidade. Enquanto andarem na mesma velocidade e direção, seguirão juntas, contudo, se por um motivo ou outro alguém se atrasar, os laços vão se distanciando, surgem brechas nas relações e, lentamente, elas ingressam nos quadros da memória. Tornam-se passado. Outras seguirão avançando lado a lado, fortemente unidas, e os mais românticos talvez dirão que se trata de um reencontro de almas — possível também —, mas não era o caso de Frances e Victor. O passado de interesses comuns os unia, mas o encontro era fato do presente.

Entregue a esses pensamentos, Frances não pôde evitar a análise do que sentira por Cláudio Batista e do que sentia ao lado de Victor. Eram sentimentos completamente diferentes.

"Que coisa doida esse universo emocional que nós somos. É potencialmente tão grande e variado e oferece tantas possibilidades. Pena que existam pessoas rígidas e fechadas, que não se permitem experimentar o contato com outro ser humano, a troca real e verdadeira. Acho até que o mundo seria outro, mais afetivo, compreensivo, tolerante, menos preconceituoso e, por consequência, mais aberto ao crescimento e desenvolvimento pessoal. Não delire, Fran! São imperativos da evolução, como dizia o senhor Abel em suas palestras doutrinárias na sociedade espírita. Cada um a seu tempo, infelizmente lento, em que nada dá saltos mirabolantes, mas segue uma marcha inexorável e ascendente que a tudo e a todos leva de roldão. Senti e sinto uma intimidade em relação a Cláudio; parece que o conheço, entendo o que sente e pensa e quase consigo adivinhar seus comportamentos... Tenho consciência de que ele alimenta uma paixão por mim, mas o que sinto por Cláudio é fraterno. Que vergonha... há até um quê de piedade, de compaixão, não pelo que viveu com o filho — eu adoro Gabriel —, mas por ele mesmo. É tão infantil algumas vezes, sempre agarrado à saia da mãe, tão inconsciente. Tanto ele quanto a mulher sofrem e amadurecem tão pouco. Em vez de crescerem, adoecem. Fazem uma triste escolha."

Na escuridão, Frances voltou o olhar cego para um porta-retratos de moldura prateada que jazia sobre o gaveteiro. Sorriu para o menino de cabelos escuros e crespos, cujo sorriso e meigo olhar haviam sido eternizados pela lente de sua câmera fotográfica. Jogou um beijo para o retrato de Gabriel e riu da própria ingenuidade. "Não importa o gesto, o que vale mesmo é a intenção. Onde quer que esteja, ele é capaz de sentir meu carinho", consolou-se.

Recordou-se do dia em que fizera aquela foto no pátio da escolinha; Gabriel estava feliz, radiante, por voltar a pedalar uma bicicleta. Um presente simples, que, na verdade, custara muito pouco; empregara muito mais amor e criatividade nele. Dona Maristela guardava uma antiga monareta — presente de Natal de Frances quando tinha dez anos — em meio a um amontoado de móveis e utensílios velhos num cômodo que servia de depósito. Depois de anos, a moça encontrara a bicicleta enquanto procurava um bibelô antigo.

— Hum... com algumas adaptações, servirá muito bem para exercitar Gabriel. Pedalar o ajudará na coordenação. Além disso, poderá trabalhar seu senso de direção, extravasar energia e, quem sabe assim, não fique interessado por mais tempo em uma única atividade. — E pôs-se a retirar a empoeirada bicicleta do depósito. Olhou-a avaliativamente e, decidida, abandonou a busca pelo bibelô. Colocando-a no carro, foi até uma oficina de bicicletas que havia na entrada da cidade e, calmamente, explicou ao mecânico o que desejava.

— Tipo um triciclo? Retiro a roda traseira e faço um eixo com duas rodas? — questionou ele para ter certeza de que entendera o pedido.

— Exato. O senhor poderia fazer o serviço? — Ante a anuência silenciosa, Frances sorriu exultante e acrescentou: — Depois, gostaria que pintasse a bicicleta de verde e azul e colocasse aquelas bandeirinhas nos aros pra fazer barulho e fitas coloridas no guidão.

— Pode deixar, moça! Vai ficar bem bonita. Venha buscar em uma semana.

A alegria, os gritos de satisfação de Gabriel, por pedalar sozinho, na velocidade que desejasse, foi a maior compensação que Frances poderia ter recebido. Os grandes olhos escuros brilhantes de entusiasmo, cheios de vida, a fitarem-na com ternura ficaram imortalizados naquela foto.

Estranhos caminhos tinham reconduzido Gabriel à sua vida. Duas vezes por semana, à noite, Frances dedicava-se, com a mãe e o padrasto, às atividades da Sociedade Espírita Maria de Magdala. Em um dia, auxiliava no atendimento aos recém-chegados à casa e, no outro, compartilhava com o padrasto a tarefa de orientar um grupo de estudos para iniciantes. Estava no dia de auxílio aos recém-chegados quando viu adentrar na pequena sala onde estava, conduzido por uma companheira de trabalho, ninguém menos que Cláudio Batista. A surpresa foi recíproca, e ambos se mediram avaliativamente com o olhar, pois havia três anos que não tinham contato.

— Oi — cumprimentou Frances informalmente, refazendo-se e apontando uma cadeira do outro lado de uma pequena mesa. — Que bom recebê-lo aqui! Sente-se, Cláudio.

Ele demorou mais a recuperar-se; sentou-se, mas não disse uma palavra; apenas manteve o olhar cravado em Frances.

Paciente, ela esperou uma manifestação, e, por fim, Cláudio comentou:

— Quanto tempo! Você não mudou nada. Jamais esperei encontrá-la num lu... aqui.

— Pertenço a este grupo há anos; na verdade, logo depois que nos mudamos pra esta região, começamos a frequentá-lo. Sou espírita desde minha adolescência ou até antes. Sérgio, meu padrasto, é espírita e acabou contagiando a mim e a mamãe, graças a Deus, pois é algo que só me fez bem — esclareceu Frances no propósito de deixá-lo à vontade.

— Não sabia. Você nunca falou.

— Não havia motivo. Mas diga-me: como ficou sabendo de nossa instituição?

— Um cliente, o senhor Percival Abrantes, indicou. Você o conhece? — perguntou Cláudio ainda cheio de reticências e encabulado em dizer o que o levara à casa espírita.

— É nosso companheiro. Hoje não pôde vir, pois está indisposto. É um bom amigo.

— Sim, é uma excelente criatura.

Vendo que ele continuava constrangido, Frances resolveu indagar diretamente:

— Cláudio, você veio à nossa casa por alguma razão, mas, se não se sente bem em falar comigo, porque somos velhos conhecidos, não há problema. Posso pedir a um companheiro que venha atendê-lo. Você se sentirá melhor com uma pessoa desconhecida?

Ele respirou fundo ao ouvir as palavras francas e diretas de Frances, mas que não eram agressivas; ao contrário, expressavam simpatia e sensibilidade. Depois sorriu e, fitando-a, disse que não. Cláudio, então, passou a narrar a saga trágica em que se transformara sua vida e de sua família em razão do comportamento do filho.

— Como disse, já fui a toda parte. Irei aonde quer que me digam que existe uma possibilidade de cura para Gabriel ou ao menos uma explicação para o que vivo. Um dia desses, contei tudo isso ao senhor Percival, que me disse que talvez aqui pudessem nos ajudar; que talvez meu filho fosse vítima de uma obsessão. E é isso. — Encerrou, por fim, a longa exposição de motivos para estar na pequena sala da sociedade espírita naquela noite.

Frances o ouviu com atenção; conforme ele narrava seu drama familiar, a compaixão ganhava terreno nela. Observara a necessidade de Cláudio de falar sobre seu problema. Em cada narrativa sobre os estranhos comportamentos do filho, estampavam-se em seu rosto a inconformação, a desilusão, o fracasso e uma revolta que o cansaço parecia enfraquecer e empurrar lentamente para um estado emocional dominado pela descrença, pelo rancor e desespero.

Anotou os dados principais da conversa em uma ficha e procurou dar-lhe algumas palavras de conforto e esperança, mas, no fundo de sua mente, palpitava uma outra conversa de anos atrás quando o pequeno Gabriel era aluno da Bem-me-quer; agora, suas suspeitas pareciam se confirmar. Nessa época, conhecia muito pouco a respeito das psicoses infantis e não se envolvera com nenhum caso; toda a sua experiência e todo o seu conhecimento se resumiam a algumas aulas e leituras da época da universidade, por isso não trouxe à baila a hipótese de Gabriel ser portador de alguma síndrome. Nitidamente, Cláudio ainda vivia o processo de negação.

— Vou encaminhar seu pedido. O grupo mediúnico se reunirá mais tarde, após este trabalho. Assim, peço que volte na quarta-feira, pois assim poderei lhe dizer algo mais concreto, certo? — comentou Frances. Depois, cedendo a um impulso, estendeu a mão, tocou as mãos de Cláudio, que tremiam sobre a mesa, e disse sorrindo: — Não tenho nenhuma mágoa de você ou de sua esposa. Gostaria muito de ajudá-los, ainda que seja apenas me colocando à disposição para ouvi-los quando desejarem desabafar.

Cláudio ergueu o olhar para fitá-la e, num gesto rápido, segurou-lhe as mãos, apertou-as gentilmente e agradeceu.

Gabriel não tinha nenhum fator obsessivo, mas identificaram em torno da família a presença de um espírito necessitado, com o qual, entretanto, não conseguiram estabelecer comunicação. Da quarta-feira em diante, Cláudio tornou-se um frequentador da sociedade. Com assiduidade, solicitava a oportunidade de dialogar com alguns trabalhadores, especialmente com Frances. Após muitas entrevistas, impulsionada por uma sincera compaixão e uma forte intuição à qual não opôs barreiras, ela pediu que Cláudio levasse o menino à escolinha no sábado à tarde, quando não haveria nenhuma outra criança.

Uma tarde primaveril, de sol cálido, sem vento, deu cor ao cenário de uma história de amor a conta-gotas que se desenrolaria dali para o futuro. Um amor diferente, feito de aceitação, mútua compreensão, crescimento compartilhado — que não se fez sem dor —, que foi tecida com confiança recíproca nas capacidades de cada um, ligando profundamente a prática Frances com o pequeno Gabriel e seu universo emocional/espiritual conturbado. E, como todo amor, afrontou preconceitos.

O amor é alavanca de progresso; para crescer, é necessário arrasar o terreno das ideias preconcebidas, ervas daninhas da evolução do ser. O sentimento que não afronta ou que não tem a força de encarar o preconceito não pode ser chamado de amor. Pedro, o apóstolo, disse que o amor cobre a multidão de pecados; e entendemos que ele suplanta todas as imperfeições humanas, próprias e alheias. Quando brota no nosso íntimo — por algo ou alguém —, ele já vai arrostando o solo, levando de roldão uma numerosa quantidade de empecilhos, transformando o espaço interior, preenchendo com doçura, paciência, confiança, esperança e fé, por isso faz feliz quem o sente. Ao modificar a criatura, modifica seu olhar, pensar, agir e seu sentir em relação aos outros e, sendo verdadeiro, o amor não permite que a incompreensão alheia oponha diques ao seu curso, pois tem força suficiente para pô-los abaixo.

Frances esperava seus visitantes na recepção da escolinha em meio a sentimentos controvertidos. Havia ansiedade, revelando insegurança e medo, mas também uma estranha confiança de que saberia o que fazer ao ficar frente a frente com o menino. Identificava uma presença espiritual que lhe transmitia serenidade e alegria. Quando seus sentimentos davam sinais de que sairiam do seu controle, um pensamento lhe invadia a mente sugerindo calma.

Ao longo dos anos em que conviveu com Gabriel, Frances sabia desse companheiro espiritual que assessorava e monitorava aqueles encontros, mas nunca soube seu nome nem teve com ele nenhum contato em estado de vigília; apenas durante o sono se encontravam para trocar impressões acerca do menino e de seu desenvolvimento.

Algumas vezes, Frances acordava com uma vaga lembrança de um local com extensos gramados verdes, prédios brancos, jardins alegres e bem cuidados em que muitas crianças brincavam; recordava-se também de um amplo salão muito simples onde se reunia um grupo de pessoas sob a direção de um espírito cujo nome ela não sabia, mas era alegre, jovial e profundo estudioso do ser humano. Nunca conseguiu divisar-lhe nitidamente a figura, contudo, sabia que se apresentava como um homem alto, calvo, com roupas estranhas.

Em geral, esses encontros se davam às sextas-feiras, e ela tinha a perfeita consciência de que neles relatava sua atividade com Gabriel, fazia perguntas, ouvia explicações e sugestões, e somente quando estava com o menino — quase sempre em meio a alguma atividade de aparente "improviso" —, a lembrança surgia como a lhe dizer que estava seguindo no rumo certo. Com o tempo, Frances passou a chamar a presença que identificou naquele sábado de "amigo do sonho". A moça faz parte de uma rede de colaboradores do meu amigo Georges, e era sob a supervisão dele que Frances vinha buscar em nossa instituição diretrizes para sua tarefa.

Graças à presença direta de Georges, Frances recebeu de volta o pequeno Gabriel em sua escolinha, três anos e alguns meses depois que seus pais o haviam afastado. Apressando-se a abrir a porta assim que ouviu o barulho do carro estacionando em frente ao prédio, ela observou Cláudio trazer o menino pela mão.

Gabriel crescera e perdera os traços de bebê; o cabelo cacheado alcançava o pescoço, e a franja estava tão mal cortada que, mesmo sendo os cabelos crespos, era possível notar. O menino estava limpo, trajava um abrigo de moletom, mas tinha os pés descalços, o que chamou a atenção de Frances para a estranha maneira de andar da criança. Ele caminhava na ponta dos pés.

"Deve ser por causa da aspereza da calçada. O piso deve estar quente", pensou ela.

— Olá, Frances — cumprimentou Cláudio encabulado; ele parecia não saber como agir, o que a fez lembrar-se da entrevista na sociedade espírita.

— Oi, Cláudio, tudo bem?

— Salvo a luta que foi tirar Gabriel de casa, o restante vai indo.

Frances ignorou o comentário e abaixou-se para falar com o menino, que se debatia querendo soltar-se e ignorava o pai que, inutilmente, o mandava parar.

— Oi, Gabriel. Eu sou a Frances. Não quer entrar e brincar comigo lá na salinha? Você lembra que já veio aqui?

O menino não respondia nem a olhava, e foi aí que Frances notou a expressão severa e fechada de Gabriel. Parecia estrábico; fitava as pessoas com o globo ocular numa posição muito diferente. O conjunto formado era estranho, e, recriminando-se por descrevê-lo com essa palavra, procurou outra, mas não encontrou. Estranho era realmente o termo que melhor o definia.

— Você se importa de ficar observando a distância? — indagou Frances para Cláudio.

Ele sorriu, recordando-se da primeira vez em que estivera na escolinha, e declarou:

— Não sou mais marinheiro de primeira viagem. Se achar melhor, posso esperar noutra sala.

— Gabriel poderá estranhar.

— Duvido muito. É mais provável que não faça nenhuma diferença. Ele parece totalmente alheio ao mundo externo; alguns dias mais que outros. Hoje é um dos dias mais.

— Entendo. Mas, se não faz diferença, fique no sofá que já é seu conhecido.

O menino caminhava puxado pelo pai, e Frances deteve o olhar em seus pés; ele continuava andando na ponta dos pés. Tinha os pés sujos, a sola visivelmente era dura e as unhas estavam mal aparadas, indícios de que ele costumava ficar descalço com frequência.

Na sala, Cláudio libertou o menino, que começou a vagar de um lado para outro, em absoluto silêncio. Frances observou que, além de andar na ponta dos pés, ele não tinha senso de direção; batia nos móveis, nas paredes e não olhava por onde passava, pisando por cima de brinquedos e se desequilibrando.

"Meu Deus, o que eu faço?", questionou-se Frances, em silêncio. Nesse instante, um estranho diálogo mental começou a se processar, e ela voltou a sentir a presença espiritual da qual se esquecera completamente ao receber pai e filho. A resposta veio instantânea:

"Observe. Registre todos os comportamentos dele. Fale com calma e sem lhe exigir nada. Não tente tocá-lo; apenas deixe que ele ouça sua voz."

"Mas como? Por quanto tempo?", ela voltou a questionar a intuição.

"Não tenha pressa. Sente-se e fique na mesma posição. Estabeleça um referencial e fale. Comente o que ele está fazendo, o que tem nas mãos. O importante é observá-lo. Comece com meia hora."

Sentindo-se segura, sem, entretanto, identificar claramente as origens do sentimento, Frances sentou-se em um tapete colorido, no centro da sala, e pôs-se a falar obedecendo à sua intuição. Não atentou para o quanto aquilo poderia parecer ridículo aos olhos de Cláudio — aliás, esquecera-se dele por completo, dedicando-se à tarefa a que se propusera e que, "estranhamente", tinha contornos de familiaridade, como se já houvesse visto e feito algo semelhante na vida.

Cláudio, como espectador da cena insólita, não sabia por que confiava no que Frances fazia com seu filho. Para quem tentara de tudo, o que custava mais uma esquisitice?

Gabriel não dera um único sinal de haver notado onde estava, com quem e mesmo o que fazia. Ao fim de quarenta minutos, os três retornaram à recepção. Cláudio puxava Gabriel pela mão. Frances abriu a porta e ficou observando-os partir.

Sozinha, apanhou um caderno novo no armário de material, dirigiu-se à sala em que trabalhava na administração e escreveu na capa: Diário de Gabriel Batista. Na primeira página, anotou data, hora, tempo que ficara com ele, o comportamento do pai e do menino e criou um campo que chamou "observações do dia". Nele, a primeira frase dizia: "**Ele anda na ponta dos pés; não sei a causa**". Fez outras anotações e, no fim, escreveu: "Novo encontro em sete dias, no mesmo horário".

À noite, Frances saiu para jantar com a mãe e o padrasto em uma pizzaria. Em meio às perguntas sobre o encontro da tarde — pois não era segredo a atividade a que se tinha proposto —, ela comentou:

— Foi algo inusitado, completamente diferente de tudo o que já fiz. Senti-me muito bem e ouso dizer que tive um acompanhamento espiritual nesse encontro; alguém me orientou, tenho certeza. Não sei explicar direito, mas experimentei uma segurança que não era minha. Gabriel é estranho, seu comportamento é altamente comprometido para uma criança de seis anos. O pai insiste que é a doença neurológica a responsável pelo quadro, mas não creio nisso.

O primeiro mês de encontros transcorreu sem nenhuma mudança significativa. Marisa, enciumada por Cláudio voltar a encontrar Frances, começou a acompanhá-lo nas tardes de sábado. Era cordial, respondia a todas as perguntas da moça e fazia questão de enumerar as dificuldades que enfrentava no dia a dia com o filho. Queixava-se de haver abandonado o trabalho, que ninguém mais, além da sogra, ia visitá-la, do cansaço e do quanto engordara por causa da ansiedade desde que o menino adoecera.

"Não é preciso ser um gênio para identificar problemas no casamento desses dois. Tudo bem que seja muito difícil lidar e conviver com Gabriel vinte e quatro horas por dia. É realmente exaustivo. Mas ouço o discurso da culpa na voz dessa mulher. A ladainha não é tanto para informar-me da criança, mas para dizer a Cláudio o que o filho dele fez com a vida dela. Que tristeza! Aposto dez contra um que os dois vivem feito cão e gato, um querendo responsabilizar o outro pelo estado do menino. Em vez de se unirem na luta, dividem forças. Resultado: são esforçados; o que vale dizer, ambos abriram as veias, deixam a energia esvair-se numa atividade constante e sem rumo, pior ainda, dividida e cheia de sentimentos destrutivos como raiva e culpa, e com isso devem produzir mágoas um no outro. É, não é nada boa essa relação. O Cupido já deve ter recolhido suas flechas, e Eros se foi junto. Os deuses deixaram essas criaturas entregues a si mesmas", analisava Frances, ouvindo-os falar de pé na porta da sala, enquanto seguravam Gabriel pela mão.

Na casa do casal Batista, o que Frances antevira era a mais pura realidade. Hora após hora, o relacionamento naufragava e submergia num mar de queixas mútuas, lamentações, revolta e culpa. A "doença" do filho era o único elo que os mantinha unidos. Temerosa de ser abandonada pelo marido — um sentimento que nutria inconscientemente desde que o conheceu e por ele se apaixonou —, Marisa usava o filho como algema para reter Cláudio ao seu lado.

Fazia-se de vítima e sofredora, de mãe desvelada de uma criança problemática e doente. Fingia ignorar a maioria dos relacionamentos extraconjugais do marido, ou, então, nas brigas frequentes, lançava-lhe no rosto que Deus os castigava com aquele filho porque Cláudio era um devasso, sem religião, que não respeitava os votos que fizera diante do altar. Fosse a causa que fosse, Marisa lançava sempre a culpa sobre o cônjuge.

Ainda quando lhe exaltava as qualidades na frente de terceiros, bastava prestar atenção em suas frases para notar que, depois do elogio, uma explicação sugeria ser ele ausente ou não se envolver nos tratamentos do filho sob a justificativa de trabalho ou, até, lembrando o desconhecimento quanto à ascendência familiar paterna do marido, que talvez fosse portadora da enfermidade neurológica, alfinetando também a condição de filho bastardo etc.

O grupo era frágil, desestruturado. Cada indivíduo gera ao seu redor um ambiente compatível com seu estado emocional, intelectual e espiritual, afetando com suas disposições aqueles com os quais convive. Marisa era depressiva e complexada; Cláudio, inconsequente e de pouca inteligência, vivia sem maiores anseios ou questionamentos que não fossem o de atender às necessidades materiais. Gabriel nascera nesse lar; tinha sérias deficiências no vínculo de apego, na formação do ego; trazia consigo da existência pregressa todo tipo de sentimento relacionado ao medo e um longo aprendizado de isolamento como lugar de segurança. A simbiose emocional entre mãe e filho, iniciada na gestação e que se prolonga até os três ou quatro anos, não fora construtiva, desaguando em estados doentios para ambos. Ela impunha o estado depressivo, e o filho, o medo. O resultado era um lar conturbado, triste e marcado pelo isolamento entre seus membros, gerando profundas carências afetivas.

Ao término daquele primeiro mês, Frances tinha duas certezas: uma era a de que recebia auxílio espiritual na atividade a que voluntariamente se propusera e sentia que era preciso insistir com Gabriel, pois confiava que teria resultados positivos; e a outra era que os pais dele precisavam urgentemente de auxílio psicológico.

Quando encerrava mais um encontro com eles, gentilmente sugeriu:

— Vocês sabem que a universidade tem uma clínica de psicologia, que oferece vários tipos de atendimento gratuitamente?

— Nós gostamos de todo tipo de serviço gratuito — respondeu Marisa. — Os gastos com Gabriel são enormes. Cláudio trabalha muito; quase nem para em casa. E eu preciso cuidar de nosso filho; tive que abandonar minha profissão.

Cláudio ouvia calado, segurando Gabriel pela mão, que mantinha a habitual expressão “estranha”, ausente e fechada.

— Imagino. Mas como lhes dizia, o atendimento lá é gratuito. Pensei se vocês não gostariam de ir até lá, conhecer o que eles fazem. Acredito que seria muito bom e os ajudaria... a... aceitar o Gabriel e ... viverem melhor com ele.

— Um tratamento para nós? — questionou Marisa, sorrindo irônica. — Mas o doente é ele. Nenhum de nós é louco, ainda.

— Eu sei, Marisa — contemporizou Frances. — Mas, dentro da dinâmica familiar, quando um dos membros se desestrutura, acaba ocorrendo um efeito dominó. O que quero dizer é que o estado de Gabriel como um filho atípico, fora dos padrões esperados, alterou a relação entre vocês — pai, mãe e filho —, e isso, por sua vez, pode ter afetado ou afetar a relação matrimonial. Frequentemente, esse deslocamento gera dor, sofrimento mental ou moral, como queiram. Além disso, família também é grupo, e qualquer pessoa, ao ingressar em um grupo, traz consigo uma carga de influência que poderá se harmonizar ou não com os demais membros; seja como for, provocará mudanças. A chegada de um filho altera a rotina de um casal, quiçá se esse filho ainda se constituir um desafio inesperado. Vejam bem, por favor, não se ofendam por lhes sugerir que seria bom um auxílio psicológico. Não disse que vocês são doentes, mas que uma terapia poderia aliviar o sofrimento e ajudá-los a restabelecer a estrutura do grupo familiar, nada mais. Pensem, por favor. Se concordarem, posso marcar a primeira entrevista. A secretária da clínica é minha prima; é só eu ligar e pedir a ela.

Gabriel agitava-se, tornando difícil a tarefa de Cláudio de contê-lo. Entre palavras dirigidas ao filho, que parecia não ouvi-las e olhares para Frances, ele respondeu:

— Vamos pensar e discutir o assunto em casa; depois, lhe daremos uma resposta.

Para sua surpresa, Marisa pediu-lhe na semana seguinte que marcasse o primeiro atendimento para ela. Cláudio, em razão de viajar praticamente de segunda a sexta-feira, não dispunha de tempo para a terapia.

O segundo mês transcorreu sem grandes novidades. Frances aprendera muito a respeito do comportamento de Gabriel e da dinâmica da família Batista. O relacionamento com o "amigo do sonho" tornava-se mais confiável a cada sábado. Ao encontrar-se novamente com os pais do garotinho na sala do maternal da escolinha, observou que Marisa tinha um ar ansioso, o olhar tímido fixo no chão e que, ao falar, quase atropelava as palavras:

— Frances, gostaria de lhe pedir uma coisa... Você se incomodaria de ficar com Gabriel para que eu e o Cláudio fôssemos ao supermercado? Há anos não conseguimos fazer as compras da casa num único dia e juntos. Quando temos que levar Gabriel conosco é um inferno, pois ele corre e bate em todas as prateleiras; um de nós tem que ficar atrás dele. Todo mundo olha, é ruim...

"Ótimo. Talvez ficando um pouco sozinhos, eles consigam uma estabilidade melhor como casal. Aqui não fazem nada mesmo", pensou Frances e respondeu:

— Vão, sejam felizes. Tragam-me um chocolate, e está tudo certo.

Marisa sorriu agradecida, e Cláudio, como sempre, emudeceu ao lado dela.

Frances ficou sozinha com Gabriel, que, sentado sobre o piso de lajotas frias, fazia girar a tampa de uma lata onde guardava brinquedos de montar. Ele parecia transportado a um outro universo; seus olhos estavam "normais" e fixos no objeto que girava. O corpo parecia mais relaxado, descansado, e a expressão ausente e severa fora substituída por um ar etéreo.

— Como você é bonito, Gabriel! — murmurou Frances, aproximando-se dele com a voz suave e falando exatamente o que sentia com toda a honestidade. — Sabia que, até um minuto atrás, não tinha visto o quanto você é um menino tão bonito?

Num impulso, acariciou-lhe os cabelos delicadamente. Eram ásperos, ressecados, mas tinham brilho e caíam em cachos pesados ao lado do rosto muito claro. Ele não reagiu ao carinho; parecia que nem ao menos havia notado o toque.

"É preciso ser persistente quando uma criança, aparentemente, não gratifica o afeto que recebe. Insista", sugeriu a voz do "amigo do sonho" ecoando na consciência de Frances.

Feliz por identificar-lhe a presença, Frances voltou a sorrir e continuou acariciando delicadamente os cabelos de Gabriel.

"Fale", insistiu a inspiração. "Não se esqueça, sua voz e a forma como fala são muito importantes."

Obediente, ela cedeu ao impulso e pôs-se a comentar sua semana; relatou que havia pensado nele e disse o quanto estava apreciando os momentos que passavam juntos.

— Gostaria de entender por que você gira assim esses objetos. Já notei que você gosta. Fica mais bonito quando brinca desse jeito, fica calmo. Será que é tão bom? Quem sabe eu experimento também?

Frances praticamente reproduzia palavra a palavra as sugestões mentais de Georges e sentia o impulso de entrar no mundo do menino, devagar, com cuidado, como se caminhasse entre cristais. Ergueu-se e foi apanhar a tampa de outra lata que ficava na prateleira; quando voltou, notou surpresa e emocionada que Gabriel olhava na sua direção; não era um olho no olho, mas ele se movimentara quase imperceptivelmente em direção a ela.

"Calma", orientou intuitivamente Georges. "Sem exageros; não mude sua conduta. Aja naturalmente. Sente-se e brinque como disse que faria."

"Meu Deus, então ele me entende?", indagou Frances em pensamento. "É fantástico! Jurei que estivesse sozinha e que esse menino estivesse a milhões de anos-luz daqui."

"Ele está com você; apenas se encontra num estado de perturbação, de muita confusão. Você já deve ter lido em *O Livro dos Espíritos* que a perturbação de encarnar é maior que a do desencarnar. É exatamente esse fenômeno que você tem diante dos olhos. Gabriel é um ser que se perdeu no processo reencarnatório. É alguém que tem muito medo, um severo complexo de rejeição e uma carência afetiva gigantesca; esses fatores levam ao delicado estado psíquico em que ele está."

Frances ia continuar seu diálogo mental com o "amigo do sonho", quando registrou a orientação imperativa.

"Agora não é o momento. Sente-se e faça girar essa tampa que tem nas mãos. Fale com Gabriel o tempo todo."

Girar aquela tampa de lata não era tão fácil nem tão simples como parecia. Frances insistiu até conseguir girar o brinquedo improvisado e comemorou entusiasticamente o feito, batendo palmas e dizendo em voz alta:

— Consegui! Consegui!

Foi a segunda vez que notou uma reação em Gabriel. Ele inclinou a cabeça em sua direção e a encarou com aquela forma de olhar que parecia perpassar a outra pessoa, sem que seus olhos encontrassem os de Frances. Feliz com as conquistas da tarde, ela aproximou-se e beijou mansamente o alto da cabeça do menino, murmurando em seu ouvido:

— Obrigado por ter me ensinado a brincar de girar.

"Muito bem, Frances. Ame, mas ame muito e sinceramente quem você pretender auxiliar. Não espere nada; aceite o que o outro lhe oferecer. Acredite-me, nada dá mais credibilidade a alguém do que ser espontâneo e não há remédio mais poderoso que o amor.

Ele nos torna sensíveis e estabelece uma empatia natural. Gabriel tem grandes chances de melhora, contudo, precisa de amor — não em palavra de quatro letras, mas em atitudes. Não se brinca com o afeto, especialmente de uma criança com tantas carências. Tenha paciência. Converse com os pais dele e diga-lhes isso: é preciso amar. Esse menino vive uma condição muito especial; os vínculos de apego foram extremamente frágeis nos seus primeiros meses de vida e até agora não lhe oferecem sustentação. Quando reencarnamos, todos nós passamos por uma séria perturbação psicológica; precisamos esquecer quem fomos, todo os fatos que compõem nossa memória passada, que dão significado ao nosso ser, e chegamos como folhas em branco de um livro em andamento; somos potencialmente o ser pleno — inteligência e sentimento — pronto ao recomeço. Nascemos frágeis, absolutamente dependentes, e, só com o passar dos anos, nosso corpo vai nos permitindo maior liberdade de expressão; o arcabouço emocional, contudo, está vivo, presente e nunca apagado em todo esse processo, assim como a capacidade intelectual que pode ser embotada, mas não aniquilada. Grosso modo, isso é uma perda de identidade, uma amnésia parcial e momentânea. Imagine como é bom viver esse estado. Além disso, ainda há a forte ligação com a mãe. Desde a concepção, existe um laço conectando o reencarnante ao novo corpo que está nas entranhas maternas sofrendo influência mental e emocional da mulher que o acolhe. Conforme a gestação se desenvolve, esse laço se aperta e, com ele, a coexistência mãe/bebê ou espírito reencarnante. Ao nascer, o bebê precisa de uma presença amorosa adulta junto da qual irá se estruturar. Ele buscará afeto, segurança e orientação, como as plantas buscam com suas raízes o alimento no interior do solo para crescerem. É o apego. Observe qualquer recém-nascido mamífero; se a mãe não se encarregar dele, independentemente da espécie, ele seguirá outro animal adulto. É necessidade emocional instintiva; faz parte do arcabouço do instinto de conservação, de sobrevivência. Esse vínculo se transfere, não é patrimônio da ligação biológica mãe/bebê; pode ser exercido por qualquer pessoa independentemente de sexo ou ligação biológica com o recém-nascido. E, em casos especiais, quando não bem elaborado no tempo adequado, pode e precisa ser recomposto, para suprir carência e insegurança no caráter da criança. Sem ele, o espírito reencarnante fica perdido, sem orientação e sem rumo, como quando alguém vai a um país estranho e lá não encontra o guia à sua espera. Dependendo das condições pessoais anteriores desse turista, a experiência pode ser desde um transtorno passageiro até a causa de uma profunda perturbação. É o caso de Gabriel; ele não trazia condições emocionais suficientemente equilibradas para sustentá-lo em meio ao abandono, que é assim sentido pelo espírito na falta desse vínculo de apego. E há ainda mais, porém, fiquemos por ora com essas explicações. Leia sobre o tema no livro que lhe indiquei; busque apoio no estudo do desenvolvimento emocional da criança desde quando é recém-nascida e verá como a espiritualidade já alertou sobre o cuidado com a infância muito antes da psicologia e da psicanálise; por isso, elas são doutrinas-irmãs nesse aspecto."

Sentindo lágrimas umedecerem seus olhos ao registrar as explicações de Georges, Frances piscou várias vezes e sorriu. Apoiando, instintivamente e com suavidade, a face na cabeça do menino, falou para si mesma em voz baixa:

— Gosto muito de você, amiguinho.

Estranhamente, Gabriel ficou quieto, sem fugir ao contato, sem correr, nem mesmo insistir em girar a tampa. O calor da proximidade de Frances lhe passava a sensação de aconchego, de abrigo.

Os encontros revelavam-se emocionalmente densos, coisa que ela não supôs que fosse acontecer ao oferecer-se para trabalhar com o menino. Admitia a si mesma que fora movida por curiosidade e intuição, mas agora se prendia nas redes de uma amizade muito especial.

Georges sorria ao admirar a cena de afeto entre seus tutelados; ao seu lado, a antiga avó de Jerônimo Fontes Neto secava com a mão lágrimas furtivas e, tocando no braço de Georges, perguntou:

— Será que eles vão conseguir? Tenho pedido tanto a Deus...

— Tenhamos calma, dona Márcia. É o que lhe explicamos quando a senhora solicitou nossa ajuda no caso. O processo é delicado e exige muito amor. Não aquele amor romantizado, mártir, mas um sentimento verdadeiro de compreensão, doação e aceitação. Frances está descobrindo razões para amar Gabriel; a piedade a fez enternecer-se pela criança, porém piedade não cura. Só o amor pode penetrar e auxiliar eficazmente quadros de grave comprometimento como o de Gabriel. Esse sentimento não se encontra pronto em ninguém; existe em gérmen e precisa de condições propícias para se desenvolver. Estamos presenciando os primeiros movimentos para a realização das condições: um mínimo de reciprocidade — esclareceu Georges, abraçando a gentil entidade que o acompanhava naquelas sessões.

— Eu sei, meu amigo. Eu sei. Talvez meu amor ainda seja egoísta demais, pois queria que ele ficasse curado e que, enfim, ele e a mãe restabelecessem as relações afetivas.

Georges fitou-a compassivo, sem nada dizer, aguardando que ela completasse o pensamento.

— Isso não será possível, não é mesmo?

— Não posso responder a essa pergunta. Só com tempo e as atitudes deles haverá uma resposta. Cláudio e Marisa sabiam das dificuldades que poderiam surgir no caminho. Tiveram conhecimento do estado emocional delicadíssimo de Jerônimo Neto, fruto direto da ação deles no passado. Recebê-lo de volta e auxiliá-lo a recuperar-se era imposição da própria consciência de Marisa; ninguém melhor para coadjuvar o trabalho do que o antigo amante. Infelizmente, a situação degenerou para o quadro mais complicado dentro das possibilidades naturais da situação, e pais e filho perderam-se na condução do processo reencarnatório. Gabriel sente muito medo na presença deles e teme ser abandonado; não confia no afeto que têm por ele. E, lamentavelmente, as dificuldades impostas pelo quadro doentio incompreendido e não aceito fazem esse afeto minguar e não ter força para suplantar as frustrações. Especialmente Marisa ainda não aprendeu a confiar no poder das pequenas realizações e a alegrar-se com elas; ela ainda guarda no fundo de si aquela criatura fantasiosa dos tempos da Fazenda Fontes, pelo que pude analisar do caso.

— Tem razão, Georges. E meu amor é imediatista, porque, se Gabriel melhorasse, se Marisa melhorasse, Geraldo talvez abrisse uma porta para aliviar todo o rancor que carrega em si. Ainda guardo as aflições do sentimento materno terreno; quero que melhorem por eles e também por mim. Sou consciente de que ajo e peço o bem deles, porque será um bem para mim também.

— Tanto melhor que você tenha essa visão. Prefiro essa honestidade a um discurso repleto de belas palavras de amor, caridade e devoção ao próximo, que apenas escondem um total desconhecimento de si. A inconsciência entristece-me, mesmo sabendo que é natural em determinados graus evolutivos. Fique em paz, amiga. Continue procurando o bem para si e para os que ama; é nessa procura que todos nós andamos ao encontro de Deus.

O ruído do carro dos pais de Gabriel chamou a atenção de Frances, que, calmamente, se afastou do menino, foi até a janela basculante e, afastando a cortina, confirmou a chegada de Cláudio e da esposa.

— Vamos passear, Gabriel. Papai veio buscá-lo — convidou Frances. O menino não esboçou nenhuma reação, obrigando-a a renovar o convite.

Os pais insistiram, entretanto, Gabriel ignorava a todos, voltando a brincar com as tampas.

— Ele estava tão bem! — lamentou Frances, sem entender a atitude emocional da criança, interpretando como piora o que não era.

— É assim mesmo — considerou Marisa. — Eu já estou acostumada. Obrigada por ter ficado com ele.

Avançou até o menino e, sem nenhuma atenção ao que ele fazia, ergueu-o carregando-o no colo para fora da sala, enquanto o garotinho esperneava e gritava. Ao sair no pátio, Gabriel teve, pela primeira vez, uma crise de choro na presença de Frances. Os soluços da criança ainda soavam em seus ouvidos quando voltou à sala para organizar os brinquedos.

"Que choro triste! Parecia um adulto cheio de pesar, com uma dor moral terrível a afligi-lo. Não consigo entender. Por que será que ele reagiu desse modo? Estávamos tão bem..."

A distância, Georges sugeriu-lhe intuitivamente:

"Estude, Frances. Embora você não ouse dizer qual é o problema de Gabriel, é exatamente o que identifica. Ele se encontra em um severo estado de autismo. Estude, amiga. Nem tudo é o que parece, acredite. Vejo com bons olhos o que agora lhe parece ruim."

Após recolher os brinquedos espalhados, foi à sua sala de trabalho na administração da escolinha, apanhou o *Diário de Gabriel* e anotou as impressões da tarde, o que a lembrou das explicações que recebera do "amigo do sonho" e de suas muitas dúvidas. Relendo o texto, começou a considerar a hipótese de estudar mais sobre as psicopatologias infantis.

O convite ao aprofundamento do estudo das questões levantadas por Georges foi relegado ao futuro. Frances prosseguiu muito empiricamente e de forma até precária o atendimento ao pequeno, porém a força do afeto jamais pode ser desprezada e, se preciso for, ao se tratar de patologias psicoemocionais, escolher entre pouca estrutura material e muito afeto, a melhor decisão é sempre onde exista mais amor.

Ele prosseguiu, convidando e orientando os encontros, intuindo qual era a problemática, e foi nessa época que conheci Gabriel. Tornei-me seu amigo, e sua história passou a fazer parte dos meus planos.

Conhecia o trabalho que Georges vinha fazendo; assisti a algumas reuniões de seus colaboradores encarnados, emancipados pelo sono, realizadas em nossa instituição. As histórias desses pequenos "pacientes" aparentemente guardam semelhanças, entretanto, analisando-as caso a caso, observa-se mil diferenças e particularidades. O medo, a rejeição, os relacionamentos reencarnatórios com complicados entrelaçamentos emocionais, em geral, estão nas bases, mas daí surge uma enorme diversidade conforme o caráter e as possibilidades das criaturas envolvidas nesses dramas do cotidiano oculto, que os olhos da maioria não ousam ver.

O relacionamento de Frances e Gabriel estava num estágio mais avançado. Eles caminhavam seguros no estabelecimento de uma linguagem pré-verbal. Refaziam caminhos. Comunicavam-se com a linguagem do corpo, das necessidades afetivas, e, assim, iam se formando lentamente os liames do apego a cada segundo que passavam juntos. Sempre sob a intuição de Georges e de acordo com seus próprios instintos, Frances cativava a confiança do menino, tratando-o com o respeito que compreende as desigualdades e busca descobrir as potencialidades de cada ser e trabalhar com elas. É a política do dar forças à natureza de cada um e não forçar a natureza dele a "igualar-se", a tomar a forma dos outros. Compreende o imperioso respeito ao indivíduo, tema sempre muito trabalhado com os colaboradores do "amigo do sonho" e que Frances dava mostras de haver assimilado.

Naquela tarde, ao lado de Georges e de dona Márcia, notei que, frequentemente, Gabriel movia a cabeça numa direção; fiquei observando-o e, como gosto de fazer, fixei a atenção nele, esqueci-me dos demais e deixei que ele me contasse o que o atraía. Sabia que crianças envolvidas nessas dificuldades reencarnatórias tinham os sentidos ampliados, outro fruto da perturbação do regresso à matéria. O déficit de atenção é consequência de uma solicitação intensa dos sentidos e da dificuldade do ser espiritual confuso fixar a atenção e estabelecer uma conexão com o que o interessa, com o real na matéria. Ante o chamado doloroso do mundo externo — que os atordoa —, somado às emoções que carregam, acabam necessitando de mecanismos de auto-hipnose, como os gestos repetitivos e os brinquedos de girar.

Naquele momento, Gabriel não girava nada; estava se movimentando aleatoriamente pela sala, ora mexendo em uma coisa, ora em outra. Frances o acompanhava sempre falando, dizendo o nome dos brinquedos; agora já sabia quais eram os preferidos do garoto, porém, em intervalos regulares, ele movia a cabeça. A sessão chegava ao fim quando me posicionei ao lado dele e orientei meu sentido auditivo na direção que ele reportava. Percebi um emaranhado de sons; havia o ruído da rua, o som dos automóveis, dos pedestres, do latido de cães, mas, permeando tudo, vinha o som inconfundível de um violão. Alguém cantava uma música popular. Avancei até a janela, e lá estava no outro lado da rua. Quase na esquina, um grupo de rapazes bebia e cantava em torno de uma mesa de latão acomodados em mochinhos de bar.

— Venha cá, Georges — pedi sem me afastar da janela. Ao senti-lo próximo, apontei para o grupo e comentei: — Veja aquilo. O menino presta atenção à música. Observei que ele movia a cabeça nessa direção e, depois, que fazia isso com certa regularidade. Conclusão: ele seleciona ou é mais sensível à música. Cada vez que o grupo recomeça a cantar, ele volta a atenção para a música; quando se calam, ele fica mais dispersivo. Isso não pode ser um caminho para melhorar a atenção?

Antes de dar qualquer resposta, Georges repetiu passo a passo o que eu havia feito, constatando por si os resultados.

— Excelente colaboração, amigo. É verdade! Gabriel é especialmente sensível à música. É claro que vamos considerar a utilização de música nas reuniões. Todos nós somos sensíveis aos sons, à música, e ela é um ótimo auxiliar no alívio das dores do espírito; ajuda a harmonizar, pacificar, transmitir conceitos, alegrar, sensibilizar. Mas confesso que julgava ainda cedo. Gabriel surpreendeu-me; seu estado está mais avançado do que supunha no caminho das conquistas.

Ouvindo a conversa, dona Márcia abriu um largo sorriso. Georges olhou para Frances, que se esforçava para captar a atenção do menino, mostrando-lhe gravuras coloridas, que ele mirava rapidamente sem parecer lhes dar importância.

— Vou sugerir a Frances que use música na próxima reunião, mas, se ela não assimilar, seria interessante, dona Márcia, que uma das funcionárias que faz a limpeza pela manhã esquecesse o rádio ligado em uma estação com programação musical.

— Claro! — concordou ela sorrindo. — Cuidarei para que uma delas "esqueça" o rádio ligado. Qualquer música serve?

— Mexer na programação das rádios é exagero. Não precisa tanto. — Brincou Georges. — O que queremos é observar melhor a reação de Gabriel à música. Ainda que nossa "improvisada auxiliar" não tenha o melhor dos gostos musicais, seremos capazes de suportar. Não se preocupe.

— Está bem — concordou dona Márcia sorrindo.

Durante aquela semana, a ideia de usar música rondou a mente de Frances, e eu fiz minhas primeiras visitas ao lar do casal Batista. Tive a infelicidade de presenciar cenas de violência entre mãe e filho. Vista do plano espiritual, a ocorrência era ainda mais bizarra. Tratava-se de uma mulher em desequilíbrio agredindo uma criança que, além da desvantagem física, tinha o agravante do estado de perturbação espiritual, psíquica, e que não havia desfeito os laços de simbiose com aquela que o agredia, fato que tornava a situação absolutamente incompreensível, pois ele se sentia agredido por si mesmo, uma vez que via a mãe como parte de si. Ambos se enchiam de ira por razões incompreensíveis para Gabriel, porém aquelas lutas insanas reavivavam o medo e os demais sentimentos existentes em sua memória emocional, enraizados no passado vivido como Jerônimo Neto e Isadora Fontes. Recordei-me de uma daquelas cenas mitológicas de um ser divido guerreando com as próprias metades, sempre em uma luta inglória, já que andariam *pari passu* a vida toda até que aceitassem a unidade real que abriga todos os lados e todas as metades.

Compreendi imediatamente — embora na época conhecesse de forma muito superficial a questão passada — que Gabriel e Marisa precisavam de amor recíproco para superarem a situação. Voltei entristecido à nossa instituição, sinceramente compadecido das aflições que aquela família vivia. E assim, buscando auxiliá-los, voltei à casa dos Batistas para observar Gabriel pelo máximo de tempo de que dispunha. Surpreso, notei, certo dia, que seus olhos me seguiam.

"Será que ele pode me ver?", pensei e me movimentei de um lado a outro. Ainda hoje não sei o que em mim chamou a atenção do menino, mas não tive dúvidas de que Gabriel me via. Sorri e lhe acariciei o rosto, então com um hematoma na face direita. Ele aquietou-se. Ante essa reação, comecei a lhe acariciar as costas, em movimentos calmantes, relaxantes, enquanto buscava envolvê-lo em pensamentos de paz e esperança. Tinha o intuito de fazê-lo adormecer e consegui, porém o desprendimento natural da alma durante o sono não se deu. A necessidade de descanso era grande, e lá fiquei velando o sono do menino adormecido.

Estava refletindo sobre tudo quanto estava vendo acompanhando a atividade com Gabriel, quando percebi o som de um caminhar arrastando os pés na sala. Lá estava Geraldo Fontes encarando-me friamente, desconfiado. Notava-se, com facilidade, a sua situação espiritual.

A marca arroxeada em torno do pescoço, como toda cicatriz, contava a própria história. O andar arrastado lembrou-me dos meus estudos da milenar sabedoria oriental, que nos ensina a ler estados emocionais na forma de andar dos indivíduos. O medo, o desejo de não ser percebido, nos faz andar na ponta dos pés; a raiva e o ódio dão peso ao andar e fazem os passos ecoarem alto, como se os pés martelassem e destruíssem onde pisam; o rancor, de tão pesado, faz os pés arrastarem-se; a preguiça confere desleixo ao caminhar; a alegria dá leveza e rapidez. Assim, de imediato, identifiquei a presença de um suicida que guardava rancor.

— Olá — saudei amistoso.

Ele olhou-me severo, não sorriu nem deu qualquer mostra de simpatia. Senti o frio que o envolvia.

— Quem é você? O que faz aqui? — inquiriu ele.

— Calma. Sou amigo...

— Nunca o vi antes. Como pode ser meu amigo? Diga logo o que quer e vá embora.

— Esta casa é sua? — perguntei cauteloso.

— Sim. Vá embora. Nada aqui lhe interessa.

— Engano seu. Desculpe-me se não falei com você antes, mas ninguém me avisou. Veja, o menino está bem; eu o acalmei. Gosto dele, interessa-me a experiência que vive. Pertenço ao grupo em que uma senhora de nome Márcia Fontes pediu auxílio para o menino, por isso estou aqui.

À menção do nome de dona Márcia, a carranca do recém-chegado desfez-se e um brilho de saudade surgiu em seu olhar. Constatei, então, que a emoção o impedia de comunicar-se.

— Conhece dona Márcia? — insisti quando o notei mais refeito.

Ele balançou a cabeça afirmativamente, mas nada disse. Sentou-se num canto da sala, e ficamos em silêncio até eu me despedir.

— Preciso ir embora — disse-lhe. — Amanhã, voltarei. Algum problema?

Um gesto negativo foi tudo o que obtive como resposta.

Comprovamos que a música era um fator extremamente positivo no atendimento a Gabriel. O rádio, "por esquecimento", ficara ligado no sábado seguinte, e, entretida em afazeres do trabalho, Frances não dera importância ao som que vinha da cozinha. Tocava um samba quando o menino entrou no prédio. Agora familiarizado com o local e apegado a Frances, ele chegava sorrindo, feliz. Reconhecia as pessoas e os locais, o que significava dizer que aderia à vida exterior e presente.

— Olá, Gabriel — cumprimentou Frances efusivamente, abaixando-se para abraçá-lo. — Como passou a semana?

— Ele voltou a pronunciar algumas palavras — comentou Cláudio alegremente. — Estamos muito felizes. Fazia anos que ele não falava.

— Que maravilha! Parabéns, Gabriel! Você conseguiu.

— É engraçado, mas essa foi a primeira palavra que ele falou.

— "Conseguiu"? — questionou Frances.

— É. Noto que você repete muitas vezes essa palavra.

Frances sorriu encabulada; tinha percebido o vício de linguagem, mas era usado apenas com o menino, tanto que, quando pronunciava esse termo fora dos encontros, lembrava-se de Gabriel. Resolveu, contudo, não dar muitas explicações, até porque, a cada dia, sentia maior necessidade de estudar a questão das psicoses infantis.

— Tem razão, mas é uma ótima notícia... — interrompeu o que dizia, pois a criança soltara-se de sua mão e corria em direção à cozinha.

Vendo a fuga do filho, Cláudio anunciou apressado:

— Marisa está doente. Vou levá-la ao médico. Você se importa de ficar com ele até eu voltar?

— Claro que não. Vá! Gabriel e eu ficaremos muito bem.

— Obrigado.

O agradecimento foi registrado por Frances quando estava a caminho do corredor e respondeu:

— De nada. Por favor, puxe a porta quando sair.

Na cozinha, Gabriel parara em frente ao armário sobre o qual o rádio estava ligado. A expressão de encantamento no rosto do menino enterneceu Frances, que comentou carinhosamente:

— Então, meu amiguinho, você gosta de música?

Ele ficou calado, atento ao ritmo do samba. Ao terminar a música e entrarem os comerciais e a voz do locutor, a decepção e a irritação foram visíveis.

— Calma, Gabriel, já vão tocar outra música — pediu Frances, acariciando-o. — Não é com chutes e gritos que a música vai voltar. É preciso esperar um pouco, quer ver?

Irritado, Gabriel falou alto pela primeira vez na presença de Frances.

— Música!

O impacto de tornar a ouvir a voz do menino a emocionou; havia meses que tinham um relacionamento mudo, e Francis se questionava se ele voltaria a falar, já que era inexplicada a razão da supressão da fala. Tudo levava a crer que era decorrência do afastamento do mundo externo, da fuga à individuação da mãe e da construção do próprio "eu".

Cláudio participara-lhe a grata novidade, mas, ainda assim, surpreendeu-se e emocionou-se, talvez porque esperasse que ele dissesse "consegui".

"Aja naturalmente. Controle-se. Ele está progredindo", interveio Georges intuitivamente, orientando as ações de Frances.

"Não posso fraquejar nem assustá-lo", pensou Frances, lutando para vencer a força da emoção. Nesse momento, o locutor anunciou outro sucesso popular do momento.

— Atenção, Gabriel, a música vai voltar. Ouça.

O menino continuou irritado, e ela insistiu. Quando soaram os primeiros acordes, Frances aumentou o volume do aparelho e, no mesmo instante, Gabriel serenou como num passo de mágica.

— Ele é extremamente sensível à música — comentei com Georges. — Como sabe, tenho ido vê-lo todos os dias. O lar dos Batistas assemelha-se muito a uma sepultura fria e silenciosa. A única criatura com ânimo que vai até lá é a empregada doméstica. A mãe de Gabriel está afundando-se na depressão numa velocidade impressionante. Notei que ela rejeita todas as tentativas de auxílio, tanto dos encarnados quanto dos desencarnados.

— Infelizmente. Se ela melhorasse, os progressos de Gabriel seriam mais rápidos. Mas, como você mesmo viu, ela não quer ser ajudada. Abandonou a terapia que Frances havia conseguido no serviço da universidade, quando o terapeuta começou a abordar questões cruciais para a conscientização do problema que vivem em casa, questionando o relacionamento conjugal e o papel do filho na família e como ela se sentia em relação à criança. A boa e velha negação venceu. Ela se irritou, discutiu e agrediu a pessoa que a atendia, e o restante é típico...

disse ao marido que não era doente, que não tinha nada a fazer lá e que a terapia não estava resolvendo coisa alguma. E não voltou.

— É uma lástima. Preconceito, medo, negação, isolamento.

— Um círculo vicioso — disse Georges, observando seu paciente atento ao samba. — Naquela casa vivem criaturas em perfeita solidão familiar; não há nenhuma interação emocional. Dialogam da mesma forma que passaremos a tentar desenvolver a linguagem de Gabriel; comunicam apenas as necessidades básicas; é funcional.

— Letras de música ajudarão Gabriel na questão do vocabulário — comentei, ao mudar o assunto repentinamente, expressando algo que me ocupava a mente nos momentos em que estava com o menino. Vinha presenciando sua melhora, o que era gratificante. Um sentimento gerava um pensamento; um pensamento, uma atitude, e eu me via mais interessado em Gabriel Batista a cada dia.

— Preocupação de escritor — censurou Georges brincando. — Será ótimo recuperar a linguagem para que ele possa manifestar suas necessidades e seus desejos. Vamos deixar vocabulário para mais adiante, está bem?

— Confio no menino — declarei sem me dar por vencido pela admoestação de Georges. — Você me ensinou que é preciso crer no potencial pessoal de cura que cada um tem dentro de si. Eu aposto em Gabriel.

— Eu também, mas não sou milagreiro. Tenho plena certeza do poder do amor, que leva ao entendimento no processo de cura das questões emocionais e psicológicas. Mas absolutamente todas as decisões estão nas mãos dos envolvidos. O poder é deles; nós somos apenas caminhos.

O tempo provou que Gabriel queria a cura, desejava usar o poder que tinha dentro de si e, assim, cresceu.

A amizade com Frances era sua sustentação no frágil arcabouço psicológico proporcionado na atual encarnação. A música, a alegria, o reconhecimento e a aceitação das potencialidades possíveis de serem desenvolvidas foram fatores de extrema importância para o menino. Encontrou equilíbrio harmonizando a conduta, e os chamados sintomas característicos do autismo começaram a diminuir. Ele agora estabelecia contato visual com as pessoas; interagia especialmente bem com adultos; obedecia a orientações; aceitava ser contrariado, negociando com mais facilidade suas vontades; e seu caminhar foi mudando lentamente — a sola do pé agora tocava o solo, embora, em alguns momentos de vacilação e medo, o velho caminhar na ponta dos pés ainda podia ser visto.

Gabriel começou a dar mostras de identificar sua imagem e iniciou o conhecimento do próprio corpo. Depois de meses, passou a usar a expressão "eu" para referir-se a si mesmo, o que antes fazia utilizando o nome ou outras palavras como "o menino", "ele" etc.

As crises de irritação e agressividade de Gabriel e dos pais começaram a rarear, e a família, enfim, entendeu que o medo e a raiva eram pares na conduta emocional; onde houvesse um logo haveria o outro. Gabriel tinha um medo doentio — camuflado na aparente indiferença ao universo exterior —, fruto de seu passado reencarnatório; logo, a raiva e a agressividade ocupavam o mesmo patamar.

Quando os pais, especialmente Marisa, o agrediam fisicamente, descarregando suas frustrações sob a justificativa de corretivo educacional, só conseguiam torná-lo mais agressivo, como, aliás, acontece com qualquer outra criança ou um indivíduo adulto. Atemorizar sempre será sinônimo de despertar agressividade.

Após a descoberta da paixão de Gabriel pelos sons musicais, Frances passou a usar historinhas infantis cantadas, caixinhas de música, desenvolvendo todo um repertório direcionado à infância que ela empregava nos encontros. Minha esperança revelou-se com fundamento; as canções não só eram benéficas para melhorar a atenção, reduzindo significativamente o nível de dispersão mental por fixar o sentido auditivo como prioritário, mas também contribuíram no desenvolvimento da fala e na ampliação do vocabulário, que, muito lentamente, deixou os estágios da ecolalia, a repetição da última palavra ouvida, e da linguagem funcional, para desenvolver frases e manter diálogos com imperfeições; contudo, dentro de suas condições, era um feito de extraordinária relevância.

O pendor de Gabriel para a música mostrou-se ainda mais, quando, alguns meses depois, ele voltou a aproximar-se de um piano pequeno que ficava no salão de festas da escolinha. Habituada a surpreender-se com seu amiguinho muito especial, Frances observou a concentração com que ele rondava o instrumento até que, demonstrando familiaridade, Gabriel se sentou no banquinho, ergueu a tampa sobre o teclado e, com as mãos trêmulas, foi tocando levemente as teclas, extraindo notas musicais esparsas.

— Bonito — disse ele, dirigindo o olhar a Frances. — Vamos cantar?

— O que você quer cantar, Gabriel?

Alheio, ele tocou uma a uma as teclas do piano, repetindo o movimento algumas vezes. Depois, abandonou o instrumento. Acercando-se de Frances, tomou-lhe a mão, conduzindo-a até a sala do maternal.

— Não quer mais tocar piano, Gabriel? Por que viemos a esta sala?

Ele andava olhando os brinquedos organizados nas prateleiras e nas grandes caixas. De repente, parou em frente a um berço e, apontando para o móbile com caixinha de música, pediu:

— Faz tocar.

— Você quer ouvir a caixinha de música? Ótimo. — Compreendeu Frances e, evitando que ele a usasse para ter o que queria, conforme "o amigo do sonho" intuíra, a fim de auxiliá-lo a estruturar sua individualidade reconhecendo o próprio corpo e como usá-lo, ofereceu outra caixinha de música que estava em uma estante onde ele mesmo poderia pegar. — Pegue aquela caixinha; vamos ouvir a música da bailarina.

— Não *qué*. Faz tocar música. — Insistiu Gabriel parado em frente ao móbile.

— É tão linda a bailarina; você gosta de vê-la dançar. Vamos ouvir a outra! Pegue lá e traga até aqui.

— Não *qué*.

Frances insistiu, e, a contragosto, o menino atendeu ao pedido dela; com o rostinho muito sério, concentrado, entregou-lhe a caixinha. Gabriel tinha o ar de alguém que se obriga a ser paciente com uma criança teimosa. Sorrindo, feliz com a atitude obediente e a boa aceitação à frustração de um desejo que ele demonstrava, Frances deu corda no brinquedo, abriu a tampa, e uma bailarina começou a rodopiar ao ritmo da música. Gabriel permanecia de pé, com o olhar distante, nem um pouco interessado no que Frances estava fazendo. Quando ela fechou a caixinha, ele tomou-lhe a mão novamente e, apontando o móbile, pediu:

— Fran... faz tocar música.

O olhar dele era sério, angustiado, e comoveu Frances.

— Está bem, vou dar corda, mas só um pouquinho, certo?

Gabriel apoiou os braços sobre a cabeceira do berço, fitando os motivos do lençol sem vê-los. Quando o último acorde soou, ele ergueu o olhar encarando Frances e pediu:

— De novo.

Estranhando a atitude dele de permanecer parado, quase imóvel, por vários minutos, Frances atendeu ao pedido observando-o. Novamente, Gabriel ouviu a música concentrado e quis que fosse repetida. Quando chegava próximo o final da quarta vez, Gabriel saiu da sala correndo, dizendo:

— Piano, piano...

Atrás dele, Frances tentava conversar e entender o que Gabriel estava expressando, mas foi em vão.

Ele correu até o instrumento, sentou-se e dedilhou com exatidão as notas de o “Acalanto de Brahms” no ritmo exato da caixinha de música do móbile. Emocionada, Frances compreendeu que a criança, além de uma habilidade inata para a música, tinha também uma forma *sui generis* de aprender.

— Genial — murmurou Frances, enquanto assistia ao menino tocar. — Você é absolutamente fascinante, Gabriel.

— Canta! — pediu ele alegre, com os olhos brilhantes. Seu rosto era pura satisfação.

— “Boa noite, meu bem...” — entoou Frances, repetindo uma versão conhecida de o “Acalanto” e que muitas vezes cantara nas tardes que passava com ele.

A descoberta desse talento alegrou Cláudio e surpreendeu Marisa, que se esforçou para entender aquela habilidade do menino, já que tinha o filho na conta de um incapaz. Sorriu ao vê-lo tocar, porém o sorriso não tinha brilho, não iluminava o olhar; parecia até um ríctus.

Gabriel contava então nove anos. Por insistência de Frances, matricularam-no em uma escola para crianças portadoras de necessidades especiais na cidade vizinha. A avó o levava e trazia diariamente, pois naquele ano se aposentara, podendo dedicar-se a ajudar o filho e a nora nos cuidados com o neto.

Gabriel prosseguiu no caminho da melhora; apurou a coordenação motora nas aulas, a postura e o equilíbrio com a prática da educação física bem como o conhecimento e a aceitação do próprio corpo; passou a reconhecer sua imagem e não mais fugir de espelhos ou de qualquer outra superfície onde a visse projetada. Nesse período, Frances e Cleonice andavam com máquinas fotográficas penduradas no pescoço. Sempre que estavam com Gabriel, faziam dúzias de fotos retratando cenas do cotidiano do menino. Em todo lugar aonde ele fosse havia porta-retratos e pequenos álbuns com a imagem que ele precisava assimilar e reconhecer como própria: a identidade de Gabriel Batista.

Alfabetizou-se, a linguagem evoluiu. Nenhuma dessas conquistas seguiu métodos qualificados como usuais ou comuns. Todos os que se envolveram com sua experiência aprenderam a arte de quebrar conceitos e de aceitar a si mesmos e ao outro tal qual se apresentavam, eliminando da mente a paranoia da "normalidade" e da "igualdade", pois a diversidade existe e não é exceção entre as crianças portadoras de necessidades especiais, sejam elas físicas ou psíquicas. Cada ser que vive no universo de Deus é absolutamente único e digno de ser amado na forma em que se encontra.

A cada dia, o garoto surpreendia os professores e profissionais que trabalhavam com ele, demonstrando grande sensibilidade musical — tocava de ouvido qualquer música, bastando ouvi-la apenas algumas vezes; decorava as letras com igual facilidade; tinha predileção especial pela música popular e composições clássicas como réquiens, ave-marias e alguns acalantos, entre eles o de Brahms, que eu entoara quando a hiperatividade estava muito acentuada e Frances repetira nas tardes de sábado numa rotina necessária.

— O amor faz aflorar um sentido extra — disse-me Georges, sorridente, com um brilho travesso no olhar, certa vez em que me surpreendeu numa visita inusitada no horário em que diariamente eu visitava Gabriel. Naquele dia, o menino estava muito agitado, parecia totalmente acelerado, fora do ritmo natural. Como já sabia que a música o acalmava, pus-me a cantarolar suavemente o acalanto e acariciá-lo como se faz ao ninar um bebê. — Sensibilidade para com a dor alheia. É como o choro do recém-nascido que faz verter o leite materno. O som inconfundível dos vagidos do filho age diretamente no sistema hormonal da mãe, determinando a liberação do que o seu protegido precisa.

— Interessante, doutor — resmunguei. — Quer dizer que estou me tornando maternal? Pois saiba que considero maravilhoso ampliar a compreensão do meu lado feminino.

— Concordo — retrucou ele ainda risonho. — Estou apenas dizendo que, por amor a esta criança, você ouviu a voz da natureza, o mesmo fenômeno que ocorre com as mães na matéria. A hiperatividade de Gabriel relaciona-se à sua falta de ritmo com os processos da vida; ele perdeu-se e, agora, tudo convida seus sentidos excessivamente. Ele sofre, exaure-se. Boa parte da agressividade e da irritação dele são fruto do cansaço que é suportar organicamente esse estado mental. A música e o que você fazia — niná-lo — são excelentes formas de restabelecer lentamente seu ritmo. É preciso ter paciência. Você pode usar intervenções magnéticas quando estiver com ele, promovendo melhor integração entre corpo, mente e espírito.

— Hum, farei isso — respondi e prossegui ninando o pequeno, que registrava as emanações de calma e percebia o cantarolar. Inicialmente, via-me sem muita definição, mas, conforme nossos encontros avançaram, ele passou a me identificar com perfeição e interagir comigo. Como todos na casa estavam habituados ao fato de ele falar sozinho e estar em constante movimento, ninguém deu atenção ao que, aparentemente, parecia brincar com outra pessoa. Como o ensinavam a chamar todas as pessoas com aparência adulta de “tio”, eu era o “tio” com quem ele brincava todas as tardes, e Marisa nem Dora não me viam.

A socialização era ainda precária; Gabriel sempre preferia a companhia de um adulto para brincar. A música era sua paixão. Durante sua curta existência, essa paixão encontrou uma única rival: a monareta adaptada para triciclo, presente de Frances.

Ambas concretizaram o controle da hiperatividade. A música absorvia-o; enquanto tocava, todos os sentidos de Gabriel ficam centrados, atentos, e isso foi um condicionamento. Pedalar e correr livremente pelo pátio da escolinha de Frances o ajudavam a escoar a energia, e o exercício descarregava a dose de endorfina que o acalmava de forma natural, sem o expediente de medicações relaxantes.

Na escola que frequentava descobriu o basquete, ou melhor, parte desse esporte que se resumia a acertar a bola na cesta. Cláudio instalou uma cesta de basquete no fundo do pátio, onde o garoto passava horas jogando, sozinho ou com o pai. Gabriel era agora uma criança agitada, com alguns dias mais dispersivo, outros menos.

Ao completar dez anos, o menino ganhou da avó uma companheira amiga e amorosa, a cadela Laika. Incentivada pela professora do menino, que a fizera ver o quanto os animais podem auxiliar crianças com problemas emocionais a expressarem sua afetividade e o quanto elas se sentem queridas, amadas, por seus bichinhos de estimação, Cleonice presenteou o neto. O animal reage ao sentimento que lhe ofertamos, não olha aparência nem "julga" as pessoas por critérios de normalidade ou anormalidade; ele simplesmente aceita o afeto que recebe e retribui.

Cuidar de um ser vivo fazia bem à autoimagem de Gabriel, que, até então, fora sempre o dependente; agora, Laika precisava dos seus cuidados, e Cleonice, com invejável paciência, entendendo a problemática do neto, ensinava-o dia após dia a cuidar da cachorra. Laika era uma bolota de pelos negros que Gabriel podia segurar no colo e crescera ao lado de seu dono. Amava-o incondicionalmente, da forma e nas possibilidades com que amam os cães. Eram inseparáveis companheiros durante a tarde, quando jogavam basquete no gramado do pátio; jogos que inúmeras vezes incentivei e presenciei.

Durante todos esses anos, Marisa cuidou do filho; supria-lhe as necessidades de alimentação, higiene, vestuário, que não eram simples ou fáceis, como tudo para uma criança que desconhece o mundo em que se encontra. Essas pequenas coisas do cotidiano eram motivo de complicação e exigiam grandes doses de paciência e tolerância até que ele as assimilasse e executasse sozinho. Levava-o ao médico e cuidava para que tomasse todas as medicações, embora o marido e a sogra houvessem abandonado a busca por remédio para curar Gabriel e aceitado a condição autista e as formas mais eficientes de tratamento, que são as terapias comportamentais. Ela permanecia inconformada e desejosa de uma pílula milagrosa, algo como o efeito de um antitérmico para caso de febre decorrente de um resfriado, mas o fazia por obrigação, por ser algo que esperavam que uma mãe fizesse.

Não havia carinho, nenhum tipo de afeto; as demonstrações reais de sentimento pelo filho tinham a tônica dos sentimentos destrutivos; da mais leve irritação — que era constante em seu estado emocional — ao rancor profundo, severo, pois, intimamente, culpava o filho por tudo o que vivia, por estar gorda e feia — conforme seu julgamento —, por haver abandonado o trabalho, por ser agora uma mulher desinteressante e traída pelo marido. Aquele filho e a aura de mãe devotada e sofredora eram os escudos, ou melhor, as algemas que Marisa colocava em toda a família, especialmente no marido.

Mas a lei da vida é de liberdade, e ilude-se aquele que crê ser possível aprisionar. Aos treze anos, Gabriel foi atropelado por um motorista bêbado enquanto atravessava a pacata rua em frente à escola no horário da saída. A moto dirigida pelo homem alcoolizado ingressou na rua sem que ninguém a notasse, e a avó nada pôde fazer. Em alta velocidade, o veículo atropelou o menino jogando-o a metros de altura e distância do local. Ao cair, Gabriel bateu a cabeça no meio-fio da calçada e foi levado inconsciente ao hospital. Faleceu horas depois, contados treze anos, dois meses e quinze dias na encarnação como Gabriel Batista.

Foi para ele a libertação de uma existência difícil, e, com sua morte, Marisa perdeu suas potentes algemas, sendo lançada inesperadamente ao encontro de si, ao enfrentamento de suas emoções e verdades profundas, resultando no agravamento de seu estado depressivo.

Diante de cada pessoa que foi confortá-la pela perda do filho, Marisa sentiu a culpa espetando-lhe as entranhas. Não estava triste; queria festejar, porém, em meio a esses sentimentos, percebeu que a morte de Gabriel libertava Cláudio e que ela poderia ser abandonada pelo marido a qualquer hora. Desesperou-se e afundou no desequilíbrio, o que resultou em várias internações para tratamento psiquiátrico.

Marisa sempre foi apegada ao conceito de "normalidade", de "estar na forma", "de ser igual aos outros", de agir conforme previam os padrões ditados pela sociedade, e agora, no auge da desestruturação pessoal, perdia os freios e surgia perturbada aos olhos alheios e aos próprios, definindo-se como uma "mulher-monstro", pois os anos que ela passara adotando os ditos conceitos estilhaçavam-se agora, no "face a face" consig`o mesma, como cristais lançados em um piso de cerâmica; deixavam-lhe cacos imprestáveis para seu reequilíbrio, que tinham tão só o poder de ferir, não o de curar nem sequer de harmonizar ou recuperar um mundo íntimo destroçado.

Naquela madrugada de domingo, todas as experiências que narramos eram passado e davam significado ao novo dia que clareava.

Capítulo 20

BELEZAS OCULTAS

É o amor que orna a Natureza de seus ricos tapetes; ele se enfeita e fixa sua morada lá onde encontra flores e perfumes.[27]

A energia só se restabeleceu nas primeiras horas da manhã. A pacata cidade fora envolta em silêncio e escuridão, enquanto aguardava a luz solar do domingo.

O toque do celular acordou Frances, que, sem perceber, adormecera recostada nos travesseiros, cercada por livros e folhas esparsas do texto da tragédia grega *Medeia*. Afastou as folhas que encobriam o aparelho largado sobre o tapete ao lado da cama e leu a mensagem:

Fran, acabei agora o projeto. Ficou lindo. Não esqueça nosso encontro.

— Hum. — Espreguiçou-se Frances, sorrindo com uma expressão de deleite para o aparelho como se ele fosse o autor da mensagem que a despertara. — É muito bom começar um domingo desse jeito. Não esqueci, não, Victor. Como poderia, se não quero nem me atrasar?

---

27 KARDEC, Allan. Resumo da doutrina de Sócrates e de Platão. *In*: **O Evangelho Segundo o Espiritismo**. Tradução Salvador Gentile. Araras: IDE.

Será que você sabe me dizer? Espero que essa mensagem tenha outra implícita: que você não quer que eu me esqueça de ir ao seu encontro.

Quero ver. Estarei lá. Bjs.

Respondeu Frances e riu voltando a falar com o aparelho que sinalizava o envio da resposta.

— Leia-se: "Quero ver você. Estarei lá para beijá-lo". O que será que ele faria se eu enviasse uma mensagem desse tipo? Gostaria ou não? Bem, bem, se não estou completamente cega, creio que ele pagaria pra ver. Seja como for, este dia promete. O projeto estava excelente, perfeitamente econômico, dentro das minhas possibilidades, prático e lindo de se ver. Victor tem muitíssimo bom gosto. Nada como a vivência para entender as dores das limitações. Ele soube como ninguém criar um espaço gostoso para meus grandes pequenos e muito especiais amigos.

Alegre, voltou a ler a mensagem de Victor. Foi quando o relógio no visor do celular lhe chamou atenção: já eram 10h40 da manhã. Saltou da cama, escolheu as roupas e correu ao banheiro para fazer a higiene e arrumar-se para o encontro. O restaurante combinado ficava na cidade vizinha, e ela teria de sair com uma hora de antecedência.

Depois das horas insones ao longo da madrugada, Cláudio adormeceu profundamente. À sua volta, pratos e copos usados, uma latinha com um resto de cerveja e o convite para a formatura de Frances, que, com seus movimentos durante o sono, saíra do bolso da camisa e repousava sobre seu peito.

Com o pensamento lento e andar maquinal, sem desenvoltura, típico de quem toma fortes calmantes, Marisa vinha pelo corredor à procura do marido. Parou diante da porta aberta da sala onde ele dormia. O envelope sobre o peito chamou-lhe a atenção. Aproximou-se e, com mão surpreendentemente leve, apanhou o convite.

— Frances — murmurou após ler e, com dificuldade, compreender o significado, buscando refazer na memória a trajetória ao recordar que, após o que ela chamara de "a libertação de Gabriel" — quando ficara patente que aqueles singelos encontros estavam gerando uma melhora no menino e ele voltara a falar —, Frances passara a estudar vários livros que tratavam sobre a síndrome e outras psicoses infantis, nascendo o desejo de voltar aos estudos para aperfeiçoar-se no atendimento à saúde mental infantil. Agora estava se formando. Ouvira falar que atendia a outras crianças.

Marisa voltou o olhar ao marido, que permanecia deitado no sofá. Após a reconstrução mental dos caminhos que despertaram o interesse de Frances pela psicoterapia infantil, ruminou seu amargo ciúme da admiração que o marido nutria pela amiga do filho. Não foram poucas as vezes ao longo daqueles anos que temera que ele fosse deixá-la, trocá-la por Frances, que, além de ser mais bonita, entendia perfeitamente aquela estranha criança que tinham em casa e de quem ambos gostavam.

"Ela quase o roubou de mim", pensou Marisa, contemplando Cláudio. "Fazia que não enxergava, mas eu via, sim. Via a forma como você olhava para ela. Um olhar de peixe morto, parado, vidrado, como se ela fosse algo de outro mundo. Só cego não veria que bastaria ela estalar os dedos para você ir abanar o rabinho do lado dela... Sabe de uma coisa, Cláudio? Estou cansada, muito cansada desta vida que você me deu. Porcaria de vida! Tudo foi destruído: eu, nossa casa, nosso tempo... Veja o que fizemos durante todos esses anos... nada, absolutamente nada. Estamos vivendo aqui como dois estranhos. Eu sofrendo, fazendo de conta que não vejo suas traições. Até quando... Deus, até quando? Minha vida não vale nada. Ninguém se importa comigo, nem eu mesma. Nem sequer sei o que fazer ou sentir. Sou tão miseravelmente desgraçada... Ah! Eu queria um meio de nunca sair da sua vida, de fazê-lo pagar por todos esses anos de sofrimento que amarguei ao seu lado, Cláudio. Você viajava, aproveitava do bom e do melhor, arranjava suas amantes, enquanto eu... eu ficava aqui, dentro desta casa, presa com aquele outro, padecendo um dia de tortura depois do outro. Vergonha, humilhação, frustração, raiva, ódio! Eu comia o mesmo prato de manhã à noite, dia após dia, mês após mês, ano após ano. Droga de vida! Droga de casamento! Você é o culpado! Você e sua adorável mãezinha. Víbora peçonhenta é o que ela é.

O olhar dela me diz a todo instante: 'Você é uma incompetente. Uma mulher desqualificada, que nem ao menos é boa mãe. Incapaz!'. Só lhe falta a coragem para tirar a máscara de 'santinha' e jogar-me na cara o que está escrito nos olhos. Vocês hão de me pagar! Eu me vingarei de todos e, ao mesmo tempo, vou me libertar desse horror que é viver. Chega, não quero mais! Mas, principalmente você, Cláudio, vai pagar o que fez com a minha vida. A culpa há de torturá-lo a cada segundo de sua existência, que há de ser longa para que dure o seu penar. Eu hei de conseguir. Vocês escondem os remédios, eu sei, mas vou encontrar outra forma. Ah! Como foi bom vê-los torturados, aflitos, tentando me salvar. Imagine quando não conseguirem... Será maravilhoso! Nem Frances, nem Maria, nem Cristina, nem Carolina, nem mulher nenhuma lhe darão alívio! Sua consciência será minha, só minha."

Como sentia a boca seca, Marisa dirigiu-se à cozinha e serviu-se de um copo com água; sentou-se e deixou as lembranças vagarem por aqueles meses após a morte de Gabriel. Recordou-se das internações e do prazer que sentia ao receber os eletrochoques, pois acreditava que merecia sofrer, que era justo seu padecimento. "Depois deles, o corpo ficava dolorido, cansado, a mente vaga, imprecisa. Era tão bom!", ruminava ela em pensamento.

Seu olhar varreu o local em busca de lugares onde os medicamentos poderiam estar escondidos; se tomasse todos os comprimidos de uma só vez, por certo a levariam de volta ao hospital. Cláudio sofreria. Talvez até conseguisse seu intento que era dar fim em si mesma.

"Medicamentos? Já falharam duas vezes. Preciso de algo melhor." Examinou a gaveta com os talheres. Nada de facas adequadas. "Também não sei se teria coragem." Ocorreu-lhe usar cordas, mas não tinham em casa. Voltou a sentar-se, e seu olhar caiu sobre os eletrodomésticos enfileirados na prateleira do armário bem à sua frente.

— O liquidificador...

O relógio marcava 11h10, quando Cláudio despertou sobressaltado com um grito agudo. Um cheiro horrível chegou até onde estava. Aflito, foi à cozinha e parou horrorizado com a cena com a qual se deparou. A razão, contudo, impunha-lhe agir, e ele correu à frente da casa desligando os disjuntores na central elétrica.

Estava pálido, trêmulo, suava frio e tinha ânsia de vômito. O trajeto da cozinha até a frente da casa era de uns vinte metros, mas Cláudio estava exausto como se tivesse corrido a São Silvestre. Escorregou ao lado da parede e deixou-se ficar sentado no chão, sem saber o que fazer. Não tinha coragem de regressar ao lugar onde Marisa estava. Permaneceu nesse torpor por algum tempo até que a mente pareceu voltar a funcionar.

— Polícia — murmurou, repetindo inconscientemente a sugestão recebida do espírito daquele que fora seu pai, que, com seu protetor espiritual, o acudia naquele transe doloroso, auxiliando-o a reagir e lembrar-se de cuidar das providências necessárias. — Preciso chamar a polícia.

Ergueu-se, mas tinha as pernas frouxas, fracas; todo o seu corpo ainda tremia. Reunindo todas as forças, chegou à sala e discou o número da central de polícia, pedindo socorro.

Quando dois carros de polícia pararam em frente à casa, vizinhos correram imediatamente a saber o que acontecera. Cláudio estava passando mal, e a moradora da casa ao lado chamou Cleonice, informando-a da desgraça ocorrida.

Ela chegou quando os atendentes do IML retiravam o corpo de Marisa envolto em um saco escuro numa padiola.

— Deus, tenha piedade! — pediu, fazendo o sinal da cruz, proferindo uma prece desesperada e solicitando ajuda para atender o filho, que, dado o estado de choque, aguardava uma ambulância para ser removido ao hospital municipal, com urgência.

— Que coisa horrível! — murmurava, conforme andava em direção ao local do fato. Vizinhos do filho a cercavam. Todos falavam ao mesmo tempo; uns perguntando, outros querendo informar; Cleonice, contudo, parecia surda e cega; só conseguia identificar as pessoas uniformizadas: policiais, médico, enfermeiros, pessoal do IML.

— Dona Cleonice? — indagou o investigador de polícia educadamente e, ante o gesto afirmativo, prosseguiu: — Preciso lhe fazer algumas perguntas.

— Estou à disposição, mas, por favor, gostaria de ver meu filho primeiro, saber como ele está, falar com o médico. Pode ser?

— Lógico, eu aguardarei a senhora.

— Obrigada. — E, segurando firmemente a bolsa, avançou até a sala onde via a movimentação do médico e de dois enfermeiros.

— Sou a mãe dele — disse Cleonice ao médico à guisa de apresentação e, observando a palidez do filho, o olhar catatônico, o tremor incontrolável e o balbuciar incoerente de palavras, indagou aflita: — Ele vai melhorar?

— Está em estado de choque. A experiência foi muito forte. Vamos sedá-lo, e ele ficará em observação no hospital. A senhora irá conosco para providenciar a baixa?

— Preciso falar com o policial. Depois, irei ao hospital.

— Muito bem. Vamos levá-lo. Procure-me no plantão da emergência.

Cleonice balançou a cabeça afirmativamente e ficou olhando colocarem Cláudio em uma maca e o conduzirem depois à ambulância, que partiu com as sirenes ligadas.

Prestou esclarecimentos sobre a vida do casal e o comportamento da nora ao investigador, suficientes para confirmar a hipótese de suicídio, esclarecendo que Marisa estava sob tratamento psiquiátrico com histórico de tentativas de suicídio anteriores.

— Para fazer o que ela fez, tinha que ser... — comentou o investigador. — Nunca vi coisa igual... eletrocutar-se? Coisa horrível! Nunca vi nada igual. Só podia estar muito doente.

Uma expressão de encantamento tomou conta do semblante de Frances ao contemplar Victor encostado em seu carro no estacionamento do restaurante que ficava à beira da estrada estadual que ligava as duas cidades. Era um prédio rústico com tijolos à vista, de forma circular, coberto com sapê, muito simples, situado ao lado de um posto de gasolina, o que garantia a freguesia de viajantes e caminhoneiros.

Ao vê-la estacionar, Victor sorriu, sem esconder a felicidade. Cumprimentaram-se e entraram alegremente no restaurante. O garçom que passava carregando um espeto com pedaços de frango, reconhecendo-os, disse:

— Olá! Como estão? A mesa de sempre está vaga; acabei de limpá-la. Já sabem o que vai ser?

Victor trocou um olhar com Frances, e ambos sorriram. Vinham frequentando o restaurante regularmente, tanto que eram recebidos com absoluta informalidade.

— Fran, você decide.

— Ah! Que bom! Então, você paga a conta! Não é justo que, além de escolher, ainda pague. Não acha, amigo? — Brincou Frances, incluindo o garçom na conversa amistosa.

— Com uma namorada bonita que nem você, isso não deveria nem ser discutido — respondeu o garçom.

— Você acha minha namorada bonita mesmo? — perguntou Victor participando do jogo e, encarando Frances, comentou: — Sabe que eu tinha notado isso há algum tempo? Mas agora que você falou, reconheço que ela está ainda mais bonita.

O garçom riu e convidou:

— Fiquem à vontade; são de casa. Já vou até a mesa de vocês anotar o pedido, certo? — E afastou-se sem esperar resposta.

— Vamos, minha namorada, antes que alguém pegue nossa mesa. Lá temos certeza de que ninguém vai nos importunar com o hábito de fumar depois da comida. Oh, coisa de mau gosto! Detesto isso.

Frances fez uma careta de repulsa e caminhou rapidamente em direção à mesa, que ficava ao lado da janela e dava para um campo, oferecendo uma visão relaxante do verde da vegetação em contraste com o azul do céu sem nuvens.

O almoço transcorreu num clima extremamente agradável. O projeto havia ficado no carro de Victor e resolveram discuti-lo após a refeição, prolongando o encontro.

Em um canto do restaurante havia um antigo aparelho de som, do tipo que as pessoas escolhem as músicas mediante a compra de fichas; um homem mexia no aparelho, selecionando o que desejava ouvir, quando os acordes de uma conhecida composição de Gonzaguinha encheram o ambiente; ele sorriu satisfeito e afastou-se.

— Criatura de bom gosto! — elogiou Frances, lançando um olhar ao homem que se dirigia de volta à própria mesa. — Adoro as músicas do Gonzaguinha.

— Eu também. Ele era um excelente poeta. Gosto dessa, especialmente.

— "Ponto de Interrogação"? Algum motivo especial? — depois de falar, Frances deu-se conta de que estava sendo indiscreta. O poema da composição era íntimo demais, e ela prontificou-se a remediar a situação de imediato. — Esqueça minha pergunta, por favor.

Ele riu com a preocupação dela e ficou em silêncio olhando-a; depois, cantarolou, acompanhando a música:

— "São perguntas tão tolas de uma pessoa/ Não ligue, não ouça, são pontos de interrogação [...]". Não tenho nenhuma razão para não responder, Fran. Gosto da forma como ele trata do assunto. As pessoas são muito fechadas, apesar de toda a liberalidade de comportamento que se vê. Fazem, mas não falam; não conversam, não discutem. Sexo ainda é tabu. E, apesar de já ter alguns anos, essa letra mantém-se muito atual. As pessoas são egoístas, e isso se reflete na sua vida amorosa. Gonzaguinha fala desse egoísmo no amor sensual com muita sensibilidade; essas são as perguntas tão tolas de que ele fala, que são, isso sim, muito profundas, fazem pensar. As pessoas se envolvem com grande facilidade, mas com pouca consciência, razão suficiente para que verdadeiros desastres afetivos aconteçam.

— Sim — concordou Frances pensativa. — Não pensar é sofrer. Essa inconsciência gera mais dor do que prazer.

— Eu diria só dor, Fran — retrucou Victor, que, reconhecendo que a música chegava aos seus últimos versos, os cantarolou de forma expressiva fitando sua acompanhante: — "Eu preciso é ter consciência/ Do que eu represento nesse exato momento/ No exato instante na cama, na lama, na grama/ Em que eu tenho uma vida inteira nas mãos".

— Lindos versos — comentou Frances presa ao encanto do rapaz. — Muito profundos e sugestivos. Concordo com eles; as pessoas precisam ter consciência do que representam na vida umas das outras e que, em se tratando de envolvimento afetivo, é preciso pensar, pois temos as vidas uns dos outros nas mãos. Caso contrário, não há relacionamento afetivo, não há troca, e voltamos à situação descrita nos versos iniciais e ao questionamento do egoísmo na entrega amorosa que leva à dor...

— Psiu — pediu Victor, colocando o dedo indicador sobre os lábios de Frances, enquanto seus olhos mergulhavam nos dela. — Fran, há alguma chance de representarmos algo mais um para o outro do que amigos?

O brilho que viu no olhar de Frances o encheu de esperança, fazendo-o sorrir. E quando ela, literalmente, voou da cadeira para envolvê-lo num beijo impróprio ao restaurante, não pôde deixar de, em pensamento, bendizer o poeta que o inspirara a abordar sem maiores rodeios a mulher por quem estava apaixonado.

O projeto "Patinho Feio" era lindo e os unia, mas, naquela tarde, foi absolutamente esquecido. Meses depois, quando ele se concretizou, olhares e sorrisos maliciosos entre o casal ao falar da sala de musicoterapia provava o quão esquecido ele fora e da ternura com que guardavam aquelas recordações.

Platão foi sábio ao escrever que o amor se enfeita e fixa sua morada onde encontra flores e perfumes e não em qualquer lugar. Esse sentimento máximo da alma humana existe como semente em todos, mas exige, como toda semente, condições e tempo certo para germinar e se desenvolver. Ele residirá onde encontrar flores e perfumes, ou seja, no lugar em que existam virtudes cultivadas, haja uma consciência maior e a espiritualidade do ser possa desabrochar.

Como semente, ele jaz nos refolhos do espírito envolto em instintos, em sensações, misturado a uma gama de emoções, transitando pelas faixas da inconsciência e irreflexão, até mostrar-se na sua plenitude de beleza e realização como o sentimento por excelência.

É ele que dá toda beleza à vida. Belezas muitas vezes desprezadas ou ainda não visíveis a um olhar mais grosseiro, menos sensível, que não percebe que o amor não é incompatível com a racionalidade, mas ao contrário, caminham lado a lado.

Mergulhado na irreflexão e inconsciência — duas palavras que repeti muito e propositadamente ao longo deste texto —, "o homem ama o maravilhoso e não se contenta com as maravilhas da Natureza"[28]. Apega-se a ilusões, fantasias, e naufraga em dor, especialmente na carência afetiva, um dos frutos azedos do egoísmo, porque resiste ao aprendizado, repete caminhos, apega-se à preguiça, ao desperdício das horas e oportunidades, entregando-se às futilidades e regressando ao mundo espiritual com um passado vazio de significatividade.

Quer o maravilhoso, o sonho, o milagre, mas esquece que a vida é maravilhosa para quem sabe viver; que dor ou prazer são decorrências diretas e legítimas das escolhas feitas, portanto, cada segundo empregado em ampliar conhecimento e compreensão acerca do que somos equivale a uma escolha de amor e prazer.

A maior beleza oculta no ser humano é a capacidade de amar.

---

28 KARDEC, Allan. **O Livro dos Espíritos**. Tradução Salvador Gentile. Araras: IDE.

Epílogo

Rojões subiam rápido, desfazendo-se no céu em milhares de pequenas estrelas coloridas que iluminavam o raiar de um novo ano. Vivas, aplausos, abraços e brindes entre as pessoas reunidas no clube davam sinais característicos dos festejos de *Réveillon*.

Cláudio isolara-se em um terraço cercado de verde próximo do salão de festa; apoiava-se na grade, pensativo. Recuperava-se das perdas; emagrecera muito. O abalo fora forte; precisara afastar-se do trabalho por três meses e, agora, tutelado por amigos e familiares, readquiria, lentamente, paz e compreensão. Estava fazendo terapia psicológica; sentira necessidade de entender a si mesmo. A vida mostrava que o momento era de encontro pessoal, intransferível; era tempo de amadurecer.

Ficara só. Sua casa, subitamente, esvaziara-se, e isso o obrigara a constatar que ele nada mais era do que um reflexo da própria consciência, da sua vida interior vazia, e não desejava voltar; queria mudanças.

Antes, era um frequentador da sociedade espírita — era mais um lugar em que procurava alívio rápido, imediato e indolor para suas aflições —, agora, contudo, não procurava mais nada. Ia em busca do conhecimento espírita. Enfim, as exposições deixaram de ser minutos de espera e convertiam-se em momentos de reflexão, em análise de conceitos novos; descobria o prazer e o conforto no saber. Estava inscrito para iniciar o estudo do conteúdo doutrinário sob a orientação de Frances.

O distanciamento dos fatos no tempo nos torna juízes mais aptos, menos parciais e apaixonados. As considerações tendem a ser mais claras, uma vez que as consequências são visíveis. Transcorridos mais de dez meses da morte de Gabriel, Cláudio conseguia avaliar o quanto a experiência com o filho o transformara. Sensibilizara-se com a dificuldade alheia; desenvolvera paciência, tolerância; vivenciara pontos extremos de irritação, raiva e violência e sabia que nenhuma delas construía.

Sofreu muito até aceitar e compreender que tudo passa quando adotamos atitudes ativas de desapego e aceitação; caso contrário, somos rígidos e apegados. Essa postura mental faz com que nada passe; ruminamos bilhões de vezes causas e pensamentos de sofrimento e não o deixamos passar, trazendo-o sempre ao presente. Gabriel lhe ensinara muitíssimo; em suas buscas incansáveis de explicações e remédios, Cláudio, por fim, começou a perceber a dimensão do ser emocional, a pensar na existência do espírito. Procurou uma coisa transitória, contudo, esbarrou e encontrou o que de mais perene a vida oferece.

Viveu em meio a cacos de sentimento e tanto os viu estilhaçados que parava para apreciá-los e valorizar a construção de um universo emocional harmônico em si. Como diria Sócrates, ele clamava por encontrar um deus interior capaz de organizar o caos íntimo em que vivia. Clamava por localizar as nascentes do amor em si, compreender e alimentar virtudes que lhe permitissem aguardar o desabrochar de sentimentos profundos e construtivos.

A solidão era sua melhor companhia. Necessitava pensar, ficar em silêncio. Algumas pessoas o olhavam com piedade e diziam:

— Deixe-o. Quem passou pelo que ele passou precisa de tempo para se recuperar.

Outros comentavam:

— Está ficando doente. Vamos alegrá-lo; ele precisa sair, voltar a ser como era antes. Não adianta nada ruminar; é pra frente que se anda. A vida continua.

Frase estúpida e paradoxal. Ninguém volta a ser como "era antes"; é impossível. A vida pode modificar o que fomos em questão de segundos; a cada fato novo — e pode ser uma mera troca de ideias falada, escrita, projetada numa imagem, sugerida por pensamento — do qual tomamos parte, não somos iguais ao que éramos antes. Triste ser aquele que não muda, pois está tomado de rigidez, se assemelha às estátuas de sal dos habitantes de Sodoma e Gomorra.

Quando vemos uma pessoa triste, compreendê-la e aceitá-la é uma boa política. A vida tem diversos momentos e todos suprem nossas necessidades. Tristeza não é sinônimo de infelicidade, mas de necessidade de ritmo moderado, silêncio e reflexão. Cláudio estava se tornando alguém muito mais feliz do que jamais havia sido até então; estava amadurecendo, crescendo como ser humano.

Marisa foi recolhida por Georges à nossa instituição. Continuava emocionalmente comprometida, resistente ao diálogo, recusando-se a analisar a existência recém-finda, a assumir sua parcela de responsabilidade nos eventos e, principalmente, recusando-se a ampliar conhecimentos que lhe abririam as portas para um novo patamar de consciência. Endurecida em suas convicções, ruminava seus rancores, complexos e a autopiedade, mesclada com grandes doses de culpa. Experimentava a pungente decepção de não haver encontrado o fim, mas, sim, a continuidade da vida sem drásticas mudanças.

Geraldo, após o encontro em que desabafou comigo suas mágoas, ingressou num caminho de renovação. Arrependeu-se de seu desatino passado e, acompanhando a trajetória de Jerônimo Neto sob a pele de Gabriel Batista, pôde avaliar os erros cometidos ao destruir a confiança, em não identificar o medo e a rejeição que o marcaram tão profundamente. Ao longo dos anos em que foi hóspede desconhecido na casa do casal Batista, aprendeu a ver, reconhecer e admirar a dedicação com que Cláudio cuidava de Gabriel e perdoou as mágoas que, no passado, havia lhe causado inadvertidamente.

O perdão, assim como o amor, não é um sentimento que nasce pronto. Ele se constrói num trabalho diário; começa pelo estabelecimento de uma distância, pelo deixar passar as mágoas; depois, por impor um distanciamento tanto físico quanto emocional entre a causa, o fato e nós; envolver-se com outros interesses, esquecer, apagando em si todos os traços dos sentimentos destrutivos. Sabemos quando perdoamos algo ou alguém, se, ao recordá-la, não somos acometidos de irritação ou raiva. Não nos sentirmos mais ameaçados significa que nos libertamos da mágoa e construímos o perdão.

Quanto a Marisa — antes sua esposa Isadora —, Geraldo, ao acompanhar sua derrocada emocional, primeiro se sentiu exultante; era a vingança. Depois, ao constatar que ela beirava à demência, deixou que em si despontasse a compaixão e dispôs-se a iniciar o caminho que o levaria a esquecer o passado.

Auxiliar Gabriel a desfazer o estado de perturbação foi fundamental para ambos e o encontro com dona Márcia consolidou a disposição de dar novo rumo à sua vida.

Meu pequeno e muito especial amigo, eis que ainda mantinha a forma de menino, recobrou a consciência de ser espiritual. Os traços de personalidade autística foram sumindo gradativamente. Na dolorosa experiência, ele recuperou algo fundamental: a confiança no amor de outras pessoas.

José Antônio
Setembro de 2005

Referências

CHASERAY, Alexandre. Conferências sobre a alma. **Revista Espírita**, ano XI, p. 285, set. 1868. Disponível em: https://www.oconsolador.com.br/linkfixo/bibliotecavirtual/revista-espirita-1868.pdf. Acesso em: 13 nov. 2024.

GIBRAN, Khalil. **O profeta**. Disponível em: https://www.recantodasletras.com.br/prosapoetica/3327098. Acesso em: 8 jan. 2025.

KARDEC, Allan. **O Céu e o Inferno**. Tradução de Salvador Gentile. Araras: IDE.

KARDEC, Allan. **O Evangelho Segundo o Espiritismo**. Tradução de Salvador Gentile. Araras: IDE.

KARDEC, Allan. **O Livro dos Espíritos**. Tradução de Salvador Gentile. Araras: IDE.

O Espiritismo por toda a parte. **Revista Espírita**, ano XI, p. 215, set. 1868. Disponível em: https://www.oconsolador.com.br/linkfixo/bibliotecavirtual/revista-espirita-1868.pdf. Acesso em: 13 nov. 2024.

PESSOA, Fernando. **Poesias**. Porto Alegre: L&PM Editores, 1997.

SHAKESPEARE, William. **Livro das citações**: Shakespeare de A a Z. Porto Alegre: L&PM Editores, 2001.

SHAKESPEARE, William. **Rei Lear**. São Paulo: Martin Claret, 2001.

VARGAS, Ana Cristina. **Ídolos de Barro**. São Paulo: Vida & Consciência, 2017.

Você também poderá gostar de:

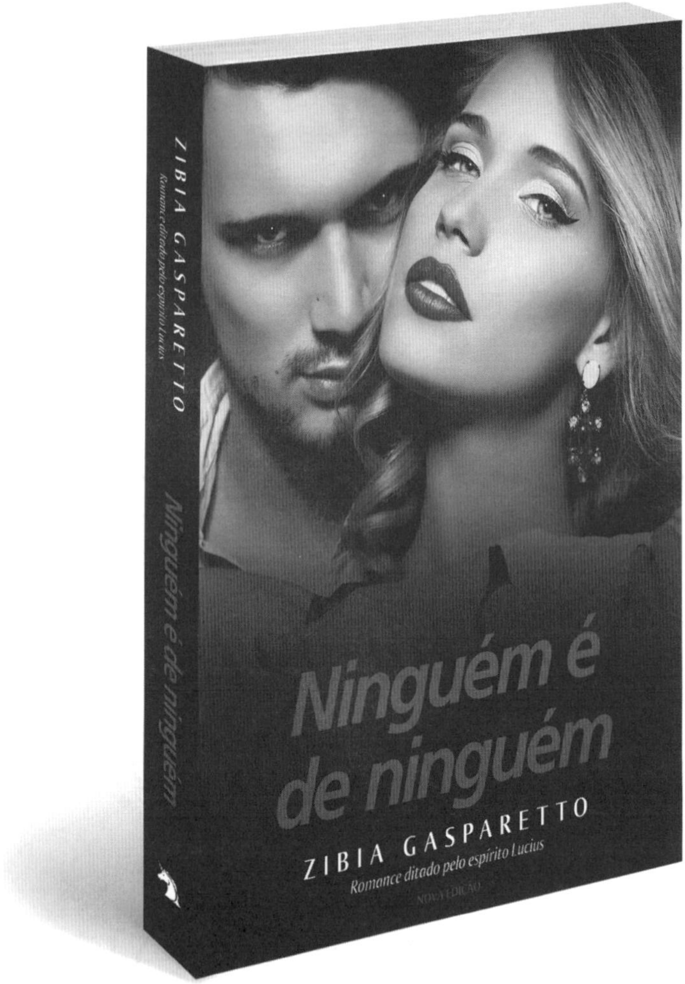

NINGUÉM É DE NINGUÉM

Zibia Gasparetto

Há quem pense que sentir ciúme é prova de amor ardente até descobrir que esse sentimento é capaz de transformar a vida amorosa em um doloroso drama, podendo terminar em uma amarga separação. A história de Gabriela e Roberto nos ensina a vencer os desacertos do ciúme, porque, no final, ninguém é de ninguém.

EM ALGUM LUGAR NO TEMPO

Angela Molognoni

Neste encontro entre o passado e o presente, será que Camila e Vinícius terão uma nova chance para viver um sentimento tão intenso? Descubra as respostas em algum lugar no tempo.

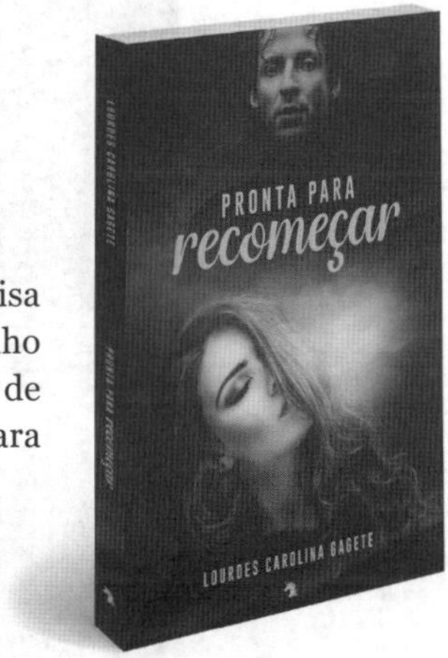

PRONTA PARA RECOMEÇAR

Lourdes Carolina Gagete

Nesta história de determinação e coragem, Elisa terá a oportunidade de abandonar o ilusório caminho da prostituição e encontrar a felicidade nos braços de um verdadeiro amor. Será que ela está pronta para recomeçar?

REVELANDO O PASSADO

Sâmada Hesse

Ao receber um convite para fotografar uma mansão da Era Vitoriana, Elise se depara com espectros acidentalmente captados por sua lente. Disposta a descobrir o mistério por trás dessas aparições, a fotógrafa é levada a um passado de intrigas, intolerância e crimes e terá de juntar as peças de um complicado quebra-cabeça.

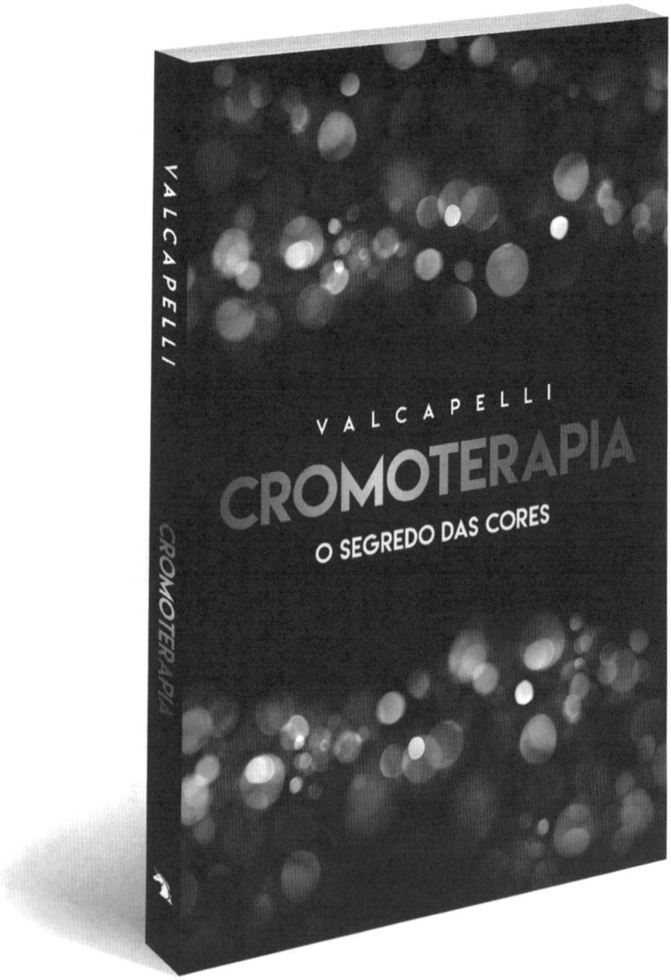

CROMOTERAPIA

Valcapelli

Esta obra traz maneiras de adotar as cores para conquistar harmonia em casa e sucesso no trabalho. Além disso, aborda a influência que as cores exercem em cada órgão do corpo e seu uso no tratamento de doenças.

Desvende os segredos das cores e aprenda a utilizá-las de forma correta em todos os momentos, trazendo luz e boas energias para sua vida.

LÁGRIMAS DO SERTÃO
Agnaldo Cardoso

Na luta diária para driblar a seca que se impõe, a família Marinho é marcada por acontecimentos funestos, que testam profundamente sua capacidade de resiliência. Longe de desestruturá-la, esses acontecimentos, contudo, parecem unir cada vez mais seus remanescentes.

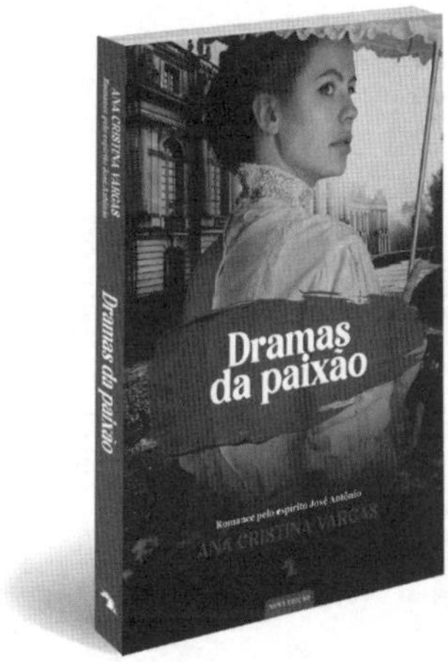

DRAMAS DA PAIXÃO
Ana Cristina Vargas

Maria Helena é a única herdeira da tradicional família Alvarez.

Em uma viagem a Madri, ela encanta-se por Rodrigo, um rapaz sem escrúpulos. Ingênua, ela se tornará a peça principal de um plano arquitetado minuciosamente por Elizabeth, amante do rapaz, e acabará envolvendo-se em uma rede de mentiras e traição, que culmina em consequências inimagináveis.

O PREÇO DA CONQUISTA
Amadeu Ribeiro

Quando Diana conheceu Kauan, ela acreditou que estava seguindo seu coração, sem perceber que a paixão cega a levaria à ilusão. Depois de se casar, a moça descobre que o marido não é o que aparentava ser, e sua vida começa a tomar rumos inesperados.

E agora, como recuperar o amor, a dignidade e a confiança após uma amarga decepção?

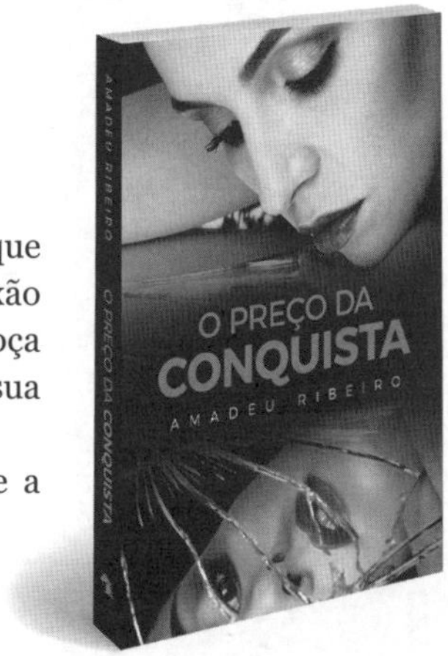